Stefan Chwin

Der goldene Pelikan

Erstverkaufstag: 27. August 2005
Wir bitten die Sperrfrist zu beachten

Foto: © Cato Lein

Professors Unrat

Seelenrettung: Stefan Chwins neuer Roman begeistert Polen

DANZIG, im Februar

Es kommt öfter vor, daß ein Literaturwissenschaftler zur Feder greift, um sich an einem Roman zu versuchen. Nicht immer geschieht dies zur Freude der Leser. Im Fall des Danziger Polonistik-Professors Stefan Chwin war es allerdings ein ausgesprochen glücklicher Umstand. Sein Roman *Tod in Danzig* (deutsch 1997), der von einem im Nachkriegsdanzig gebliebenen Deutschen handelt, wurde in Polen mit mehreren Preisen bedacht und avancierte zum Buch des Jahres. Dann folgte *Die Gouvernante* (deutsch 2000), eine Liebesgeschichte aus dem Warschau der Jahrhundertwende und zugleich ein Panoptikum der europäischen Gedanken und Ideen jener Zeit. Seitdem gehört der Dreiundfünfzigjährige, der auch ein vielbeachteter Essayist ist, zu den ersten Autoren seines Landes.

Sein neues Buch wird in Polen abermals als literarische Sensation gefeiert. Der Roman *Der goldene Pelikan* hält den Leser vom ersten bis zum letzten Satz in Atem. Dies liegt nicht allein an der keinen Augenblick nachlassenden Präzision, mit der Chwin seine Handlung konstruiert. [...]

Jakub, ein Danziger Juraprofessor mittleren Alters, erfolgreich und mit sich und seinem Leben offenbar sehr zufrieden, läßt bei der Aufnahmeprüfung eine Studentin durchfallen. Als sie ihn danach darauf anspricht, wimmelt er sie ab. Doch als er kurze Zeit später vom Selbstmord einer Jurakandidatin hört, beginnt er nach der jungen Frau zu suchen. Handelt es sich dabei um seine Studentin? Ist er schuld an ihrem Tod?

Von diesem Zeitpunkt an nimmt sein eigenes Leben eine unerklärliche Wende. Obwohl er keine Beweise für seine Schuld findet, wird seine gesamte, bis dahin so solide und erfolgreiche Existenz zu einem einzigen Desaster, zu einem gespenstischen Fall in den Abgrund. Es ist, als hätte der Gedanke, ein fremdes Leben zerstört zu haben, in ihm ein selbstzerstörerisches Potential freigesetzt, dessen Grenzen er zu ergründen sucht. Er fängt mit kleinen Diebstählen im Supermarkt an, doch der Prozeß, den er damit in Gang setzt, ist nicht mehr aufzuhalten: Als er irgendwann ein Ende nimmt, ist Jakub ein Obdachloser, ein Bettler, der durch die tiefsten Abgründe der menschlichen Erniedrigung gegangen und dem Tod nur knapp entkommen ist, um schließlich, dank einer Frau, das Wunder einer Wiedergeburt zu erleben.

Chwins Roman ist ein Buch über die Zerbrechlichkeit des menschlichen Schicksals, über Leid, Verzweiflung und Hoffnung, über Todessehnsucht und Lebenskraft. Ein Buch über die Nivellierung aller Werte und Empfindungen, aber auch ein Diskurs über die Zweideutigkeit der modernen Sprache, die einerseits jedes individuelle Schicksal auf eine Aneinanderreihung von Worten reduziert und andererseits dem Menschen wortreiche Ausflüchte vor der Wahrheit ermöglicht.

Stefan Chwin selbst nennt es »ein Buch über das Zerbrechen und die Rettung der Seele« – ein Geheimnis, das ihn schon immer fasziniert habe. Er beobachte seit Jahren die moralische Situation, in der wir uns befinden, untersuche unser heutiges Gefühl für das Gute und das Böse, dem nicht zuletzt die Erfahrung des in Polen bis heute umstrittenen »Postmodernismus« ihren Stempel aufgedrückt habe. Die Grundbedingungen der modernen Zivilisation bewirkten, daß der Mensch von zwei widersprüchlichen Instinkten geleitet werde: der Angst, den allgemeinen Wettlauf zu verpassen, aus dem Spiel ausgeschlossen zu sein, und dem Wunsch, endlich nicht mehr dazuzugehören, auf alles pfeifen zu können. Jakubs Geschichte basiere eben auf dieser Dualität der Bedürfnisse.

So schildert Chwin den inneren Kampf seines Helden mit einer gehörigen Prise Ironie, indem er ihm etliche »Seelsorger« zur Seite stellt. Hier beginnt ein Spiel mit dem Leser, der hinter einigen Nebenfiguren bekannte polnische Persönlichkeiten erraten darf. Keinem gelingt es allerdings, Jakub aus seiner seelischen Krise herauszuhelfen. Die von ihm durchlebte Abwandlung der berühmten Legende vom heiligen Alexius, »die«, so Chwin, »in den Realien unserer Zeit überraschende Schattierungen bekommt«, ist ein verzweifelter Selbsttherapieversuch.

Widersprüche und emotionale Ambivalenz scheinen auch Chwins eigene Biographie zu bestimmen. Gründe gab es genug: die katholische Kindheit im kommunistischen Polen, in der er zugleich ein heftiges Interesse für den Protestantismus empfand; die Jugendjahre, in denen er dem sogenannten »Danziger Kreis« angehörte, einer Gruppe von Wissenschaftlern und Studenten, die sowohl dem Kommunismus als auch dem nationalkatholisch geprägten Antikommunismus kritisch gegenüberstand und sich als Anhänger der »Antipsychiatrie« verstand: einer Theorie, die Begriffe wie »psychische Norm« oder »psychische Krankheit« ablehnte und von verschiedenen Möglichkeiten der menschlichen Existenz ausging.

Zu seiner Geburtsstadt Danzig, die in seiner Prosa eine so wichtige Rolle spielt, hatte er lange Zeit ebenfalls ein ambivalentes Verhältnis. Das lag, wie er heute sagt, an der ablehnenden Haltung seiner Eltern, die er als Kind deutlich spürte. Seine aus Warschau stammende Mutter konnte in Danzig ebensowenig heimisch werden wie sein Vater, der hierher aus Wilna kam. Hinzu kam das Gefühl, in einer, wie Chwin es nennt, »besetzten« Stadt zu leben, an einem Ort, der ursprünglich zu einer anderen Kultur gehört hatte. Erst allmählich stellte sich die Lust ein, die Stadt wie einen neuen Kontinent zu entdecken.

Als er begann, sein Verhältnis zu Danzig literarisch zu erforschen, mußte er sich gegen zwei Schriftstellerkollegen behaupten: den ebenfalls hier lebenden Pawel Huelle und natürlich gegen Günter Grass. Doch mit den beiden führt ihn höchstens ein topographischer Zufall zusammen: Sein Atelier liegt in Wrzeszcz (Langfuhr), jenem Stadtteil, in dem Grass seinerzeit aufgewachsen und Huelle heute zu Hause ist. Es befindet sich im zehnten Stock eines kommunistischen Plattenbaus, aus dem Fenster schaut man auf die Stadt, die Werft und die Halbinsel Westerplatte. Hier fühlt sich Chwin »dem wahren Leben« am nächsten, hier schreibt er seine Bücher. Ob er dabei einen goldenen »Pelikan« benutzt, verrät er allerdings nicht.

Marta Kijowska
in der *Frankfurter Allgemeinen Zeitung*
zum Escheinen des polnischen Originals

Stefan Chwin

Der goldene Pelikan

Roman

Aus dem Polnischen
von Renate Schmidgall

Carl Hanser Verlag

Die Originalausgabe erschien 2003 unter dem Titel *Złoty Pelikan* bei Wydawnictwo »Tytuł« in Gdańsk.

Die Übersetzung wurde gefördert vom Literarischen Colloquium Berlin mit Mitteln des Auswärtigen Amtes und der Senatsverwaltung für Wissenschaft, Forschung und Kultur Berlin.

1 2 3 4 5 09 08 07 06 05

ISBN 3-446-20656-6

Satz: Satz für Satz. Barbara Reischmann, Leutkirch
Druck und Bindung: Ebner & Spiegel, Ulm
Printed in Germany

Jakub kommt auf die Welt

Die Stadt, in der Jakub auf die Welt kam, war verwüstet und leer.

Die große Armee, die aus dem Osten vorrückte und aus Tausenden von Geschützen die eilig nach Westen ziehenden Einheiten der Marinegarnison beschoß, hatte es geschafft, vor seiner Geburt fast alle Barockhäuser, neugotischen Amtsgebäude und Jugendstilkaufhäuser durch Bomben fein säuberlich zu zermalmen. Ein paar Flammennächte genügten, um die alten Stadtteile – den Stolz vergangener Generationen – in eine Landschaft zu verwandeln, die an einen versteinerten Wald erinnerte. Später erloschen die Brände, der Wind von der See wirbelte in den leeren Straßen Wolken von Schneestaub auf, durch die ausgebrannten Straßenbahndepots pfiff die eisige Luft, zerschlagene Fenster klapperten in kaputten Speichern; nur hoch über dem Turm des zerstörten Bahnhofs durchschnitt eine unermüdliche Schar hungriger Krähen – Zeichen ungebrochenen Lebenswillens – die vielfarbige Glorie der Morgenröte, die seit Jahrhunderten, unabhängig von den Verhältnissen und Jahreszeiten, die Stadt in alle Schattierungen von Rosa, Violett und Gold tauchte.

Die früheren Bewohner der Stadt waren nicht mehr da. Die einen waren im Feuer umgekommen, andere mit Schiffen übers Meer geflohen, die restlichen hatte man hinter die sieben Berge abtransportiert. Sie hinterließen eitle, phantasievolle Schilder mit gotischen Buchstaben über den Türen zerstörter Restaurants und leere Wohnungen mit kalten Laken auf Eisenbetten, in denen man noch einige Wochen nach der Einnahme der Stadt durch die Soldaten der großen Armee einen weichen, weiß schimmernden Kopf oder einen im Schlaf zusammengekauerten Leib sehen konnte.

Jakubs Eltern waren von weither in die Stadt gekommen.

Eines Herbstnachmittags, als die Sonne schon tief über dem dunklen Wasserspiegel der Bucht stand, stiegen sie aus dem Zug, betraten den Bahnsteig des zerstörten Bahnhofs und gingen, in den Händen zwei Koffer aus Pappkarton, Richtung Innenstadt. Aber dort, wo einst die Innenstadt war, warteten nur malerische Haufen zerbröckelten Backsteins auf sie. Also machten sie sich, müde von der langen Reise, in schäbigen Mänteln und kaputten Schuhen, die Mützen über die Ohren gezogen, über die breite Allee, die an den alten Friedhöfen vorbeiführte, auf den Weg in die nördliche Vorstadt, zu den zwei Backsteintürmen der mittelalterlichen Kathedrale. Die Sonne ging schon unter. Sie kamen an umgestoßenen Telegraphenmasten, Überresten von Taxis, Knäueln von Stacheldraht und verkohlten Straßenbahnskeletten vorbei.

Das verlassene Haus, das sie erreichten, kurz bevor es zu regnen begann, hatte weiße, gekalkte Wände mit schwarzem Fachwerk, ein Blechtürmchen mit einem eisernen Hahn auf der Spitze, eine verglaste Veranda mit einer kleinen Galerie, ein rotes Steildach aus holländischen Ziegeln, und wie durch ein Wunder war es zwischen all den Ruinen heil geblieben. Es hieß – nicht in der Sprache, die Jakub nach seiner Geburt sprechen sollte, sondern in der Sprache der ehemaligen Bewohner – Tannenheim – ein Name, der diese an den finsteren Schwarzwald erinnerte, voll von Gespenstern, Höhlen und verlockenden Abgründen, sowie an die unvergessene Melodie des Horst-Wessel-Lieds.

Als Jakub sich anschickte, auf die Welt zu kommen, entdeckten berühmte Gelehrte des großen Landes jenseits des Ozeans, daß die Wahrscheinlichkeit der Entstehung des Lebens auf der Erde etwa eins zu fünf Billionen sechshundert Milliarden achthundert Millionen neunzehntausend betrug, die Wahrscheinlichkeit aber, daß unter den zahlreichen Formen des Lebens diese eine, besondere entstehen würde, die den Namen Jakub tragen sollte, war hundert Millionen mal geringer. Das Glück war Jakubs Mutter jedoch hold, und so entstand in ihrem Schoß eines Nachts, als die Blitze eines Gewitters den schwarzen Himmel über der Stadt erhellten, aus kreisenden Protonen die harmonische Gestalt eines Knaben. Die Geburt verlief schnell und glücklich, die Erde wurde hell vor Genugtuung über den Anblick des neuen Wesens mit dem wunderbar rosigen Hintern, der sofort einen kräftigen, lebensspendenden Klaps erhielt – und der neue Mensch, der gierig einen tiefen Atemzug frischer Seeluft einsog, verkündete der Welt mit einem entsetzlichen Freudenschrei, er sei bereit, die Mühen des Daseins auf sich zu nehmen.

O schöne Tage, an denen Jakub die Reize des Lebens kennenlernte! Weiße Wolken spiegelten sich im Meer, das er von den hohen Fenstern der Villa Tannenheim aus betrachtete, Schwalben flogen über die Kathedrale, deren Türme ihn vor Blitzen schützten, in den Gärten blühten blaßrote Malven, auf den Beeten reifte Blumenkohl, in den Teichen des nahegelegenen Parks spiegelten sich Linden, und wie so Winter um Winter, Frühjahr um Frühjahr vergingen, verwandelte die Zeit mit liebevoller Sorgfalt den Körper des Säuglings in den Körper eines kleinen Knaben, dann den kleinen Knaben in einen großen und schließlich den Knaben in einen jungen Mann. Die Jahre vergingen, Jakubs Hände wurden immer geschickter, die Fingernägel waren rosig und gesund, das Haar blond und glänzend, die Augen von der Farbe dunklen Biers, über der Oberlippe ein entzückender Flaum. Jakub war seinen Eltern gelungen. Flink, biegsam wie eine Haselrute, hüpfte er fröhlich zum Teich bei der Mühle und verhieß eine gute Zukunft.

Jakubs Kindheit war schön. Rasch wuchs er heran. Schlank, mit dunklem Teint und hellem Haar, sammelte er Kraft für die Aufgaben, die ihn erwarteten. Die Zigeunerin, die eines Nachmittags an die Tür der Villa Tannenheim klopfte, prophezeite ihm, er sei für Höheres bestimmt, und so begann er, begeistert und zugleich entsetzt von dieser Nachricht, schon in frühen Jahren das Geheimnis seines Schicksals zu ergründen. In der Nacht hörte er, wie seine Eltern mit einem Schrei erwachten. Nach all dem, was sie in den Jahren des großen Krieges mitgemacht hatten, konnten sie immer noch nicht glauben, daß nicht vom frühen Morgen an auf sie geschossen wurde, niemand sie quälte, niemand sie in einem Güterwaggon in unbekannte Richtung abtransportieren wollte und das Frühstück jeden Morgen ungefähr um die gleiche Zeit stattfand und noch dazu gut schmeckte. Knusprige Kaiserbrötchen, dänische Butter, Kirschmarmelade auf einem Tellerchen aus grünem Glas, ein weichgekochtes Ei im silbernen Eierbecher und duftender Kakao aus den Gaben der UNRRA, außerdem auf der weißen, mit einem Muster aus Vogelbeerblättern bestickten Tischdecke silberne Teelöffel mit gotischem Monogramm auf den Elfenbeingriffen sowie eine Porzellanvase mit frisch geschnittenen dunkelroten Dahlien; draußen der hohe Himmel und die ruhige See mit der blauen Kontur der Halbinsel am Horizont. Was braucht der Mensch mehr? Sie betrachteten all dies als ein Wunder, für das man – wem auch immer – dankbar sein sollte.

Die Stadt, in der Jakub auf die Welt kam, gehörte zum russischen Imperium. Auf den Straßen war die östliche Sprache der Offiziere in Pelzmützen zu hören, die hier auf dem Weg zu den Stützpunkten im Westen für ein oder zwei Tage Halt machten und stundenlang durch Plätze und Parks streiften auf der Suche nach Frauen und Zigaretten der Marke Camel, die sie in den einsamen Läden an den bewaldeten Hängen des fernen Urals nicht bekommen konnten. Hoch oben zwischen grauen Wolken flogen wie unsichtbar im Nebel brummende Hummeln schwere, mit Waffen und Munition beladene Transportflugzeuge, die die »östliche Besatzungszone« versorgten. Nachts lauschte Jakub, den Kopf ins Kissen geschmiegt, den geheimnisvollen Geräuschen, die aus der Dunkelheit zu ihm drangen. Lange Güterzüge mit Panzern auf den Loren rollten langsam über den unweit der Villa Tannenheim gelegenen eisernen Bahnviadukt, im rhythmischen Rattern der Räder, das Jakub bunte Träume von Reisen und Abenteuern bescherte, obwohl in den Panzern Soldaten mit gelblicher Haut und Schlitzaugen saßen, vor denen er sich in Wirklichkeit fürchtete.

Bald erfuhr er, daß die Stadt, in der er zur Welt gekommen war, binnen eines Augenblicks von der Erdoberfläche verschwinden konnte. Er nahm diese Nachricht gelassen zur Kenntnis – ein Beweis dafür, daß er schon ein reifer Mensch war. Das exotische Wort »Hiroschima«, das auf dem ganzen Planeten Panik hervorrief, war für ihn nur eine von vielen Parolen aus Kinderspielen. Und der Gedanke, daß alles, was er sah, sich in wenigen Sekunden in Luft auflösen konnte, gab allen Dingen, die er in die Hand nahm, um freudig das unergründliche Wunder der Existenz zu betrachten, nur eine besondere Note. An Maitagen, wenn Tausende von Menschen mit Flaggen in der Farbe frisch geschälter Möhren durch die Hauptstraße der Stadt zogen, nahm sein Vater ihn auf die Schultern, marschierte über die nasse Fahrbahn, die morgens mit Hilfe von Sprengwagen gereinigt worden war, und zeigte seinen Sohn voller Stolz den Würdenträgern des Imperiums, die auf einer mit Fichtenzweigen geschmückten Tribüne standen und mit ruhigen Handbewegungen das arbeitende Volk grüßten; als wollte er ihnen einen wundersam geretteten Schatz zeigen, was diese jedoch, mit wesentlich wichtigeren Angelegenheiten beschäftigt, leider nicht zu bemerken schienen.

Die Stadt Danzig – denn um diese handelte es sich – war in vielerlei Hinsicht geteilt. Die einen sagten, es stehe schlecht, sogar immer schlechter, die anderen sagten, es stehe gut, ja –

immer besser. Die einen gingen in die Kirche, die anderen wollten die Kirchen für immer schließen. Die einen waren krank, die anderen gesund, und wieder andere waren tot und warteten in diesem Zustand auf den Friedhöfen der Vororte auf das Jüngste Gericht.

Doch all das bekümmerte Jakub wenig, obgleich er jeden Tag vor dem Einschlafen hörte, wie seine Eltern mit gedämpfter Stimme das Imperium verfluchten, das ihnen die Freiheit geraubt hatte. Gesund, glücklich, neugierig auf das Leben, mit heißem Blut in den Adern, freute er sich an der Kapuzinerkresse im Garten, kletterte wie eine Katze über die Bäume, fing im Teich bei der Schleuse Fische, schwamm in der See, in deren ufernahen Gewässern immer noch verrostete Wracks der zerschlagenen Kriegsmarine ruhten, und stibitzte Äpfel in den Nachbargärten. Der Vater sagte immer, das Imperium werde ewig bestehen. Das dachten damals die meisten Bewohner der Stadt.

In der Schule war Jakub fleißig und lernte gut, also machte er sich keine Sorgen um die Zukunft. Groß, braungebrannt, geschickt wie er war, streifte er nachmittags mit Freunden durch die Buchenwälder hinter der Kathedrale. Auch las er in der Abenddämmerung auf der Bank unter dem schwarzen Kirschbaum gern alte und neue Bücher, was seinen angeborenen Optimismus etwas dämpfte. Doch erst eines Tages im Dezember, als er früh morgens aus dem Haus gegangen war und auf der Hauptstraße Panzerwagen sah, spürte er einen kalten Hauch auf dem Haar, als wäre der Vorhang gerissen, der ihn bisher von der Welt abgeschirmt hatte. Es war nicht angenehm. Die Panzer fuhren dröhnend Richtung Werft, die Raupen knirschten auf dem gefrorenen Asphalt, und an den Stahltürmchen stand das Zeichen des weißen Vogels.

Kurz darauf sah er eine Menschenmenge auf der Straße. Leute in gelben Helmen gingen vom Tor der Werft zu dem steinernen Gebäude der Partei. Vom Eisenbahnviadukt her kamen Militärhubschrauber geflogen. Über der Fahrbahn schwebte eine Wolke von Tränengas. Als er Richtung Bahnhof lief, sah er auf der gefrorenen Straße einige reglose Körper. Jahre vergingen, in der Welt und in seinem Land geschahen große Veränderungen, es fehlte nicht an neuen Eindrücken, seine Seele entwickelte und vervollkommnete sich, doch nie vergaß er den Anblick der reglosen, am Bordstein zusammengekauerten Körper. Sie sahen aus, als wären sie in den Schlaf geflohen. Mit den Händen verdeckten sie das Gesicht, um die Welt nicht zu sehen.

Dann fiel das Imperium, und Jakubs Land, das lange Zeit nicht sein eigener Herr gewesen war, wurde wieder selbständig. Die Eltern, die nachts das Imperium verflucht hatten, weil es ihnen die Freiheit raubte, waren gestorben, ohne die Freiheit zu erleben, und Jakub war allein. Der beunruhigenden Worte der Zigeunerin eingedenk, die ihm ein großes Schicksal prophezeit hatte, trat er in die berühmte Arthur-Schopenhauer-Universität ein und widmete sich in dem schönen Gebäude auf der Speicherinsel einige Jahre lang fleißig dem Studium. Und einige Jahre später begann er selbst dort zu unterrichten. Er war noch jung und stark und hatte eine kräftige, reine Stimme. In dem neugotischen Saal, hinter dessen Fenstern der Fluß die Stadt durchschnitt, sprach er zu jungen Frauen und Männern über das Recht, die Freiheit und ihre Geheimnisse. Für seine Worte bekam er eine bestimmte Anzahl von Banknoten, die man ihm jeden Monat höflich überreichte. Dafür konnte er sich Kefir, Eier, Obst, Gemüse, Fisch, Knöpfe, Hosen, Schuhe, eine Mütze und ähnliches kaufen.

In dem denkwürdigen Jahr, als er Jura zu lehren begann, waren am Himmel und auf der Erde rätselhafte Zeichen zu sehen. Der ganze Planet lebte in Erwartung. Man hoffte auf ungewöhnliche Ereignisse. Das neue Leben ließ grüne Triebe auf der Leiche des Imperiums sprießen. In Labors entdeckte man, daß der Mensch sich nicht wesentlich vom Radieschen oder von der Fruchtfliege unterscheidet, was manche in Verzweiflung, andere in Begeisterung versetzte; die Mehrheit jedoch hatte, wie immer, zu dieser Sache keine Meinung. Das menschliche Genom entzauberte die Geheimnisse der Vorsehung und löste Panik bei Theologen, Politikern und Moralphilosophen aus, die nachdrücklich die Wissenschaftler warnten, den letzten Schritt zu tun. Man konnte schon aus der Zelle eines Haares ein Schaf oder einen Menschen machen.

Etwas ging zu Ende, etwas begann, nur was das genau war, wußte niemand. Lokale Kriege brachen aus und erloschen wieder, manchmal gelang es, in Restaurants und Kirchen gelegte Bomben zu entschärfen. Aus einer Entfernung von dreißigtausend Kilometern konnte man bereits mühelos einen Terroristen oder ein Kind töten. Geheimnisvolle Sekten verübten Attentate in Untergrundbahnen und offerierten den Reisenden einen schnellen Übergang auf die andere Seite der Zeit. Auf grünen Weiden wurden Kühe wahnsinnig, weckten Mitleid und Sorge, doch obwohl man sie – wie ein blutiges Opfer an unbekannte Götter – zu Tausenden verbrannte, erinnerte sich schon wenig später fast niemand mehr daran.

Dann bohrten sich Düsenflugzeuge, voll mit Geschäftsleuten, Labtops, wohlgenährten Frauen, Schirmen, Arabern, Koffern, Kindern, Handys, Stewardessen und Kreditkarten in einer stolzen, mächtigen Stadt in Türme aus Stahl und Glas und explodierten mit einem roten Federbusch aus brennendem Benzin vor den Augen der ganzen Welt, aber auch dieses aufregende Ereignis, das für einen Moment die Aufmerksamkeit der Menschheit auf sich zog, war schnell vergessen, denn das freigebige Schicksal, das mit vollen Händen aus dem nie versiegenden Brunnen der Zeit schöpfte, hielt schon wesentlich effektvollere Überraschungen von wahrhaft opernhafter Kraft bereit, für die durchaus keine silbernen Düsenjets mit Terroristen an Bord nötig waren.

Erstaunliche Geschehnisse rieselten wie Goldmünzen aus einem löchrigen Sack. Das durchsichtige Spinngewebe des Internets verband alle Kontinente und schickte Millionen von Gedichten in die Erdatmosphäre, die – in ihrer unvorstellbaren Geduld – nur die kosmische Leere las. Ohne größere Probleme konnte man Herzen verpflanzen. Epidemisch verbreitete sich die seelische Krankheit mit dem poetischen Namen Bulimie, deren Quellen ebenso unerforschlich waren wie die Gründe, weshalb der liebe Gott nicht nur den Menschen, sondern auch den Milzbrandbazillus geschaffen hat. Die Zahl der jungen Frauen, die nicht mehr essen wollten, hatte beinahe acht Millionen erreicht, von denen die meisten zarte, blasse Geschöpfe vor Vollendung des achtzehnten Lebensjahrs waren, dünn wie Hostien, unter ihnen auch Studentinnen von Jakub, die mit eiserner Konsequenz auf Käse, hartgekochte Eier und Zucker verzichteten.

Wenn sich Jakub, bevor er zu Arbeit ging, Frühstück machte, verzichtete er auf Jodsalz und gesättigte Fettsäuren und prüfte auf der Packung den Fettgehalt der Milch, schließlich wollte er gesund und lange leben. Wenn er mit gleichmäßigen Schritten kurz vor acht zur Straßenbahnhaltestelle aufbrach, wo die rote Linie 6 zur Speicherinsel abfuhr, war er froh, daß auf der nördlichen Halbkugel, auf der er und seine klugen Vorfahren wohnten, eintausenddreihundert Religionen, bunt wie das Gefieder des Kolibri, der Lust der Toleranz frönten, während ein Stück weiter, im Herzen Afrikas, ein Stamm den anderen mit billigen Macheten abschlachtete – anderthalb Millionen gesunde Männer im zeugungsfähigen Alter, was jedoch keineswegs den allgemeinen Stand der Weltbevölkerung verringerte, die weiterhin, wie kochende Milch im Topf, in erschreckender Weise zunahm.

Aus der Höhe von zehntausend Metern (die durchschnittliche Flughöhe der Boeing 707, mit der Jakub hin und wieder flog) sah die Erde jungfräulich und unschuldig aus. Faszinierende Korallenriffe, gelbe Wüsten, Mischwälder, das Schachbrett bestellter Felder sowie die Pyramiden, die Chinesische Mauer, das Brandenburger Tor, der Kreml, die Peterskirche, Hollywood und Manhattan. An der australischen Küste retteten freiwillige Helfer eine Herde verirrter Wale, obwohl man auf fünf Kontinenten jährlich vierundzwanzig Milliarden Tiere ohne Skrupel zu Hamburgern und Babynahrung verarbeitete. Eine Milliarde Menschen hatten keine Arbeit, vierhundert Millionen litten unter starkem Streß, dreihundertsiebzig Millionen an Depressionen, zweihundertachtundachtzig Millionen hatten Alkoholprobleme, zweihundert Millionen Persönlichkeitsstörungen, sechzig Millionen kämpften mit chronischer Schüchternheit, fünfundvierzig Millionen litten an Schizophrenie und vierzig Millionen an Epilepsie.

Alles in allem jedoch war es, obwohl jeder die launischen Monster mit den weiblichen Namen Rezession, Inflation, Stagnation zu spüren bekam, eine Epoche der Ruhe, des Wohlstands und des Gleichgewichts, von der die früheren Erdbewohner, seit Jahrhunderten an wesentlich größere Sorgen gewöhnt, nur hatten träumen können.

In dieser interessanten und schönen Epoche führte Jakub in der alten Stadt Danzig an der kalten Ostsee ein beinahe ruhiges und beinahe glückliches Leben. Er freute sich an seiner jungen Frau, die er während des Studiums geheiratet hatte, kaufte jeden Morgen gesunde Lebensmittel in dem Geschäft, das in seinem Viertel feierlich eröffnet worden war, und genoß seine Wohnung, die er für die Ersparnisse seines ganzen Lebens gekauft hatte, was für die meisten Bewohner unseres Planeten zu jener Zeit ebenso unerschwinglich war wie ein dreiwöchiger Urlaub in einem Luxushotel mit Schwimmbad auf dem Mars.

Und sicher hätte er sich noch lange seines Lebens gefreut, wenn nicht eines Nachts im Sommer ...

Jakub lernt Hilda kennen

Es begann ganz gewöhnlich.
Am Sonntagabend fuhr Jakub nach Krakau (sieben Stunden Fahrt, eine Konferenz über *Geschichte der Kunst und Geschichte der Medizin*, 5000 Zeichen, Honorar). Kurz vor Mitternacht war er auf dem Bahnhof, entspannt, zuversichtlich, guter Dinge, und weil gerade angekündigt wurde, die Verspätung des Zuges könne sich auf etwa eine Stunde erhöhen, was er verständnisvoll zur Kenntnis nahm, setzte er sich auf einen Plastikstuhl gegenüber der Parfümerie Rossmann, stellte seinen Koffer neben eine Säule, schmiegte sich in seinen Trenchcoat und wartete gelassen auf die unvermeidliche Begegnung des kleinen Zeigers der Bahnhofsuhr mit der römischen Ziffer zwei.

Der Bahnhof war schön. Wie eine steinerne Arche erhob er sich am Fuße des Hagelsbergs, fast im Zentrum der Stadt, und erfreute mit seinen zimtfarbenen Wänden das Auge des Reisenden. Auf der hohen niederländischen Fassade schimmerte grünlich ein geflügeltes Rad aus Kupfer, eindeutiges Zeichen des Sieges menschlichen Denkens über Zeit und Raum. Der rauhe Charme des nördlichen Barocks verband sich in symbolischen Ornamenten harmonisch mit dem kühnen Hochmut des Jahrhunderts von Dampf, Kohle und Elektrizität. Ein japanischer Geschäftsmann, der auf dem Weg von Tokio nach Paris über Moskau in der Stadt Halt machte, war von dem hübschen Gebäude aus gelblichem Sandstein und Backstein so begeistert, daß er auf der fernen Insel Kiuschu eine genaue Kopie bauen ließ, die als Hochzeitspalast dienen sollte. Das im Lande der Kirschblüte errichtete steinerne Gebäude sollte in seinem Herzen angenehme Erinnerungen an die Reisen durch die endlosen Ebenen Rußands und Mitteleuropas wecken, wo die Natur – das hatte er im Gedächtnis behalten – immer Natur blieb und die Rapsfelder so leuchtend gelb waren wie nirgendwo sonst. Jakub wunderte sich nicht über diesen Einfall, denn der Bahnhof war wirklich schön und hatte ein Spiegelbild im Wasser des Ozeans wahrhaftig verdient.

Das große Fenster über dem Eingang zur Halle war mit einem Glasmosaik geschmückt, das eine Abschiedsszene darstellte. Ein stattlicher Jüngling in Wikingerkleidung, aus rubinroten und himmelblauen Teilen gestaltet, überreichte einer schlanken Frau mit Lilien im Haar und einer Frisur wie Leni Riefenstahl im Film *Die Weiße Hölle vom Piz Palü* eine rote Rose. Im Hintergrund des Bildes dampfte eine Lokomotive mit dem goldenen Zeichen der kaiserlichen Bahn auf dem schwarzen Tender.

Diese rätselhafte Szene weckte in Jakub schon immer eine süße Unruhe. Vielleicht war er deshalb als Kind mit seiner Mutter so gerne hierher gekommen. In dem hohen Innenraum des Bahnhofs hallten die Schritte der Reisenden – das Klopfen der eisenbeschlagenen Absätze auf dem Granitfußboden – wie ein gläsernes Echo. Über den Köpfen flogen Tauben schwirrend von einem Gesims zum anderen. Im Winter hauchten Menschen in dicken Mänteln und Mützen eisige Wölkchen in ihre frierenden Hände. Und hinter den trüben Scheiben der Kassenschalter war immer wieder der dumpfe Aufschlag der geheimnisvollen schwarzen Datumsstempel zu hören, mit denen junge, mit Uniformen bekleidete Frauen von melancholischer Schönheit auf Fahrkarten aus dicker brauner Pappe die Zeichen der unwiederbringlich vergehenden Zeit prägten.

Jetzt jedoch rieselten an den Kassenschaltern nur noch Schwärme von Ziffern über Computerbildschirme. Hinter der Schaufensterscheibe mit der roten Aufschrift ROSSMANN glänzten auf weißen Regalen Shampoos und Body Lotions in Hunderten von Farben. Ein junger Mann mit rosa gefärbtem Haar, der an einen Engel von Botticelli erinnerte, kehrte einsame, von unachtsamen Füßen zertretene Papierchen von Bounty-Riegeln ordentlich auf eine Plastikschaufel.

Es gibt Augenblicke, wo der Körper sich von uns trennt und mit Unwillen auf dem Nachbarstuhl Platz nimmt. Die Seele will der schweren Verpflichtung des Lebens nicht nachkommen und findet in der schlechten Kondition von Armen und Beinen eine bequeme Ausrede. Dies war so ein Moment. Die Zeit ließ träge die Minuten über die Leuchtuhr rieseln, vollkommen gleichgültig gegenüber müden Beinen und Kribbeln im Rücken. Jakub döste. Über dem Bahnhof kämpfte die Nacht mit einer Woge der nahenden Dämmerung. Das Licht der Morgenröte, das allmählich aus Richtung Moskau heranzog, glitt als großer flammender Strom über die endlose Weite der östlichen Halbkugel, spiegelte sich in den kalten Seen und Flüssen Rußlands, strahlte in den goldenen Kuppeln der weißrussischen Kirchen, aber es hatte noch nicht genug Kraft, um durch die dunkle Wolkenwand zu dringen, die sich gegen Mitternacht über die Stadt gesenkt hatte. Auf dem stumpfen Turm der Marienkirche brannte ein Kreuz aus Glühbirnen. Sicher war im Krankenhaus in Nowe Ogrody jemand gestorben.

Der Trenchcoat, den Jakub um die Beine schlug – hell, mit weißen Knöpfen und einem Wappen auf dem Futter, bei Weissmann in der Kärntnerstraße gekauft – gab sich dem Fluß der Stunden gelassen hin. Der Koffer mit den Messingbeschlägen und dem Ledergriff gab diskret zu verstehen, daß Menschen, die sparen, eine Zivilisation aufbauen können. Die Schuhe aus Rentierleder, rotbraun, mit dünner Brandsohle und modisch stumpfer Spitze, von Jansen (Flughafen Kopenhagen), schlummerten an den Füßen wie gehorsame

Cockerspaniels. Aber die billigen Sportschuhe an den Füßen der Reisenden, die zu beiden Seiten von Jakub dösten, konnten von einer besseren Zukunft nur träumen.

Gegen zwei Uhr sah Jakub diese Frau.

Arme, Bettler, Obdachlose! Eine wahre Plage für Europa! In Afrika, Asien, Lateinamerika war das etwas anderes. Ja, in den Labyrinthen der südlichen Städte, in den gewundenen Gassen des Ostens, im Gestank verfaulter Bananen und Orangen, dort sind die Armen, Bettler und Obdachlosen zu Hause. Unverschämt, schrill, hartnäckig drängen sie sich – wie oft hatte er auf der unvergessenen Reise nach Ägypten solche Szenen gesehen – um hellhäutige Schweden, sommersprossige Deutsche und rothaarige Engländer und packen jeden Touristen mit einer auf der Brust baumelnden Minolta gierig am Ärmel. Für sie gibt es die Fürsorge weltweiter Gesundheitsorganisationen, Hilfssendungen aus Flugzeugen, die Vereinigung »Ärzte ohne Grenzen« und humanitäre Aktionen des amerikanischen Marinekorps. Das hungernde Äthiopien, Bangladesch, Bombay, Afghanistan, ja, da gehören sie hin. Die Lieblinge von CNN, erschüttert betrachtet von Familien in Baltimore, Stockholm und Berlin. Lokalkolorit des Urlaubs in der Karibik und der Safari in Uganda.

Aber hier, in Europa? In Europa – das hatte Jakub auf seinen Reisen beobachtet – traten Arme, Bettler und Obdachlose nie in Herden auf. In Europa war der Bettler ein einsamer, heruntergekommener, auf dem Bürgersteig kniender Mensch mit einem Pappkarton in den Händen, auf dem ein mit schwarzem Filzstift geschriebenes curriculum vitae zu lesen war, bündig wie eine Grabinschrift, anrührend und zutiefst persönlich, oder auch ein junger Mann mit einem Stereotonband, der in einem Tunnel der Metro an der Place Pigalle oder vor dem Bahnhof Zoologischer Garten auf einer elektrischen Geige spielte, wo sein Anblick niemanden erstaunte.

Die Bettler, die Jakub aus seiner Kindheit kannte, hatten mit diesem Bild nichts gemein.

Pappkartons? Stereotonbänder?

Jeden Sonntag, wenn er mit seinen Eltern in die Kathedrale ging, begrüßten ihn auf dem lindenbestandenen Platz vor der Kirche auf der bloßen Erde sitzende, traurige Reminiszenzen des großen Krieges: in Lumpen gehüllte Rümpfe ohne Arme, beinlose Körper, mit Lederriemen an aus Brettern gezimmerte Pritschen geschnallt, lebendige entrindete Baumstümpfe. Ihr Anblick zerriß einem das Herz. Mit angehaltenem Atem ging er auf sie zu, warf eine Münze in den Kupferbecher und spürte, wenn die Münze auf dem Boden des Gefäßes klapperte, einen Moment lang die süße Erleichterung, daß er seine Pflicht getan hatte, wie die Bibel es vorschrieb. Aber gleich darauf, während er mit den Eltern den kühlen Raum der Kathedrale betrat, fühlte er sich, als würden seine gesunden, jungen, munter über den Steinfußboden gleitenden Füße in den Ledersandalen sich über die abgetrennten Beine und Arme da draußen lustig machen! War er nicht schuldig, da er ihr Los nicht teilte? In den Tränen, die er vergoß (seine Mutter wischte sie mit einem frisch gewaschenen, nach der Rosenseife »Sieben Blüten« duftenden Taschentuch ab), mischte sich das schmerzliche Mitgefühl für die Armen und Unglücklichen mit Entsetzen und dem sündhaften Wunsch zu fliehen. Solche Dinge waren also möglich auf der Welt. Und was sagte der liebe Gott dazu?

Als er daher diese Frau sah, spürte er einen Stich im Herzen, der ihm bekannt vorkam.

Sie war jung. Doch die Augen halb geschlossen, schläfrig. Wimperntusche, dunkler Lippenstift in karminrotem Ton, das Haar kurz, zerzaust, unter der hellgelben Farbe wuchs es dunkel nach. Langsam trieb sie durch die Bahnhofshalle in Richtung Kasse und tischte den Leuten immer wieder dieselbe Geschichte auf – sie habe kein Geld für die Fahrkarte, müsse aber zu ihrer kranken Mutter fahren. Wenn einer sie fortjagte, ging sie zum nächsten. Dreckbeschmierte dunkelblaue Sportschuhe mit einer dicken orangefarbenen Gummisohle, eine zottige Jacke aus einer Decke und eine schmutzige schwarze Plastiktasche mit der silbernen Aufschrift »Calvin Klein« über der Schulter.

Sicher hätte er sich schlafend gestellt auf seinem Plastikstuhl, wäre nicht der Junge in der schwarzen Lederjacke und den hohen Stiefeln gewesen, der sie beschimpfte. Sie schien seine Stimme nicht zu hören, doch plötzlich antwortete sie ihm, zur Seite schauend, mit den gleichen Schimpfwörtern. Sie mußte stark zugekifft sein und hatte bestimmt kein gesundes Blut.

Wann immer er sich später an diesen Moment erinnerte, mußte er staunen, daß er sich noch jede Einzelheit ihrer Kleidung vorstellen konnte, jedes Zittern der Hände mit den abgebrochenen Fingernägeln, obwohl seit jener Zeit so viele Tage vergangen waren und eigentlich aus seinem überbelichteten Gedächtnis jede Spur hätte verschwunden sein müssen. Denn was war da schon zu erinnern?

Sie kam näher.

Er sah sie jetzt vor sich wie auf einem Polizeifoto. Sie blickte zur Seite, mit Ringen unter den trüben, geröteten Augen, an den Wimpern Klümpchen von Tusche, die Haut an den hervorstehenden Backenknochen aufgesprungen, das Gesicht krankhaft gerötet, die Unterlippe geschwollen von nervösem Nagen, Sommersprossen, auf der Jacke der Schriftzug »Atlantis«, in der Calvin-Klein-Tasche ein Knäuel von braunen Pullovern, eine Plastikflasche Coca Cola, ein blaues Päckchen Binden, Kekse, ein grüner Trainingsanzug mit Flecken.

Die Augen halb geschlossen, bat sie ihn um ein paar Groschen für die Fahrkarte, weil sie zu ihrer Mutter zurückmüsse, die auf sie wartete. Er betrachtete sie aufmerksam, wie wir einen Schmetterling betrachten, der sich auf unsere Hand gesetzt hat. Wenn sie das Geld für Essen wollte, würde er ihr etwas geben, aber für Stoff gab er nichts. Mit weinerlicher Ungeduld schüttelte sie den Kopf – nicht für Stoff. Sie nehme schon lange nichts mehr. Sie brauche es nur für die Fahrkarte zu ihrer Mutter, wenigstens ein paar Groschen. Er hätte ihr sogar mehr gegeben, nur damit sie verschwand, aber – »Warte«, sagte er, »wie heißt du?« Sie schaute ihn jetzt bewußt an, mißtrauisch, verschlagen. Hilda, sagte sie. Er merkte plötzlich, daß er mit ihr sprach, wie die Wohltäter in Kitschfilmen nach Romanen von Dickens mit gefallenen Mädchen sprechen: »Fräulein Hilda, haben Sie einen Ort, wo Sie wohnen können?« Sie murmelte, sie wohne in der Ulica Orzeszkowa. Er fragte, ob sie verheiratet sei. Sie zuckte die Achseln – wer wolle schon so eine wie sie, sie sei doch sowieso verloren. Sie wohne bei ihrer Mutter, sagte sie, aber die Mutter habe sie rausgeschmissen, und jetzt wisse sie nicht, wohin. Plötzlich bekam er Angst, jemand könnte denken, er mache eine Bahnhofsnutte an, und er wollte die Sache schnell beenden. Mit weichen Knien schwankte sie vor ihm hin und her und machte mit Mühe die Augen auf: »Für mich ist das Leben sowieso zu Ende. Ich bringe mich um.«

»Ach, was ...« Demonstrativ brachte er zum Ausdruck, daß er das nicht glaubte. Aber was sie gesagt hatte, beschäftigte ihn doch. Das wäre etwas, wenn er morgen in der Zeitung lesen würde, eine alleinstehende Frau ohne Papiere, die auf dem Bahnhof übernachtet, hätte sich gegen drei Uhr nachts vor die Lokomotive des einfahrenden Schnellzugs geworfen ... Vielleicht sah er sie jetzt zum letzten Mal? Er musterte sie von oben nach unten, mit der Neugier eines Kenners, der ein Schmuckstück begutachtet, das in Kürze unter den Rädern eines Zuges zermalmt wird. Unwille und Gleichgültigkeit überkamen ihn. Sie begann ihn zu langweilen. Was wäre schon, wenn sie springen würde? Ein Unglück weniger.

Genau dies dachte er damals: ein Unglück weniger. Wenn man sich um jeden kümmern wollte, würde einem das Herz brechen, und das Herz mußte ja fürs ganze Leben reichen. Niemand auf der Welt würde das aushalten.

Einen Augenblick lang wollte er sie zu McDonald's mitnehmen. Eine Pizza oder einen Hot Dog kaufen. Aber als er nach dem Koffer griff, entschied er sich anders. Wenn sie wirklich Stoff brauchte, wozu dann ihr Leiden verlängern? Sollte sie doch etwas einwerfen. Ein bißchen Erleichterung ist auch was wert. Die Welt erschien ihm wie ein häßlicher Ort, vor dem alle fliehen; nur taten manche es auf elegante, andere auf abstoßende Weise – aber wo war eigentlich der Unterschied? Er griff in seine Tasche. Er öffnete das Lederportemonnaie und nahm eine Münze von ziemlich hohem Wert heraus. Schließlich war sie erwachsen. Sollte sie doch tun, was sie wollte, nur endlich verschwinden. Verwundert nahm sie die Münze zwischen zwei Finger wie eine Hostie, betrachtete sie von beiden Seiten aufmerksam, zweifelnd, ob sie echt war, und ging dann, ohne ihn anzusehen, Richtung Rossmann, wobei sie ihre schwere schwarze Plastiktasche auf der Schulter zurechtrückte.

Er schaute ihr nach wie einem davonfliegenden Vogel. Sie schwankte. Den Kopf eingezogen, den Kragen hochgeschlagen, gebeugt, mit weichen Knien, die Hände in den zu langen Ärmeln der zottigen Jacke, als würde sie frieren, obwohl Juni war. Die zerzausten Haare leuchteten auf ihrem Kopf wie gelbe, lodernde Flammen. Der große Zeiger der Bahnhofsuhr glitt auf zwei Uhr dreizehn. Von draußen drang das gedämpfte Rattern von Rädern herein. Der verspätete Zug nach Krakau fuhr ein. Die Leute erhoben sich träge von ihren Stühlen, strichen ihre zerknitterten Kleider glatt, überprüften die Schlösser der Koffer, schnallten die komfortablen Rucksäcke zu, wie Taucher, die sich anschicken, unter Wasser zu gehen. Er stand auf und folgte ihnen in den Tunnel. Als er schon auf der Treppe war, sah er sich um, aber die Frau, der er die Münze von ziemlich hohem Wert gegeben hatte, war nicht mehr in der Bahnhofshalle.

Die große Bahnhofstür stand offen, dahinter war die Nacht.

Das Gebäude der Juristischen Fakultät

Am Mittwochabend kam er aus Krakau zurück. Es war halb elf, und so setzte er sich vor dem Schlafengehen noch ein wenig an den Computer. Er sah sich ein paar E-Mails an, beantwortete zwei davon (an Leonard aus Stockholm, an Doktor N.), und als die Uhr an der Zisterzienserkirche elf schlug, ging er an seine Lieblingsbeschäftigung.

Man konnte das übrigens kaum eine richtige Beschäftigung nennen. Seit einiger Zeit machte es ihm Spaß – wie er es in Gedanken scherzhaft nannte – in magischer Weise Ereignisse zu zähmen. Ein schönes Vorhaben! Das Schicksal – diese Formulierung kam ihm in den Kopf – auf frischer Tat ertappen. Ein Netz für einen unsichtbaren Schmetterling auswerfen. »Was machst du denn?« Janka schaute in das Zimmer, wo er am PC saß. »Es ist gleich zwölf! Geh schlafen!« – »Ach, nichts Besonderes«, erwiderte er beiläufig, als ob es ihm peinlich wäre. »Ich muß noch etwas fertig machen.« Er hatte beschlossen, alle paar Tage seine Eindrücke, Erinnerungen und Beobachtungen als rohes, keiner Selektion unterworfenes Material im Computer zu speichern. Einfach so, für alle Fälle. Lebensspuren. Als würde er Teile eines verstreuten Puzzles in eine Kiste werfen. Wer weiß, vielleicht konnte man daraus später einmal etwas machen. Er tat es sogar recht systematisch. Einige Ordner auf der Festplatte. Fotos von Menschen, die er kennengelernt hatte (er hatte einen guten digitalen Fotoapparat und machte bei jeder Gelegenheit Schnappschüsse). Zeitungsausschnitte. Pläne von Städten, die er auf seinen Reiserouten streifte. Fahrpläne. Geburtstage von

Freunden und Bekannten. Rechnungen. Telefonnummern. Bemerkungen zu den Büchern, die er gelesen hatte. Briefe, Faxe. Aufzeichnungen von Träumen und Versprechern. Sogar Farbfotos von Wolken, die er vom Balkon aus geknipst hatte, und Wetterkarten aus dem Internet.

Jetzt beschrieb er die nächtliche Begegnung auf dem Bahnhof und fügte so dem chaotischen Dossier ein weiteres Ereignis hinzu.

Während er sich auszog, warf er einen Blick auf den Fernsehwetterbericht. Trockene Heißluft – der freundlich lächelnde Sprecher demonstrierte mit fließenden Handbewegungen die Windrichtung – zog von Süden herauf. Sie würde bei Tagesanbruch die Stadt erreichen. Ein Hoch über Sizilien kroch wie der rosarote Fleck eines Ekzems langsam über die grünen Ebenen Europas auf die dunkelblaue Ostsee zu.

Um sieben Uhr stand er auf. Es war schwül im Zimmer. Janka war schon in der Küche beschäftigt: »Möchtest du Kaffee? Sieh mal, was für ein Wetter heute! Da will man nur an den Strand! Und wir? Wir müssen zur Arbeit!« Er sah zum Fenster hinaus. Die Sonne stand noch nicht allzu hoch über der Weichselmündung. Die spitzen Türme der Kathedrale hinter den Bäumen des Parks waren in einen bläulichen Hitzeschleier gehüllt.

Indessen stieg über den grünen Ebenen zwischen Rhein und Dnjestr die Temperatur und die Zahl der Herzinfarkte. Er schaltete den Fernseher ein. In Berlin wässerten Sprengfahrzeuge die Allee Unter den Linden, die gläserne Kuppel des Reichstags glänzte wie ein großer, durchsichtiger, von Tautropfen bedeckter Siphon mit Sodawasser, und nur die dunkelhäutigen Ausländer, die sich auf dem Rasen des Tiergartens sonnten, meinten erleichtert, daß »in diesem Europa« endlich ein Wetter sei, wie es sich gehörte.

Es war also ein ganz gewöhnlicher schöner Julitag, wie der große Kalender des Kosmos sie im Überfluß bereithält, wenn die Menschen darin auch mit erstaunlicher Hartnäckigkeit die Ankündigung erkennen wollen, daß bald der Stern der Apokalypse aufleuchten werde, der – wie die Legende sagt – seit Millionen von Jahren geduldig über der Erde leuchtet, um sie in einem geeigneten Augenblick zu Staub zu verbrennen.

Er hatte mit Janka in der Küche gefrühstückt. Der Kaffee, den sie in aller Ruhe tranken, war stark und schmeckte gut. Um Viertel vor acht ging er aus dem Haus. Als er auf dem Weg durch die Lindenallee zur Haltestelle einen Blick auf die zerzausten Wölkchen über der Kathedrale warf, waren in Rom auf dem heißen Petersplatz schon die letzten Vorbereitungen einer Audienz für Pilger im Gange. Auf dem Hof der berühmten Arthur-Schopenhauer-Universität, zu der er unterwegs war, versammelten sich schon die ersten Gruppen junger Menschen. Sie wischten sich den Schweiß von der Stirn und schauten in ihre Notizen. Das Jura-Examen begann um neun Uhr, es war eine halbe Stunde bis zur Stadtmitte, also mußte er sich nicht beeilen. Er stieg in die rote Straßenbahn der Linie 6 und stellte sich ans Fenster. Die Juristische Fakultät, zu der er fuhr, ein großes Gebäude aus schwedischem Granit, mit zwei Türmen, grünem Dach und Glaskuppel, erhob sich gegenüber dem Krantor am nördlichen Ende der Speicherinsel. Einige Stockwerke hoch, schwer, auf einem Fundament aus schwarzem Stein, zog es schon von weitem die Aufmerksamkeit auf sich mit seinem barocken Tor, durch das man von der Grünen Brücke und der Ulica Stagiewna aus den breiten gepflasterten Hof betrat. Auf dem Hof stand eine steinerne Statue der Themis in ihrem griechischen Gewand, das Werk des berühmten Abraham van den Block. Die Göttin aus weißem Marmor hielt in den Händen eine Waage und ein Schwert, das golden in der Sonne glänzte wie die Spitze eines Blitzableiters.

Es hieß, das Gebäude der Juristischen Fakultät sei unter Kaiser Wilhelm erbaut worden, aber wenn Jakub von der

Langen Brücke aus die Mauern in dunklem Sandsteinrot betrachtete, hatte er den Eindruck, daß es schon immer hier stand. Die Dächer aus grünem Kupfer, die Erker, Reliefs, Attiken, Galerien und Kolonnaden hoben sich von den einzelnen Stockwerken ab wie die Zacken einer uneinnehmbaren Festung. Der pompöse Geschmack seines Erbauers stach ins Auge: dunkles Mosaik aus dickem Glas an neugotischen Fenstern, verschlungene Stuckarbeiten über den Eichentüren der Hörsäle, Wendeltreppen aus kaltem Marmor, über die man hoch hinaufsteigen konnte bis unter die Glaskuppel mit Tausenden von Messingsternen auf der gewölbten Oberfläche, die nachts, wenn im Vestibül Feierlichkeiten der Universität oder Konzerte für Gäste stattfanden, über dem Fluß leuchtete wie eine von innen erhellte Muschel.

Jakub hatte sein Zimmer im linken Flügel des Gebäudes und saß dort gerne bis zum Abend. Wenn es Nacht wurde, sah er von seinen Papieren auf und blickte auf die silberne Wasseroberfläche. Reflexe des Mondlichts, das sich im Fluß spiegelte, wanderten über die Decke und flossen träge von einem Spiegel zum anderen. Die Mineraliensammlung, die er einst unter Glas in einer Eichenvitrine am Fenster angelegt hatte, in dem Glauben, Amethyste brächten ihm Glück, gewann im schläfrigen Flimmern des Flusses den täuschenden Schein des Lebens. Das Aquarium war voll mit phosphoreszierenden Fischen. Die an der Wand aufgestellten Monitore strahlten unendliche Ziffernkolonnen ins Leere. Der Gedanke an die digitalen Silberscheiben, die sich unter dem weißen Gehäuse unaufhörlich drehten und den durchsichtigen Faden der Zeit geduldig auf eine unsichtbare Spindel spulten, beruhigte wahrhaftig die Nerven.

Das Echo in den Tiefen der Korridore wiederholte jeden Schritt der nächtlichen Wächter, die langsam an der Tür seines Zimmers vorbeigingen. In solchen Momenten kam es ihm vor, als würde das Granitgebäude, von einem kaum spürbaren Beben erschüttert, schon bald von seinen Fundamenten gleiten und mit der Strömung des Flusses zur Mündung treiben, wie eine von den Tauen gelöste Arche, voll von alten Büchern, Computern, Scannern, Barometern und astronomischen Teleskopen. Am Tage dagegen, wenn der Fluß in der Sonne leuchtete, erinnerte seine träge Strömung eher an die düsteren Gewässer eines über die Ufer getretenen Sees als an beharrlich zum Meer strebendes Wasser.

Die Stadt hatte in ihrer langen Geschichte viel Segen erfahren. Angeblich hatte sogar Jesus sie besucht. Jakub konnte sich genau an das berühmte, im großen Saal des Rathauses hängende Bild des holländischen Meisters erinnern, auf dem der schwarzhaarige Gottessohn in rotem Gewand sich in der Frauengasse mit Passanten unterhielt wie mit guten Bekannten. Diese Szene hatte ihn schon immer gerührt und in seinem Herzen gute Gefühle geweckt. Er dachte gern an sie, wenn er durch die dunklen Viertel abends nach Hause ging.

Der goldene Pelikan

Es waren seltsame Zeiten.

Wer studieren wollte, mußte sich einer schmerzlichen Prüfung unterziehen. Wer die Prüfung nicht erfolgreich bestand, dem drohten Erniedrigung und Scham. Und sobald einer in dem Alter war, in dem der männliche Körper am besten aussieht, fiel er in die unsensiblen Hände der Armee, was die jungen Verehrer von Proust, Umberto Eco, Tolkien und Marquez mit wahrhaftigem Entsetzen erfüllte, denn sie trugen lieber ausgebleichte Levi's-Jeans und weite Pullover mit zu langen Ärmeln als Uniformjacken in schmutzigem Grün mit goldenen Knöpfen, auf denen das Bild eines Raubvogels prangte.

Am ersten Juli entschied sich in der sandigen Ebene, die sich zwischen den waldigen Höhen der Karpaten und den Ufern der kalten Ostsee erstreckte, das Schicksal von Hunderttausenden junger Frauen und Männer. Vom Morgen an drängte sich vor den Universitätsgebäuden eine unruhige Menschenmenge. Einsame Verzweifelte, die alles auf eine Karte setzten, nur um »studieren« zu können. Mädchen in weißen Blusen aus Kunstseide und schlichten Faltenröcken, die krampfhaft ihre Notizen festhielten, als hätte das dicht beschriebene Blatt Papier die magische Kraft eines Amuletts. Sorgfältig gekämmte Söhne von Eisenbahnern und Werftarbeitern mit nach Kölnisch Wasser duftenden Anzügen aus billigem Wollstoff, die darauf hofften, der Anblick bescheidener Eleganz könnte die unerbittliche Strenge der Prüfungskommission mildern.

Und Jakub entschied mit einer Handbewegung über ihr Schicksal.

Während sie sich zitternd der Juristischen Fakultät näherten, den Blick auf die Marmorstatue der Themis mit dem goldenen Schwert geheftet, fuhr er in dem roten Straßenbahnwaggon der Linie 6 zur Universität, blätterte achtlos die Morgenzeitung durch und verschwendete keinen Gedanken daran, daß er in seiner Jugend ein ähnliches Examen absolviert hatte.

Kurz vor neun betrat er das Gebäude der Juristischen Fakultät. Der Himmel über der Stadt war hoch und rein. Die Kommission hatte bereits im Saal Nummer IX an einem großen Tisch Platz genommen, auf dem neben einer Kristallvase mit roten Nelken eine Schale Crackers, eine Flasche Volvic, sieben Tassen und eine silberne Thermoskanne mit Kaffee standen. Er begrüßte höflich die Anwesenden, breitete ordentlich seine Papiere auf dem grünen Stoff des Tisches aus, nahm seinen goldenen Pelikan aus dem schwarzen Etui und hielt ihn gegen das Licht, um zu sehen, ob die Feder sauber war.

Das Examen begann acht Minuten nach neun. Die Kommission bestand aus fünf Personen, die sich wohlwollend gaben, um diejenigen, die in Kürze vor dem grünen Tisch stehen sollten, nicht durch die Würde ihres Amtes einzuschüchtern. Der Vorsitzende, der zerzauste Professor Mulda, in einer weiten rotbraunen Cordjacke. Die schlanke Frau Doktor Kublik mit ihren goldenen, über dem linken Ohr durch eine Perlmuttspange gehaltenen Locken. Der hinkende, immer wie ein Storch auf der Suche nach Fröschen gebeugte Doktor Pawelski in einem silbrigen Pullover mit Bauernmotiven. Der Sekretär der Kommission, der trockene, konzentrierte Magister Malecki, mit Goldrandbrille, schwarzem Hemd und weißer Krawatte. Der geheimnisvolle Doktor Koterwa, massig, mit breiten Hüften, in einem zerknitterten Sakko aus dunkelblauem Plüsch, rot im Gesicht, mit dicker Nase und einem sanften Lächeln, wie ein gerade erwachter Koalabär.

Das Ritual der Prüfung war einfach. Zuerst losten die feierlich gekleideten jungen Leute die Fragen aus, die auf schmalen, fächerartig auf dem grünen Tisch ausgebreiteten Papierstreifen standen. Nach der Examinierung schrieb Jakub eine arabische Ziffer neben den Namen des Kandidaten – Zeichen des Sieges oder der Niederlage. Die lange Spalte der Namen zog sich über ein ganzes Blatt Papier.

Bis elf Uhr lief alles glatt. Nach der Pause gab es kleine Komplikationen. Einer, der Geschichte schon abgeschlossen hatte, nahm den Platz eines anderen ein, der mit Geographie noch nicht fertig war. Jemand, der auf der Liste auf Platz elf stand, kam als zehnter oder fünfzehnter dran, anstelle eines Kandidaten, der nicht zum Examen erschienen war. Jakub glitt vorsichtig mit der goldenen Stahlfeder an der Spalte entlang, suchte den entsprechenden Namen und trug die entsprechende Ziffer gewissenhaft in die entsprechende Rubrik ein. Einmal irrte er sich und trug die Ziffer zu Rubrik 32 in Rubrik 33 ein – ein Unterschied von zwei Millimetern – aber er korrigierte den Fehler sofort. Er schärfte seine Aufmerksamkeit, und wieder ging alles glatt.

Gegen Mittag wurde das Fenster geöffnet. Die Sonne stand schon über dem Grünen Tor. Auf den Schläfen Professor Muldas erschienen Schweißtröpfchen. Die Julihitze war drückend. Unter der Decke rotierten ohnmächtig die Flügel der Ventilatoren. Man zog die Jacken aus. Man krempelte die Hemdsärmel hoch. Man lockerte die Krawattenknoten. Jakub spürte die Hitze immer stärker auf dem Rücken. Sein Fingerring und die goldene Feder des Pelikans blitzten.

Nacheinander traten die Kandidaten an den grünen Tisch. In den Streifen des Sonnenlichts verschwammen ihre Gesichtszüge. Dennoch versuchte Jakub, die Konzentration nicht zu verlieren. Den Kopf in die Hand gestützt, lauschte er aufmerksam jedem Wort, obwohl der Lärm, der von der geographischen und der historischen Kommission herüberdrang, ihn störte. Ein Mädchen in rotem Pulli ließ sich lautstark über die deutsche Wirtschaft in der Ära Erhardt aus. Ein rotblonder Junge in schwarzem Anzug erzählte melodiös vom Reich Karls des Großen. Eine bläulich gefärbte Blondine verbreitete sich über die Widersprüche von Oliver Cromwells Politik. Jakub stellte zusätzliche Fragen, verlangte eine Präzisierung der Begriffe, prüfte, ob die Kandidaten selbständig dachten oder nur die Sätze aus den Lehrbüchern wiederholten, hörte, wie jemand über Lady Macbeth sprach, jemand anders über die Bedeutung von Sokrates, wieder ein anderer mühsam die klassische Definition der Wahrheit entfaltete, aber nach einiger Zeit begannen die einzelnen Stimmen in einem monotonen Lärmpegel zusammenzufließen, in dem der Gedanke unterging wie ein Boot mit defektem Boden in den schläfrigen Fluten eines tropischen Flusses.

Beim siebenunddreißigsten Kandidaten spürte er eine leichte Gereiztheit. Einen Moment lang wollte er sogar den Chef der Kommission um ein paar Minuten Pause bitten, um ein wenig zu sich zu kommen, aber er begriff, daß das keinen Sinn hatte. Beide Kommissionen – die historische wie die geographische – versuchten das Tempo zu beschleunigen. Doktor Pawelski und Professor Mulda wollten vor drei Uhr fertig sein, denn die Hitze wurde immer unerträglicher. Jakub warf einen Blick auf seine Liste. Er mußte sich ebenfalls beeilen.

Also verzichtete er auf eine Präzisierung der Fragen und beschloß einfach zuzuhören. Er verlangte kurze, bündige Antworten. Manche Kandidaten brachte das in Verlegenheit, aber so war das im Leben: Man mußte imstande sein, auf kurze, präzise Fragen kurze, präzise Antworten zu geben. Ein Mädchen in hellgrüner Bluse mit einer Bernsteinbrosche begann mit Ausführungen in weitschweifigem, schönrednerischem Stil. Sofort unterbrach er den Auftritt höflich, aber entschieden. Hier war kein Platz für Eitelkeit. Die nächsten Kandidaten sprachen kurz und bündig. Er spürte, daß er den richtigen Rhythmus gefunden hatte. Wenn er nicht an Tempo verlor, würde er sicher vor den anderen fertig werden. Gewissenhaft versah er einen Namen nach dem anderen mit arabischen Ziffern. Die goldene Feder des Pelikans glitt weich über das Papier. Gleichmäßige Reihen mit blauen, schrägen Buchstaben. Und wie immer: überwiegend befriedigend, zum Teil gut, der Rest ausreichend oder mangelhaft.

Gegen vier Uhr war alles vorüber. Der letzte Kandidat verschwand hinter der Tür. Die restlichen würden am nächsten Tag geprüft werden. Die Freizeit winkte. Doktor Pawelski streckte sich: »Na, endlich ...« Professor Mulda wischte sich die Stirn: »Und jetzt einen Schluck Kaffee und nach Hause!« Jakub antwortete mit einem Lächeln. Er war fast gleichzeitig mit ihnen fertig geworden. Sie hatten nur drei Minuten auf ihn gewartet. Alle waren sich einig, daß die Kommission im Hinblick auf die besonderen Umstände die Papiere der Prüflinge erst morgen früh vor Beginn des Examens ausfüllen würde. Professor Mulda warf sich schon die Jacke über die Schulter und schloß seine Mappe. Er hatte es eilig, er wollte zu einem wichtigen privaten Treffen, vermutlich mit dem Minister, einem alten Schulfreund, der gerade an die See gekommen war, um sich etwas zu erholen. Im Gebäude der Juristischen Fakultät bekam man jetzt kaum Luft, von produktiver Arbeit ganz zu schweigen. Unter solchen Bedingungen können schnell Fehler passieren. Also, auf Wiedersehen!

Am nächsten Tag wäre er um ein Haar zu spät gekommen. Er lief die Treppe hinauf in den ersten Stock, rannte ins Sekretariat, ein paar Leute saßen bereits da, es roch nach Kaffee, er lächelte Frau Jarocka zu und grüßte Herrn Mosakowski: »Guten Morgen, guten Morgen«, er griff nach der Tasche – und erstarrte vor Entsetzen. Das Protokoll des gestrigen Examens! Hatte er es zu Hause gelassen? Er hatte die Tasche doch gar nicht geöffnet! Verloren? Aber wo? Fieberhaft begann er die Papiere zu durchwühlen. Aus der Tasche fielen Manuskriptblätter, ein Notizbuch, der Kamm, die Brille, er kniete sich hin, las alles vom Boden auf, und da sah er aus dem Augenwinkel das Mädchen in dem blauen Kleid aus indischer Baumwolle.

Sie kam näher. Neben seiner die Blätter aufsammelnden Hand sah er die mit einem dünnen Riemchen umflochtene Wade, den nackten Fuß in der Sandale ... Was wollte sie? Sah sie nicht, was passiert war? Das Mädchen kniete nieder, als wollte es ihm helfen: »Entschuldigen Sie«, sagte sie leise, »ich bin gestern von Ihnen geprüft worden, aber auf der Liste steht nur 10 Punkte. Das muß ein Irrtum sein, ich habe doch ...« Jakub spürte etwas Kaltes in der Brust. Ein Irrtum? Wovon sprach sie? Ungeduldig fuchtelte er mit der Hand: »Das ist kein Irrtum. Wenn da 10 Punkte steht, dann heißt das, daß Sie nicht bestanden haben. Verstehen Sie?«

Das Mädchen strich sich das Haar aus dem Gesicht: »Das ist ein Irrtum, ganz bestimmt, ich habe selbst gesehen, wie Sie nickten, daß die Antwort richtig war, und dann, als ich vom Tisch wegging, habe ich gesehen, daß Sie die Note ›gut‹ eingetragen haben.« – »Hören Sie auf ...« Er dachte jetzt nur an das verfluchte Protokoll. Im Saal Nummer IX hatte er es bestimmt nicht liegen gelassen. Als er weggegangen war, hatte er alle Papiere in die Tasche gepackt. Wenn er es jetzt nicht finden würde ... Natürlich konnte er die Punktzahlen von der ausgehängten Liste abschreiben. Das wäre kein Problem ... Mein Gott, er schüttelte den Kopf, wie peinlich allein die Idee!

Aus dem Augenwinkel betrachtete er das Mädchen. Eigentlich nichts Besonderes, schlank, nicht allzu groß; das aschblonde Haar, glatt, glänzend, in der Mitte ein Scheitel, der entblößte Ellbogen und diese Handbewegung ... Sie strich mit dem Zeigefinger eine Strähne hinters Ohr, die rosaroten Fingernägel, der Hals, die milchige Hautfarbe ... Alles glitt ihm aus den Händen. Wieder sagte sie etwas zu ihm, vorgebeugt, höflich, angespannt, sie hob einen Bleistift auf, den Kalender, reichte ihm die Kappe des Pelikans, er sah ihre Finger, aber er hörte ihr nicht zu: »Bitte, ich fange gleich mit den Prüfungen an! Verstehen Sie?«

Er schob sie beiseite, stand auf und verließ das Zimmer. Er ging durch den Korridor zum Saal Nummer IX wie zu seiner Hinrichtung. Wenn Mulda ihn jetzt nach dem verflixten Protokoll fragen würde ... Vor der Tür holte er Luft wie vor einem Sprung in tiefes Wasser, dann griff er noch einmal mechanisch in die Tasche, wühlte in den Papieren – da kam unter den Notizen zu Hegel plötzlich das bekannte Blatt zum Vorschein. Da war es! Es war einfach mit einem Manuskript zusammengeklebt. Ihm wurde heiß in der Brust. Mein Gott, was für eine Erleichterung.

Er öffnete die Tür und ging mit dem Protokoll in den Saal Nummer IX, als würde er mit einem goldenen Mistelzweig in den Händen aus unterirdischer Finsternis auftauchen. Der ganze Raum, der ihn nachts bisweilen an einen Saal im Schloß Otranto erinnerte, voller Fledermäuse und Spinnweben, erstrahlte jetzt in blendendem Sonnenschein. In den offenen Fenstern der Fluß, der hohe Himmel! Er mußte blinzeln. Flimmernde Lichter tanzten an den Wänden, an der Decke, auf den Gesichtern der Kommissionsmitglieder, brachen sich in Gläsern, Flaschen, kristallenen Aschenbechern und Vasen, sprangen auf die vom Alter dunkel gewordenen Porträts über, die an den Wänden hingen, und entfachten selbst in den erloschenen Augen von Hegel, Schopenhauer, Nietzsche, Hevelius und Fahrenheit fröhliche gelbe Fünkchen, als würden die strengen Gesichter der großen Lehrer der Menschheit in diesem Konzert der Helligkeit für einen Augenblick sanfter. Er setzte sich an den grünen Tisch, atmete tief durch und lauschte eine Weile seinem immer ruhiger werdenden Herzschlag.

Er begann sich Vorwürfe zu machen, daß er mit diesem

Mädchen wohl doch etwas zu streng umgegangen war. Schließlich hätte er das eleganter handhaben können. Er hatte sich unnötig ereifert. Einen Augenblick war er entschlossen, gleich zu ihr hinauszugehen und die Sache ins Lot zu bringen. Er drehte sogar den Füllfederhalter zu und legte ihn auf das grüne Tuch. Aber es war schon zu spät. Die ersten Kandidaten kamen an den Tisch und begannen die Fragen auszulosen. Im übrigen – er zuckte unwillkürlich die Achseln – wenn sie wirklich einen begründeten Vorwurf an ihn hatte, würde sie auch bis nach der Pause warten.

Um zwölf war Pause. Professor Mulda neigte sich zu ihm: »Herr Kollege, ein Mädchen sagt, es sei ein Irrtum passiert. Sie hätte mit Ihnen gesprochen ...« Jakub sah ihn an, wie man ein nörgelndes Kind ansieht: »Ja, ich erinnere mich«, brummte er. »Aber es war kein Irrtum. Sie hat einfach zu wenig Punkte bekommen. Und jetzt hat sie sich etwas in den Kopf gesetzt und will uns Druck machen ...« Professor Mulda senkte die Stimme: »Vielleicht könnten Sie trotzdem nochmals einen Blick ins Protokoll werfen ...« Jakub zuckte die Schultern: »Das hab ich schon getan. Sie hat nicht bestanden. Sie hat 10 Punkte.« Er hob den Kopf und sah zum ersten Mal an diesem Tag Professor Mulda direkt in die Augen: »Sind Sie sich klar darüber«, sagte er nachdrücklich und genoß einen Moment lang den harten Klang seiner Stimme, »was geschehen würde, wenn wir dieser Beschwerde nachgäben? Wenn sich das herumspricht, kann jeder kommen und die Ergebnisse des Examens in Frage stellen. Denken Sie nicht, das könnte für uns sehr unangenehme Konsequenzen haben?« Professor Mulda schaute ihn aufmerksam an. In seinem Blick war Respekt und ein Hauch von Abneigung.

Jakub hatte die Nase voll von dieser Sache. Er ging auf den Korridor hinaus, sah sich um, aber das Mädchen war nicht da. Er schüttelte den Kopf. Sie hatte es also nicht einmal für nötig gehalten zu warten ...

Aber selbst wenn er wirklich, dachte er, während er die Treppe zum Hof hinunterging, bei ihrem Namen eine zu geringe Punktzahl eingetragen hatte – was war schon dabei? In dieser Hitze, bei diesem Lärm, dieser Unruhe? Es gibt Momente, in denen wir nicht uns selbst gehören. Ein Augenblick genügt, das Steuer rutscht einem aus den Händen, und ein Bus mit Schulkindern zerschellt an einem Baum. Natürlich ist jeder für sein Tun verantwortlich – aber wie weit geht diese Verantwortung? Es ist doch Unsinn, behaupten zu wollen, daß wir immer genau wissen, was wir tun. Wenn wir leben, balancieren wir – diese Definition schien ihm ungewöhnlich treffend – ständig zwischen Anwesenheit und Abwesenheit. Das Recht will davon selbstverständlich nichts wissen. Es interessiert sich nur für Fakten und die Konsequenzen von Fakten. Es sagt: Du hast getan, was du getan hast, jetzt mußt du dafür bezahlen. Aber ist unser Leben nicht eine Strähne von Irrtümern? Vergessen, übersehen wir nicht ständig etwas oder geraten ins Stolpern? Wie oft vereitelt der Zufall unser Vorhaben. Selbst in den wichtigsten Augenblicken des Lebens. Und wie oft gehen wir von der Haltestelle nach Hause zurück, um nachzuschauen, ob wir wirklich die Wohnung abgeschlossen haben. Wer kann schon mit reinem Gewissen sagen, das sei ihm noch nie passiert?

Wenn ihr also der Zufall nicht glücklich gesonnen war – nichts zu machen, ihr Problem.

Rasch ging er über den gepflasterten Hof Richtung Grüne Brücke, und obwohl niemand irgendwelche Erklärungen von ihm verlangte, führte er eine Auseinandersetzung mit einem unsichtbaren Gegner. Diese verfluchten, hoffnungslos überlaufenen Universitäten! Hunderttausende von jungen Leuten – wie Schotter auf einer Baustelle durch die Siebe der Prüfungen, Tests und Kolloquien geschüttelt! Eile, Nervosität, Anspannung. Da brauchte man sich nicht zu wundern!

Übrigens – das hatte er morgens in der Zeitung gelesen, als er mit der Linie 6 auf die Speicherinsel fuhr – kamen angeblich allein in Amerika infolge von Irrtümern, Fehlern oder Versäumnissen jährlich neunzigtausend Patienten ums Leben. Amputationen gesunder Gliedmaßen, in der Wunde zurückgelassene chirurgische Geräte, Verlust der Sehkraft nach einer Staroperation, nicht rechtzeitig durchgeführter Kaiserschnitt, unerkannte Knoten in der Brust auf einer Mammographie. Jedes Jahr gingen neunzigtausend Menschen in den USA vor die Hunde, einfach, weil jemand einen Fehler beging! Aber niemand machte davon viel Aufhebens! So waren eben die Gesetze des Lebens.

Mit der Zeit vergaß er die ganze Angelegenheit. Es gab so viele andere Dinge. Er fuhr in Urlaub, ging in den Bergen wandern, lag in der Sonne, sammelte Beeren und Pilze, tanzte in einem Café, fuhr Fahrrad und Kajak. Janka hatte recht gehabt: Die Luftveränderung tat ihm gut. Er fühlte sich psychisch stabiler, gestärkt und fit. Wenn er bisweilen an die Ereignisse des ersten Juli dachte, hatte er den Eindruck, alles sei nur ein Traum gewesen.

Am zweiten Oktober setzte er seine Vorlesungen fort.

Eine Woche später, am Dienstag, ging er müde und etwas zerstreut in das Café der Juristischen Fakultät hinunter, setzte sich ans Fenster, sog mit einem Strohhalm an seinem Orangensaft und blätterte ohne Eile die Morgenzeitungen durch, für die er in der Straßenbahn nicht die Zeit gehabt hatte. Aus den Lautsprechern tönte traurige, sentimentale Musik. Ab und zu blickte er von der Zeitung auf und schaute auf die andere Seite des Kanals, zum Krantor hinüber. Der Nachmittag war herrlich, die Sonne noch hell, ein kühler, erfrischender Wind wehte vom Wasser her. Jetzt fühlte er sich wirklich entspannt. Goldener Oktober! Auf der Langen Brücke tummelten sich Menschen unter bunten Sonnenschirmen.

Am Nachbartisch saßen ein paar Leute. Er hörte nicht, worüber sie sprachen, aber als die Musik etwas leiser wurde, drangen ein paar Worte an sein Ohr, die sich plötzlich zu verständlichen, wenn auch abgerissenen Sätzen fügten: ... die Kandidatin bat darum, daß man prüft, ob kein Irrtum vorlag. Sie war überzeugt, daß es ein Mißverständnis war ... Aber sie haben sie einfach weggeschickt ... – Wie hieß sie? – Wart mal, irgendwas auf -owicz oder -aniewicz ..., nein, irgendwie anders, ich weiß nicht. – Und was ist mit ihr passiert? – Na, was wohl? Ein paar Tage später hat sie sich das Leben genommen. – Und das war bei uns? – Ja, bei euch in der Juristischen ...

Er saß da wie versteinert. Die anderen waren verstummt. Er hatte den Eindruck, sie schauten jetzt alle auf ihn. Und plötzlich erinnerte er sich daran, was ihm selbst im dritten Studienjahr passiert war.

Diese alte Geschichte! Wie lange war das her!

Sommersemester. Examen bei dem berühmten Professor Tyc. Geschichte des Rechts. Er hatte vier Seiten geschrieben. Änderungen in der französischen Rechtsprechung nach der Enthauptung Ludwigs XVI. Am Abend ging er frisch und munter, selbstsicher wie selten, zu der Tafel, auf der die Ergebnisse aushingen – und fand seinen Namen nicht auf der Liste! Was war da los? Sofort klopfte er an die Tür von Professor Tyc, um das Mißverständnis aufzuklären.

Professor Tyc war vor kurzem siebzig geworden. Mit seiner graubraunen Hautfarbe, der gebogenen Nase, den Glupschaugen, dem langen Eidechsenhals und dem großen Adamsapfel erinnerte er an einen Kondor mit spärlichem Gefieder. Das graue Haar hatte er nach Rekrutenart zu einer Igelfrisur geschnitten, er trug karierte Jacken aus weichem Wollstoff und Hosen mit Aufschlag. Am Hals prangte eine blutrote Fliege mit orangefarbenen Punkten. Angeblich rasierte er sich zweimal am Tag, besprengte sich ausgiebig mit Eau de Cologne von Fahrenheit, und Studenten ohne Anzug und Krawatte akzeptierte er nicht. In der Schlacht um England hatte er Spitfires geflogen.

Als Jakub an Tycs Zimmertür klopfte, wurde ihm schlagartig klar, daß er schwarze Jeans und ein rosarotes Hemd trug, aber es war schon zu spät. Professor Tyc betrachtete ihn durch die rechteckige Brille (saubere Gläser mit goldenem Drahtgestell) mit dem leeren Blick eines von unfruchtbarer Arbeit überhäuften Menschen: »Worum geht's?« Jakub stand in der angelehnten Tür und trug schnell sein Anliegen vor. Tyc warf den dicken Papierstapel, den er in der Hand hielt, auf den Schreibtisch: »Begreifen Sie nicht, junger Mann, daß Sie meine Zeit in Anspruch nehmen!? Sehen Sie nicht, wie viel ich zu tun habe?! Daß Sie nicht auf der Liste stehen? Das Blatt war zu Ende, mein Lieber, der Drucker hatte keinen Platz mehr für den Namen!« – »Aber könnte ich erfahren« – Jakub spürte, daß er blaß wurde –, »welche Note ich bekommen habe?« Professor Tyc vertiefte sich mit beiden Händen in den Papierstapel, der sich vor ihm türmte, aber Jakubs Arbeit tauchte nicht auf. »Warten Sie vor der Tür«, knurrte er, über die Papiere gebeugt. »Ich werde Ihre Ausführungen gleich finden.« An seinem rosigen, glatt rasierten Hals war eine bläuliche Narbe von einer Messerschmitt zu sehen, die Folge eines Luftgefechts über dem Ärmelkanal.

Jakub ging auf den Korridor und blieb vor der Tür stehen. Minuten vergingen. Tyc rief ihn nicht herein. Da legte er das Ohr an die Tür. Gleich darauf hörte er die blecherne Stimme von Tyc und einer anderen Person – das war sicher Doktor Kuźnar. »Soll er ruhig ein wenig vor der Tür stehen«, sagte Tyc zu Doktor Kuźnar. »Das ist ja kaum zu glauben, wie unverschämt die heutzutage sind! Wollen nichts lernen, und dann beschweren sie sich auch noch! Wo ist nur diese Arbeit hingekommen, zum Teufel?!« Hinter der Tür war das Knistern von Papier zu hören, in dem offenbar wütend herumkramt wurde. »Sag ihm doch, er hätte eine Vier, dann hast du deine Ruhe«, riet Doktor Kuźnar phlegmatisch. Bei diesen Worten riß Jakub, wie von der Tarantel gestochen, die Tür auf. Tyc sah ihn, vor sich einen Stapel Papier, säuerlich an: »Sind Sie immer noch da? Sie haben eine Fünf.« Jakubs Finger, die sich um die kalte Klinke klammerten, wurden weiß. »Das ist unmöglich. Ich war gut vorbereitet. Ich habe die Ergebnisse überprüft. Ich habe alle Fragen beantwortet. Ich möchte meine Arbeit sehen.«

Seine Arbeit sehen?

Plötzlich erschrak er. Wenn er darauf bestehen würde und die Arbeit sich nicht fände, würde sich Tyc bei der nächsten Gelegenheit an ihm rächen. Also unterdrückte er rasch seine Empörung und schlug einen Kompromiß vor: »Schauen Sie doch bitte noch einmal in Ihr Notizbuch, Herr Professor.« Von dieser Hartnäckigkeit genervt, zuckte Tyc die Achseln: »Ach ja, ich erinnere mich, Sie hatten eine Vier plus.« – »Damit bin ich nicht einverstanden«, sagte Jakub mit zusammengebissenen Zähnen. »Ich war gut vorbereitet. Ich habe eine gute Note verdient.« Vor Erregung zitterte er am ganzen Leib. Wenn er jetzt eine Axt in der Hand gehabt hätte ... Tyc betrachtete ihn mit eisigem Blick. Eine dunkle Röte stieg ihm ins frisch rasierte Gesicht, als müßte ihm ein inneres Feuer jeden Moment den Schädel in Stücke reißen. »Geben Sie das Studienbuch her«, wütend streckte er die Hand mit dem dicken Siegelring am kleinen Finger aus, drückte die Feder seines grünen Parkers auf das Papier, schrieb in die Rubrik »Geschichte des Rechts« eine Vier plus und schmiß Jakub das Studienbuch vor die Füße. Jakub bückte sich, hob es vom Boden auf und ging, vor Wut bebend, auf den Korridor. Als er die Tür hinter sich schloß, spuckte er auf das Schild mit der eingravierten Aufschrift *Prof. dr hab. Juliusz S. Tyc*, das mit Schräubchen am Eichenrahmen befestigt war.

Die Sache hatte ihm tagelang zu schaffen gemacht. Und als er jetzt im Café dieses Gespräch am Nebentisch hörte, stand ihm die viele Jahre zurückliegende Szene lebendig vor Augen. Jetzt konnte er sich gut vorstellen, was das Mädchen im Baumwollkleid empfunden haben mußte. Aber zum Teufel – er war doch kein Tyc!

Ach, könnte er die verfluchte Sache nur vergessen! Ja, das wäre das Vernünftigste. Und sicher hätte er das auch getan, wenn er nicht ein paar Tage später, auf der Suche nach einem anderen Dokument, zufällig ins Archiv der Fakultät gegangen wäre. Die Frau, die ihn in den langen, von Neonlampen erleuchteten Gang führte, kannte er seit langem, und so konnte er ungestört in die Kartei schauen. Einen Plan hatte er nicht. Aber plötzlich kam es ihm in den Sinn, sich bei dieser Gelegenheit die Mappen mit den Zulassungsprüfungen anzusehen, einfach so, um endlich Ruhe zu haben. Vielleicht würde er sich an das Gesicht des Mädchens erinnern.

Nachdem er ein paar Schnellhefter durchgesehen hatte, merkte er, daß diese detektivische Tätigkeit ihn zu fesseln begann, obwohl man sie im Grunde gar nicht ernst nehmen konnte. Er suchte jemanden, aber er wußte ja gar nicht wen. Er sah sich die Paßbilder an, die den Anträgen beigeheftet waren, aber was konnte man darauf schon sehen? Auf solchen Bildern konnte man sich selbst kaum erkennen, wie dann erst jemanden, den man nur ganz kurz gesehen hatte. Da schimmerte etwas in seinem Gedächtnis auf, er hielt ein Foto ans Licht, berührte mit dem Finger ein Gesicht – aber nein, er konnte sich nicht erinnern ... Das verschwommene Bild fiel auseinander wie die Teile eines Puzzles. Der nackte Fuß in der Sandale, das Riemchen an der Wade, das aschblonde Haar mit dem Mittelscheitel, die hinters Ohr gestrichene Strähne, die Hautfarbe, die Schläfe ...

Er wollte die Sache also auf sich beruhen lassen. Man mußte die Phantasie im Zaum halten. Aber plötzlich bemerkte er erstaunt, daß ein beschämendes Gefühl, ein beinahe physisches Jucken, als würde er mit der Fingerspitze leicht über eine kaum verheilte Wunde streichen, ihn zu weiteren Nachforschungen trieb. Etwas Ähnliches hatte er in der Kindheit empfunden, wenn er durch das Schlüsselloch ins Schlafzimmer der Eltern schaute. Aber selbst wenn sich diese junge Frau etwas angetan hatte – niemand könnte ihm jemals etwas beweisen! Er schwelgte in dem Gefühl absoluter Straflosigkeit, obwohl er wußte, daß das dumm und gemein war. Als hätte er sich in eine gepanzerte Limousine mit kugelsicheren Scheiben gesetzt.

Als er das Protokoll des Examens vom Juli fand, schaute er – aus reiner Neugier – die Liste der Namen noch einmal von oben bis unten durch. Erleichtert stellte er fest, daß keiner auf »-owicz« oder »-aniewicz« ausging. Einer dieser Namen mußte ihrer sein. Aber welcher?

Nach einiger Zeit kam er auf die Idee, er sei vielleicht nur hierher gekommen, um nichts zu finden. Wollte er die Sache vielleicht abschließen, bevor sie richtig beginnen konnte?

Ihm war, als habe sich vor ihm die trübe Dunkelheit des menschlichen Lebens aufgetan, in der er sich nicht zu bewegen wußte. Und das Schlimmste war, daß das Schicksal (er wußte nicht, wie er es sonst nennen sollte) sich an jenem Tag in der Juristischen Fakultät in einer derart dummen Sache offenbart hatte, in einer geradezu lächerlichen Sache. Ja, wenn das Schicksal ihn in einer Szenerie zertrümmerter Felsen, in Blitz und Donner des Kaukasus, in der Wüste Sinai oder in den eisigen Steppen Sibiriens ereilt hätte! Aber das hier hatte ja nicht einmal verdient, Schicksal genannt zu werden. Ein Augenblick der Unaufmerksamkeit, Dummheit, Zerstreutheit, ein Zusammentreffen unglücklicher Umstände, nichts weiter.

Am meisten ärgerte ihn die Unschärfe, die Verwaschenheit der Tatsache selbst, die Ungreifbarkeit der Bedeutung. Und daß gerade ihm so etwas zustoßen mußte! In der empfindlichen Struktur des Ereignisses, das er jetzt genau untersuchte, wie ein Präparat unter der Lupe, war das wichtigste Element die Ungewißheit, die – wie er es nannte – Ungeklärtheit. Er verstand nicht, wozu die Prüfung dienen sollte, der er unterzogen wurde. Wäre die Schuld eindeutig gewesen, hätte er an Sühne denken können. So waren die Spielregeln, mit denen er – was blieb einem auch übrig – einverstanden war. Aber er konnte sich – und das war das Wichtigste – ganz klar sagen, er trage keine Schuld. Denn was war eigentlich an jenem Julitag geschehen? Selbst wenn er wirklich zu wenig Punkte ins Protokoll geschrieben und das Mädchen sich tatsächlich etwas angetan hätte, was konnte er dann dafür, daß er es mit einer Verrückten zu tun hatte? Ein normaler Mensch wäre damit fertiggeworden.

Also konnte er diese lächerliche Sache eigentlich mit einer Handbewegung abtun. Nicht ohne einen gewissen Stolz dachte er, so hätten es drei Viertel aller Erdbewohner gemacht. Wie viele hätten gesagt: »Beruhige dich doch, Jakub! Nicht du hast getan, was du getan hast. Es ist einfach passiert, basta. Mach dir nichts draus.«

Aber er konnte sich genausogut sagen: »Nein, ich und kein anderer habe getan, was ich getan habe. *Ego non fatum, non fortuna, non diaboli.* Er erinnerte sich an die denkwürdigen Worte des heiligen Augustinus. Beide Möglichkeiten schienen ihm gleichwertig, wenn auch die zweite etwas pathetischer war. Jetzt lagen beide vor ihm auf den Schalen einer unsichtbaren Waage. Keine war schwerer als die andere. Er hatte die Wahl. Einen Moment lang dachte er, alles hänge davon ab, wie er das, was geschehen war, benannte. Welches Wort er wählte. Er konnte es einen »Augenblick der Unachtsamkeit« oder eine »Gemeinheit« nennen, »Zerstreutheit« oder »Schweinerei«, »Irrtum« oder »Sünde«, »lächerliche Dummheit« oder »Tragödie«. Aber obwohl er diese Worte auf der Zunge hatte, hielt er sich damit zurück, sie auszusprechen. Der Zustand der Unentschiedenheit, in dem er sich befand, das Ruhen der Angelegenheit, das Ausweichen vor der Entscheidung quälten ihn ein wenig, aber zeitweise – das mußte er zugeben – war dieser Zustand ganz angenehm und sogar – was für ein Ausdruck! – erregend.

Oh, wenn dieser Zustand ewig hätte dauern können! Welch ein Augenblick! Verweile doch, du bist so schön! Er empfand es als eine Auszeichnung, daß das Geheimnis ihn persönlich berührt, daß es sein Tor vor ihm geöffnet hatte, daß er jetzt über das Rätsel der »Vernünftigkeit des Zufalls«, wie er es nannte, nachdenken konnte, das heißt über den Verdacht, daß in dem, was am ersten Juli geschehen war, eine wichtige Lehre verborgen lag, die er gründlich erforschen sollte.

Er war gespannt, wer er werden würde.

Das Terminal

Einige Tage danach, auf dem Heimweg von der Speicherinsel, ging er am Bahnhof vorbei, um bei McDonald's etwas zu essen. In der erleuchteten Passage sah er einen Mann, den er seit ein paar Jahren nicht mehr getroffen hatte. Gewöhnlich fürchtete er solche Begegnungen, weil sie ihn zwangen, Gefühle vorzutäuschen, die es schon lange nicht mehr gab, und so zögerte er auch jetzt, als er an der Fensterscheibe von McDonald's vorbeiging, ob er auf ihn zugehen sollte. Er erkannte den Mann nur mit Mühe. Sie hatten früher in der Juristischen Fakultät zusammen studiert. »Das Schicksal von Studienkollegen regt zu philosophischen Überlegungen an«, dachte er, als sie sich die Hände schüttelten. Es begann mit dem Studententheater, wo eine Gruppe treuer Freunde zu den Klängen der akustischen Gitarre in einem fast leeren Saal unvergeßliche Gedichte von Rilke rezitierte, und es endete mit der Stelle eines Pressesprechers im Büro des Staatsschutzes.

Der Mann, der kurz vor acht durch die hell erleuchtete Bahnhofspassage ging, trug eine lässige, offene Militärjacke mit dem verblaßten Aufdruck »US Army«, schwarze Jeans mit Messingnieten und gelbe Lederstiefel der Marke Camel mit dicken Sohlen, die bei jedem Schritt quietschten. Mit kurzem Haarschnitt, untersetzt, agil, erinnerte er ein wenig an die Gorillas aus dem Astra-Supermarkt. Sein Gesicht war rasiert, rund, rosig, mit einer kleinen Narbe an der Schläfe. Braune, dunkle Augen. Der Mund klein, unruhig, feucht. Er hieß Robert S. und arbeitete im Polizeipräsidium; darüber, wie er diese Stelle erhalten hatte, wollte er sich nicht auslassen. Als sie ohne Eile das Restaurant Paradis betraten, um sich bei einem Glas Wein an alte Zeiten zu erinnern und über gemeinsame Bekannte zu reden, fragte Jakub plötzlich, für ihn selbst ganz unerwartet und zögerlich, als würde er eine geheime, schmutzige Sache berühren: »Hör mal, führt jemand von euch Buch über die Selbstmorde?«

Robert zog die Augenbrauen hoch: »Wozu brauchst du das?« Jakub wußte selbst noch nicht so recht, worauf er hinauswollte, also brummte er nur, er suche ein Mädchen, von dem er gehört habe, daß sie ... Robert sah ihn aufmerksam an: »Sie hat sich umgebracht?« Jakub nickte. Robert nahm eine Zigarette aus einem silbernen Etui und klopfte mit dem Mundstück auf den glänzenden Boden: »Wann?« – »Ich weiß nicht. Ich weiß nicht einmal, wie sie geheißen hat ... Aber wenn ich vielleicht ein Foto sehen würde ...« In Roberts Fingern blitzte das Feuerzeug, eine blaues Flämmchen zuckte auf: »Komm morgen im Kommissariat vorbei. Da kannst du einen Blick auf die Fotos werfen. Aber du solltest wissen, daß das keine schönen Bilder sind.«

Um acht war er am Kommissariat. Das Relief des preußischen Adlers, das er auf dem Tympanon aus Granit vor sich sah, erinnerte eher an eine Rune auf einem steinernen Opferaltar der Goten als an das ehrwürdige Wappen des vergangenen Kaiserreichs. Aber er hatte keine Zeit zum Nachdenken. Noch bevor er den Mantel ausziehen konnte, wurde er neben der Wache in einen großen gläsernen Raum geführt. Man durchsuchte ihn nach Waffen. Einen Moment lang sah er auf dem Monitor der Wachanlage aus dem Augenwinkel den blauen Umriß seines Skeletts. Das von schwarzen Arterien umflochtene Herz pulsierte unruhig unter dem Brustbein, wie ein lebendiges Wesen in Todeskrämpfen.

Dieser Anblick erfüllte ihn immer mit Angst, also fuhr er, in den Fingern den Passierschein, als hielte er das Ende eines Fadens, der durch das Labyrinth der Gänge des alten preußischen Gebäudes führte, mit dem Fahrstuhl schnell ins dritte Stockwerk, ganz nach oben, unters Dach. Von dem gotischen Fenster aus, das auf den nördlichen Teil der Stadt hinausging, konnte man den Turm der Marienkirche und die Kuppel der Synagoge sehen, ansonsten Regen, dunkle Wolken und eine Schar Möwen, die über dem Rathaus kreisten.

In dem Saal, wo Robert S. arbeitete, brannten Neonlampen. Das Licht hatte einen kalten, bläulichen Ton. Es gab keine Fenster hier, in der trüben Luft unter der Decke drehte sich nur schwerfällig ein Ventilator, der Ähnlichkeit mit den Hubschrauberpropellern aus der Zeit des Vietnamkriegs hatte. Der Metallschrank, voll mit Mappen aus Pappkarton, stand offen. Auf dem langen Tisch mit schwarzer Platte türmte sich ein Stapel von Mappen, mit grünen Bändern zusammengebunden. Robert nickte: »Das ist alles von den letzten Monaten.« Jakub wunderte sich: »So viel?« Robert machte die Knoten auf: »Setz dich und schau es dir an. Ich habe zu arbeiten.« Er ging in die andere Ecke des Saales und vertiefte sich in die Papiere, die auf dem Metallschreibtisch ausgebreitet lagen.

Als Jakub nach der ersten Mappe griff, schlug sein Herz schneller. Er hatte keine große Hoffnung, ja, er dachte sogar, er sei nur hierher gekommen, um sich hinterher sagen zu können, er habe alles getan, um diese verdammte Angelegenheit aufzuklären. Er fühlte sich wie in der Kindheit, als er eines Tages in der alten Kirche in der Ulica Czarna vor dem blau-roten Mosaikfenster mit einer Szene aus Dürers *Ritter, Tod und Teufel* stehengeblieben war. Die gleiche Angst und Empfindlichkeit, der gleiche Wunsch nach Flucht. Vielleicht lag es an dem Ort. Der Saal, in dem Robert arbeitete, hoch, bogenförmig gewölbt, mit Eisenstützen unter der gerippten Decke, abgeteilt von einer Wand aus Aluminiumblech, auf der große schwarze Ziffern standen, sah aus wie das vergessene Terminal eines alten Flughafens. Auf solch einem Terminal hatte er sich einmal von jemandem verabschiedet, den er später nie wiedergesehen hatte.

Er nahm ein blaues Formular mit einer roten Aktennummer in der oberen Ecke aus der Mappe, hob sacht das dünne Schutzpapier hoch, das die Fotografie bedeckte, und fuhr mit dem Finger über das Gesicht, als wollte er Staub von dem Bild wischen. Eine Weile betrachtete er die junge Frau mit dem Mittelscheitel und den silbernen Ohrringen. Sie trug eine weiße Bluse mit Rüschen, wie eine Büroangestellte, die, ohne Hoffnung auf schnelle Heirat, von einem Tag zum anderen lebt und mit außergewöhnlicher Sorgfalt auf ihre Kleidung, ihr Haar und ihre Fingernägel achtet. Er legte die Mappe weg. Nein, das war sie nicht ...

Aus weiteren Mappen nahm er die numerierten Formulare heraus, sah sich die mit Büroklammern befestigten Bilder an, ärztliche Atteste, mit violetten Stempeln versehene Gutachten, Quittungen, von Gerichtsärzten unterschrieben. Aber all die Gesichter auf den Fotos schienen einander so ähnlich zu sein wie die Gesichter auf den Bildern, die er auf einem Schulausflug ins Museum des Konzentrationslagers Auschwitz gesehen hatte. Damals war er an die bekannte Wand mit Zehntausenden von Häftlingsfotos herangetreten, um sich wenigstens ein Gesicht zu merken. Aber bald begriff er, daß es unmöglich war.

Als die Glocken am Rathaus Mittag schlugen, schaute Robert von seinem Schreibtisch auf: »Hast du etwas gefunden?« – »Hör mal«, murmelte Jakub, »hier sind keine Bilder von, du weißt schon, wie man sie fand ...« Robert winkte ab: »Du hast doch gesagt, es geht dir um die Gesichter. Erspare dir die anderen Bilder.«

Kurz nach eins fand er in einer der Mappen das Foto eines Mädchens mit aschblondem, glatt nach hinten gekämmtem Haar. Den Kopf leicht zur Seite geneigt, schaute sie ihn an, ohne zu lächeln. Instinktiv legte er das Foto weg, als hätte er sich die Finger verbrannt. Die Haare des Mädchens hatten einen schönen Glanz. Der helle Teint, die kleinen Ohren, die hübsche Nase, die sanfte Linie des Kinns. Er betrachtete sie aufmerksam, suchte – wie er es nannte – das Gesicht seiner Sünde, aber nein, dieses hier war zu banal. Er konnte hier mitnichten jene schwer zu fassende, irritierende, leicht erotisch angehauchte Unruhe entdecken, die er in dem Moment empfunden hatte, als das neben ihm kniende Mädchen in dem blauen Baumwollkleid ihm geholfen hatte, die aus seiner Tasche gefallenen Sachen vom Boden aufzuheben. Die Ähnlichkeit? Ja, sie hatte sogar ein wenig Ähnlichkeit. Aber sie war es ganz sicher nicht.

Bis drei Uhr sah er alle Mappen durch. Einen Moment lang, es war bei der fünfzigsten oder sechzigsten Mappe, wollte er dem Schicksal geradezu danken, daß – was ihn immer noch wunderte – all die Gesichter auf den Fotos eigentlich kaum voneinander zu unterscheiden waren. Als hätte der Tod die Züge sorgfältig geglättet, die zweifelhaften Unterschiede verwischt, Wangen und Kinn das makellose Oval von Schaufensterpuppen mit künstlichen Wimpern und toten Mündern verliehen. Ihm wurde klar, daß er vor allem eine Bewegung des Mädchens in Erinnerung hatte: Wie sie mit dem Finger das Haar hinters Ohr strich. Ohne die geringste Hoffnung, auf eine Spur zu stoßen, nahm er die nächste Mappe in die Hand.

Das Neonlicht, von der Aluminiumwand zurückgeworfen, gab den Fotografien etwas Medizinisches, den Farbton von Leichen. Der Saal mit dem Gewölbe, in dem er saß, hatte etwas von einem Lazarett, wo die Menschen eilig sterben, die Gesichter mit Laken bedeckt, weder gute noch schlechte Erinnerungen hinterlassend. Die bläuliche Färbung der Luft erlosch als verdünntes Violett an den Wänden. Monoton drehten sich die Flügel des Ventilators und mischten den Schwaden Zigarettenrauch unter der Decke auf. Ihre vogelartigen Schatten glitten langsam über den Tisch und ließen die Gesichter auf den Fotografien bald dunkel, bald heller erscheinen.

Er saß bis vier dort und fand nichts. Immer die gleichen Gesichter auf den Bildern, die schläfrigen Umdrehungen des Ventilators, die bläulichen, langsam über den Metalltisch gleitenden Schatten der Flügel – all das verleidete ihm die weitere Suche. Es sei denn, Robert würde ... Kurz nach vier bat er Robert, ihm auch die anderen Bilder zu geben. Diejenigen, die nicht in den Mappen waren. »Laß das lieber«, sagte Robert. »Auf diesen Fotos siehst du nichts. Die Gesichter sind meistens undeutlich. Und verändert. Manchmal nicht wiederzuerkennen.«

Widerstrebend nahm Robert eine aufgeplatzte, mit einer Schnur zusammengebundene Mappe aus dem Schrank. Er zögerte: »Das sind keine Bilder für die Öffentlichkeit ...« Jakub streckte die Hand aus: »Zeig her.« Als er die Schnur löste, rutschten die Schwarzweißfotos mit einem Rascheln aus ihren Hüllen und fielen auf den Tisch wie ein lackiertes Kartenspiel. Jedes hatte in der oberen Ecke eine weiße Nummer. Er wunderte sich – er hatte sie sich schrecklicher vorgestellt. Natürlich waren sie unangenehm, aber so schlimm nun auch wieder nicht ... Behutsam nahm er sie in die Hand und hielt sie an die Lampe. Das Neonlicht prallte an der glänzenden Oberfläche des Fotopapiers ab. Die jungen Frauen hingen an der Klinke, am Heizkörper, an Kabeln, Drähten, Wäscheleinen.

Aber obwohl die Gesichter auf allen Fotos ähnlich waren, spürte er plötzlich die seltsame Gewißheit, daß er sie gleich finden würde. Auf dem Bild, das er in die Hand nahm, wollte ihm die erstarrte Bewegung des verdrehten Kopfes der jungen Frau, die mit offenem Mund an einem dünnen, tief in den Hals schneidenden Riemen hing, etwas sagen, appellierte an etwas, unterstrich etwas, was man sofort – Panik ergriff ihn, denn die Sache schien ihm eilig – verstehen mußte. Wie ein Blinder, der vom Mund abliest. Die steife Hand in die Falten der geblümten Schürze gekrallt, gab sie ihm ein Zeichen, das der Polizeifotograf mit Blitzlicht eingefangen hatte und – auf dem Film fixiert – weitergab, wohin auch immer.

Der Gedanke, sie hätte aussehen können wie diese Frau, erfüllte ihn mit Entsetzen. Bisher hatte er sich ihren Tod als etwas Fernes, Abstraktes vorgestellt. Jetzt sah er diesen toten Körper aus der Nähe. Am meisten verletzte ihn, daß der Tod sie so hätte erniedrigen können. Ihr bloßes Verschwinden aus der Welt war nicht schrecklich. Wie viele Menschen um uns herum verschwanden nicht spurlos?

Um sieben verließ er das Kommissariat. Die Sonne senkte sich schon auf den Bahnhofsturm. Langgezogene, zerzauste Streifen von Abendrot tauchten am Horizont auf und brannten wie ein hoher Bogen über dem Hagelsberg und den Kränen der Werft. Es wurde kühler. Von den Bastionen und den russischen Friedhöfen zog die Dämmerung herauf. Eine Brise aus der Stadt wirbelte trockene Blätter und bunte Papierchen auf. Der Schatten des Gefängnisturms verdunkelte die Mauern des Goldenen Tors. Über die breite Fahrbahn von Hucisko flossen in langen Wellen Hunderte von Autos in Richtung des nördlichen Stadtteils, wie aufgescheuchte, unter die Erde flüchtende Insekten mit glänzendem Chitinpanzer. Durch das Fenster der Straßenbahn betrachtete er den hellen Himmel über der Marienkirche.

An die Fotos, die er sich im Kommissariat angesehen hatte, dachte er kaum. Aber er träumte später die ganze Nacht davon. Er spielte mit ihnen endlos ein verrücktes Tarock mit einem Menschen, der – maskiert, den Kopf mit Lappen umwickelt – auf einem Eisenstuhl auf der anderen Seite des Metallschreibtisches saß und sein Gesicht nicht enthüllen wollte. Noch bevor es hell wurde, erwachte er mit dem Gefühl, fast zu ersticken, obwohl das Fenster die ganze Nacht offen gewesen war, die Luft nach feuchten Kiefernnadeln roch und auf dem blechernen Fensterbrett frischer Tau glitzerte.

Am Morgen trank er nur Mineralwasser aus dem Kühlschrank. Er bekam keinen Bissen hinunter. Janka, die ein knuspriges Brötchen mit Honig schmierte, sah ihn von unten herauf an: »Was ist denn mit dir los? Ist dir nicht gut? Hast du was Falsches gegessen?« Er winkte ab. Mit geschlossenen Augen legte er sich auf dem Sofa auf den Rücken. In der Brust spürte er einen Druck. Wenn er in einer dieser grauen Mappen das Foto dieses Mädchens gefunden hätte, wäre ihm vielleicht leichter gewesen. Dann hätte er ihr Schicksal gekannt und sich irgendwie dazu verhalten können. So wußte er nicht, was er weiter tun sollte. Er versuchte sich an die Fotografien zu erinnern. Wieder tauchten die Gesichter toter Frauen in seinem Gedächtnis auf. Alle waren merkwürdig verändert, entbehrten eigentlich jeglicher individuellen Züge, als hätte ein wahnsinniger Hans Bellmer in brutalen Operationen ihnen mit einem Nylonfaden Mund und Lider zugenäht.

Der nächste Tag war bewölkt. Die Sonne, gelblich, verhangen, von schmutzigen Wolken verdeckt, kletterte schnell über den Rathausturm und erhellte den Hagelsberg. Über dem Bahnhofsturm kreiste eine Schar Vögel. Die Backsteinfassade des Kommissariats war schwarz von Staub und Ruß und sah in diesem trüben Tageslicht aus wie eine Granitplatte mit eingravierten Inschriften, senkrecht auf die Straße gestellt. Dunkel, wie hohle Buchstaben, hoben sich die Fenster von der Wand ab. In den Scheiben spiegelten sich die Regenwolken, die langsam von Siedlce heranzogen.

Als er das Zimmer betrat, sagte Robert ihm, er habe am Tag zuvor nur den ersten Kreis kennengelernt. Es erwarte ihn noch eine Reise an Orte, zu denen nur wenige Zutritt hätten. Hinter der Wand aus Aluminiumblech zogen sich wahre Labyrinthe in die Tiefe des Gebäudes, mit Durchgängen, Galerien, Eisentreppen, Podesten, Katalogen, Schränken und Regalen, zwischen denen man stundenlang herumirren konnte. Über eine eiserne Wendeltreppe kamen sie in einen runden Saal. Er erinnerte an das Innere eines Schnekkenhauses. Die gewölbten Wände aus braunem, glasiertem Backstein, um die im Kreis Metallregale liefen, verschwanden im Dunkel. An der Decke leuchtete ein rundes Fenster mit einem Rahmen in der Form eines Kreuzes. Kalte Sonnenstrahlen fielen durch die verstaubte Scheibe, hinter der die Schatten von Tauben vorbeihuschten. Ähnliche Fenster hatte er in barocken Friedhofskapellen gesehen; Zeichen, daß die Sonne der göttlichen Liebe auch in die unterirdische Welt scheint. Auf Eisenregalen türmten sich Stapel von Mappen, gleich den Blättern eines alten Buchs, das keiner liest, weil es in einer für niemanden verständlichen Sprache geschrieben ist. Auf den Pappdeckeln lag Staub, wie silbriger Reif, der im November lebendige Blüten einhüllt. Das trübe Licht von der Decke warf violette Schatten der Eisensäulen an die Backsteinmauer.

Als er allein war (Robert kehrte zu seiner Arbeit zurück), nahm er aus einer Blechschachtel, die an der Wand stand, einige große Aufnahmen. Sofort erkannte er, daß sie aller Wahrscheinlichkeit nach in den unterirdischen Räumen der Anatomie entstanden waren. Auf nassen, verchromten Tischen lagen, vom Blitz eines Polizeifotografen erhellt, frisch gewaschene, vom Skalpell zerteilte Körper junger und älterer Frauen. Verunstaltete Gesichter. Köpfe ohne Haar. Rollen violetter Därme, aus der offenen Bauchhöhle entnommen und auf die Brust gelegt. Lebern, mit Ziffern auf Plastikstreifen versehen. Durchschnittene Kehlen mit bläulich schimmernden Zungen. Wenn der Verdacht bestand, daß Selbstmord vorgetäuscht wurde, um ein Verbrechen zu verdecken, wurde die Angelegenheit dem Gerichtschirurgen übergeben.

Er setzte sich auf einen Eisenstuhl. Die Fotografien fielen ihm auf den Fußboden. Mühevoll, wie ein alter Mann, beugte er sich hinunter und hob sie ungeschickt auf. Seine Hände zitterten.

Robert kam herein, reichte ihm ein Glas Wasser. Das war noch nicht das Ende, es gab noch einen dritten Kreis. Aber im Kommissariat wollte er darüber nicht sprechen. Mit einem seltsamen Grinsen lud er ihn zu sich nach Hause ein, in einen entfernten Vorort. Jakub sollte abends um neun kommen.

Um acht stieg er in der Nähe des Parks in die Straßenbahn. Es sah nach einem Gewitter aus. Die Wolken, die von der See heraufzogen, türmten sich über der Kathedrale wie die Ruine eines leeren mittelalterlichen Gebäudes, das plötzlich in Brand steht. Es sah sehr schön aus. An solch einem Ort wollte er einmal wohnen, dachte er, hell, einsam, luftig. Dann fiel ein kurzer Regen. Schräge Lichtstreifen durchschnitten den Nebel über dem Park. Im Westen stand das Tor des Himmels weit offen, in der Mitte die rote Hostie der Sonne. Wie Rußflocken kreisten darin unruhig einige Tauben. Eine kühle, windige Nacht kündigte sich an.

Als er Roberts Wohnung betrat, stand auf dem Tisch schon eine Flasche mit einem hochprozentigen Getränk. Gedämpftes Licht. Leise Musik. Der Duft indischer Räucherstäbchen. »Du darfst dich über nichts wundern«, Robert klopfte ihm auf die Schulter. »Wenn du das schon so lange machen würdest wie ich, hättest du auch genug davon.« Im Zimmer stand ein großes Sofa, weinrot bezogen mit Paradiesvögeln. »Warum machst du es dann?« fragte Jakub und sah sich in dem hohen Raum um. An der Stuckdecke wanden sich Gipslilien aus dem Jugendstil. Die Fenster waren mit schweren dunkelblauen Plüschvorhängen verhängt. Auf einer Videosäule an der Wand ein schwarzer Fernseher mit totem Bildschirm. Robert verzog das Gesicht: »Warum ich das mache?« Er wischte sich den Mund mit einem weißen Taschentuch, an dem Spuren von Lippenstift zu sehen waren. »Mich wollten sie an der Universität leider nicht ...« Dann drückte er Jakub fest: »Hör mal, du wirst etwas ganz Außergewöhnliches sehen, du wirst vor Begeisterung heulen. Gleich kommt Jola.«

Auf der braunen Flasche, die auf dem Tisch stand, sah Jakub ein goldenes Etikett mit dem Umriß eines Mannes in dreieckigem Hut. Baron Münchhausen, der sich an den eigenen Haaren aus dem Sumpf gezogen hatte? Auf dem Teppich neben einem alten Ledersessel lagen zwischen rotbraunen Blättchen von zerkrümeltem Tabak ein paar abgebrochene Zigaretten mit silbernem Mundstück. Robert schenkte ein. Ohne ein Lächeln hoben sie vorsichtig die Gläser, damit kein Tropfen der eiskalten Flüssigkeit verloren ging, und tranken auf die alte Freundschaft. Als sie es wiederholten, ging in Jakubs Brust ein warmes Licht an, und die Küstenlandschaften in goldenen Rahmen, Werke von Schneider und Mokwa, die zu beiden Seiten der weißen Tür hingen, die gipsernen Medaillons mit den Profilen antiker Griechinnen, die Plüschvorhänge und die mit einer Papiertapete aus schwarzen und roten Chrysanthemen beklebten Wände wölbten sich ein wenig, wie die Interieurs in Filmen deutscher Expressionisten. Während er all das wie durch eine Glasscheibe betrachtete, dachte Jakub, in dieser schwülen Atmosphäre »alter Freundschaft«, die ihn zwar ein wenig anwiderte, würde er immerhin ein paar Dinge vergessen können, an die er nicht mehr denken wollte.

Als Jola das Zimmer betrat, hatten sie schon einige Runden hier sich. Die Welt schwankte wie ein Boot auf den Wellen. Der Schatten des Frauenkopfes glitt wie der Schatten eines vorbeifliegenden Vogels als langer Streifen über den Stuck an der Decke, brach sich an der Wand in der Ecke und erlosch im Farn unter dem Fenster. Ein kalter Luftzug von der Tür ließ die Glasteile des Lüsters erklingen. Jola tauchte lautlos im Lichtkreis auf. Der dicke Perserteppich vor dem

Sofa dämpfte die Schritte. Sie war hochgewachsen, hatte hübsche, große Hände mit schwarz lackierten Fingernägeln, hellblaue Augen mit stark gebogenen Wimpern, eine Hakennase und einen schlanken Hals mit einem ovalen, rotbraunen Mal neben dem rechten Ohr. Jakub schaute sie mit echter Freude an, wie ein Juwelier einen frisch geschliffenen Diamanten unterm Licht betrachtet. Die vollen Lippen – einer aufgeschnittenen Frucht ähnlich. Die makellosen Zähne. Die Haare mit farbigen Strähnchen, am Hinterkopf locker zusammengehalten. Der Rock aus schwarzem Leder. An den Handgelenken der Duft von Guerlain. Silberne Ohrringe. Weinrote Schuhe mit schmalem Absatz.

Dann schaltete Robert den Fernseher ein, lachte laut und alle – Jakub, Robert und Jola – machten es sich mit Gläsern in der Hand auf dem Sofa vor dem Bildschirm bequem, auf dem in der rechten oberen Ecke Leuchtziffern mit Datum, Stunde, Minuten und Sekunden durchzulaufen begannen. Der Farbfilm, den sie sahen, hatte keinen Ton.

Es waren stumme, von der Polizei gedrehte »Operationsaufnahmen« von Frauen, die in Badewannen und Duschen Selbstmord begangen hatten. Die nackten Körper lagen in von Blut dunkel gefärbtem Wasser. Blaue Lippen. Eingefallene Lider. Verletzte Handgelenke. Diejenigen, die sich unter der Dusche umgebracht hatten, krümmten sich in seltsamen Stellungen auf dem emaillierten Boden. An den Hälsen ungleichmäßige Schnitte. Die Hände voller Blut. Auf dem überschwemmten Fußboden aus Terrakotta lag zerschlagenes Glas.

Aber es gab auch andere. Sie saßen im Schneidersitz unter der Dusche, den Kopf nach hinten geneigt, den Rücken an der gekachelten Wand. Rein, glatt, weiß wie Marmor, hatten sie Ähnlichkeit mit der heiligen Theresa von Bernini, getroffen vom Pfeil göttlicher Liebe, und blickten nach oben, ins grelle Licht der nackten Glühbirne, als wollten sie irgendwo in den Wolken die strahlende Sonne erschauen. Aus dem halboffenen Mund rann Wasser auf Brust und Bauch.

Er rannte aus Roberts Haus und warf die Tür hinter sich zu wie eine schwere Steinplatte. Ihm wurde übel. Mit letzter Kraft riß er das Hemd am Hals auf. Vor Ekel halb ohnmächtig, konnte er das dreckige Lachen des betrunkenen Mannes, der eisgekühlten Wodka einschenkte, und das weinerliche Kichern der auf dem Teppich liegenden Frau nicht mehr hören, die wie eine auf dem Rücken liegende Spinne die nackten Beine nach oben streckte und mit steifen Bewegungen von Knien und Ellbogen die Stellungen der toten Frauen auf dem Bildschirm nachäffte. Im kalten Regen lief er durch die Straßen Richtung Innenstadt und rutschte immer wieder auf den glitschigen Platten des Bürgersteigs aus.

Zu Hause war er erst gegen sieben. Janka war schon zur Schule gegangen.

In Kleidern kroch er ins Bett, zog die Beine an und schlief, zitternd vor Kälte, rasch ein.

Jemand kehrt im Traum zu Jakub zurück

Besänftigendes Licht erfüllte seine Seele. Endlich! Was für eine Erleichterung nach all den Alpträumen!

Er träumte, er habe gerade ein Plakat zu Miloš Formans Film *Larry Flint* gemacht – ein stattlicher Jüngling gekreuzigt auf einem nackten Frauenschoß. Stolz auf sein Werk, lachend, perlend wie italienischer Spumante, nahm er die Gratulationen berühmter Schauspielerinnen entgegen, warf nagelneue Euroscheine in die Arme der freudespühenden Janka, als plötzlich eine schlanke Hostesse, schön wie Pamela Anderson aus *Bay Watch*, ihm ein Schmucktelegramm mit der Nachricht aushändigte, Kardinal Ratzinger habe ihn wegen »Verletzung religiöser Gefühle« offiziell bei der Staatsanwaltschaft angeklagt und gefordert, Jakub möge sich beim Volk entschuldigen. »Die Worte Jesu«, schrieb der Kardinal, »sind oft erschreckend hart und ohne jede diplomatische Rücksicht formuliert. Indessen hat unsere Zeit die Erfahrung des göttlichen Zorns vollkommen verloren, und die Überzeugung, Gott könne niemanden mehr verdammen, ist unter den Christen weit verbreitet. Die These, jeder könne sich selbst erlösen, ist im Grunde eine zynische Ansicht, in der ich Verachtung für die Wahrheit und das wirkliche Ethos sehe.«

Jakub blieb fast das Herz stehen. Er eilte sofort zum Gericht, rannte, fünf Stufen auf einmal nehmend, ins dritte Stockwerk, machte Geständnisse, die ihn belasteten, und bekam Panik, denn die Todesstrafe war noch nicht abgeschafft.

Eine gut aussehende Richterin in himbeerfarbenem Kostüm verurteilte ihn zum dreimaligen Singen der Nationalhymne, und als er das sofort tat, beschuldigte sie ihn noch, ein Reklameplakat für die Firma Benetton angefertigt zu haben, auf dem ein Priester eine Nonne küßt.

Also keinerlei Hoffnung auf Begnadigung durch den Präsidenten!

Jakub war untröstlich. Im Gerichtssaal, der bis zum Platzen von einer bunten Menschenmenge angefüllt war, schrie jemand: »Mehr Sex und Freiheit, aber ohne Solidarność!« Der Präsident der Vereinigten Staaten, der auf dem Balkon für Ehrengäste erschien und »Peace! Freedom!« rief, lud alle zu einer »Präsentation von Konditoreiprodukten mit verlängertem Haltbarkeitsdatum« ein, aber als ein hagerer Araber im Turban einen Fluch auf ihn aussprach, begann das entzückte Publikum Beifall zu klatschen. Donnernder Applaus! Jakub sah zum Fenster hinaus. Auf der anderen Straßenseite sah er Lenin im Polohemd, der nach Westen ging und einen Einkaufswagen mit Waren eines osteuropäischen Touristen vor sich herschob. Der Führer des sowjetischen Imperiums grüßte Jakub, als er ihn am Fenster des Gerichts erblickte, mit ausgestrecktem Arm – wie einen guten Bekannten! Jakub erstarrte vor Entsetzen. Wie sollte er jetzt vor der Gauck-Kommission beweisen, daß er nicht für die Stasi gearbeitet hatte?

Aus einer Ecke des Saales trat ein grauhaariger Alter vor den Tisch des Tribunals und donnerte mit welken Lippen: »Die Menschen stehen heute ohnmächtig da angesichts des New Age, des Feminismus, Dekonstruktionismus, Nihilismus. Sie haben sich in dem geistigen Second-hand-Land verloren. Es handelt sich um ein Phänomen, das man als »Tod Gottes« bezeichnet, als »Ende des Absoluten« und in der logischen Folge auch als »Tod des Subjekts«, »Verschwinden des Menschen« und »Verzicht auf den Humanismus«. Die Ursache der neuzeitlichen Krise aber ist die Humanisierung des Gottesbegriffs nach dem Bilde und zum Nutzen des Menschen. Der neuzeitliche Gott ist ein »menschlicher« Gott, der geneigt ist nachzugeben, einer, mit dem sich gar nicht schlecht handeln läßt. Wir brauchen wieder einen »unmenschlichen« Gott, der uns elende Wesen mit seinem gerechten Maß mißt und uns Stolz und Hochmut austreibt.«

»Elendes Wesen!« – rief die im Gerichtssaal versammelte Menge Jakub zu. »Auf die Knie! Der unmenschliche Gott wird dich jetzt richten!«

Der Erzengel Michael flog aus dem berühmten Bild Memlings heraus, stellte mitten im Gerichtssaal schnell eine große eiserne Waage auf, worauf er Jakub an den Haaren packte und ihn, der schlapp wie welker Lauch war, auf die rechte Schale warf, die in die Höhe ging, als wäre sie leer. »Entfernt ihn! Entfernt ihn! Delete! Delete!« rief die Menschenmenge. »Wir wollen Barabas und den *Krieg der Sterne*!« Der Erzengel Michael hob das Schwert, Jakub zog den Kopf ein und schloß die Augen, doch plötzlich – was war das? »Er ist mein! Er ist mein!« rief Danuśka und warf ihm ein weißes Tuch über den Kopf. »Du bist frei! Du bist frei!« – rief Danuśka Jakub zu, den man mit Wasser wiederbelebte. Alle erhoben sich. Man brachte Blumen und höchste staatliche Auszeichnungen. Der ganze Saal begann zu singen, »Don't cry for me, Argentina!« – »Das Vaterland ist frei, frei«, rief Danuśka, »und so werfe ich, werfe ich den Mantel Konrads ab!« Und sie begann sich auszuziehen.

»Ich glaube«, flüsterte jemand dem wieder zu sich gekommenen Jakub zu, »die Menschen sind innerlich unfrei, sie haben Angst vor Politik, vor Sex, vor Religion. Vor allem haben sie Angst vor der Kirche.« – »Unter Schmerzen sollst du die Kinder gebären!« rief jemand aus dem Saal. »Das ist die Strafe für die Erbsünde!« – »Das ist ein patriarchalisches Vorurteil!« antworteten einige Frauenstimmen aus den letzten Reihen. »Wir müssen den Handel mit dem weiblichen

Körper abschaffen, den die Kirche protegiert! Hände weg von unserer Gebärmutter! Kopernikus war eine Frau!« – »Kann ich nicht das Parlamentsgebäude mit seinem ganzen Inhalt verschwinden lassen?« fragte der berühmte Zauberer David Copperfield, dessen Romanze mit dem Supermodel Claudia Schiffer Millionen von Frauen auf der ganzen Welt faszinierte.

Die Menge tobte vor Freude. Jakub kletterte auf eine Pyramide aus einem ausgestopften Pferd, einem Hund, einer Katze und einem Hahn. Er war von Dankbarkeit erfüllt. Während des Happenings brach ein Feuerwerk mit Tausenden von Regenbogenfarben aus. In einer Ecke des Gerichtssaals arbeitete gleichmäßig eine gigantische Guillotine und schnitt Bücher entzwei, die man dann zu großen Blöcken zusammenklebte, um damit die Regale in den Pizzerias zu schmücken.

Jakub wurde ganz schwindlig von all dem Glanz. Von weitem sah er, daß in der großen, offenen Tür des Gerichtssaals der letzte Träger des Friedensnobelpreises erschien und die mächtigen Phrasen des Gedichts *Der du den einfachen Menschen verletzt hast* rezitierte. Die Poesie sprudelte nur so aus ihm heraus. Jakub schaute auf. Scharenweise fielen Parlamentsabgeordnete von der Decke wie schlafende Fledermäuse und schlugen auf dem Eichenfußboden auf. Die Linke flog schwirrend über die Rechte hinweg.

Und dann sah er hinten im Gerichtssaal das Mädchen in dem Baumwollkleid. Sie stand an der Tür. Wartete sie auf ihn? Hier? Einen Augenblick darauf, als sie sah, daß er sie bemerkt hatte, hob sie langsam die Hand, bewegte leicht die Finger, als wollte sie Hühner anlocken, und gab ihm damit aus der Ferne ein geheimes Zeichen, dessen Bedeutung nur er verstehen konnte. Es wurde still im Saal. Alle Köpfe wandten sich in seine Richtung. Unter Hunderten von Blicken glühte er vor Scham. Und das Mädchen drückte mit der

Faust gegen die zweiflüglige Tür, die sich mit entsetzlichem Quietschen öffnete, und lief aus dem Saal, ohne sich umzusehen. Durch die schweigende, sich am Ausgang drängende Menge rannte er ihr hinterher. Sie floh durch lange Gänge, die sich plötzlich – ihm wurde schwindlig – in die steinernen Korridore der Juristischen Fakultät verwandelten. Schnell lief sie über den Granitfußboden wie über den Spiegel eines gefrorenen Teichs. Er sah das glatt gekämmte, aschblonde Haar vor sich, den entblößten Rücken mit rötlichen Sommersprossen im Ausschnitt des Kleids und die zarte, weiße Haut am Nacken. Mit Entsetzen, ohne zu begreifen, was los war, bemerkte er, daß er ein langes, blitzendes Messer in der Hand hielt. Er wollte es loslassen, aber er brachte die Finger nicht auseinander. Für einen Moment verlor er sie aus den Augen. Sie bog in einen dunklen Seitengang. Sie lief eine Treppe hinunter. Rutschte aus. Wollte sich am Eisengeländer festhalten. Die Finger griffen ins Leere. Er schubste sie. Sie fiel hin. Er beugte sich über sie, als würde er aufmerksam eine beschädigte steinerne Statue betrachten, die man vom Meeresboden geborgen hatte. Er hob das Messer und fuhr mit der Klinge fest über den bloßen Nacken. Rote Tropfen spritzten hervor und liefen wie Ameisen über die mit Sommersprossen bedeckte Haut. Aber sie drehte ganz ruhig den Kopf und sah ihm in die Augen. Dann lächelte sie böse, als wollte sie ihm sagen, daß sie sich an alles erinnerte.

Schreiend erwachte er. Sein Hemd war naß von Schweiß. Das Herz klopfte wie verrückt. Er bekam kaum Luft. Im Zimmer drehte sich alles. Das Fenster. Die Tür. Die Wand. Das Bücherregal. Der Computer. Die Stühle. Es war Abend. Das helle Licht des Sonnenuntergangs leuchtete über der Kathedrale wie ein brennender Busch. »Mein Gott, sind wir für unsere Träume verantwortlich?« Er konnte kaum zu sich kommen. Erst nach einer Weile erinnerte er sich daran, daß schon der heilige Augustinus geschrieben hat, daß wir keinerlei Verantwortung für unsere Träume tragen, auch nicht für die blutigsten.

Janka schaute ins Zimmer: »Mein Gott, was schreist du so? Hast du schlecht geträumt? Steh auf. Es ist schon sieben. Du hast den ganzen Tag geschlafen. Und das in den Kleidern!«

Der Perlensucher

Es geschah etwas wirklich Ungutes mit ihm.
Nach einigem Nachdenken beschloß er, er wolle, sobald er etwas Zeit hätte, bei Doktor Jacek vorbeigehen. Ja, das war vernünftig. Er wollte – wie er es nannte – sich etwas in sich selbst umsehen. Die sokratische Methode schien ihm die beste. Fragen, Antworten, ein belebendes Wortspiel, Introspektion. Die Geburt einer schwierigen Wahrheit unter dem wachsamen Auge des Mystagogen, der auf den Grund der Seele blicken kann.

Doktor Jacek, der Besitzer des berühmten Verlags *Stern und Wolke*, wohnte in der Berliner Straße 13 in einem alten Haus mit dem Relief einer Medusa an der Vorderfront. Sein grünes Firmenschild, das an der Südwand des Zeughauses hing, lenkte durch die asiatische Form der goldenen Buchstaben und durch ein Zeichen des Wassermanns die Aufmerksamkeit der Passanten auf sich. In dem dunklen, nach indischen Wurzeln duftenden kleinen Eingangssaal, der an eine unterirdische Grotte erinnerte, verkauften zwei schlanke Russinnen mit dem Charme armenischer Prinzessinnen Bücher, die in lackierten Karton mit Pfauenaugenmuster gebunden waren – Übersetzungen amerikanischer Traktate über Selbstheilung. Doktor Jacek hatte im Fernsehen eine eigene Sendung, *Fenster und Türen*, die einmal im Monat um ein Uhr nachts auf Kanal 198 lief. Jakub hatte ihn unlängst im Keller des Artushofs auf einem Empfang des Lions Clubs kennengelernt.

Am Mittwoch rief er an. Sie verabredeten sich für zwölf Uhr.

Während er von der Speicherinsel in die Berliner Straße ging, versuchte er, nicht an den letzten Streit mit Janka zu denken. Schließlich – sagte er sich – würde sich wahrscheinlich alles wieder einrenken. Sicher sollte er nicht mit Kleidern ins Bett gehen. Auch daß er todmüde war, konnte keine Entschuldigung sein. Aber sie hätte trotzdem nicht so zu schreien brauchen. Kultivierte Menschen gehen mit solchen Dingen anders um. Als die Uhr am Rathaus zwölf schlug, bog er unter den Arkaden des Goldenen Tors in Richtung der wiederaufgebauten Synagoge ab, deren kupferne Kuppel in goldenem Staub glänzte, ging am alten Shakespeare-Theater vorbei, wo Schauspieler aus Edinburgh seit einer Woche den *Sommernachtstraum* spielten, und bog dann hinter dem Gebäude des Polizeikommissariats in die Berliner Straße ein.

Vor der Synagoge war er auf eine tanzende Menge verkleideter Menschen getroffen, die schwarze und rote Masken trugen. Aus hohen Lautsprechern tönte orientalische Musik. Es roch nach Zimt, Orangen und Vanille. Er wollte die auf Stelzen tanzenden Leute umgehen, er dachte daran, was ihn bei Doktor Jacek erwarten würde, aber ein großer Mann mit rot und weiß geschminktem Gesicht, in schwarzweißem Dominoanzug mit hebräischer Schrift auf der Brust und weißen Handschuhen, versperrte ihm mit witzigen Gesten den Weg. Jungen in silbergenietetem schwarzen Leder drückten den Passanten Seiten aus der illustrierten Ausgabe einer holländischen Bibel in die Hände. Etwas Wichtiges war im Anzug. Ein Hubschrauber kreiste über dem Theater und dem Polizeikommissariat und warf Reklameflugblätter für ein neues Parfüm von Guerlain ab. Die in der Sonne wirbelnden scharlachroten Blätter fielen vom Himmel wie die Blätter der Mystischen Rose. Es war schön, man hatte Lust zu leben.

Doktor Jacek empfing ihn in seinem Zimmer im ersten Stock.

Jede Geste seiner gepflegten Hände mit den langen Fingern, die er während der Begrüßung so elegant bewegte, als würde er mit einem silbernen Löffel eine lebendige Auster aus der Schale holen, zeugte davon, daß er jedem, der Hilfe brauchte, wirklich helfen wollte.

Er war blond, schlank, lächelte sanft und hatte auf der schmalen Nase eine runde Brille mit Drahtgestell. Das üppige Haar war als weiche Welle zur Seite frisiert, was seinem Gesicht einen etwas jungenhaften Ausdruck verlieh. Er liebte weiche Tweedjacketts in rotbraunen Tönen und pastellfarbene Hemden mit kleinem, rundem Kragen, die er am Hals locker aufgeknöpft trug.

Zu Beginn gab er Jakub einen Fragebogen (man mußte die entsprechenden Rubriken ankreuzen), sah sich das Ausgefüllte genau an und legte das zusammengeheftete Formular auf einen Mahagonitisch, auf dem ein PC, ein Faxgerät und ein Anrufbeantworter standen. In einem japanischem Lackgefäß glühte ein indisches Räucherstäbchen. Der dünne, bläuliche Rauch schwebte unter der Decke. Aus einem Farbfoto in silbernem Rahmen lächelte eine hellhaarige Frau im Kaschmirkleid. Das war sicher, so dachte sich Jakub, die schöne Frau von Doktor Jacek.

Dann nahm Doktor Jacek einen rosaroten Bleistift zur Hand und schlug ein dickes, in Leder gebundenes Notizbuch auf. Zuerst fragte er Jakub, wie die Beziehung zu seinem Vater aussah. »Nicht so besonders«, sagte Jakub nach kurzem Nachdenken. »Mit meiner Mutter war es ähnlich.« Er erinnerte sich, daß seine Mutter, wenn sie von der Arbeit nach Hause kam, sich gewöhnlich mit dem Gesicht zur Wand aufs Sofa legte, dort bis zum Abend lag und so tat, als würde sie keinen der Mitbewohner wahrnehmen. Das war nicht angenehm. Doktor Jacek schrieb etwas in sein Notizbuch, dann fragte er Jakub nach seinem derzeitigen Sexualleben. »Das heißt?« Jakub wußte, daß diese Frage früher oder später fallen würde, deshalb war er nicht erstaunt. Doktor Jacek wollte wissen, ob Jakub regelmäßig Geschlechtsverkehr habe. »Eigentlich«, antwortete Jakub lässig, »hat mein Interesse in dieser Hinsicht deutlich nachgelassen.« Doktor Jacek nickte verständnisvoll, als hätte er diese Antwort erwartet. Dann fragte er, ob Jakub hin und wieder eine Spannung im Lenden- und Rückenbereich spüre. »Manchmal ja«, erwiderte Jakub. »Wenn ich zu lang am Computer sitze.«

Doktor Jacek kehrte jedoch zu den traumatischen Erlebnissen der Kindheit zurück. Er wollte wissen, ob Jakubs Vater grausam zu ihm gewesen sei. Jakub zog die Augenbrauen hoch: »Grausam? Aber nein.« – »Hat er Sie geschlagen?« – »Fast nie.« – »Und hat Ihre Mutter Sie geschlagen?« Jakub mochte solche Fragen nicht, also antwortete er kurz: »Nur einmal.« Er hatte etwas angestellt und bekam mit einem schmalen Gürtel eins auf die Hände. Es brannte schrecklich. Die Mutter schlug ihn und weinte. Vorher hatte sie sich mit dem Vater gestritten. »War sie emotional kalt?« setzte Doktor Jacek nach. »Ich weiß nicht ... Manchmal war sie sehr zärtlich.« – »Hat sie Sie umarmt? Gestreichelt?« Jakub wußte genau, in welche Richtung die Fragen jetzt gehen würden, aber er ordnete sich dem Brauch unter wie ein Gefangener im Tempel der Azteken, der als Opfer für den Sonnengott bestimmt ist. Gleich würde Doktor Jacek ihm auf schmerzlose Art das Herz herausreißen und es auf den steinernen Altar werfen, damit es in den heiligen Blättern der Aloe verbrannte. »Haben Sie damals sexuelle Erregung gespürt?« – »Als sie mich geschlagen hat?« – »Ja, als sie Sie geschlagen hat.« – »Daran kann ich mich nicht erinnern.« – »Konzentrieren Sie sich. Das ist wichtig. Hat sich der Pimmel gerührt, als sie Sie geschlagen hat?« Jakub war leicht irritiert. Über all diese Dinge hatte er hundertmal gelesen. Einen Moment lang wollte er Doktor Jaceks Praxis sogar verlassen, aber er hielt sich zurück, das wäre unhöflich gewesen. »Nein, der Pimmel hat sich nicht gerührt, glaube ich.« – »Haben Sie sich nicht schuldig gefühlt, daß Ihre Mutter weint?« – »Doch, das war gräßlich. Ich warf mir vor, ich sei der Grund ihrer Tränen. Und ich schwor mir, daß ich das irgendwann in Ordnung bringen würde.« – »Wie?« – »Das wußte ich nicht. Es war ein Teufelskreis. Ich quälte meine Mutter, weil mein Vater sie nicht mochte. Sie schlug mich und weinte, weil sie ihn nicht mochte.«

Doktor Jacek füllte zwei Gläser mit Orangensaft: »Möchten Sie?« – »Gern.« Jakub trank ein paar Schluck des kalten Getränks. Doktor Jacek rieb seine Brille mit einem Wildlederläppchen ab. »Und jetzt schlafen Sie schlecht?« – »Furchtbar schlecht.« – »Und Sie spüren, wie Sie geschrieben haben (Doktor Jacek blätterte eine Weile in dem Fragebogen), einen ständigen Druck auf der Brust.« – »Ja.« – »Und Sie werden bestimmte Gedanken nicht los.« – »Das sind quälende Gedanken und Träume.« – »Was träumen Sie?« – »Ich träume von Mädchen. Ich spreche zu ihnen, aber ich kann ihre Gesichter nicht sehen. Sie sind abgewandt.« – »Und was tun Sie?« – »Manchmal hebe ich die Hand gegen sie.« – »Und? Schlagen Sie sie?« – »Nein, ich kann sie nicht schlagen.« – »Fühlen Sie sich blockiert?« – »Das ist keine Blockade. Ich will sie gar nicht schlagen.« – »Warum heben Sie dann die Hand?« – »Ich weiß nicht.« – »Und was tun die Mädchen?« – »Sie tun gar nichts. Sie rühren sich nicht.« – »Sie rühren sich nicht?« – »Als wären sie tot.« – »Sie sind also abgewandt. Und was ist da noch?« – »Da ist nichts. Nur die Sonne scheint ganz grell. So grell, daß man die Augen zusammenkneifen muß. Und es ist so heiß, daß man kaum Luft bekommt.«

Doktor Jacek sah Jakub aufmerksam an: »Erscheint in diesen Träumen die Situation mit dem Mädchen von damals?« – »Möglich. Aber ich kann mich an dieses Mädchen nicht mehr erinnern, deshalb weiß ich nicht, ob sie es ist.« – »Träumen

Sie von dem grünen Tisch?« – »Nein.« – »Und von dem Saal?« – »Möglich. Aber er ist schwer zu erkennen. Es spielt sich alles in einer Kirche ab. Und in dieser Kirche stehen die Mädchen. Und dann dreht eine sich um.« – »Und was tut sie?« – »Nichts. Sie hat Blut am Hals. Sie sagt etwas, aber ich höre sie nicht.« – »Schreit sie Sie an?« – »Ja, sie schreit, aber ich höre nichts. Ich sehe nur, wie sie den Mund aufmacht.« – »Träumen Sie das oft?« – »Nein. Nur ... vor ein paar Tagen habe ich im Traum ... eine von ihnen mit dem Messer verletzt. Aber sie«, fügte er schnell hinzu, »ist gleich wieder aufgestanden. Ich war völlig entsetzt.« – »Weil Sie sie getroffen haben oder weil sie wieder aufgestanden ist?« – »Ich weiß nicht. Jedenfalls bin ich entsetzt aufgewacht.«

Doktor Jacek legte den Bleistift weg. Dann erklärte er Jakub in sorgfältig gewählten Worten, den komplizierten – wie er es nannte – Mechanismus des Traumas, das sich – dieser Hoffnung gab er Ausdruck – vielleicht heilen lasse. Alles werde von der Zusammenarbeit des Patienten mit dem Therapeuten abhängen.

Die starken Traumata der Kindheit, erklärte Doktor Jacek weiter, strahlten weiterhin auf Jakubs Leben aus. Sicher erlebe jeder von uns, wenn er jung sei, schwierige Situationen. Aber der innere Konflikt, der mit der dramatischen Spannung zwischen Eltern und Kind zusammenhänge, entlade sich in den meisten Fällen von selbst, im natürlichen Prozeß der Pubertät. Bei Jakub jedoch habe sich dieser Konflikt in eine Art unbewußten Wunsch nach Selbstbestrafung für die alte Schuld des Sohnes gegenüber der Mutter verwandelt. Obwohl Jakub schon ein erwachsener Mann sei, wende sich ein dunkler Teil seiner Seele (der »unbewußte Schatten« – Doktor Jacek benutzte den berühmten Begriff von C. G. Jung) im Gefühl der eigenen Schuld immer wieder gegen die mütterliche Anima. Daher kämen die Blockaden im Sexualleben. In Jakubs Träumen trete die unbewußte Angst des

Sohnes vor der Mutter zutage. Die zwar schon tote, aber im Unterbewußtsein Jakubs immer noch existierende Mutter verlange nach Strafe für den »Verrat des Sohnes«. Der Sohn wolle nämlich nicht – damals nicht und auch heute nicht – mit ihr zusammen »das Kreuz auf sich nehmen«. In diesem Sinne habe er sie in der Kindheit verraten und verrate sie immer noch.

Die psychische Krise, in der Jakub sich befinde, habe wahrscheinlich hier ihre Ursache.

In Jakubs Träumen, fuhr Doktor Jacek fort, wolle die verletzte, gedemütigte Anima in strengen Worten der Anklage mit ihm sprechen, aber in ihrer wirklichen Gestalt, das heißt in Gestalt der Mutter, könne sie sich nicht offenbaren. Deshalb nehme sie ersatzweise die Gestalt der erotisch attraktiven jungen Frau an, der Unrecht geschehen ist und die Jakub mit Selbstmord drohe. Auf diese Art und Weise reagiere Jakubs Unterbewußtsein auf das frühere, »selbstmörderische« Verhalten der Mutter. Denn ihre Angewohnheit, sich mit dem Gesicht gegen die Wand zu legen, sei eine selbstzerstörerische »Demonstration der Absage, am Familienleben teilzunehmen«. Die Mutter, die sich vor den Augen des entsetzten Kindes »mit dem Gesicht zur Wand« legte, habe auf diese Weise ihrem Mann und ihrem Sohn damit gedroht, »aus dem Leben zu scheiden«. Gleichzeitig rufe sie mit diesem Verhalten den Sohn dazu auf, sie auf dem »Kreuzweg«, das heißt in ihrem Leiden zu begleiten. Verständlicherweise habe er dieser Forderung nicht nachkommen wollen und können. Er sei ein normaler Junge gewesen, der spielen und lachen wollte. Doch unbewußt habe er anerkannt, daß seine Mutter, da sie ihm das Leben geschenkt habe, die Besitzerin dieses Lebens sei. Also habe sie das volle Recht zu fordern, er möge ihr »zurückgeben«, was er von ihr erhalten habe. Dieser Forderung hätte Jakub nur genügen können, wenn er sein Innenleben dem ihren angepaßt hätte, das heißt, wenn er sich von ihrer Verzweiflung und ihrer Melancholie hätte »anstecken« lassen.

Das Messer in Jakubs Hand – Doktor Jacek legte das dicke Notizbuch weg – symbolisiere mit Sicherheit Selbstmordwünsche. Unbewußt wolle Jakub sich von der psychischen Qual befreien, indem er sich vom Leben befreie, wie das auch die junge Frau aus seinen Träumen tun wolle. Aber es sei auch ein Zeichen des Wunsches, endlich die ihn verfolgende Anima zu töten. Jakub sei mit ihr schließlich durch den »doppelten Knoten« der Haßliebe verbunden. All das bewirke – so Doktor Jaceks Schlußfolgerung –, daß Jakub immer noch nicht sein eigenes Leben leben könne.

Vielleicht – fuhr Doktor Jacek mit seinen Ausführungen fort – führe der Weg zur Heilung des Traumas, das Jakub aus der schwierigen Beziehung zur Mutter davongetragen habe, über ein »Sich-Selbst-Wiederfinden«. Jakubs Seele wolle symbolisch sterben – hier wischte Doktor Jacek die beschlagenen Gläser seiner Brille mit einem Wildlederläppchen ab – und sehe in diesem symbolischen Tod den Weg zu einem neuen Leben. Denn in jedem von uns – Doktor Jacek erinnerte an die Worte Meister Eckhardts – lebe ein »innerer Mensch«, ein »Perlensucher«, ein »mystischer Schmetterling« und »gefangener Mensch«. Wenn es gelänge, diesen »gefangenen Menschen« aus der Tyrannei der Gesetze »dieser Welt« zu befreien, das heißt, aus der Unfähigkeit zu einem eigenen Leben, hätte Jakub eine Chance, einen »Moment der Erleuchtung« zu erleben, und dann würde sein Zustand sich vielleicht bessern.

Der Besuch bei Doktor Jacek dauerte bis halb drei.

Jakub dankte dem Doktor und ging auf die Straße hinaus.

Er war erschüttert.

Bevor er in die Berliner Straße gekommen war, hatte er nicht unbedingt an Doktor Jaceks therapeutisches Talent geglaubt. Und jetzt hatte Doktor Jacek nicht nur eins der bestgehüteten Familiengeheimnisse geknackt, sondern ihm auch ein sehr teueres Geschenk gemacht – das Versprechen inneren Friedens. In der Erzählung über die Mutter – das mußte Jakub zugeben – lag viel schmerzliche Wahrheit. So schien es ihm jedenfalls. Doktor Jacek hatte auf meisterhafte Weise den roten Faden der Scham aus seinem Herzen hervorgeholt. Die Scham war der Beweis dafür, daß er ins Schwarze getroffen hatte.

Dennoch – als Jakub die Praxis verlassen hatte und sich auf der sonnigen Straße wiederfand, hatte er den eigenartigen Eindruck, er sei bestohlen worden. Er verstand nichts mehr. Plötzlich hatte sich alles Böse der Welt, über das er so viel nachgedacht hatte, aufgelöst wie ein schmutziges Klümpchen Schnee in der Sonne. War die Welt nicht – so fragte er sich mit Doktor Jaceks Worten – deshalb so schrecklich, weil »ätzende Eltern« ihren Söhnen seelische Wunden zufügten, und »überfürsorgliche Mütter« die normale sexuelle Entwicklung ihrer Töchter blockierten? Müßte man sich nicht – wie Doktor Jacek empfahl – von den Gespenstern der Kindheit befreien, von der »fantasmagorischen Mutter« und dem »autoritären Vater«? Und war das Böse in seinem tiefsten Wesen nicht ein schmerzlicher Ausdruck des Unglücks, ein Reflex der verletzten Seele, die »sich selbst noch nicht erkannt« hat? War es nicht so, daß ein wirklich glücklicher Mensch nicht im Traum daran dachte, Böses zu tun?

Ja, was Doktor Jacek sagte, hatte Hand und Fuß. Jakub mußte ihm recht geben. Er hatte in seinem Leben einige elementare Fehler begangen, jetzt mußte er sie in Ordnung bringen. Hatte er nicht eine »falsch eingestellte« Seele, wie Opernsänger manchmal eine falsch eingestellte Stimme haben? Es war höchste Zeit, »die Blockade zu lösen«, »das Ego zu befreien«, »sich selbst zu lieben«, »positiv zu leben«, »er selbst zu sein«, »sich etwas Freiraum zu schaffen«, »für die eigene Andersartigkeit offen zu sein«, »ohne Schuld und

Scham zu leben«, die sanfte Weisheit zu erlernen, sich und anderen zu vergeben. Die schönen Worte, die er schon tausendmal gehört und gelesen hatte, klangen in seinem Kopf wie die magischen Formeln der Alchimisten, die die Verwandlung von Blei in Gold versprachen.

Die Kuppel der Synagoge, an der er vorbeiging, funkelte mit ihren Verzierungen in der Sonne wie eine große, mitten im Labyrinth der Großstadt stehende Zuckerdose aus Messing. Als er in die Ogarna abbog, warf er einen Blick auf den Bischofsberg. Dort, neben dem Gebäude der ehemaligen Herberge, stellte eine Gruppe von Monteuren aus Paris gerade eine lebensgroße Kopie der Freiheitsstatue auf, gestiftet vom französischen Volk zum Jahrestag der Revolution 1789, als Zeichen der Dankbarkeit für den Großen Streik des Jahres 1980, der das Schicksal Europas und der Welt verändert hatte. Die riesige Frau mit den Metallstrahlen um den Kopf, die mit hoch erhobener Fackel in der Hand auf dem Hügel stand, blickte mit grünen Augen auf die Stadt, das Meer und die am Horizont schimmernde Halbinsel Hela. Als die hinter den Wolken auftauchende Sonne jetzt den nördlichen Stadtteil erhellte und neben der Großen Mühle, an der Stelle des abgerissenen Hotels Hevelius, die drei goldenen Kuppeln der orthodoxen Kirche des heiligen Kyrill aufleuchteten, die erst kürzlich von dem Geld des Erdgas-Multis Kusnezow errichtet worden war, stand der schlanke Turm des Bahnhofs mit dem geflügelten Rad an der niederländischen Fassade malerisch vor dem Hintergrund des Hagelsbergs. Aber Jakub, mit seinen Gedanken beschäftigt, bemerkte all diese wunderbaren Dinge nicht.

Als er an der Brücke über die Mottlau angelangt war, nahm er die Tabletten aus der Tasche, die Doktor Jacek ihm gegeben hatte, und warf sie in den Fluß. Das braune Fläschchen mit dem bunten Etikett schaukelte einen Moment auf dem Wasser, der goldene Schraubverschluß blitzte, dann sank es langsam, zögernd gleichsam, auf den Grund, wie eine Münze, die man in einen römischen Brunnen wirft, um das Glück zu beschwören.

Die Glocken am Rathaus begannen drei Uhr zu schlagen.

Jakub ging auf die Speicherinsel.

Indessen starben im Amazonasgebiet die Regenwälder, über den Gletschern der Antarktis öffnete sich das Ozonloch, und die Bewohner Australiens retteten eine Herde von Walen, die sich in die flachen Gewässer bei Sydney verirrt hatte. In Tausenden von Städten tranken Millionen von Menschen Millionen Tassen schwarzen Kaffee. Sogar Kinder nahmen – das Fernsehen schlug auf allen Kanälen Alarm – Speed und Kokain, bevor sie in die Schule gingen, um sich für den Tag einen psychischen Kick zu geben. Europa hörte allmählich auf, sich zu vermehren. Kaum jemand sah noch Sinn darin, weitere Wesen zu zeugen, die sich ohnehin früher oder später in ökologischen Dünger von hohem Nährwert verwandeln würden. Drei Nachkommen galten als Spitzenleistung, deren sich nicht viele rühmen konnten. Immerhin schützten die hochzivilisierten Völker sich vor dem Aussterben, indem sie hartnäckig Millionen von Videokassetten mit Bildern raffiniert kopulierender Menschen produzierten, die den erlöschenden Überlebenswillen schüren sollten. Die Kirche zögerte noch, welchen Standpunkt sie in dieser Sache einnehmen sollte, obwohl eine Entscheidung dringend notwendig war. Auf der Speicherinsel strahlten die Kosmetikläden in Tausenden von Lichtern wie wahre Sanktuarien des Lebens. Die drei Könige mit den Namen Guerlain, Kenzo und Lagerfeld gaben ein Versprechen, auf das offenbar alle gewartet hatten. Ein Strom von Shampoos und Body Lotions, reicher als die heiligen Wasser des Ganges, floß über Millionen von Körpern jede Minute in die Meere und Ozeane beider Halbkugeln wie Schaum aus den göttlichen Armen der Aphrodite. Züge mit Duschgel, länger als die chinesische Mauer – das einzige Gebäude, das vom Mond aus zu sehen war – jagten über die Ebenen Europas, Amerikas und Asiens. Nur der Tod ging, mit der Ruhe einer gut ausgebildeten Maniküre, am Himmel spazieren und wartete auf einen geeigneten Moment, um mit einem Fingerschnippen das labile Gleichgewicht zwischen Sein und Nichtsein zu stören.

Die dritte Stunde war vorbei, eine jener geheimnisvollen Stunden, die durch eine leichte Verdunkelung der Sonne das abendliche Ende des Lichts ankündigen. Die westliche Halbkugel trat allmählich in den Schatten ein. Die Meere wechselten die Farbe von Hellgrün zu Dunkelblau. Jakub war auf dem Weg zu einem bekannten Bodybuilder. An den Straßenständen, an denen er vorbeikam, forderten bunte Buchumschläge ihn auf, guten Ratschlägen zu vertrauen: *Die Küche Krishnas, Die Kraft des Feng Shui, Der verrückte Cowboy – die Geschichte eines amerikanischen Farmers, der aufgehört hat, Fleisch zu essen, Wie Proust dein Leben verändern kann, Die Anatomie der Seele. Sieben Stufen der Kraft und Gesundung.*

Der Bodybuilder, zu dem Jakub ging, hatte einen Fitneß-Klub im ehemaligen Elektrizitätswerk auf der Speicherinsel. Das düstere Gebäude mit dem Blitz an der Backsteinfassade, das zunächst zur städtischen Oper umgestaltet und dann seinem Schicksal überlassen worden war, glich eher einem vergessenen Tempel der Persephone als dem magischen Ort, an dem einst das Licht hergestellt wurde, und konnte mit seinem düsteren Aussehen die Menschen wahrhaftig abschrecken. Vielleicht hatte eben deshalb der Bodybuilder an der Backsteinfassade die aus Röhren zusammengesetzte Leuchtschrift anbringen lassen: »Möge die Kraft mit dir sein«. Jakub hatte diesen Ort schon mehrmals besucht. In einer hohen, weiß gestrichenen Halle, ähnlich der hell erleuchteten Garage der New Yorker Feuerwehr, reinigten nackte, schweißglänzende Männer auf verchromten Geräten selbstvergessen ihre Körper von jeglicher Spur des Bösen.

Der Bodybuilder empfing ihn in einem kleinen Büro, locker ausgestreckt auf einem Metallstuhl mit Leinenbezug. Er trank gerade aus einem Kristallglas Mineralwasser. Braungebrannt, stämmig, mit wohlgeformtem, glattrasiertem Schädel, hartem, männlichem Unterkiefer und stark gebogenen Brauen, unter denen helle, fröhliche Augen hervorschauten, in dem schwarzen T-Shirt, der engen Hose der Marke Brentano und den italienischen Mokassins aus cremefarbenem Wildleder an den nackten Füßen, sah er aus wie ein Masseur aus einer kardiologischen Klinik auf Urlaub in Chamonix. Er hatte, wie Jakub von einigen Personen gehört hatte, eine schöne, etwas ältere Frau, die ihm kein Kind gebären wollte, was ihn ein wenig betrübt hatte. Für sie baute er gerade eine Villa außerhalb der Stadt. Von Beruf Automechaniker, aus Neigung Läufer und Frauenkenner, las er abends leidenschaftlich gern theologische Bücher und Werke von asiatischen Weisen.

Jakub wunderte sich also nicht, als er aus dem Mund des Bodybuilders eine Geschichte über eine wunderbare Reinigung hörte.

Eines Sonntags, an dem Tag also, der zur Erinnerung an die Erschaffung der Welt aus dem Nichts eingeführt worden war, beschloß der Bodybuilder im Einklang mit den Empfehlungen der östlichen Meister, »sich zu reinigen«. Das Fasten war auf sieben Tage geplant. Jeden Morgen bei Tagesanbruch prüfte er, über die Porzellanschüssel gebeugt, mit dem Finger vorsichtig den Schleim, die schmierigen Säfte und schmutzigen Säuren, die in glitschiger Form seinen Körper verließen. Der Anblick des Bösen, das aus seinen Eingeweiden kam, erfüllte ihn zunächst mit Entsetzen. Er hatte nicht gedacht, daß in den dunklen Labyrinthen der Gedärme so viel verborgen sei. Aber dann begriff er die Sichtbarkeit des Bösen – über die er in seiner Kindheit nicht einmal hatte nachdenken dürfen (denn das verbot der katholische Pfarrer) – als

Zeichen, daß man nicht nur den eigenen Körper, sondern auch die Seele beherrschen kann. Schon nach drei Tagen Fasten spürte er unter der Gummisohle seiner Nikes eine federnde Luftschicht, die ihn ein paar Zentimeter über die Erde emporhob.

Um den Effekt der Kur zu verstärken, unterzog er sich außerdem einer Urintherapie nach den Vorschriften Kawashanis. Täglich nach dem Aufwachen ließ er sorgfältig Urin in ein Glas, wobei er darauf achtete, daß die gelbe Flüssigkeit vom Mittelstrahl kam, dann trank er das Ganze mit geschlossenen Augen. Als Jakub ihn fragte, ob er die Flüssigkeit vor dem Trinken erhitze, verneinte er – sie sei von Natur aus warm und schmecke, entgegen den Vorurteilen der meisten Menschen, wie nach dem Aufbrühen abgekühlter Kräutertee. Der Rest aus dem Mittelstrahl war für den Einlauf bestimmt, den er sich jeden Abend vor dem Einschlafen machte. Tagsüber trank er nur Mineralwasser aus den Alpen. Als er nach einer Woche auf die Baustelle fuhr, um die Wirkung der Therapie zu prüfen und sich ans Ausheben der Fundamente machte, was ihn früher gelangweilt und ermüdet hatte, lag der glänzende Spaten in seiner Hand wie ein geschärftes Samuraischwert. Während er schwächer geworden war, hatte er an Kraft gewonnen.

Jakub vernahm die Geschichte des Bodybuilders mit gemischten Gefühlen. Manche Einzelheiten schienen ihm geradezu abstoßend. Aber es war nicht von der Hand zu weisen, daß die Augen des Bodybuilders einen gesunden Glanz ausstrahlten. Nur voreingenommene, bösartige Leute konnten das übersehen.

Der Besuch im Fitneß-Klub brachte jedoch eine Entdeckung, die er nicht erwartet hatte. In einer Art Gedankenblitz wurde ihm plötzlich klar, daß er einen Körper besaß. »Das ist vielleicht eine Entdeckung«, schüttelte er den Kopf. Doch diese einfache Wahrheit traf ihn mit der ganzen Kraft eines erhellenden Lichts. Denn seit einiger Zeit spürte er, daß er von seinem Körper irgendwie getrennt war. Ein fürchterliches Gefühl. Als würde er eine abgestorbene Hand berühren. Es war höchste Zeit, ein paar Dinge in seinem Leben zu verändern. Er dachte nicht an wesentliche Veränderungen, nein, er aß einfach am Mittwoch oder Donnerstag weniger als sonst. Ein knuspriges Brötchen, eine Tomate, Quark, Schnittlauch. Er wollte – so nannte er es – seinen Körper entgiften. Kam das Böse auf der Erde – dachte er, während er eine frische Gurke schnitt – nicht daher, daß unsere aus dem Paradies vertriebenen Urväter zu Fleischfressern wurden? Wußten die großen Weisen des Ostens dies nicht schon lange? Hatte der Vegetarier Kain nicht völlig recht, daß er präventiv Abel erschlug, diesen heuchlerischen Schlachter, der ohne jegliche Skrupel dem lieben Gott blutige Opfer von Pferden und Lämmern brachte? Wäre die menschliche Gattung für immer bei Salat, Blumenkohl und Weizenkeimen geblieben, vielleicht wäre es nie zum Holocaust, zu Hiroschima oder dem Angriff auf das World Trade Center gekommen? O Geheimnisse der menschlichen Vorsehung, wer könnte sie durchdringen! Vielleicht war ja etwas Wahres daran.

Er nahm sogar seine sportlichen Übungen wieder auf. Janka war etwas erstaunt über die plötzliche Veränderung in seinem Verhalten, reagierte aber anerkennend. Als er am offenen Fenster in den Strahlen der über der Bucht stehenden Morgensonne Gymnastik machte, reichte sie ihm sogar ein weißes Frotteehandtuch, damit er sich den Schweiß von der Stirn wischen konnte.

Einige Tage lang trank er nur Mineralwasser und frischgepreßten Orangensaft. Der Hunger, den er nie im Leben erfahren hatte, weil er seit seiner Kindheit immer genug zu essen gehabt hatte, erfüllte ihn mit unvernünftigem Stolz. Er hatte von Anorexie gehört, hatte sogar zwei Studentinnen, von denen er dachte, sie hätten diese Krankheit, aber als er jetzt auf Frühstück, Mittag- und Abendessen verzichtete, verstand er den tieferen Sinn der Leidenschaft für das Hungern, die in Tausenden von Städten auf der Welt die dünnen, halb durchsichtigen Körper von Millionen junger Frauen und Mädchen auszehrte. Die Alchimie des Hungerns versetzte ihn bisweilen in Entzücken. Jede Bewegung des Körpers brachte das Blut in Schwung. Reinigte die Seele von unguten Rückständen. Reines Licht erfüllte die Muskeln. Der Atem war leicht. Die Müdigkeit heilig. In einem bestimmten Moment schien – er nahm es mit Rührung zur Kenntnis – der Schweiß, der während der morgendlichen Übungen über seine Schultern lief, Ähnlichkeit mit dem Blut zu haben, das auf gotischen Bildern vom gemarterten Körper Jesu rann. Diese Assoziationen empfand er keineswegs als Gotteslästerung.

Selbstvergessen machte er seine Übungen. Hocke, Liegestützen, Hanteln. Als wollte er seinen Körper in ein Instrument der Rache für die ungehorsame Seele verwandeln. Sie hatte ihm zugesetzt? Jetzt mußte sie dafür bezahlen. Er berührte sie mit kleinen Blitzen von Schmerz. Mit einer unsichtbaren Nadel holte er den Dorn aus der Wunde. In seiner Brust begann ein inneres Licht aufzugehen. Bisher kaum eine Glut unter der Asche der Müdigkeit, flammte es jetzt mit ganzer Kraft auf – erfrischend, belebend, stark. Er atmete leichter. Schlief besser. Das ermüdende Gewicht, das auf den Rippen gelastet hatte, war gewichen.

Er schluckte Vitamine, aß rohes Obst. Sogar die Kleidung änderte er. Freizeithemden mit bunten Palmen gefielen ihm, weite Shorts mit farbigem Aufdruck, Sandalen an den bloßen Füßen, ein ledernes Stirnband. Jeden Morgen lief er im Trainingsanzug die Wege hinter der Siedlung entlang. Er freute sich über jeden Tritt seines Fußes auf dem harten Asphalt.

Was für eine Veränderung! Seine Seele, durch tausend Fasern mit dem Körper verwachsen, gefangen im Geflecht der Muskeln, in den Käfig der Rippen gepreßt, war bisher von den Quellen der Gesundheit abgeschnitten gewesen und vertrocknet. Jetzt konnte sie aufatmen. Als er am Dienstag früh aus der Dusche kam und nackt, triefend von Wasser, vor dem Spiegel stand, glaubte er einen Moment lang, sie im Brustkorb zu sehen wie auf einem Röntgenbild. Wie eine lebendige, soeben geschluckte Hostie schwebte sie unter dem Brustbein, umgeben von der feinen Aureole eines weichen, organischen Glanzes.

So sah er sich auch in dem Traum, den er in der gleichen Nacht hatte. Sein Körper war vollkommen durchsichtig, befreit von jeder Last, mit der Seele in eins verschmolzen. Hart wie ein Kristall, ging er mühelos durch die dicksten Mauern. Nichts konnte ihn verletzen. Die Haut auf den Schultern schimmerte in kühlem, mineralischem Glanz, als wäre sie mit feinen Teilchen von Glimmer bestreut. Er schwebte über der Erde, und unter dem Herzen kamen zwei lebendige Strahlen hervor, ein roter und ein weißer.

Nach einigen Wochen Sport betrachtete er, wenn er aus der Dusche kam, die Welt wie ein sonniges Geschenk des Dionysos. Lebhaft floß das Blut unter der Haut, wenn er die nassen Arme mit einem rauhen Handtuch rieb, bis sie rot wurden. Sogar seine Stimme verjüngte sich. Voller und lauter klang sie jetzt in der Aula der Juristischen Fakultät.

Und dennoch – als er am Freitag vor dem Spiegel im Bad stehenblieb, huschte ein kühler Schatten über seine Haut. Was war das? Müdigkeit? Um diese Zeit? Mit vager Unruhe nahm er zur Kenntnis, daß die schlimmen Träume, von denen er sich befreien wollte, seit einiger Zeit tatsächlich ausgeblieben waren. Er zuckte die Schultern. War das nicht wirklich ein neues Leben? *Vita nuova*. Eine Kommunion mit den Energien des Kosmos. Eine Wiedergeburt. Bewegung in frischer Luft. Sprints auf dem Pfad am Waldrand. Mountain-Bike-Fahren. Sogar im Fitneß-Studio des Bodybuilders war er ein paarmal gewesen.

Ja, er konnte seine Seele jetzt zur Gesundheit zwingen. Er hatte sie in der Hand wie einen gefangenen Sperling. Sollte sie doch versuchen, sich zu widersetzen. Er mußte nur mit ein wenig Training die Muskeln erwärmen, und schon begann sie zu tanzen wie ein nacktes Mädchen, das sich nach der Sauna quietschend im dampfenden Schnee wälzt. Einmal in der Woche spielte er auf dem Platz hinter dem Fluß Tennis mit Pfarrer Jan. Er ging ins Schwimmbad, lief im Trainingsanzug über die Wege der Siedlung. Eine seltsame Leichtigkeit. Als hätte man aus seiner Brust alles entfernt. Haut, Rippen, darunter nichts. Bewegte er sich deshalb so mühelos? Vögel haben auch Knochen, die innen hohl sind. Deshalb können sie so gut fliegen.

Er streckte die Hand aus, bewegte die Finger, aber dieses seltsame Gefühl ging nicht weg. Er bewegte die Finger, als wäre es nicht seine Hand.

Er schaltete den Fernseher ein.

Jeden Morgen, sagte der Sprecher einer Sportsendung, versammeln sich in ganz China Millionen von Männern und Frauen auf den Plätzen, um einem uralten, heiligen Ritual entsprechend die Hände zu heben und wieder zu senken. Die Chinesen, die er auf dem Bildschirm sah, bewegten sich sehr schön, anmutig, wie kluge Automaten zum Anstreichen von Karosserien in einer Autofabrik. Konzentriert hoben sie das rechte Bein. Dann senkten sie feierlich das linke. Er stand vor dem Fernseher und wiederholte eine Weile ihre Bewegungen. Er hob und senkte das linke Bein. Dann hob und senkte er das rechte. Es machte ihm Spaß. Er bewegte sich sogar geschickter als die Chinesen.

Doch dann, während er noch die Gestalten in den dunkelblauen Leinenhemden betrachtete, blieb er plötzlich reglos stehen. Den rechten Fuß auf Augenhöhe, den linken Arm nach hinten gestreckt, die Finger bildeten die Form einer Lotosblüte. Er stand auf einem Bein und starrte auf den Bildschirm. Sekunden vergingen. Als wäre er – diese Gedanke drängte sich ihm plötzlich auf – einer von Millionen Menschen, die wie Pawlowsche Hunde in Sorge um ihre Gesundheit jeden Morgen vor dem Frühstück das Hinterbein heben und die heilige Energie der Morgenluft tief durch die feuchte Nase einziehen. Langsam ließ er das Bein sinken. Dann den Arm. Er trat zum Fenster, lehnte sich an den Rahmen und blickte lange, an nichts denkend, auf die See. Ein schmales, lachsfarbenes Wölkchen durchschnitt die Sonne. Hartnäckig kreiste eine Schar Möwen über der Hafeneinfahrt wie eine bewegliche graue Wolke. Hinter dem Leuchtturm bog ein roter Tanker nach Norden ab. Ein kurzer, dichter Regen fiel. Die großen, kalten Tropfen zerschellten am blechernen Fensterbrett. Der Himmel über den Türmen der Kathedrale wurde dunkler.

Als der Samstag kam, stand er nicht wie sonst um sechs Uhr auf. Er hatte keine Lust, auch nur einen Finger zu rühren. Er lag auf dem Bett und starrte an die Decke. Janka öffnete das Fenster. »Steh auf. Was liegst du so da? Siehst du nicht, die Sonne scheint?« – »Mach zu«, sagte er. »Mir ist kalt.« – »Dann beweg dich!« Sie warf ihm ein Handtuch mit weißen Lotosblüten auf die Brust, aber er blinzelte nur. Sie quittierte es mit giftigen Bemerkungen. Was denn los sei, schließlich habe er ja endlich angefangen, sich um sich zu kümmern und »wie ein normaler Mensch zu leben«.

Doch die Energie hatte ihn verlassen, und es gab keine Möglichkeit, ihn wieder auf den richtigen Weg zu bringen, von dem er fügsam, ohne jeglichen Widerstand, in den Abgrund rollte wie eine gläserne Kugel, die Gott aus der Hand gefallen ist.

Zärtlichkeit und Liebe

Als er am Montag um zehn auf die Speicherinsel ging, erinnerte er sich an Pfarrer Józef.

Er mochte Pfarrer Józef schon lange und hatte den Eindruck, dieser möge ihn auch, und da sie sich in der Juristischen Fakultät, wo Pfarrer Józef jeden Freitag eine Vorlesung über die Symbolik der Bibel hielt, öfter sahen, wunderte er sich, daß er erst jetzt an ihn dachte.

Er hatte noch gut den Frühlingstag in Erinnerung, als es nach nassem Schnee, sonnigem Wetter und Weidenkätzchen roch und sie sich in dem alten Haus bei der Dreifaltigkeitskirche nebeneinander an den ovalen Tisch von Tante Zofia gesetzt hatten, auf dem selbstgemachter Mohn- und Käsekuchen standen. Bereit zu einer geruhsamen Reise – wie Pfarrer Józef sich ausdrückte – aus dem trockenen Reich des Verlangens über die dunklen Quellen des Punsches ins Kanaan süßer Sattheit, begannen sie über die sündige Zeit im Leben des heiligen Augustinus zu reden.

Einige Augenblicke genügten, und Jakub wurde klar, daß sich in Pfarrer Józef auf geheimnisvolle Weise widersprüchliche Charakterzüge verbanden. So etwas weckt immer Bewunderung, ja sogar Neid – Gefühle, die jeder Begegnung eine besondere Note geben. Denn was konnte verlockender sein, so dachte er später über diesen Tag, als das Erforschen der rätselhaften *coincidentia oppositorum*, wenn wir plötzlich, mit leichter Panik im Herzen, bemerken, daß Feuer und Wasser, obwohl völlig gegensätzlich, aus denselben elementaren Bestandteilen zusammengesetzt sind, daß die Strenge des Gesetzes eine Form der Liebe sein kann, jedoch nicht umgekehrt, und daß eine Sekunde des Schmerzes, wenn der Bauchspeicheldrüsenkrebs mit schillernden *arpeggia* zum großen Mozartschen Finale führt, unendlich viel länger dauern kann als sieben fette Jahre des Glücks, obwohl kein Uhrmacher der Welt davon etwas wissen will.

Pfarrer Józef war gebildet wie selten jemand, sprach den kernigen Dialekt der Gebirgler aus dem Süden und kehrte gern in das Haus bei der Dreifaltigkeitskirche ein. Was waren das für Begrüßungen! Schon an der Schwelle machte er zur Freude der Versammelten ein paar deftige Scherze, die mit herzhaftem Lachen quittiert wurden. Er selbst lachte laut mit seiner weichen, vollen Stimme und hob die große Hand mit den goldenen Härchen auf dem Rücken, als wolle er unverdiente Zärtlichkeiten abwehren. Später, als man sich zur Genüge an seiner Heiterkeit erfreut hatte, wurde er plötzlich ernst, nahm einen der Gesprächspartner am Arm und brachte ihn mit einem Stück Mohnkuchen in der Hand durch höfliche Fragen, ohne Eile, als würde er Fische in ein Netz treiben, zu einer längeren Unterhaltung über den heiligen Thomas oder die »Philosophie des Dialogs«, womit er natürlich Panik erzeugte. Wer konnte ihm in solchen Dingen schon das Wasser reichen! Er war bekannt dafür, daß er gerne mit Rat zur Seite stand. Zu seinen Predigten kamen große Menschenmengen in die Kathedrale.

Auf Jakubs Bitte trafen sie sich am späten Nachmittag, zu einer für die Meditation günstigen Zeit, unter den alten Bäumen der Großen Allee, bei den ehemaligen evangelischen Friedhöfen, wo sich einst ein Meer von Gräbern erstreckt hatte. Die Krone der schwarzen Eibe, unter der sie auf einer Steinbank saßen, hatte ihren Schatten früher auf die Granitplatten mit deutschen Inschriften geworfen, jetzt beschattete sie die asphaltierten Wege des hellen Parks, durch den ratternd lachende Jungen auf Skateboards fuhren, in Adidas-Schuhen und Baseballkappen mit nach hinten gedrehtem

Schild. Von hier aus konnte man durch die Bäume hindurch die weißen Mauern des berühmten Krankenhauses sehen, in dem während des Krieges aus Menschen Seife gemacht wurde; jetzt verpflanzte man dort erfolgreich Herzen und gab mit diesem wunderbaren Eingriff jedem, der dies wünschte, die gesegnete Fähigkeit der Schmerzempfindung zurück. Als er über all dies nachdachte, kam Jakub zu dem Schluß, er habe einen guten Ort gewählt.

Pfarrer Józef trug keine Soutane. Er schien zu fürchten, die schwarze Kleidung könne diejenigen, die Rat und Trost suchten, abschrecken, und so kam er zu dem Treffen mit Jakub in einem grauen Jackett, mit einem weißen Kollar am Hals. In den bescheidenen, eleganten Kleidern aus englischer Wolle, die Haare leicht mit Grau durchsetzt, braungebrannt, einem vom Bergwind gepeitschten skandinavischen Touristen ähnlicher als einem Kaplan, dessen berühmte sonntägliche Homilien von der vergoldeten Kanzel der Kathedrale sich großer Beliebtheit erfreuten, strahlte er eine ruhige, anziehende männliche Reife aus, der man sich schwer entziehen konnte. Als Jakub ihm erzählte, was sich bei jenem Examen im Juli zugetragen hatte, hörte er sich alles aufmerksam an, wie ein alter Freund, den nichts mehr wundert, worauf er mit gesenktem Kopf gründlich über das Gehörte nachdachte und dann mit seiner tiefen, warmen Stimme zu sprechen begann, deren Klang Jakub bisweilen an orthodoxe Glocken erinnerte. Die Sonne, wenn auch schon leicht verschleiert, schien auf der westlichen Seite des Parks noch durch die Bäume hindurch, die Vögel in den schwarzen Kronen der Kiefern flogen träge von Ast zu Ast, und Jakub spürte Erleichterung, denn vor dieser Begegnung hatte er sich ein wenig gefürchtet.

Während er den Worten von Pfarrer Józef lauschte, in denen sich Hilfsbereitschaft und Weisheit verbanden, spürte er, daß er aus dem Schatten heraustrat. Sein Herz war voll von guten Gefühlen. Pfarrer Józef riet ihm, sich weiterhin zu bemühen, das Mädchen zu finden, dem die unangenehme Geschichte beim Examen passiert war – schließlich könne er nicht sicher sein, daß sie nicht mehr lebe; und wenn die Suche ergebnislos verliefe, solle er wenigstens jemand anderem helfen, der Hilfe brauche. Das wäre das Beste. Denn Schuld könne man nur tilgen, indem man Leid wieder gutmache. Einen anderen Weg gebe es nicht. Wichtig sei, was unser Herz uns sage, und Jakubs Herz sage ihm schließlich, wo Schuld sei, solle auch Reue und Wiedergutmachung sein.

Und während Jakub die durch die Zweige flimmernde Sonne betrachtete und der warmen Stimme des Pfarrers lauschte, der die Worte sorgfältig wählte, damit er die Halt suchende Seele nicht verletzte, kam von den blühenden Beeten her ein kleiner gelber Schmetterling geflogen, setzte sich auf Jakubs Hand und legte die Flügel an. Konnte es ein besseres Zeichen geben?

Doch dann betrachtete Pfarrer Józef unter den buschigen, schon leicht ergrauenden Augenbrauen hervor Jakub etwas genauer, und in seiner Stimme schwang ein strengerer Ton mit, was Jakub nicht verwunderte, denn er hatte – wenn er das auch nicht zugegeben hätte – eigentlich eine solche Wende des Gesprächs erwartet. »Siehst du, Jakub«, sagte Pfarrer Józef, »manchmal habe ich den Eindruck, du machst ein Theater aus deiner Seele. Du spürst, daß das keine Sünde war, aber du redest dir ein, du hättest ein Mädchen auf dem Gewissen, dem du – wie du sagst – Unrecht getan hast. Vielleicht denkst du folgendermaßen: Wenn es die Sünde gibt, dann gibt es auch Gott, und die Seele. Also zerkratzt du deine Seele schmerzlich mit dem Finger des ungläubigen Thomas, bis sie zu bluten beginnt. Denn wenn die Seele blutet, so denkst du vielleicht, dann hast du die Gewißheit, daß du wirklich eine hast. Ich verstehe das gut, Jakub, denn heutzutage glauben immer weniger Menschen, sogar Christen, an die Seele, selbst wenn sie an Gott glauben. Denn an die Seele zu glauben ist viel schwieriger, als an Gott zu glauben.

Aber ich sage dir eines, Jakub: Das Wichtigste ist immer der Mensch – die »persona«. Dieser Begriff kennzeichnete im alten Griechenland den Menschen, der am Theater teilnahm. Und das Theater war etwas, was sich zwischen Menschen abspielte. Dort tauchte ein großes Problem auf: Wie sieht die Beziehung des Menschen zu seinem Mitmenschen aus? Ist der Mensch schuld an dem Unglück, das einen anderen trifft? Inwiefern kann ein Mensch einen anderen retten, inwiefern kann er ihn ins Verderben stürzen? Kann er Rettung oder Verderben sein, oder vielleicht beides? Oder vielleicht nur Verderben? Oder weder das eine noch das andere?

Ich sage dir das alles, Jakub, weil ich mir nicht sicher bin, ob du wirklich diesem Mädchen helfen willst oder ob du nicht, wenn du über deine Leiden klagst, in erster Linie an dich selbst denkst.

Denn wenn du in erster Linie an dich selbst denkst, dann wird es, selbst wenn ich dir vergebe, glaub mir, keine wirkliche Vergebung sein. Denn zuerst kommt die Qual, dann die Tränen, nie umgekehrt. Also gib dir selbst die Antwort, wie das wirklich mit dir ist und was du von mir als Kaplan erwartest.«

Jakub versuchte Pfarrer Józef aufmerksam zuzuhören und betrachtete konzentriert die Sonne, die durch die Bäume schimmerte wie ein lichtes Zeichen der Hoffnung, das ihm jemand aus der Ferne zu geben schien, doch plötzlich fühlte er sich verwirrt. Seit einiger Zeit konnte er sich des Eindrucks nicht erwehren, daß er sich – wie er es in Gedanken nannte – von der Welt abkoppelte, und jetzt erlebte er dieses Gefühl außergewöhnlich intensiv. Die Gnade der Abwesenheit wurde ihm zuteil. Früher hatte er gedacht, die Welt sei so eingerichtet, daß es keinen Augenblick möglich sei, nicht an ihr teilzunehmen. Denn selbst wenn wir die Teilnahme verweigerten, so nähmen wir doch immer noch, eben durch die Verweigerung, daran teil. Aber jetzt, in diesem seltsamen Moment, da Pfarrer Józefs Worte aufhörten, zu ihm zu dringen, fühlte er sich von der Welt befreit. Schließlich – so dachte er und wandte den Blick nicht von dem Schmetterling, der von seiner Hand aufgeflogen war und mit seinen gelben Flügelchen zu den Baumkronen hinaufflog – schließlich brauchten wir nur mit der Schulter zu zucken, und alle unsere Angelegenheiten, selbst die wichtigsten, würden verwehen wie Zigarettenrauch. Und nichts würde von ihnen übrigbleiben.

Erst jetzt wurde ihm klar, daß er, als er zu dem Treffen im Park gegangen war, mit einer sanften, aber entschiedenen Verurteilung gerechnet hatte. Vielleicht hätte er, wäre er gerügt worden, festen Boden unter den Füßen gespürt. Doch so – getröstet, aber leer – spürte er nur Luft unter sich. Noch ein Moment, und jeder Windhauch konnte ihn in die Höhe wirbeln wie den Flaum einer Pusteblume. Doch jetzt lächelte Pfarrer Józef wieder, als wäre ihm all das gar nicht bewußt: »Jakub, das Wichtigste ist, was du selbst in deinem Herzen hast. Wenn du das weißt, weißt du auch, wie du weitermachen sollst. Dann wirst du meinen Rat gar nicht brauchen. Aber – entschuldige die Worte – es gibt drei Arten von Wahrheit: die Wahrheit, die Pseudo-Wahrheit und die Scheiß-Wahrheit. Eiferst du nicht vielleicht der heiligen Theresa von Bernini nach? Ich weiß, jeder möchte gern so effektiv leiden wie sie.«

Während er dies hörte, sah Jakub wieder das aschgraue, in der Mitte gescheitelte Haar mit dem leichten Glanz vor sich, die Füße in den Sandalen, das dünne Riemchen um den Knöchel ... Und obwohl er sich Mühe gab, sich auf Pfarrer Józefs Worte zu konzentrieren, zog ihn etwas zu diesem sanften Wesen hin, das nur für einen Augenblick, wie die Feder einer Taube, in seinem Leben erschienen war, aber dennoch einen schmerzlichen Kratzer in seinem Herzen hinterlassen hatte, eine eiternde Wunde, mit der er nichts anzufangen wußte. Wieder spürte er, daß er damals, an jenem Tag im Juli, etwas schrecklich Dummes und Grausames getan hatte, für das es keine Rechtfertigung gab. So wie es keine Rechtfertigung für jemanden geben konnte, der durch Unachtsamkeit in einem Haus ein Feuer verursacht hatte, in dem dann ein junger, schöner Mensch umkam.

Doch der anderen Hälfte der Seele, der nüchternen, konnte diese ganze Gefühlsduselei gestohlen bleiben. Verdammt – schließlich hatte er diesem Mädchen gar nichts getan.

Als sich Pfarrer Józef von der Bank erhob und langsam über den asphaltierten Weg zum Pfarrhaus der Studentenkirche ging, sah er ihm eine Weile nach, aber die guten Gefühle hatten sein Herz verlassen. Jetzt, nach dem Gespräch, von dem er sich so viel erhofft hatte, dachte er, er bräuchte etwas wesentlich Stärkeres, und er glaubte zu wissen, wo er es finden konnte.

Pfarrer Tadeusz?

Pfarrer Tadeusz betreute die Brigittenkirche. Er nahm gewöhnlich freitags die Beichte ab, aber es war schwerer zu ihm vorzudringen als zu irgendeinem der anderen Kapläne. Was Wunder! Ständig von einer Menschenmenge umgeben, die vielleicht noch größer war als diejenige, die am Sonntag zu den Homilien Pfarrer Józefs strömte, gutaussehend, energisch, der graue Scheitel schon etwas gelichtet, in rauschender, mit einer Schnur zusammengehaltener Soutane, bewegte er sich mit der männlichen Entschlossenheit eines Gärtners im Weinberg des Herrn. Lebhaft gestikulierend, mit blitzender Goldrandbrille, verteilte er schwungvoll Gottes Gnade, auf die alle warteten, und zusätzlich sprach er alle paar Tage im Radio zu Millionen Frauen und Männern, die begeistert jedem seiner Worte lauschten. Wenn er nach der sonntäglichen Messe in weißem Meßhemd mit einer gestickten Stola über den Schultern auf den Platz vor der Brigittenkirche trat, um ein paar Worte mit den Gläubigen zu wechseln, die an der Tür geduldig auf sein Erscheinen warteten, wurde er sofort von einer Menge von Frauen und Geschäftsleuten umringt, durch die man sich mühsam durchkämpfen mußte. Es ging die Rede, Pfarrer Tadeusz trage unter der bescheidenen Soutane ein schneeweißes Jackett mit blauem Band von Armani, der Paradeuniform der argentinischen Admiräle ähnlich, auf der Brust habe er Dutzende polnische und ausländische Orden, die bei jedem Schritt klirrten wie ein Schlüsselbund in einer weiten Hosentasche, und manchmal zeige er sich in diesem Aufzug auch in der Öffentlichkeit, was Leute, die wußten, welche Bedeutung weltliche Machtsymbole für eine wirksame Ausübung der schwierigen kirchlichen Mission hatten, für klug und durchaus richtig hielten.

Jakub lächelte selbst über seine Anwandlung, mit einem so schwer zugänglichen Menschen reden zu wollen, über den er im übrigen auch genug Schlechtes gehört hatte. Allein in dem Gedanken, sich unter vier Augen mit Pfarrer Tadeusz zu treffen, lag etwas – so dachte er – Aufregendes und beinahe Perverses, das den bitteren Beigeschmack des Verstoßes gegen eine Regel, womöglich sogar des Verrats hatte. Da er von dem Gespräch mit Pfarrer Józef enttäuscht war, wollte er etwas tun, was seiner Natur völlig entgegengesetzt war. Er wollte – wie er es definierte – sein tiefstes Inneres kennenlernen; und zeigt sich unsere wirkliche Natur nicht gerade in Momenten, wo wir mit etwas konfrontiert werden, was uns zutiefst fremd ist?

Als er am Donnerstag an der Brigittenkirche vorbeiging, kam ihm der Gedanke, er sollte sich vielleicht die größte Monstranz der Welt ansehen, aus Silber und Bernstein gefertigt, die Pfarrer Tadeusz seit kurzem im Seitenaltar ausgestellt hatte. Er öffnete die schwere Tür, betrat das Gotteshaus und schaute sich in dem vom roten und blauen Licht der Mosaikfenster erfüllten Backsteingebäude um. Im Seitenschiff sah er einen stattlichen Mann in Soutane. Pfarrer Tadeusz kniete im hohen Betstuhl, im Halbdunkel schimmerte sein weißes Kollar.

Jakubs Herz schlug schneller. Die Kirche war leer. Er überwand seine Furcht und trat näher. Pfarrer Tadeusz, im Gebet unterbrochen, warf einen flüchtigen Blick auf ihn, griff nach der über dem Pult des Betstuhls hängenden Stola und bedeutete ihm durch einen Wink seiner weißen Hand mit dem Siegelring am kleinen Finger, sie sollten zum Beichtstuhl auf der linken Seite des Altars gehen. Auf dem Fußboden mit den vielen alten Grabplatten spielte in hundert Farben das Licht von den Mosaikfenstern. Jakub kniete auf der Holzstufe des Beichtstuhls nieder, wandte sein Gesicht dem Gitter zu, hinter dem Pfarrer Tadeusz es sich auf der Bank bequem machte, legte sich in Gedanken kurz zurecht, was er sagen wollte, und sprach dann lange und verworren.

Als er aufhörte zu reden, trat Stille ein. Pfarrer Tadeusz rückte seine Stola auf der Schulter zurecht. Zunächst wollte er die Fakten bestimmen. Jakub konnte jedoch, obgleich er es gern getan hätte, nicht alle Fragen beantworten. Er wisse, daß etwas Schlimmes geschehen sei. Er habe die Bitte eines Mädchens abgewiesen und wisse nicht, ob zu Recht oder zu Unrecht. Pfarrer Tadeusz unterbrach ihn. Er hätte sie schließlich noch einmal prüfen können, wenn Zweifel aufgekommen seien. Ja, es sei eine Spur Zweifel aufgekommen, aber eben nur eine Spur. Womöglich habe die junge Frau ja gelogen, als sie behauptete, sie habe ihn eine gute Note eintragen sehen. Habe er denn genau auf ihre Stimme gehört? Dann hätte er gewußt, ob sie die Wahrheit sagte, denn die Stimme lüge nicht. Genau zuhören? Damals? An jenem Tag? In der Juristischen Fakultät? Bei diesem Chaos, diesem Lärm, diesem Gerede, dieser Anspannung? Daß sie log, war ebenso wahrscheinlich wie daß sie die Wahrheit sagte. Er hatte die Wahl. Es ging alles zu schnell. Er hatte keine Zeit zu überlegen. Er hatte sich dafür entschieden, daß sie gelogen hatte. Warum sei er dann heute hierhergekommen, wenn er doch die richtige Entscheidung getroffen habe? Er sei sich nicht sicher, die richtige Entscheidung getroffen zu haben. Aber wenn er ihr erlaubt hätte, das Examen nochmals zu machen, hätte vielleicht das Schlimmste verhindert werden können. Was er damit meine? Jakub schwieg eine Weile, dann sagte er langsam, es wäre ja möglich, daß das Mädchen sich etwas angetan habe. »Heißt das, sie lebt nicht mehr?« Pfarrer Tadeusz wunderte sich, denn die Sache, die zunächst nach einer Routineangelegenheit, einer beiläufigen Nachlässigkeit ausgesehen hatte, nahm plötzlich eine ernsthafte Wendung. Aber Jakub hatte nur so ein Gefühl. »Ein Gefühl?« In Pfarrer Tadeusz' Stimme schwang Enttäuschung. »Hast du sie gesucht?« – »Ja.« – »Und?« – »Ich habe sie nicht gefunden.« – »Aber du hast Gewissensbisse?« Jakub wandte das Gesicht vom Gitter ab und nickte unsicher. Pfarrer Tadeusz hob zwei Finger: »Bereue also deine Sünden und bete. Gott wird dir beistehen. Als Buße gebe ich dir ...«

Pfarrer Tadeusz klopfte ans Gitter, Jakub stand auf, verließ den Beichtstuhl und ging in die Vorhalle. Als er die Tür erreichte, dachte er unwillig, die Welt wird von der Großen Zahl regiert, dagegen kann man nichts machen. Wie viele dieser dramatischen Geschichten wie diejenige, die er erzählt hatte, hörten sich die Kapläne nicht täglich während der Morgenbeichte an! Kein Wunder also, wenn den Beichtvater nach einiger Zeit unüberwindliche Langeweile befällt. Die Große Zahl kann jeden kleinkriegen. Entgegen aller sensationellen Gerüchte herrscht in den Beichtstühlen nur der graue Alltag. Das Böse ist das Reich der Durchschnittlichkeit. Wenn das Mädchen in dem Baumwollkleid sich die Pulsadern aufgeschnitten hätte, ja, dann hätte Pfarrer Tadeusz der Sache mehr Aufmerksamkeit geschenkt. Das Böse hätte etwas Farbe bekommen. Aber so? Eine banale Unachtsamkeit!

Er lächelte in sich hinein. Also hatte Pfarrer Józef doch recht? Also war er tatsächlich nicht in die Brigittenkirche gekommen, um seine Schuld zu tilgen, sondern um sich in seinem Hochmut zu bestätigen? Der einzigartige Paradiesvogel des empfindlichen Gewissens! Vielleicht hatte Pfarrer Tadeusz den abstoßenden, maskierten Hochmut des Egozentrikers gespürt, der sich durch die Außerordentlichkeit seiner Schuld von der grauen Masse abheben wollte? Hatte er deshalb die Beichte auf das notwendige Minimum beschränkt und Jakub danach die Standardbuße auferlegt? Er ließ ihn einfach strammstehen – wie den ersten besten gemeinen Soldaten der Sünde! Kapläne kennen sich mit Menschen aus, es konnte also so gewesen sein. Sicherlich redete sich jeder gern ein, er sei ein verletzter Pelikan mit Gewissen. Aber das empfindliche Gewissen, in sich vernarrt wie Narziß, war nur einen Schritt von ganz gewöhnlicher Gemeinheit entfernt.

Jakub stand in der Vorhalle und dachte darüber nach, was er tun sollte. Erst nach einiger Zeit wurde ihm bewußt, daß er zwar mit einem eindeutigen Ziel hierher gekommen war, aber nicht, um Vergebung zu erhalten.

Warum war er dann gekommen?

Seit diesem verfluchten Tag im Juli störte ihn einfach etwas, wie ein Haar im Gaumen. Oder wie der scharfe Glassplitter in Kays Auge in Andersens Märchen. Er wollte es entfernen, ausspucken, auswaschen, aber selbst die Beichte bei dem berühmten Pfarrer Tadeusz brachte ihm nicht die erhoffte Erleichterung, obwohl er einen Moment lang das Gefühl hatte, alles nähme eine gute Wendung.

Als er die Kirche verließ, sah er Pfarrer Tadeusz noch einmal.

Aber jetzt sprach dieser nicht mehr mit der gedämpften Stimme des geduldigen Beichtvaters, jetzt blitzte seine Goldrandbrille in der Sonne, seine Stimme dröhnte auf der breiten, in die Kirche führenden Treppe, und mit der Hand hielt er die flatternde Soutane fest, die der Wind von der Werft zauste. Die grauen Haare wehten wie silberne Flammenzungen über den Köpfen der Apostel beim Abendmahl. Vor ihm, auf dem Kirchenplatz, neben einem Touristenbus mit exotischem Namen, stand eine Gruppe von gut zehn Frauen mit bäuerlichen Kopftüchern. Sie mußten von weither kommen. Über den goldenen Trompeten eines Eisenbahnorchesters, das sich anschickte, eine Begrüßungsmelodie zu spielen, flatterte ein blaues Transparent mit der weißen Aufschrift »Nur Maria ist immer Jungfrau«. Pfarrer Tadeusz, die weiße Hand mit dem Rubinring am kleinen Finger erhoben, sprach von einer »jüdischen Minderheit in der Regierung« und war sehr besorgt um das Schicksal des Landes, über dem – so sagte er in dem Moment, als die Sonne mit kühlem Glanz auf sein inspiriertes Gesicht fiel – die Muttergottes wache, die alle Erdenbürger mit ihrer mütterlichen Liebe umschließe.

Jakub blieb an der Tür stehen. In der Kindheit hatte er nie das Gefühl gehabt, er werde von Gott geliebt, obwohl er sich das sehr wünschte und sich aus ganzem Herzen vorzustellen versuchte, wie es ist, wenn wir uns wirklich als Kinder Gottes fühlen. Ein Kind Gottes sein – was hätte er dafür gegeben! Aber war das jedem bestimmt? Sicher liebte Gott die Erde und die Menschen, aber – so fragte er sich als Kind viele Male – liebte er auch ihn, den kleinen Jakub, ganz persönlich?

Je älter Jakub wurde, desto schwerer fiel es ihm, daran zu glauben. Die Liebe Gottes, von der er zu Hause und in der Kirche so viel hörte, hatte allgemeinen Charakter, wurde im unendlichen Raum des Kosmos zerstreut, fiel aus himmlischen Höhen auf die Erde wie silberner Regen, aber ihn – so schien ihm – traf sie nicht. Er spürte die Berührung der göttlichen Hand, die anderen – davon war er überzeugt – zuteil wurde, nicht auf seinem Kopf.

Und jetzt? Jetzt, da er an der Kirchentür stand, hörte er in Pfarrer Tadeusz' Worten die reinste Stimme der Liebe. Denn diese Frauen, die von weither auf den Platz vor der Kirche gekommen waren, drängten sich inbrünstig um ihren Kaplan, und er legte ihnen die weißen, väterlichen Hände auf den Kopf, streichelte ihr graues Haar, drückte ihre armen, abgearbeiteten Hände und wiederholte mit warmer Stimme: »Gott ist Liebe, vergeßt es nicht, Gott ist Liebe. Wir müssen mit Liebe gegen die Feinde der Liebe kämpfen.« Und Jakub spürte plötzlich, obwohl er sich gegen diese Rührung wehrte, in der warmen, väterlichen Stimme die wahre Stimme der Gefühle, die er sich als Kind so sehr gewünscht hatte. Er schämte sich geradezu, aber der Anblick der Frauen, die Pfarrer Tadeusz ansahen, schlug in seinem Herzen eine versteckte Saite an, die seit Jahren geschlummert hatte. Jetzt meldete sie sich wieder, wenn er auch über das Geschwätz von der »jüdischen Minderheit in der Regierung« hätte lachen können. In den Worten von Pfarrer Tadeusz lag echte, wohltuende Liebe. Er sah mit eigenen Augen, wie die Frauen, diese gequälten, armen, kranken, verzweifelten, vom Leben gebrochenen, getretenen, von ihren Männern erniedrigten Frauen, die Hunderte von Kilometern zu ihrem Kaplan gekommen waren, sich dank seiner Worte aus der Erniedrigung erhoben und die Kraft bekamen, ohne die sie nicht leben konnten. Jetzt war keine von ihnen mehr wehrlos, verlassen oder einsam.

Diese Liebe, so dachte er, als er mit der Straßenbahn nach Hause fuhr, die Liebe, die in Pfarrer Tadeusz' Worten loderte, widersprach eigentlich jedem Wort des Evangeliums. Aber wäre sie ohne die Unterfütterung mit Haß ebenso inbrünstig und lebensspendend gewesen? Er spottete über den Unsinn, den Pfarrer Tadeusz über »Juden und Freimaurer« redete, aber hätte er selbst in den unglücklichen Herzen einen solchen Lebenswillen entfachen können? Hätte er ihnen einen solchen Halt geben können?

Don't worry

Wer war er denn?
Er wußte genau, daß sowohl in ihm als auch in Janka immer weniger Liebe war. Sie stritten sich um Kleinigkeiten. Abends, wenn sie von der Arbeit nach Hause kamen, sagten sie: »Ich habe heute einen schweren Tag gehabt.« Und tatsächlich war jeder Tag schwer, weil er nicht mehr von dem früheren Licht erhellt wurde. Noch machten sie sich vor, das sei vorübergehend, es könne sich wieder legen, aber ihre Körper sagten etwas anderes. Sie schleppten sich zur Arbeit. Wenn sie zurückkehrten, konnten sie sich kaum noch auf den Beinen halten. »Ich mag mich überhaupt nicht mehr bewegen«, sagten sie, wenn sie sich zum Abendessen setzten, und die gemeinsame Müdigkeit verband sie für einen Augenblick, aber dann trennte sie sie wie eine kalte Flamme.

Zu allem Überfluß gingen ihm schlechte Träume im Kopf herum, in denen immer wieder die Gesichter der toten Frauen von den Polizeifotos und die ekelhaften Szenen aus Roberts Wohnung auftauchten. Plötzlich wachte er mitten in der Nacht auf, mit dem panischen Gefühl, er habe etwas Schreckliches getan, dann wollte er irgendwohin, etwas in Ordnung bringen, sich vor jemandem verstecken, jemandem zuvorkommen. Und so machte er sich am Sonntag, als das Wetter wieder besser war, auf in die Stadt, um sich von all den Problemen ein bißchen zu erholen.

Er mochte das Viertel am Fluß, also lenkte er seine Schritte dorthin. Er ging an kleinen Fischerhäusern in der Ulica Grodzka vorbei, an Fachwerkhäusern beim Strohturm, dann unter den Backsteinmauern des Kreuzritter-Schlosses, das in der Gabelung der Mottlau und der Radaune von dem Geld des Wiener Kapitels der Jerusalemer Ordensritter der Heiligen Jungfrau Maria als sechsstöckiges Parkhaus mit Aussichtsterrasse vor kurzem wieder aufgebaut worden war. Obwohl er auf die Brücke beim alten Fährhafen zuging, wußte er noch nicht, daß er zum Pfarrhaus von Pfarrer Jan wollte. Später sagte er sich, die Sonne habe ihn dorthin geführt. Denn als er Richtung Fluß spazierte, schien das Spinnennetz der Schatten, das die Äste der Kastanien auf die gepflasterte Fahrbahn warfen, ihm den Weg zu weisen, als würde ein Unsichtbarer ihn an der Hand nehmen und zum anderen Ufer des Flusses bringen.

Pfarrer Jan war Vikar in der Thomaskirche auf der Insel Holm. Sie kannten sich noch aus der Zeit des Lyzeums. Groß, dunkelhäutig, mit einem schwarzen Igelschnitt, genoß er trotz seines noch nicht fortgeschrittenen Alters den verdienten Ruf eines begabten Predigers. So war es kein Wunder, daß man ihm nach seiner Rückkehr aus Brüssel, wo er mit Auszeichnung seine theologische Doktorprüfung zum Thema *Das Geheimnis des Wortes in den Schriften Dietrich Bonhoeffers* bestanden hatte, das Pfarramt für die »Kunstschaffenden« anvertraut hatte, die in launischem Rhythmus von Verrat und Umkehr sich bald von der Kirche entfernten, bald sich ihr wieder annäherten, wie Ebbe und Flut bei dem berühmten Kloster Mont-Saint-Michel. Da er gerade vierzig geworden war, organisierte er in seiner großen Kirche, deren gotischer Raum die Phantasie zur Suche nach geheimen Verbindungen zwischen Glaube und Schönheit anregte, Vernissagen, Sinfonie- und Jazzkonzerte, Dichterlesungen und Happenings, bei denen er mit Talent und Energie das Wort Gottes verkündete, was viele Künstler und junge Frauen, die sich nach einem tiefen und schwierigen Glauben sehnten, in seine Kirche zog. Er war vom lieben Gott nicht nur mit einer bewundernswerten Fähigkeit des Ausdrucks, sondern auch mit einer Bärengesundheit bedacht worden, war gut gebaut und sportlich. Sorgfältig rasiert und nach Old Spice duftend, trug er ein elegantes schwarzes Jackett mit weißem Kollar, fuhr einen schnellen Ford Metallic und hatte schon einige Male mit Jakub auf den Plätzen hinter dem Fluß Tennis gespielt. Jakub kannte ihn noch aus der Kindheit als Dickkopf, der gern in den Teich bei der Mühle sprang, ohne sich darum zu kümmern, daß das Wasser ihn in die Schleuse hätte ziehen können.

Auf dem schlanken, mit seinem Kupferdach die Insel Holm überragenden Turm der Thomaskirche, den Jakub sah, als er die Brücke beim alten Fährhafen betrat, hatte Pfarrer Jan in fünf Sprachen die Neonleuchtschrift »don't worry« anbringen lassen. Nachts pulsierten die aus Glasröhren zusammengesetzten purpurroten Buchstaben über der Stadt wie das sich öffnende und wieder schließende Auge Gottes. Man konnte sie von weitem sehen. Als Pfarrer Jan Vikar in der Thomaskirche geworden war, hatte er aus dem rohen Innenraum der Backsteinkirche sofort den gekreuzigten Christus entfernen lassen. Das Kruzifix mit dem blutenden Menschensohn, ein Werk mittelalterlicher Meister aus Padua, wurde nur für die Zeit der Liturgie im Altarraum aufgehängt. Nach Beendigung des Gottesdienstes wurde es zusammen mit den Bänken und Betstühlen wieder in die Sakristei gebracht.

Er lud hervorragende Künstler aus der ganzen Welt in seine Kirche ein. Aus diesem Grunde hatte er alle figuralen und Mosaikdarstellungen aus dem Gotteshaus entfernt. Sie sollten nicht die Aufmerksamkeit der Besucher ablenken, wenn sie die an den Backsteinwänden hängenden Kunstwerke betrachteten. In der leeren zentralen Apsis ließ er nur die hellen Fenster aus Milchglas. Den traditionellen Altar ersetzte er durch eine Statue Calders aus schwarzem Granit, ähnlich einem großen Amboß der keltischen Druiden (das

Geschenk eines Kölner Sammlers, mit dem er seit langem befreundet war). Professor C. hatte in einer harten Diskussion mit Jakub gestanden, daß die Entfernung des Kreuzes aus der Kirche, zweifellos eine umstrittene Entscheidung, ihm dennoch geholfen habe, den in seiner Schulzeit verlorenen Glauben wiederzufinden. Pfarrer Jan sah in diesen Worten die Bestätigung dafür, daß sein Weg zu den Herzen der im Labyrinth der modernen Welt verlorenen Menschen der richtige war. Dieser Weg führe – wie er sagte – durch das Tor der Schönheit zum Reich der Wahrheit.

Früher war Jakub zusammen mit Janka zu den feierlichen Vernissagen in der Thomaskirche gegangen.

Auf der letzten Vernissage war er ohne Janka dort gewesen.

Die Ausstellung, die er sich vor einer Woche angesehen hatte, war um die halbe Welt gegangen. Fast zehn Millionen Menschen auf fünf Kontinenten hatten sie gesehen, und die Stadt war ungeheuer stolz, sie ebenfalls zeigen zu dürfen. Jakub war dabei, als sie in der leeren Kirche eingerichtet wurde. Arbeiter der Firma Hersen und Bolsano montierten zwischen den gotischen Pfeilern große Glaskästen auf Eisengestellen. In jedem der Kästen lagen, saßen und standen – wie Schneewittchen im gläsernen Sarg – nackte, hervorragend konservierte Leichen von Frauen, Kindern und Männern. Die Ausstellung war das Werk eines berühmten deutschen Professors, der die Körper toter Menschen dem Seziersaal entnommen und sie dank einer speziellen chemischen Bearbeitung in rätselhafte Kunstwerke verwandelt hatte. Die in durchsichtiges Kunstharz getauchten Leichen, vollkommen geruchlos und hart wie Stein, gaben beim Anstoßen einen schönen metallischen Ton von sich, wie eine Porzellantasse, die man mit einem Löffel berührt. Ihre wächserne Haut, von rätselhaften Krankheiten angefressen, wies Risse auf wie das Holz gotischer Statuen.

Fast alle Körper hatten offene Augen. Als Jakub die Kirche betrat, erblickte er an zentraler Stelle einen Glaskasten, in dem auf purpurrotem Plüsch in der Pose einer ruhenden Odaliske eine nackte »Madonna« lag. In ihrem offenen Bauch schlief, zu einem Knäuel zusammengerollt, ein rosiges Kindlein mit dem Fäustchen unter dem Kinn. Als Janka die Fotografie der berühmten »Madonna« in der Zeitung sah, sagte sie, man sollte Pfarrer Jan zusammen mit dem deutschen Professor sofort ins Gefängnis stecken. Jakub war jedoch nicht so entschieden. Wer weiß, vielleicht lag Pfarrer Jan gar nicht so falsch, als er bei der Vernissage zu den geladenen Gästen sagte, die schockierenden »Figuren« des deutschen Professors, die scheinbar zutiefst heidnisch und gottlos waren, würden in Wirklichkeit die Zuschauer zu tiefem Nachdenken über das unerforschliche Geheimnis der Fleischwerdung Gottes anregen.

Als Jakub ins Pfarrhaus der Thomaskirche ging, war es neun Uhr. Er ging durch das Mittelschiff der Kirche, zwischen den Glaskästen hindurch. Die toten Körper, erstarrt in den Posen von Tänzern, Verkäufern, Maschinisten, Fernsehsprechern, Polizisten, von berühmten Rockmusikern, Generälen, bekannten Politikern und Schauspielern, betrachteten ihn mit den reglosen Augen von Fischen. Im letzten Kasten, direkt am Eingang zur Sakristei, öffnete ein zwei Meter großer nackter Araber im Turban mit den Fingern seine Rippen wie die Tür eines Tabernakels und zeigte zwischen den violetten Lungenflügeln die rote Hostie des Herzens. Daneben kamen Jakub die verblaßten, bestickten mittelalterlichen Ornate, die in der Sakristei hingen, wie abgerissene Stücke tätowierter Haut vor.

»Du möchtest also eine Beratung?« fragte Pfarrer Jan, als sie das Zimmer im ersten Stock betraten. Das Pfarrhaus war durch die mit Efeu und wildem Wein bewachsenen Mauern eines gotischen Innenhofs vom dunklen Wasser des Hafenkanals getrennt. »Nein«, erwiderte Jakub. »Ich möchte«, er zögerte einen Moment, denn das, was er sagen wollte, war nicht höflich, »ich möchte eine richtige Beichte ablegen.« – »Wie du willst.« Pfarrer Jan war keineswegs beleidigt. Er zog das weiße Meßhemd an, setzte sich auf den Stuhl am Fenster, warf die Stola über die Lehne und wartete, was Jakub ihm sagen würde, denn die Sache – so dachte er sich – mußte dringend und wichtig sein, da Jakub zu einer so frühen Tageszeit gekommen war. Jakub wurde etwas ruhiger. »Also ...«, ermunterte ihn Pfarrer Jan und stützte das Kinn in die Hand. Er hatte dunkle Augen, die tief unter den dichten Brauen lagen, und gesunde, immer etwas feuchte Lippen von dunkelroter Farbe. Die frisch rasierten Wangen hatten einen dunklen Schimmer.

Als Jakub langsam erzählte, was am ersten Juli in der Juristischen Fakultät geschehen war, sah Pfarrer Jan ihn mitfühlend an. »Hast du sie gesucht?« – »Ja.« – »Und?« – »Nichts.« – »Du solltest für sie und dich beten.« – »Natürlich«, Jakub lächelte, als wolle er etwas Peinliches sagen, »aber ich möchte, daß Du mir die Absolution erteilst.« Pfarrer Jan zog die Augenbrauen hoch, als wartete er auf weitere Erklärungen, denn er verstand nicht, weshalb Jakub auf etwas bestand, was selbstverständlich war. Jakub schwieg eine Weile. Dann sagte er leise: »Und daß du sie mir auf lateinisch gibst.« Pfarrer Jan sah ihn aufmerksam an, aber er lachte nicht. »Auf lateinisch? Warum das?« – »Ich weiß nicht. Aber ich möchte es auf lateinisch.«

Pfarrer Jan überlegte einen Moment, wie er vorgehen sollte und rückte die Stola zurecht: »Gut, knie nieder.« Jakub kniete nieder, neigte den Kopf, hielt den Atem an, als würde er sich zu einem Sprung aus großer Höhe anschicken, und schloß die Augen. Pfarrer Jan hob zwei Finger: »Ego te absolvo ...« Jakub hob nicht den Kopf, er wartete noch auf etwas, aber Pfarrer Jan berührte sanft seine Schulter. »Steh auf.« – »Schon?« wunderte sich Jakub. »Hast du mir die Absolution erteilt?« – »Ja.« – Jakub sah ihn an: »Dann sag mir, warum du mir die Absolution erteilt hast.« Pfarrer Jan berührte wieder die Stola, die eine schöne goldene Stickerei in Form einer Weinrebe aufwies: »Weil ich gesehen habe, daß du bereust und dich bessern willst.« Jakub platzte heraus: »Aber ich bereue überhaupt nichts. Ich will einfach diesen Scheiß loswerden, verstehst du?« Pfarrer Jan griff nach einer Zigarette mit goldenem Mundstück: »Weißt du, diese Ausdrücke könntest du dir sparen, sie passen nicht zu dir. Was ich getan habe, habe ich mit reinem Gewissen getan. Du hast die Absolution.« – »Warum spüre ich dann nichts?« – »Was heißt das, willst du, daß plötzlich alles wie weggeblasen ist?« Jakub fuhr auf: »Darum geht es nicht. Aber ...« – »Aber was? Ich sehe doch, daß du irgendwie damit fertigwerden willst. Aber das ist nicht so einfach. Dafür braucht es Zeit. Wichtig ist der Wille, und den sehe ich.« – »Was siehst du?« – »Daß du die Schuld wiedergutmachen willst.« – »Das heißt die Schuld ist schon wiedergutgemacht?« – »Sie ist vergeben, aber die Wiedergutmachung fehlt noch.« – »Ich weiß. Aber warum spüre ich nichts?« – »Das ist eine Sache des Glaubens und der Arbeit an sich selbst. Du mußt in dich gehen. Dann wirst du vielleicht die Wirkung der Gnade erfahren.«

Sie gingen vom Pfarrhaus auf die Uferstraße. Weit hinter dem Fluß türmten sich über den Dächern Gewitterwolken. Der Turm der Marienkirche stützte den grauen Nebel, der über der Stadt hing. Durch den Hafenkanal fuhr in Richtung Grünes Tor ein weißes Ausflugsschiff mit lachenden Menschen an Bord. Am Mast flatterte eine rote Flagge mit einer Krone und zwei Kreuzen, wie eine purpurrote Flamme, an der sich die tiefhängenden Wolken entzünden konnten.

Er hatte also Vergebung erhalten, doch die schlimmen Träume verschwanden nicht. Im Gegenteil: In derselben Nacht kehrten sie mit alter Kraft wieder, sobald er neben

Janka eingeschlafen war. Wieder träumte er von den Frauen auf den Metalltischen, in den Badewannen und Duschen.

Als hätte er zwei Seelen in sich. Die moralische Seele war geheilt, zumindest wollte er glauben, es sei so. Die zweite Seele – der geheime Sitz der Gefühle und Träume – suchte immer noch Erlösung.

Zu zweit

Wenn es wenigstens mit Janka anders gelaufen wäre ... Er hatte Szenen vor Augen, die aussahen wie auf gestellten Familienfotos, aufgenommen, um der Welt das eigene Glück zu zeigen. Es blitzt, Stille, sauber gebügelte Kleider, eine Herde Kinder, die Zähne zu einem Porzellanlächeln gebleckt, darunter Dante und »lasciate ogni speranza«.

Doch Jankas Leben gehörte – was teilweise sein Verdienst war – nicht zu den einfachen. Es wand sich in launischen Linien auf der Wiese der Zeit wie ein achtlos ins Gras geworfenes Seidenband. Zunächst hatte es ein schönes Muster gebildet, später trat ein unvorsichtiger Fuß darauf und brachte es in Unordnung. Jugend, Energie, Eifer, ein gutes Diplom in Physik. Doch kaum fing sie als Lehrerin in der Schule an, begriff sie, daß sie, selbst wenn sie sich Arme und Beine ausreißen würde, die Welt nicht verändern könnte. Hin und wieder, wenn sie beim Frühstück saßen, schlug sie in einem Anflug von Verzweiflung mit dem silbernen Teelöffel auf den Eichentisch: »Mein Gott, ich will endlich normal leben, normal arbeiten, einen normalen Haushalt und Kinder haben! Jakub, andere haben das doch auch!«

Nur in den Ferien lebte sie auf. Sudeten, Riesengebirge, Frost, Eiszapfen in der Sonne. Der Anblick der weißen Skihänge war wie Balsam für ihre Nerven. Mit einer orangeroten Jacke, einer weinroten Mütze mit flauschigem Bommel und einer Sonnenbrille mit blauen Gläsern kletterte sie auf die Felsen und fotografierte vom Gipfel der Schneekoppe mit ihrer japanischen Kamera ein Panorama der Berge, wobei sie sich im Kreis drehte wie eine Eiskunstläuferin bei den Winterspielen in Salt Lake City. In der Pension Jagna klebte sie abends die Fotos von den Bergen zu einer farbigen Ziehharmonika zusammen. Eine Zauberin aus einem chinesischen Märchen, die den in Stücke geschnittenen Körper einer Schlange zusammennäht. Als Jakub sich habilitiert hatte, hängte sie – enttäuscht vom Mangel an wirklichen Veränderungen in ihrem Leben – im Schlafzimmer ein beeindruckendes Foto der mittelalterlichen Ruine eines dicht mit Pflanzen überwucherten schlesischen Schlosses auf. Möge mir, so sagte sie, als sie den Nagel in die Wand schlug, dieses grüne Fenster mit Blick auf den Glatzer Kessel ein wenig Erholung vom Alltag spenden.

Sie kochte nicht gern und tat es nur, wenn es unbedingt sein mußte. Außerdem achtete sie auf ihre Linie: ein Erdbeerjoghurt und eine Handvoll Sonnenblumenkerne für den ganzen Tag. Jakub kochte sich also selbst, auch wenn er nach stundenlangen Vorlesungen halbtot vor Müdigkeit war. Sie nannte das »Aufteilung der häuslichen Pflichten«. Nach der Arbeit – dieses Bild sah er oft – legte sie sich im geblümten Hauskleid auf das Bett und blätterte in Illustrierten. Die glänzende, flimmernde Welt der Sänger und Filmstars unterhielt und amüsierte sie wie jeder Ausschnitt Welt, in dem es die verfluchte, mit bissigen Graffiti beschmierte Schule nicht gab, das kalte Lehrerzimmer und die kahlrasierten, Ohrringe tragenden Schüler der höheren Klassen, die sie im Unterricht auf raffinierte Weise beleidigten, wogegen sie völlig machtlos war. Deren Väter, mit denen sie auf den Elternabenden zu reden versuchte, verdienten zehnmal soviel wie sie, die junge Physiklehrerin mit dem Spezialgebiet »Elektrostatik des absolut schwarzen Körpers«, und sie erhoben ungeniert die Stimme, wenn sie sich über irgend etwas beklagen wollte. Schließlich bezahlten sie ja anständig.

Ihre Kleidung war nicht extravagant. Grau, weiß, beige. Leichte, weich fallende Kleider. Schuhe mit flachem Absatz, gesund, bequem, sportlich. Anthrazitfarbene Strümpfe mit dünner Naht. Heller Lippenstift, ins Violette spielend. Sparsames Make-up. Ein blauer Lidstrich, aber nicht übertrieben, nur um anzudeuten, daß sie auf ihr Äußeres achtete. Sie war schlank, groß, energisch, attraktiv, hatte zarte Gelenke und helle Augen von der Farbe trüben Wassers, lange Wimpern, üppiges, auf die Schulter fallendes schwarzes Haar mit einem vollen Pony, schmale, schön geschwungene Augenbrauen, ein sanftes Kinn, eine gerade Nase, einen langen Hals, schlanke Finger, keine besonderen Kennzeichen.

In ihrer Kindheit war sie von ihrer Mutter tödlich verletzt worden.

Die Wunde, die ihr zugefügt worden war, würde niemals verheilen. Sie war zu tief, als daß sie irgendwann wirkliche Freude hätte empfinden können. Doch sie schmierte mit großer Sorgfalt jeden Abend Creme auf die weiße Haut an Hals und Bauch, damit der hartnäckig in den Ecken der Wohnung lauernde Tod sie für immer vergessen möge. Jeden Morgen setzte sie sich auf ein rotes Mountainbike und fuhr, kräftig in die Pedale tretend, mit Jakub ein paar Kilometer über die asphaltierten Wege der Siedlung. Sie trainierte die Muskeln der Lenden und Hüften. Das Sexualleben, ein wichtiger Punkt in der »normalen Ehe«, setzt schließlich einen gesunden und funktionierenden Körper voraus. Im übrigen gefiel sie sich, wenn sie schlank war. Ihren Mann ließ sie manchmal an sich heran, manchmal nicht. In Gesprächen mit ihrer Freundin, der Bibliothekarin der Schule, nannte sie ihre Geschlechtsteile ganz im Ernst die »offene Abteilung«, denn Sex wirke sich, ähnlich wie biologische Ernährung und Sport, mildernd auf die Menstruationsschmerzen aus.

Zwei Jahre nach der Hochzeit, als sie die Licht- und Schattenseiten der Ehe schon recht gut kennengelernt hatte, las sie ein Buch über die Tierkreiszeichen, worauf sie – dem Rat der französischen Autorin folgend – dunkelblaue Bettwäsche mit gelben Sternen und Halbmonden kaufte. Die Symbole der Nacht sollten das traurige Dunkel des Schlafzimmers durch einen Funken Leben erhellen. Mit einer Wünschelrute prüfte sie die Energie unterirdischer Wasserläufe. Das Bett stellte sie näher ans Fenster.

Jakub hatte sie im dritten Studienjahr kennengelernt. An einem sonnigen Oktobervormittag war sie im ersten Stockwerk der Juristischen Fakultät auf ihn gestoßen, als er völlig fertig, in zerknitterter Jeansjacke, das Hemd am Hals aufgeknöpft, die Schuhe ungeputzt, nach der unangenehmen Sache mit Professor Tyc bei seinen Studienkollegen seelische Unterstützung suchte. Auf einer Wiese im Tal der Freude streichelte sie ihn wie ein verweintes Kind. Von da an gingen sie miteinander. Zwei Jahre später kam es wegen irgendeiner Dummheit zum Streit, und sie trennten sich. Doch die Vorsehung wartete, wie eine im Sand verborgene Schlange, geduldig auf ihre Stunde. Nach einem Monat eisigen Schweigens – wenn sie sich auf der Treppe begegneten, taten sie so, als würden sie sich nicht kennen – näherte sie sich ihm von hinten, mit karminrotem Lippenstift geschminkt, die Haare in Afrolook, die Fingernägel violett lackiert, und begann plötzlich – sie wußte selbst nicht, was in sie gefahren war – ihm das Haar zu zausen. Zuerst wollte er sich aus der wilden Umarmung befreien, doch dann spürte er den bekannten Geruch von Chanel No 5 und gab nach, denn die Kraft, mit der sie ihn umarmte, schien, wie er erleichtert wahrnahm, ein Ausdruck heftiger und zutiefst aufrichtiger Gefühle zu sein.

Im übrigen waren sie mittlerweile im fünften Studienjahr. Die weißen Novemberrosen im Park bei der Kathedrale bekamen eine goldene Färbung, bevor sie ihren alljährlichen Tod im herbstlichen Reif antraten, und man mußte an die Zukunft denken. Am selben Tag hielten sie ein feierliches Ritual der Versöhnung ab, bei Kerzenschein und bulgarischem Wein der Marke Sophia, der nach den Mittelmeerländern duftete, nach denen sie sich beide sehnten. Bald darauf heirateten sie, obwohl Jakub kurz vor der Trauung plötzlich zögerte und sogar daran dachte, die ganze Sache auf später zu verschieben; aber er hatte nicht die Kraft, diesen flüchtigen Gedanken in die Tat umzusetzen.

Als er eines Tages davon zu erzählen begann, was beim Examen im Juli an der Juristischen Fakultät geschehen war, hörte sie kaum zu. Sie blätterte gerade die bunten Seiten von »Elle« durch, mit der Abschiedskollektion von Yves Saint-Laurent. Erst als sie das unerwartete Wort »Selbstmord« hörte, horchte sie für einen Moment auf. Die langweilige Geschichte von irgendeiner Prüfung leuchtete plötzlich in romantischen Farben und zerstreute wie ein Feuerwerk den grauen Alltag, in dem Janka sich gefangen fühlte wie ein Karpfen in der weihnachtlichen Wanne. Sie fragte, ob jemand außer ihm von der ganzen Sache wisse. Als er den Kopf schüttelte, zuckte sie die Achseln und blätterte mit angefeuchtetem Finger weiter in den Hochglanzseiten der Regenbogenpresse. Er solle sich das Herz damit nicht schwer machen. Schließlich sei nichts passiert. Es gebe keinerlei Beweise, daß dieses Mädchen sich etwas angetan habe. »Und außerdem muß man hart sein, Jakub. Sonst wird man aufgefressen wie Popcorn.« Natürlich verstehe sie, daß er »auf seiner Universität« kein leichtes Leben habe. Aber hatte sie denn ein besseres? Daran sollte er immer denken.

In jeder Schule, in die sie kam, begann sie eisige, nicht enden wollende Streitereien mit der Direktorin, sofern diese physische Ähnlichkeit mit ihrer Mutter hatte. Diese Ähnlichkeit rief heftige Reaktionen in ihr hervor, die sie nicht unter Kontrolle bekam. Ihre Mutter arbeitete in der Abteilung für Arbeitskleidung im Supermarkt Real. Sie schikanierte den Vater, einen arbeitslosen Automechaniker, der ständig mit einer Dose Bier in der Hand vor dem Fernseher einschlief, und aus Verzweiflung rauchte sie täglich drei Schachteln Zigaretten.

Ihre eingefallenen grauen Wangen – Embleme ewiger Müdigkeit – klagten Janka unablässig der Undankbarkeit an.

Als Janka Jakub heiratete, atmeten ihre Eltern erleichtert auf. Ihre Hauptsorge vor der Trauung war, wie Janka in der Kirche aussehen und ob sie der Familie keine Schande machen würde. Das weiße, sehr gelungene Kleid aus Taft, mit französischen Spitzen und russischem Musselin verziert, nähte sie selbst und stach sich dabei kein einziges Mal in den Finger. Als Jakub mit ihr zum Altar ging, hörte er lächelnd das sanfte Rauschen des edlen Stoffs. Das sinnliche Geräusch paßte gut zu dem Ave Maria, das ein Bekannter, ein Student der Musikakademie, auf der Orgel spielte.

Schon kurz nach der Hochzeit begriff sie, wie sie ihn kleinkriegen konnte. Wenn er etwas tat, was ihr nicht paßte, verfiel sie in eisernes Schweigen und konnte das wochenlang durchhalten. Als ob er gar nicht existierte. Sie würde ihn schon mürbe machen. Nachts kehrte sie ihm den Rücken zu, drückte das Gesicht ins Kissen und ruhte wie tot auf der Matratze. Zutiefst verletzt, lag Jakub in der Dunkelheit und zitterte. »Ich bin eine stolze Frau«, sagte sie am nächsten Tag zu ihrer Freundin aus der Bibliothek, die sich zerstreut ihre Bekenntnisse anhörte, während sie ihren Nescafé umrührte. Janka sah ihr Leben als teilweise gescheitert an, aber so war das wohl auf dieser Welt. Sie liebte Jakub, aber manchmal fühlte sie sich von ihm schrecklich verletzt und wußte nicht einmal warum.

Allmählich versank sie im stillen Meer der Resignation. Sexuelle Zärtlichkeiten ließ sie über sich ergehen, indem sie auf die weißen Lichter der vor dem Haus vorbeifahrenden Autos starrte, die über die Decke huschten wie Vögel, die in warme Länder fliegen. Hin und wieder zog sie ihn im Verlangen nach Liebe leidenschaftlich an sich und atmete heftig. Tatsächlich glaubte sie daran, es werde sich schon alles irgendwie wieder einrenken. Aber wenn sie nach einer Liebesbegegnung ins Bad ging, um unter der Dusche die Spuren der sexuellen Berührung abzuwaschen, mußte sie die Tränen hinunterschlucken. Wie Jod brannten sie in der Kehle. Sie spürte, daß irgend etwas nicht stimmte, obwohl doch alles ganz normal, ja mustergültig war. Sie hatte einen Mann, eine Arbeit, eine Wohnung. Wenn sie bei Bekannten zu Besuch waren, streichelte sie ihm die Hände und brach in perlendes Lachen aus, sobald jemand einen Witz erzählte, und alle konnten ihre schönen weißen Zähne sehen. Bei anderen war es schließlich viel schlimmer. Das hatte sie selbst gesehen. Aber es gab Nächte, in denen sie – wie sie zu ihrer Freundin sagte – am liebsten zum Mond hinaufgeheult hätte vor Wut und Schmerz. Dann ging sie in die Küche, nahm das breite Brotmesser in die Hand und stieß es mit voller Wucht in das Holzbrett, um nicht einen Schrei loszulassen, den man im ganzen Haus gehört hätte. »Ich werde nicht weinen – nie«, schwor sie sich, und diesen Schwur hielt sie.

Als Jakub wieder einmal davon zu reden begann, was am ersten Juli geschehen war, würdigte sie ihn kaum eines Blickes. Sie las gerade eine bunt bebilderte Geschichte über die Romanze zwischen Marylin Monroe und John F. Kennedy, um zu vergessen, was morgens in der Schule geschehen war. Das Sprechen kostete Jakub Mühe. Sorgfältig wählte er die Worte, senkte die Stimme, unterstrich seine Rede mit den Händen. Sie begriff, daß er mit dieser »unguten Sache« nicht zurechtkam. Eigentlich wollte sie ihm ja helfen. Aber was sollte sie tun? Im Grunde hätte er sich doch um sie kümmern müssen. Sie nahm schon seit ein paar Wochen Beruhigungstabletten. Und jetzt zwang er sie, sich diese peinliche Geschichte anzuhören, verlor sich in Einzelheiten, nannte Namen von Leuten, die sie nicht kannte. Das war ermüdend und führte zu nichts. Also unterbrach sie ihn: »Stell Wasser für Tee auf. Ich backe einen Kuchen.« Sie redete genau so, wie ihre Mutter mit ihrem Vater sprach, wenn sie sich durch die demonstrative Erfüllung ihrer häuslichen Pflichten über seine Arbeitslosigkeit lustig machte.

Er ging zum Teekessel, zündete das Gas an. Sie rührte das Mehl, gab Backpulver und Rosinen dazu. Sie aßen den Kuchen schweigend. Er schmeckte gut, »aber«, sagte sie, während sie sich die Finger ableckte, »ich hätte etwas weniger Vanillezucker nehmen sollen«. – »Nein, keineswegs.« Jakub las die Krümel vom Teller auf. »Der Kuchen ist köstlich.« Sie beruhigte sich für eine Weile. Im übrigen war am nächsten Tag Samstag, und sie mußte nicht in die Schule.

In ihrer Verzweiflung kaufte sie sich einen Dackel, ein braunes Weibchen mit traurigen Augen, dem sie den Namen »Happy« gab. Wenigstens einer in diesem Haus sollte glücklich sein. Zärtlich streichelte sie den Hund vor Jakubs Augen, als wollte sie sagen, das ist alles, was ich im Leben habe. Manchmal dachte sie, sie halte es nicht mehr aus und werde sich etwas antun. Aber das Leben hatte ja ohnehin keinen Sinn. Schließlich quälten sich alle. Ging es ihrer Mutter vielleicht besser?

Am schlimmsten waren die Kleinigkeiten.

»Wie du die Gabel hinlegst!« platzte sie plötzlich heraus, als sie in der Küche frühstückten. »Man legt die Gabel nicht so auf die Tischdecke, mit den Zinken nach unten, sondern so, nach oben! Wie oft soll ich dir das noch sagen!« Und sie knallte die Gabel auf den Tisch und zeigte ihm, wie sie zu liegen hatte.

Eine Kleinigkeit wie die mit der Gabel, und Jakubs Ehe kam ins Schwanken wie eine mit dem Ellbogen angestoßene Flasche, die gleich auf den Boden fällt. Also legte er schnell die Gabel mit den Zinken nach oben. Aber beim Abendessen machte er wieder den gleichen Fehler. Beim Anblick der mit den Zinken nach unten liegenden Gabel lief Janka rot vor Wut zum Tisch und drehte sie um. »So sollst du sie hinlegen! Verstehst du! So legt man die Gabel auf den Tisch! Hat dir das denn niemand beigebracht?!« Seine Schuld wuchs wie der Teig in der Schüssel der Schwarzen Köchin.

Noch schlimmer war die Sache mit dem Umhergehen. Jakub ging gern in der Küche umher, wenn er sein Frühstück aß. »Hör endlich auf herumzulaufen! Und iß wie ein normaler Mensch!« schrie Janka über ihrem Müsli. »Setz dich hin!« Sie schlug mit der Faust auf die Tischplatte, daß die Teller sprangen. »Siehst du? Hier ist der Teller, das Brötchen, hier setz dich hin, an den Tisch! Hör endlich auf herumzulaufen, ich werde noch verrückt!« Jakubs Spaziergang durch die Küche mit dem Brötchen in der Hand störte grundlegend die Ordnung in ihrem Leben.

Ach, wie er es liebte, mit dem Brötchen in der Hand am Fenster zu stehen und vom zehnten Stock auf die Stadt und die Lichter in der Dämmerung zu schauen! Da war die See mit den riesigen Containern voller japanischer Autos, da legte die Fähre mit Volldampf nach Karlskrona ab, und über all dem das atemberaubende Morgenrot in hundert Schattierungen von Rosa bis Gold. Wenn Janka sich doch nur dazugestellt hätte mit ihrem Brötchen in der Hand, lachend, scherzend, plaudernd, wie früher in Studentenzeiten! Der Blick aus dem Fenster war wirklich vom Feinsten.

Aber das Klirren des Messers auf dem Teller zerschlug die Träumerei: »Setz dich endlich, hör auf herumzulaufen, iß wie ein Mensch, am Tisch, ich werde noch verrückt!« Sie schloß die Augen und drückte mit den Fingern gegen die Schläfen. Jakub setzte sich wortlos auf den Rand des Stuhls. Seine Schuld war offenkundig. Er wollte zärtlich ihre Hand berühren und um Verzeihung bitten, aber sie zog sie jäh weg: »Laß mich!«

Nach einiger Zeit zogen es beide vor zu schweigen. Stumm aßen sie ihr Frühstück und kauten sorgfältig ihre Brötchen und ihre Cornflakes. Sie wollten sich weismachen, mit dieser Stille könnten sie die schlimme Zeit überstehen.

Aber die schlimme Zeit wollte einfach nicht enden.

Das Messer

Als Jakub am Freitag kurz vor zehn auf die Speicherinsel kam, war das Gebäude der Juristischen Fakultät schon von Sonne überflutet. Das die steinernen Mauern umfließende Wasser des Kanals schillerte in tausend Grüntönen. Lächelnd ging er an den jungen Leuten vorbei, die mit Büchern auf den Knien und Fantaflaschen in der Hand auf dem Rasen saßen, passierte die Statue der Themis, warf einen Blick auf die weißen Segel der Yachten, die majestätisch am Kai entlang Richtung Grüne Brücke fuhren, und lief dann, ausgeschlafen, erholt, nach einem guten Frühstück, in einem piekfeinen Hemd, das Janka ihm am Tage zuvor gebügelt hatte, die Treppe zu dem Granitgebäude hinauf. Der fürsorgliche Turm der Marienkirche, den er auf der anderen Seite des Flusses hinter sich gelassen hatte, einer beständig den Himmel stützenden Backsteinsäule ähnlich, warf einen rötlichen Schatten auf die Dächer der Heiliggeistgasse. Das Krantor stand über dem Wasser wie ein Mönch in schwarzer Kapuze, der über die Vergänglichkeit nachsinnt.

Was für ein schöner Tag! Wie sollte man da an die Gespenster und Schrecken der Nacht denken! Sollten sie im Abgrund der Finsternis versinken! Pünktlich um zehn begann er mit dem Examen. Obwohl er bisweilen in Gedanken abschweifte und aus dem Fenster schaute – die schlechten Träume lauerten leider immer noch, wie vom Licht geblendete Fledermäuse, in den Winkeln der Seele –, kam er immer wieder rechtzeitig zu sich. Das Leben ging weiter, vollkommen gleichgültig gegen alle Verletzungen, solange sie nicht tödlich waren. Und er wandte sich mit einem höflichen Lächeln an die nächste Person, die in feierlicher, dem Anlaß angemessener Kleidung mit der ausgelosten Frage in der Hand auf der anderen Seite des schwarzen Eichentisches Platz nahm: »Ja, ich höre, bitte sprechen Sie.«

Gegen elf stand er auf, um sich etwas die Beine zu vertreten. »Setzen Sie sich bitte«, mit einer höflichen Geste wies er der braunhaarigen Frau in der weißen Bluse, die soeben das Zimmer betreten hatte, einen Stuhl an. »Sie haben eine Viertelstunde Zeit. Bereiten Sie sich bitte vor. Brauchen Sie Notizpapier?« Er gab ihr ein paar Blatt aus dem Regal, dann fiel ihm ein, daß er noch kurz ins Dekanat mußte. Mit der Hand an der Klinke überlegte er einen Moment, was er mitnehmen sollte, als plötzlich die Tür – die schwere, dunkle Eichentür mit den Verzierungen, an der seit undenklichen Zeiten das Emailleschild mit der Nummer 11 hing – heftig aufgestoßen wurde und ihn am Arm traf. Der Schmerz schoß wie ein elektrischer Funke vom Ellbogen bis zur Schulter. Aus dem Augenwinkel sah er über seinem Kopf ein Stück Metall blitzen, er schützte sich mit dem Arm vor einem Stich, aber die kalte Klinge streifte seine erhobene Hand. Instinktiv, als hätte er sich die Finger verbrannt, zog er sich zurück. Da hörte er einen verzweifelten Schrei: »Das ist für meine Tochter! Für das, was du ihr angetan hast!«

Zum Glück war die Tür offen. Einigen Studenten, die auf dem Korridor warteten, gelang es, den Mann, der sich in das Zimmer gedrängt hatte, zu fassen. Sie drehten ihm den Arm um und drückten ihn fest an die Wand. Das Messer fiel aus den zusammengepreßten Fingern wie ein Eiszapfen vom Zweig. Das Mädchen in der weißen Bluse, erschrocken über das Blut auf Jakubs Hand, schrie so durchdringend, daß die Leute aus den anliegenden Zimmern herbeigelaufen kamen: »Was ist los? Ruft die Polizei! Schnell! Ein Verrückter hat den Herrn Professor mit dem Messer verletzt ...« Erst nach einer Weile kam Jakub aus seiner Benommenheit wieder zu sich.

Als er den Mann betrachtete, den die Studenten immer noch fest an den Handgelenken hielten, empfand er eine nie zuvor gekannte Angst.

Der Mann weinte.

Die Tränen rannen ihm über die glatt rasierten Wangen.

Es wurde still. Das erschrockene Mädchen in der weißen Bluse kauerte in einer Ecke am Fenster und preßte die Faust in den Mund. Jakub sah sie, aber er begriff immer noch nicht, was eigentlich geschehen war. Der an die Wand gedrückte Mann schüttelte wie besessen den Kopf. Als die Studenten den Griff lockerten, sank er wie ein zerknittertes Kleidungsstück auf einen Stuhl. Jakub bedeckte die Verletzung mit einem Taschentuch, betrachtete unwillig die Leute, die sich an der Tür drängten, und sagte dann mit möglichst ruhiger Stimme: »Bitte nicht anrufen. Keine Polizei. Das ist nicht nötig.« Jemand hob das Messer vom Boden auf. Zögernd nahm er die Klinge zwischen zwei Finger. Der Griff war noch warm. Auf der Klinge eine verwischte Blutspur. Er betrachtete den blitzenden Stahl, in dem er undeutlich sein Spiegelbild sah, und sagte zu den Studenten: »Laßt ihn los.« Sie sahen ihn an, als verstünden sie nicht. Ungeduldig fügte er hinzu: »Hört ihr nicht? Danke. Ihr könnt gehen.« Mit einer Kopfbewegung wies er auf das hinter dem Schreibtisch kauernde Mädchen. »Nehmt sie mit.« Sie faßten sie unter den Armen. Am ganzen Leib zitternd, konnte sie kaum auf den Beinen stehen.

Was geschehen war, drang immer noch nicht ganz zu ihm durch. Frau Jadwiga, eine energische blonde Frau in blauer Bluse, kam aus dem Sekretariat gelaufen und begann mit zitternden Händen, ihm die blutigen Finger zu verbinden; er ließ alles mit sich geschehen und konnte den Blick nicht von dem Mann auf dem Stuhl wenden.

Der Mann war nicht mehr jung. Schwarzes, zerzaustes Haar mit grauen Strähnen. Die tiefliegenden, geröteten Augen blickten feindselig unter den dichten, buschigen Brauen hervor. Auf der bläulichen Nase Pockennarben. Die Wangen von Falten zerfurcht. Das Gesicht sauber rasiert. Die angespannte wächserne Haut auf den großen, knochigen Händen voller Leberflecken. Ein schmaler, zusammengekniffener Mund. In seinem zu weiten, graugestreiften, zweireihigen Jackett, den abgewetzten braunen Halbschuhen und der schwarzen zerknitterten Hose mit breitem Aufschlag sah er wesentlich älter aus, als er vermutlich war. Er weinte jetzt nicht mehr. Den Kopf gesenkt, rieb er sich mit den Fingern das schmerzende Handgelenk.

Jakub wandte den Blick nicht von ihm. »Sie müssen mich mit jemandem verwechselt haben«, sagte er leise, aber der Mann sah ihn so haßerfüllt an, daß Jakub sich wunderte, wie man soviel Böses in den Augen haben konnte. Die Leute drängten sich immer noch an der Tür und reckten die Hälse. »Machen Sie die Tür zu«, sagte er ärgerlich. »Hier gibt es nichts zu sehen.« Aber sie rührten sich nicht von der Stelle. Er rückte den Verband an der Hand zurecht. »Sie haben mich mit jemandem verwechselt«, sagte er noch einmal, aber so, daß alle es hören konnten. Der Mann beugte sich nach vorn, als wollte er sich noch einmal auf Jakub stürzen. Aus dem Korridor drangen Stimmen: »Da ist der Streifenwagen. Das wird ja Zeit. Die haben's überhaupt nicht eilig, die Typen. Seht mal, wie sie gehen. Als hätten sie Scheiße in den Hosen!« Als der Mann das hörte, blitzte Entsetzen in seinen Augen. Er sprang auf, lief zur Tür, stieß mit einer kräftigen Bewegung die Studenten weg, drängte sich durch die Menschenmenge am Eingang und jagte durch den leeren Korridor zum Fenster, wobei er über den Steinfußboden rutschte wie ein von Schrot getroffener Vogel auf einem gefrorenen See. Jemand lief ihm nach und rief: »Haltet ihn! Wo bleibt denn verdammt nochmal die Polizei?« Aber die wütenden Schreie verliehen dem Mann nur noch mehr Kraft, er kletterte auf den steinernen Sims, stieß das Fenster auf, hielt sich einen Augenblick am Rahmen fest und sprang dann hinunter in den Hof.

Erst jetzt tauchten hinten im Korridor zwei Polizisten auf. Sie hatten es keineswegs eilig. Die Leute riefen: »Hier! Hier läuft er!« Aber der Mann war schon über den Rasen gerannt, an den Dahlien vorbei, er stieß die Leute am Tor weg, rannte humpelnd auf die Ulica Stagiewna und verschwand in der Menschenmenge bei der Grünen Brücke.

Niemand konnte sagen, wer er war.

Sofort liefen die Telefone heiß. Man flüsterte mit vorgehaltener Hand in den Hörer, Jakub habe irgendwelche Geschichten mit Studentinnen, bestimmt handle es sich um eine mißglückte Abtreibung, der Vater verrückt vor Zorn, daher die ganze Affäre. Aber an Jakub selbst stellte niemand eine Frage, was ihn sehr verwunderte. Ja, es kam ihm sogar so vor, als wären alle zu ihm noch höflicher als sonst, als wollten sie ihn für irgend etwas um Verzeihung bitten oder ihm eine nicht beglichene Schuld erlassen, nur um von nichts zu wissen. Sogar das Gespräch mit dem Dekan endete mit ein paar rasch hingeworfenen Worten: »Wir müssen an die Sicherheit unserer Mitarbeiter denken. So etwas kann schließlich jedem passieren ...« Als Jakub das hörte, fiel ihm ein, wie die Sicherheit an der Lomonosow-Universität in Moskau aussah: Eisentore am Eingang, Wache mit Kalaschnikows, Passierscheine für Studenten ...

Janka sagte er nichts von der ganzen Sache. »Ich habe mich verletzt. Nichts Besonderes.« Im übrigen hatte sie selbst genug Probleme in ihrer Schule.

Aber das, was geschehen war, warf ihn aus dem Gleichgewicht. Gewöhnlich schaute er montags, wenn er keine Lust hatte, nach Hause zu gehen, im Zimmer von Doktor N. vorbei, um sich in dem schönen Raum mit der Kassettendecke bei einem scherzhaften Gespräch etwas zu entspannen, und so besuchte er auch an diesem Montag Doktor N. zur gewohnten Zeit. Aber die Unterhaltung, ebenso heiter wie sonst, brachte ihm nicht die erhoffte Erleichterung, obwohl Doktor N. die Sache vom Freitag sofort auf witzige Art abtat, wie die Helden von Monty Python, und mit der behaarten, mit einem goldenen Siegelring verzierten Hand abwinkte, als wollte er lästige Fliegen verscheuchen. Das war doch nicht der Rede wert! Es gab eben eine Menge Verrückte auf der Welt! Und da er Jakub gerne Ratschläge erteilte, sagte er auch diesmal lächelnd ein paar erbauliche Worte. In seiner tiefen, warmen Stimme war das bittere Aroma echter Weisheit zu spüren, die sich nichts aus der Meinung der Masse macht.

Doktor N. war gerade neunundvierzig geworden. Ein gefährliches Alter für ehrgeizige Männer, die hin und wieder das brennende Bedürfnis verspüren, die Garben auf dem malerischen Stoppelfeld des Lebens zu zählen. Weizen und Unkraut. Bittere Ernten. Der ehemalige Meister der Studentenolympiade in der Disziplin Gehen, Liebhaber von Jean Jacques Rousseau und Herder, einst ein rotwangiger Junge mit üppigem Schopf, jetzt sehnig und hager, mit einer Furche ewigen Lächelns um den Mund, war ein Mann, der auf eine Art und Weise ergraute, wie junge Frauen, nach männlicher Reife und ein wenig Zynismus dürstend, es gerne mögen. Klug, vergeistigt, sanft, schrieb er seit dreißig Jahren metaphysische Gedichte und kompensierte das Gefühl der Unerfülltheit durch die starke Religiosität seiner einfachen Erziehung in den Bergen von Podhale. Das nahm ihm jedoch nicht die Schärfe des Blicks auf das Leben. Jakub unterhielt sich in schwierigen Situationen gerne mit ihm. Doktor N.s Lächeln, durch das ein verborgenes Leiden schimmerte, machte ihm das Leben wesentlich schmackhafter als das breite Lachen der eingefleischten Optimisten, die die bittere Last der Existenz nie am eigenen Leib erfahren haben.

»Ach Jakub, Jakub« – Doktor N. hob die Arme mit der Geste eines berühmten Dirigenten, obwohl er nur einen sportlichen grauen Pullover von Henness & Mauritz, schöne cremefarbene Cordjeans und bequeme italienische Mokassins trug – »denk daran: nimm die Prüfungen immer nur vor Zeugen ab, bleib nie allein unter vier Augen mit einem Prüfling. Wir haben schwierige Zeiten. Wenn du jemanden durchfallen läßt, erhebt der verzweifelte Vater die Hand gegen dich, die Mutter verklagt dich beim Ministerium, und die Studenten bringen dich wegen vorsätzlichem Mord vor Gericht. Also denk dran: immer zwei Personen, nie eine, und nach dem Examen ein aufmerksamer Blick durch das Zimmer. Ja, ja, guck nicht so verwundert. Schau lieber nach, ob dir nicht jemand ein paar Amphetamintabletten untergejubelt hat, denn das kann dich drei Jahre kosten, an einem ziemlich langweiligen Ort, wo es keine Frauen gibt. Ebenso peinlich ist der Vorwurf der sexuellen Belästigung, vor allem, wenn die Sache in den Medien breitgetreten wird, die ja ständig nach dem Blut Unschuldiger verlangen. Nimm die Prüfung deshalb immer bei offener Tür ab. Denk dran, Jakub, immer zwei Personen und die Tür offen lassen!«

Jakub lächelte, denn das hatte er schon in London kennengelernt. Er erinnerte sich noch gut an das berühmte Johnson-College in Hampstead, wo er einmal eingeladen war: Alle Zimmer, in denen die wissenschaftlichen Mitarbeiter mit Studenten sprachen, waren immer weit geöffnet, und die hell erleuchteten Arbeitszimmer ähnelten den kristallklaren Aquarien im Museum für Naturgeschichte, in denen man ungestört das Intimleben der Goldfische studieren kann.

Doktor N.s Philosophie war einfach und ließ sich eigentlich in einen Satz fassen, den er – wie er scherzhaft sagte – auf einer steinernen Tafel verewigen wollte: »Laß nie jemanden durchfallen.« Seine Ratschläge klangen wie ein Psalm, der mit Buffo-Tönen beginnt und mit einem pathetischen Beethovenschen Finale endet. Die brutale Wahrheit der Erde verbunden mit der strahlenden Wahrheit des Ideals. Vermeide unnötige Spannungen. Sei gegenüber den Studenten immer wohlwollend. Lächle. Streu ein paar Witze ein. Sprich mit weicher, warmer Stimme, als hättest du keine Ahnung davon, was ein Examen ist, obwohl du bisweilen leider unrühmlichen Anteil daran hast und daher für immer über das zerbrechliche Schicksal eines Menschen entscheidest. Und das war nicht nur Doktor N.s Rat. Eine Menge Leute, die Jakub kannte, betrachteten das Examen als Gelegenheit, »mit Studenten Freundschaft zu schließen«. Solch eine Freundschaft konnte nämlich, wenn sie in guter Atmosphäre zustande kam, reichlich Früchte tragen.

Jakub hörte diese Ratschläge mit einem unguten Gefühl, denn er selbst ließ die Studenten durchfallen, wenn es nötig war. Und selbst wenn man ihm vorwarf – was bisweilen der Fall war – »zu streng« zu sein, was für eine Änderung »seiner Politik« sprach, so machte er sich nichts daraus, obwohl diese Politik ihn – wie Doktor N. ihn mit einem freundlichen Lächeln warnte – sein gutes Image kosten könnte, ohne das man natürlich weder im beruflichen noch im Privatleben eine Zukunft hat.

Doch jetzt, unter dem Einfluß der jüngsten Ereignisse, die in seiner Seele eine schmerzliche Spur hinterlassen hatten, war eine bedeutende Veränderung in ihm vorgegangen.

Jetzt betrachtete er jeden Prüfling, der mit den ausgelosten Fragen in der Hand ihm gegenüber auf der anderen Seite des grünen Tisches Platz nahm, mit größter Aufmerksamkeit. Als blickte er in die Tiefe eines Zauberspiegels.

Vor ihm standen fast immer Personen mit Problemen, an denen es in der Welt ja nicht mangelt, denn die Probleme vermehren sich auf allen Kontinenten wie die Eidechsen auf den Galapagos-Inseln. Gewöhnlich begann er die Prüfung mit einem freundlichen, unverbindlichen Smalltalk, um die angespannte Atmosphäre zu lockern. Doch dann, wenn es schon aussah, als würde alles bestens laufen, entdeckte er in der Tiefe der jungen Augen immer denselben dunklen Funken der Verzweiflung, die stumme Ankündigung eines unaufhaltsamen Tränenausbruchs, mit dem sensible Seelen, völlig zurecht betrübt, der unweigerlich nahenden Niederlage begegnen, auch wenn sie die bösen Ahnungen noch durch geschickte Worte maskieren. Eine ihm bekannte Psychologin, die sich in der Ambulanz seit vielen Jahren bemühte, die Seelen von Studenten zu heilen, wobei sie zwischen der kühlen Strenge der Freudschen Dogmen und der liebevollen Milde Erich Fromms schwankte, hatte einmal verzweifelt ausgerufen: »Wissen Sie, wie viele Studenten zu mir kommen? Hunderte!« Er zweifelte also nicht daran, daß man mit den jungen Leuten, die auf der anderen Seite des Tisches Platz nahmen, äußerst vorsichtig umgehen mußte, wie mit offenem Feuer neben einem Benzintank.

Die Prüfung war am Dienstag um zehn. Kaum hatte das zerbrechliche blonde Mädchen mit den zitternden, rot geschminkten Lippen das Zimmer betreten, konzentrierte er sich optimal, um die Gefahren zu erkennen, denn die Fragen, die sie gelost hatte – im übrigen Routinefragen – lagen ihr offensichtlich nicht, was er sofort mit Bedauern feststellte. Sie war zierlich wie ein Kind. Das bernsteinfarbene Haar, am Scheitel wie zu einer Chrysantheme gebunden, verlieh ihrem Gesicht den Ausdruck scheuer Hilflosigkeit. Nase mit Sommersprossen, helle Haut, weiches, rundliches Kinn. Die Augen mit den grünen Punkten auf der wäßrigen Iris, unter den getuschten Wimpern wie zur Verteidigung zusammengekniffen, vermieden entschieden den Blickkontakt mit ihm. Wenn sie lächelte, zeigte sich das rosarote Zahnfleisch über den weißen Zähnen. Die Unterlippe – er sah es mit Wohlwollen – war sehr voll und sah etwas feuchter aus als die Oberlippe. Wenn sie nach Worten suchte, um einen komplizierteren Gedanken auszudrücken, weiteten sich ihre zarten Nasenflügel wie die Kiemen eines Goldfisches hinter der Scheibe des Aquariums. Das pastellfarbene Make-up, mit großer Sorgfalt aufgetragen, sollte sie eher vor der Welt schützen, als Männer anziehen. Sie trug eine bescheidene türkisfarbene Bluse mit einem silbernen Schmetterling am Kragen. Unter dem weichen Stoff verbargen sich kleine Brüste in einem steifen Büstenhalter. Am Zeigefinger der rechten Hand, neben dem eingerissenen Fingernagel, ein grüner Tintenfleck.

Nachdem er einige Minuten lang ihrer unsicheren, erlöschenden Stimme gelauscht hatte und schon dachte, man sollte die Sache, natürlich so höflich wie möglich, aber doch entschieden beenden, denn sie konnte nicht einmal etwas Sinnvolles über den »Tod Gottes« in Nietzsches Schriften sagen, wofür es keinerlei mildernde Umstände gab, da begann sie ihre zarten Hände zu falten: »Ich weiß das alles, ich kann mich nur nicht erinnern! Ich schwöre es! Ich weiß alles, aber ich kann mich nicht erinnern! Mein Gott, wenn Sie mir eine Hilfestellung geben könnten! Denn ich habe alles im Kopf, ich bin nur psychisch blockiert.«

Diese Worte trafen ihn wie ein Schlag. Er spürte einen Stich im Herzen, als wäre er auf frischer Tat ertappt worden, obwohl er doch, wie er dachte, nichts Böses getan hatte. Aber plötzlich standen ihm all die unangenehmen Dinge, die er vergessen wollte, wieder vor Augen. Er hatte eine Ertrunkene vor sich, die – das war klar – ins Wasser gegangen war und verzweifelt die Hände nach ihm ausstreckte. Er blokkierte also dieses Mädchen mit seiner übertriebenen Strenge und schnitt sie von den essentiellen Schichten des Gedächtnisses ab? Tief in seinem Innern huschte der Schatten des Mädchens in dem Baumwollkleid vorbei. »Ach«, er bemühte sich, die scheue Kreatur, die von der anderen Seite des grünen Tisches zu ihm herüberschaute und nervös über ihre bernsteinfarbene Frisur strich, möglichst sanft anzulächeln,

»entspannen Sie sich doch. Sie brauchen doch nicht so nervös zu sein. Schon besser, nicht wahr? Möchten Sie weitersprechen oder lieber noch einen Moment warten?« Sie nickte, aber in ihren Augen glomm immer noch dieser dunkle Funke der Verzweiflung, der kein einfaches Happyend verhieß.

Sie gehörte zu der Gattung von Vögeln, die nicht allzu hoch hinaus kommen. Solche Vögel freuen sich, wenn es ihnen gelingt, über einen Fliederstrauch zu fliegen. Wie eine vom Stein eines bösen Jungen getroffene Taube – die Flügel verletzt. Gleich als sie das Zimmer betreten hatte, spürte er, daß sie kein Glück im Leben hatte, daß sie schon jetzt genau wußte, daß sie keinerlei Chancen hatte und sich in ihrem tiefsten Inneren nur danach sehnte, sich unter den erstbesten Zug zu werfen. Ach, endlich diese einförmige Unglückssträhne beenden, die bisher noch von keinem einzigen wirkungsvollen Sieg unterbrochen worden war, aus dem wir gewöhnlich – wie aus einer Zauberquelle mit reinem Wasser – die Kraft schöpfen, die schlimmsten Dinge durchzustehen. Es gibt Menschen, die den bitteren Tropfen suchen, der den Kelch zum Überlaufen bringt. Sie warten nur auf einen Vorwand. Eine Kleinigkeit genügt, und sie springen in den Abgrund. Sollte sie zu dieser Sorte Mensch gehören? Angespannt betrachtete er ihr Gesicht wie eine ägyptische Hieroglyphe, aber er sah in den grünen Augen nur wachsende Verzweiflung, sonst nichts.

Ja, es ging ihr jetzt nicht mehr um das Examen. Jetzt ging es um ihr Leben. Um eine weitere Bestätigung, daß ihr Leben nichts wert war.

Er sah sie ebenso entsetzt an wie sie ihn. Denn was tat er eigentlich hier, in diesem Zimmer, an dem grünen Tisch, in dem steinernen Gebäude, auf dieser Insel, umgeben von dunklem Wasser, das langsam zum Meer floß? Er hütete Recht und Wahrheit, das verlangte die Gesellschaft von ihm, er sollte selektieren, kaltblütig, wie man in einer Fußballmannschaft die Besseren von den Schlechteren trennt, darin bestand seine Aufgabe, dafür wurde er bezahlt. Doch jetzt, beim Anblick dieser zitternden, rot geschminkten Lippen, spürte er, daß sein ganzes Recht und seine ganze Wahrheit soviel wert waren wie ein zerfallendes Haus, in dem keiner wohnen will.

Schließlich quälte er dieses empfindsame, zierliche Geschöpf unbarmherzig. Er verlangte genau zu wissen, was Nietzsche wo geschrieben hatte, er bestand auf Daten, wollte Fakten aus der Biographie hören, präzise Begriffe, drängte sie gnadenlos an die Wand. Sah er nicht die Verzweiflung in ihren Augen? Welchen Wert hatte seine ganze Wahrheit, die heilige Standfestigkeit dessen, der selektierte, der – wie der Erzengel Michael beim Jüngsten Gericht – mit gut geschärftem Schwert die »Verlorenen« leidenschaftslos in Schmerz und Erniedrigung stieß, selbstverständlich in dem Glauben, er tue all dies zum allgemeinen Wohl, für das Volk, für den Staat, für die Menschheit?

Jenseits des Tisches das zarte Mädchen mit seinen Problemen. Am Abgrund stehend. Wehrlos. Auf dieser Seite des Tisches er. Im Anzug. Mit einem weißen Hemd von Silver. Eau de Toilette von Kenzo. Halbschuhe von Jansen. Ruhig. Ausgeglichen. Selbstsicher. In einer guten Position. Mit seinem Gehalt. Mit seiner Frau. Mit seiner eigenen Wohnung. Sollte er sie jetzt mit einer Handbewegung ins Verderben stoßen? Wozu? Was würde die Welt verlieren, wenn er ihr jetzt, nachdem er ihr Schicksal durchschaut hatte, trotz seiner Zweifel eine gerade noch ausreichende Note ins Studienbuch schreiben würde? Sie hatte keine Ahnung von Nietzsche? Aber sie würde doch noch Zeit genug haben, etwas über ihn zu erfahren. Und außerdem: Dieser Nietzsche – sagen wir es doch deutlich – war ein finsterer Denker, ein fleißiger Schüler dieses Unglücksraben Schopenhauer ... Würde die Kenntnis seiner Werke dieses zerbrechliche Geschöpf stärken? Würde er ihr die Kraft geben, die Tiefen des Lebens zu überwinden? Würde er sie von schlimmen Versuchungen abhalten können?

Er spürte, daß er einen Weg durch die Finsternis gefunden hatte. Er stellte dem blonden Mädchen eine hilfreiche Frage, und als in ihren Augen ein Hoffnungsschimmer erschien, kehrte auch die Erinnerung wieder, wenngleich nicht vollständig. Also schrieb er mit seinem goldenen Pelikan das magische Wort »ausreichend« in das Studienbuch, das wie ein Zauberspruch Merlins die um den jungen Kopf geballten Wolken zerstreute. Die Tränen, die er vom ersten Moment an erwartet hatte, verwischten die blaue Wimperntusche unter den Augen und rannen über die gepuderten Wangen. Es waren jedoch keine Freudentränen, das spürte er. Es waren Tränen der Demütigung. Das zerbrechliche blonde Mädchen wußte genau, daß es keine positive Note verdient hatte, aber es nahm das Geschenk erleichtert an – die magische Rettungsformel, mit hellblauer Tinte ins Buch ihres Schicksals geschrieben.

Als er sie ein paar Minuten später vom Fenster aus betrachtete, war sein Herz ruhig. Die Tasche aus schwarzem Kunstleder mit der silbernen Aufschrift »Nina Ricci« fest gegen die Hüfte gepreßt, ging sie in ihren hochhackigen Schuhen mitten über den gepflasterten Hof energischen Schritts zum Tor, fast den gleichen Weg, auf dem dieser verrückte Vater, dem die Studenten das Messer abgenommen hatten, vor den Polizisten geflohen war. Sicher unterdrückte sie ein paar vulgäre Beschimpfungen. Bestimmt haßte sie Jakub jetzt mehr als jeden anderen auf der Welt und verachtete ihn, weil er sich so einfach hatte »herumkriegen lassen«. Dankbarkeit? Dankbarkeit empfand sie nicht. Früher hätte er eine solche Beleidigung nicht hingenommen. Er hatte die Angewohnheit, Rechnungen sofort zu begleichen. Aber jetzt? Stellte diese verbissene, ungerechte Wut, die sich in ihr staute, diese Feindseligkeit und Verachtung, die vom Guten und Schönen weit entfernt war, sie nicht auf die richtige Seite, auf die Seite des Lebens?

Und wenn der Mann mit dem Messer wirklich der Vater des Mädchens in dem blauen Baumwollkleid gewesen wäre?

Wenn er diesen Menschen nur hätte finden können ... Aber er wußte, daß er für immer verschwunden war. Seine Tränen hatten verraten, daß der Überfall sich nicht wiederholen würde. Wer so weint, nimmt kein Messer mehr in die Hand. Doch wenn sie, bevor sie sich etwas angetan hatte, diesem Mann tatsächlich erzählt hätte, daß sie einer Gemeinheit zum Opfer gefallen war, und dieser verrückte Mensch wirklich deshalb auf ihn losgegangen wäre?

Wieder begann er sich vorzuwerfen, daß er damals, an jenem Tag im Juli, seine Fragen so dumm und sorglos gestellt hatte, gelangweilt, schläfrig, gleichgültig gegen alles, vielleicht sogar boshaft, und daß er die jungen Menschen, die an den grünen Tisch traten, nicht einmal angesehen hatte. Hatte er sich, müde wie er war, in dem Moment, als das Mädchen mit dem glatten Haar und dem Mittelscheitel plötzlich vor ihm stand, nicht gewünscht, sie möge vom Erdboden verschluckt werden – wie Persephone, von Hades für immer in die Unterwelt entführt?

Jakub tut es zum ersten Mal

Gegen sechs war das Examen beendet.
Er wollte nach all dem etwas ausspannen und ging in den Park, blätterte auf einer Bank am Teich die Zeitungen durch, hörte in der Kathedrale eine Weile bei einem Orgelkonzert zu und sah sich in der Buchhandlung an der Ulica Cystersów um.

Unterwegs wollte er noch eine Flasche Bordeaux für Janka kaufen.

Im Supermarkt Astra waren nicht viele Kunden.

Rasch betrat er den Raum, ging am Zigarettenstand vorbei und wollte gerade in den Gang zu den Kassen abbiegen, als er plötzlich mit der Hand ins nächste Regal griff und ein buntes Ding in der tiefen Tasche seines Mantels verschwinden ließ. Es geschah so unerwartet, daß er einen Augenblick lang nicht begriff, was er getan hatte. Mein Gott, was für ein Unsinn!

Er dachte jetzt nur an eines: Hatte es jemand gesehen? Ihm war, als hätten alle es gesehen. So muß Adam sich gefühlt haben, als er erkannte, daß er nackt war. Er versuchte sich nicht umzusehen, aber genau das versetzte ihn in Panik. Bleib ja nicht stehen! Verhalte dich wie alle anderen! Er überwand die Angst und ging an den Regalen entlang weiter in das Geschäft hinein. Ein angesehener Mann, mit Verantwortung, auf einem guten Posten, mit ordentlichem Gehalt, in hellem Mantel und Kaschmirschal. Nur weg von dieser Stelle! Alle paar Schritte stehen bleibend, nahm er Nudeln, Cornflakes, Müsli in die Hand, las aufmerksam die bunten Etiketten, verglich die Preise, und das Herz, das dumme Herz, das nichts verstand, pochte in seiner Brust.

Schüchtern schaute er zu den Kassen hinüber. Die elektronischen Sperren! Wie konnte er das vergessen! Diese Sperren durchleuchten uns wie das allwissende Auge Gottes. Sofort wollte er das bunte Ding ins Regal zurücklegen. Eine verrückte Idee! Zwischen all den Leuten! Das würde man doch sehen! Also drehte er bei den Coca-Cola-Kisten energisch den Wagen, plusterte sich auf wie das Segelschiff »Otago« und ging erhobenen Hauptes direkt auf die Kassen zu. Ruhm sei dir, Lord Jim!

Ein prickelndes Erstaunen erfaßte ihn – wie sicher er sich bewegte, obwohl das Blut in den Schläfen hämmerte und das Herz wie verrückt schlug! Rasch, mit festem Schritt, ging er an den Regalen vorbei, den Wagen vollgeladen mit Büchsen, Schachteln, Flaschen. Ein normaler Kunde, zufrieden mit seinen Einkäufen! Die Räder quietschten. Die Flaschen klirrten. Er trat an die Kasse, nahm das Portemonnaie heraus, machte eine scherzhafte Bemerkung zu der jungen Kassiererin mit rosa Strähnchen im Haar, sie legte die Illustrierte weg, geschickt packte er Nudeln, Äpfel, Konserven, Käse, Saft, Honig, Rotwein, Waffeln vom Wagen auf das Gummiband, die Kassiererin tippte die Preise in die Tastatur, die Kasse rasselte, er gab der Frau einen Geldschein, stopfte den Rest in die Tasche ohne nachzuzählen, erwiderte ihren höflichen Dank mit einem höflichen »danke ebenso«, noch ein Schritt, ein zweiter, schon hatte er die magische Linie der Kassen überschritten, schon erreichte er die Schiebetür, schon machte er bei den am Eingang aufgestellten Wagen Halt.

Die Kassiererin setzte die Lektüre der Illustrierten fort. Er konnte noch gar nicht ganz glauben, daß es geglückt war, und begann mit angehaltenem Atem, über den Drahtkorb gebeugt, mit zitternden Händen die Flaschen, Schachteln und Dosen in die Plastiktüte mit der roten Aufschrift »Astra« zu packen. Bei dem Gedanken, daß sie ihn vielleicht nur für eine Weile hinausgelassen hatten, daß sie schon irgendwo in der Nähe lauerten und ihn gleich demonstrativ, vor aller Augen entlarven würden, lief ihm ein Schauer über den Rücken. Er spürte die aufmerksamen, brennenden Blicke bereits auf sich. Plötzlich sah er, daß jemand näher kam, und erschrak, aber nein, es war nur die zweite Kassiererin, eine stark geschminkte Blondine in blauen Kunstlederstiefeln, die mit einem Glas heißem Kaffee in der Hand vorbeischwebte wie eine mit Fransen behangende venezianische Gondel.

Klatschnaß kam er aus dem Geschäft heraus. Elektronische Sperren? Es gab keine elektronischen Sperren. Das war in einem anderen Laden. Und über der Stadt lag strahlendes Wetter! Wolken, herrliche Wolken! Sein Herz schlug, und er empfand eine seltsame Wehmut. Wie schrecklich seid ihr, Wolken, Wächter der Welt! Rasch ging er zwischen den westlichen Autos hindurch, die sich auf dem Parkplatz drängten, und kniff die Augen zusammen, wenn die grünen, roten und azurblauen Karosserien blitzten. Da hörte er schnelle Schritte hinter sich. Entsetzt zog er den Kopf ein. Also doch! Nein, es war nur ein Kind, das einem Hund hinterherrannte. Als der rotbraune Spaniel vorbeigelaufen war, atmete er auf wie ein Taucher, der an die Meeresoberfläche kommt. Die Luft war kühl. Er sog sie in die Lungen. Ließ sie durch die Nase wieder heraus. Mein Gott, was für eine Erleichterung.

Es war also geglückt. Er begriff es noch gar nicht. Wie war das möglich? War da ein Wunder passiert? Er war ein totaler Amateur, er machte das zum ersten Mal – und dennoch! Ein sinnloser Stolz erfaßte ihn, als hätte er einen Kampf mit dem »einhändigen Banditen« gewonnen. Augenblicklich waren Angst und Scham dahingeschmolzen wie ein Häufchen Schnee. Jetzt empfand er nur Stolz. Sonst nichts. Ruhig überquerte er die Fahrbahn (er sah sich nicht ein einziges Mal um) und ging mit großen Schritten auf das Haus zu.

»Was ist mit dir? Du siehst aus, als hättest du Fieber.« Janka berührte seine Stirn, als er die Wohnung betrat. Er war rot im

Gesicht, erhitzt, unruhig, aber das waren mitnichten Zeichen von Krankheit. O nein! Er hatte eingekauft wie für ein Fest. Als er ihr nachlässig die Flasche Bordeaux überreichte, freute sie sich sehr über das unverhoffte Geschenk: »Na, was ist denn das? Für soviel Geld? Das ist aber nett von dir!« Rotwein trank sie besonders gern.

In den folgenden Tagen machte er jedoch einen großen Bogen um die helle Halle des Astra Supermarkts.

Er mußte erst etwas zu sich kommen. Wozu sollte er auch dorthin? Erst nach einer Woche, mehr aus Neugier, als daß er etwas gebraucht hätte, näherte er sich wieder der Glastür, die sich lautlos vor ihm auftat wie ein Wasservorhang in einer unterirdischen Grotte. Darüber der Name aus hellgrünen Leuchtröhren: »Supermarkt Astra«. Er lächelte. Ach, die alten Römer! Seneca, Mark Aurel, Cato! Sie wußten, was sie sagten! *Per aspera ad astra*! Auf rauhen Wegen zu den Sternen!

Er betrat den erleuchteten Laden, der jetzt neue Farbe bekommen hatte. Die üppig bestückten Regalreihen zogen sich tief in den Raum hinein wie die Spaliere im reifenden Weinberg des Herrn. Höflich verneigte er sich vor der Kassiererin. Sie erwiderte sein Lächeln ebenso höflich. (Hatte sie ihn erkannt? Das war nicht gut ...) Er nahm einen Wagen und fuhr auf die Regale zu. Ringsum ein Meer von Symbolen und Lichtern. Der Garten der Hesperiden. Milka, Bounty, Alpengold, Milky Way, Palmolive, Dove, Earl Grey, Lipton. Silber, Rot, Gold. Über dem Kopf ein Karneval von Reklame. »Sonderangebot! Sonderangebot!« riefen große Plakate mit Fotografien lachender Mädchen in spärlicher Bekleidung. Das Angebot, das der Teufel den edlen Urvätern im Paradies gemacht hatte, war ein bescheidener Scherz dagegen. Ein Apfel! Hier gab es Tausende von Äpfeln. Er fuhr weiter zwischen die Regale, tauchte in den Wald von Dingen ein, streifte an den Kühltruhen mit Eis vorbei, warf einen Blick auf die Reklame von Pelikan (die neuesten Modelle der Füllfederhalter), und als er kurz darauf hinter einer goldenen Ananaspyramide hervorkam, ruhte ein weiteres buntes Ding sicher in seiner tiefen Manteltasche. »Mein Gott«, wunderte er sich, »so einfach ist das?« Offensichtlich war das Schicksal ihm gewogen, da es die Geschicklichkeit seiner Finger segnete.

Warum er das tat, wußte er nicht. Er hatte Geld, Arbeit, eine gute Position, war geachtet und angesehen. Aber plötzlich öffnete sich der erleuchtete Raum des großen Geschäftes – bisher abgegrenzt durch die Demarkationslinie der Kassen, scharf bewacht von zwei glattrasierten, wie schläfrige Jagdhunde zwischen den Regalen umherstreifenden Typen – wie der märchenhafte Sesam mit all seinen Schätzen. Ein seltsames Gefühl ... Er hatte jetzt alles in Reichweite. Eine Fülle von reifen Früchten, man wußte gar nicht, welche man pflücken sollte! Bäume des Lebens. Er spürte, daß er sich außerhalb der Reichweite des feurigen Schwertes befand. Natürlich kamen nur kleine, handliche Gegenstände in Frage, die man leicht in die Tasche stecken konnte. Goldene Äpfel aus dem Garten der Hesperiden!

Was er getan hatte, war dumm, naiv, sinnlos. Wäre er erwischt worden, so hätte er augenblicklich alles verloren, was er sich im ganzen Leben erarbeitet hatte. Aber man konnte nicht bestreiten, daß es auch gefährlich, süß, verlockend war und bei aller Dummheit etwas Begeisterndes hatte. Und die Klugheit? Ach ja, natürlich sollten unsere Schritte von Klugheit bestimmt sein. Aber was war die Klugheit wert, wenn sie einen nicht glücklich machte? Schließlich hatte selbst der kluge Beethoven eine *Ode an die Freude* und keine *Ode an die Klugheit* geschrieben.

Guter Gott, er wußte nicht, ob er selbst oder einfach seine Hand ins Regal gegriffen hatte. Eine Bewegung – und es war passiert! War er einem kindlichen Verlangen gefolgt, bis zur Erfüllung? Werdet wie die Kinder!

Wir sind das wert, was wir vermögen. War er sich also bisher gar nicht klar darüber, wer er wirklich war? Und hatte erst jetzt entdeckt, wozu er fähig war? Immer dachte er, er habe zwei linke Hände. In manuellen Dingen war er nie begabt gewesen. In er Schule haßte er, wie die meisten Menschen, das Werken und alle Sportarten, für die man Geschicklichkeit brauchte. Und plötzlich – wer hätte das gedacht – genügte es, daß er an ein Regal trat, eine Handbewegung – und aus dem ungeschickten Jungen wurde – welch eine Metamorphose! – ein flinker, wendiger, geschickter Hermes mit Flügelchen an den Füßen, für den nichts unmöglich war! Die Verwandlung der Raupe in den Schmetterling! O Ovid! Er kam aus dem Staunen nicht heraus, daß wieder alles so glatt gegangen war. Hatte er also doch, entgegen allem, was er bisher von sich dachte, vom Schicksal eine Gabe erhalten, an die er nie gedacht hätte und die er bisher leichtsinnig vernachlässigt hatte? Hatte er etwa sein ganzes Leben lang gegen seine Berufung gelebt und sich erst jetzt der Tür genähert, hinter der die unendlich weisen Parzen den Faden seiner geheimen Bestimmung spannen? Hatte er diesen Faden ergriffen? Und verstanden, wohin er führte? Und war ihm gefolgt wie Theseus dem Faden der Ariadne? Hatte die Zigeunerin das gemeint, als sie eines Tages in Tannenheim erschienen war?

Aber zum Teufel, eigentlich war er ein ganz gewöhnlicher Ladendieb, und sonst gar nichts!

Ein Dieb? Er zuckte die Schulter. Er erinnerte sich an eine Szene, die er vor kurzem im Astra-Supermarkt gesehen hatte.

Es war an einem Samstag gewesen. Gegen neun erwischten die zwei kahlrasierten Aufpasser eine nette Familie bei »versuchtem Diebstahl«. Eine normale Familie, wie es Tausende gibt! Eine blonde Mutter in einem rosa Mantel mit blauen Knöpfen. Der Vater, ein untersetzter, rotwangiger Lastwagenfahrer in Lederjacke, auf die in Gold »Buffalo Kids« gestickt war. Ein sommersprossiges, hübsches Töchterchen mit strohblonden Zöpfen, die mit einer rosa Schleife zusammengebunden waren. Man hatte eine Büchse Sardinen, eine Luxusseife und eine Schokoladenwaffel bei ihnen gefunden, die sie aus dem Regal genommen und eingesteckt hatten.

Sie verhehlten nicht ihre Entrüstung. Die Frau entriß ihren Ellbogen der festen Hand des Aufpassers, der sie nicht durch die Kasse lassen wollte: »Wir kaufen seit einem Jahr täglich hier ein! Wir haben einen Haufen Geld hier gelassen! Was macht ihr denn so ein Theater? Weil das Kind sich eine Waffel nehmen wollte?! Da habt ihr eure bescheuerte Waffel!« Und sie warf die Waffel dem Typ direkt ins Gesicht. Jakub tauchte schnell hinter dem Stapel mit Ananasdosen auf. Gierig verschlang er jedes Wort, als befände er sich auf dem avantgardistischen »Festival des Offenen Theaters«. »Wieso übertreibt ihr denn so?« Die Frau kämpfte mit dem rasierten Muskelprotz. »Euer Chef hat von diesen Supermärkten fünf Stück oder mehr! Er fährt seine Nutten in einem weißen Mercedes spazieren! Das habe ich selbst gesehen! Der hat Geld wie Heu! Den Kassiererinnen zahlt er nichts, aber für die Nutten reicht's!! Und wir? Mein Mann ist seit sechs Monaten arbeitslos! Er findet keine Arbeit! Nichts! Ihr verteilt doch auf euren Werbeveranstaltungen hundertmal soviel Waffeln umsonst! Und macht ihr dabei vielleicht Verlust? Ihr verdient doch sogar noch an eurem Verlust! Also was soll das? Sollen wir vielleicht wegen dieser dämlichen Waffel zur Beichte gehen? Gib ihnen die Sardinen, Agniś! Da habt ihr sie, freßt sie doch selber!« Und sie warf die Büchse ein Stück in den Laden hinein und traf einen Stapel Palmolive Shampoos, die auf den Boden fielen.

Jakub schüttelte den Kopf. Das ganze Geschrei hatte doch überhaupt keinen Sinn. Sie hatten gestohlen und basta. Aber plötzlich mußte er lachen, und alle im Supermarkt schauten in seine Richtung. Er wurde rot, aber er konnte sich nicht beherrschen. Plötzlich bekam diese Szene, diese dumme, unsinnige Szene mit der Mutter, dem Vater und dem Kind, die man beim Diebstahl von Sardinen, Seife und einer Waffel erwischt hatte, die Kraft einer biblischen Vision. Da kämpfte zwischen Blitzen und Gewitterwolken in der Ebene von Harmagedon das Gute mit dem Bösen. Aber wo war das Gute und wo das Böse? Es wäre interessant zu wissen, dachte er, wie der große Sokrates auf die Argumentation dieser kreischenden Frau reagiert hätte!

War die Frau, die sich mit den Aufpassern herumschlug, doch tief überzeugt, Jesus sei auf ihrer Seite! Welch heilige Entrüstung stand auf ihrem Gesicht. Wie oft hatte man ihr gesagt: Eher geht ein Kamel durchs Nadelöhr, als daß ein Reicher in den Himmel kommt. Und plötzlich wurde das, was ihn gerade noch an ein Fresko des Erzengels Michael erinnert hatte, zu einer Farce.

Deshalb hatte er gelacht. Plötzlich hatte sich die Schlacht von Harmagedon in ein groteskes Spektakel aus der Commedia dell'arte verwandelt. O Pulcinella! O Arlecchino!

Seit dieser Zeit schaute er regelmäßig beim Astra-Supermarkt vorbei. Und jedesmal verschwand irgendein kleines Ding in seiner tiefen Manteltasche. Ach nein, es ging ihm nicht um Geld, nein, vielmehr erregte ihn die Lust, sich zu verwandeln, der Rausch des plötzlichen Identitätswechsels, der Kick des Risikos, vor aller Augen entlarvt zu werden. Er spürte, daß ihm über den Wolken, die am Himmel entlangzogen, der griechische Gott Proteus seinen Segen gab, der ungreifbare Gott der Verwandlung, der geheimnisvolle Herr der Metamorphosen. Jakub wollte nicht, daß ihn die Kassiererinnen und die Aufpasser wiedererkannten, deshalb zog er sich jedesmal anders an. Einmal schritt er in einem cremefarbenen Trenchcoat mit einer schwarzen Aktentasche feierlich in das erleuchtete Geschäft, wie ein örtlicher Geschäftsmann, einmal kam er gebeugt in einer verwaschenen, an den Ärmeln abgewetzten Levi's Jeansjacke, wie ein Lieferant von Volvic, wieder ein andermal schwebte er in einem grauen, ausgefransten Pullover von Hennes & Mauritz herein, wie ein Mann aus der Computerbranche, dessen Geschäft nicht gut läuft. Er verstand es, in der Menge aufzugehen. Ungreifbar, an der Grenze zwischen Geist und Materie schwebend, anonym, tauchte er in der hellen Halle des Supermarkts auf, verschwand wieder und hinterließ in den Regalen leere Stellen, die wie Zahnlücken gähnten.

Abends, wenn er neben Janka einschlief, mahnte ihn eine Stimme in der Dunkelheit, er solle endlich zu sich kommen. Das war die Stimme des Daimonion, den Sokrates verehrte. Aber Jakubs Verhältnis zu seinem Daimonion war in letzter Zeit nicht besonders gut.

In einem bestimmten Moment wurde ihm bewußt, daß er nicht allein war. Auf dem ganzen Planeten taten Millionen unsichtbarer Brüder jeden Tag das gleiche wie er. Als er am Samstag mit der Linie 6 in die Innenstadt fuhr und in der Zeitung von »Diebstählen in Supermärkten« las, lächelte er nur traurig. Allein in London erreichten die Verluste in diesem Jahr die astronomische Summe von vier Milliarden Pfund, wovon zwei Milliarden interne, vom Personal verübte Diebstähle waren. Und das Interessante dabei war – der englische Staat geriet unter der Last der astronomischen Summe keineswegs ins Schwanken, ganz im Gegenteil, er blühte auf wie eine Braut nach der Hochzeit. In Paris betrugen die Verluste acht Millionen Franc, und auch wenn es aus San Francisco und New York, ganz zu schweigen von Berlin oder Warschau, noch keine Daten gab, so konnte man ruhig davon ausgehen, daß sie sich wie jedes Jahr auf dem Niveau einer siebenstelligen Zahl bewegten. Das gab zu denken.

Das Tollste waren natürlich die Werbeveranstaltungen.

Wer mochte sie nicht! Er betrat das beleuchtete Geschäft, und eine prickelnde Euphorie erfaßte ihn. Musik! Gesang! Latino-Rhythmen! Langbeinige Studentinnen in rosaroten

Rüschenschürzen, auf dem Kopf flauschige Kaninchenohren, kamen mit einem Plastiktablett auf ihn zu, um ihm einen Becher Erdbeer- oder Aprikosenjoghurt anzubieten. Du zahlst nichts und bekommst trotzdem etwas. GRATIS! Dieses Wort war überall präsent. Auf der Werbung, über den Kassen, über den Regalen, über den Kühltruhen.

Er mußte Wittgenstein recht geben. Die Grenzen unserer Sprache sind die Grenzen unserer Welt.

»Gibt es denn für uns etwas, das keinen Namen hat?« fragte er sich, während er mit einem Plastiklöffel den Aprikosenjoghurt aus dem Plastikbecher aß. »Kein Ding weiß von sich aus, was es ist. Zu dem *Ding an sich* haben wir keinen Zugang. Erst das Netz von Wörtern, das wir über die namenlose Welt werfen, verleiht den Dingen ihre Identität. Denn das Ding weiß, solange es nicht Ding genannt wird, gar nicht, daß es ein Ding ist. Erst das Wort schafft es. Gibt ihm einen Namen. Wer das Wort König nicht kennt, wird sich nie als König fühlen. Du bist das, als was du dich benennst.«

Das Benennen von Dingen, die keinen Namen haben – er erinnerte sich an die berühmten Ausführungen von Boris Uspenskij –, ist ein Schöpfungsakt, und eine Umbenennung ist eine Verwandlung oder eine Neugeburt. Gerade im Bereich der Eigennamen setzen wir das Wort mit dem Denotat gleich, wie es die mythische Vorstellung tut. Denn, wie Sokrates im *Kratylos* sagt, der Name ist die ganze Aussage, der Logos des Denotats. Er spricht sein Wesen aus. Wir benennen, um die Dinge als das wahrzunehmen, was sie sind.

Also nannte er das Verschwinden der bunten Dinge in der tiefen Manteltasche »Gratisdinge machen«.

»Gratis«! Das war ein spielerisches, leichtes, bezauberndes, karnevaleskes Wort, anmutig wie eine Flamenco tanzende Señorita. O Dionysos! »Gratisdinge machen« bedeutete, das Leben als spielerisches Abenteuer zu sehen, auf der Seite des lächelnden Gottes der Ironie zu sein, sich an der ungezwungenen Geschicklichkeit der Finger zu freuen. Dieses Wort verwandelte den schmerzlichen »Diebstahl« mühelos in eine witzige »Nummer«, das finstere »Böses tun« in das scherzhafte Spiel »Wer legt wen herein?«, das verletzende »Unrecht« in den übermütigen »Spaß«. Es beflügelte die Seele wie Bilder von Fragonard und Watteau, für die wir uns begeistern, obwohl wir sehr wohl wissen, wie häßlich sie sind.

Dagegen das Wort »Diebstahl«? Das war ein Wort ohne jeglichen Pepp, peinlich, nach Kommissariat riechend, nach Unglück, Gittern und Pritschen. Dieses Wort zog Wörter wie »Strafe« nach sich, wie »Unrecht«, »Verhör«, »Verhandlung«, »Anklage«, »Urteil«, »Erniedrigung«, »Scham«, »Tränen«, »Verzweiflung«, »Handschellen«, »Haft«, »Geldstrafe«. Aus ihm schlug uns der abstoßende Geruch des Gerichtssaals entgegen, wo billige Möbel nach Firnis stinken, wo aus pedantischen »Protokollen« Langeweile gähnt und die hölzerne »Gerechtigkeit« mit dem pickligen Gesicht des Richters nur deshalb den »Dieb« tyrannisiert, weil sie selbst nie die süße Erfahrung der entzückenden Geschicklichkeit der Finger machen wird, von der der »Staatsanwalt« nur träumen kann.

Da fiel einem die Wahl ja nicht schwer.

Erosion

Er spürte, daß er ein Reich der Masken betrat. *Larvatus prodeo!* Morgens erklärte er in Hörsaal III mit seiner klangvollen, kräftigen Stimme, so daß ihn auch die hinteren Reihen gut hören konnten, die Bedeutung des Begriffs der Tugend beim heiligen Augustinus, charakterisierte mit Feingefühl die subtilen Unterscheidungen zwischen Gut und Böse in Platos unsterblichen Schriften – und am Abend? Am Abend verschwanden, wie verhext, bunte Gegenstände in seiner tiefen Manteltasche. Das hatte von außen betrachtet keinen Sinn. All diese kleinen »Gratisdinge« waren der Beweis dafür, daß er »nach unten abglitt«. Ein echter Fall. Der Acheron am Mittag. Und dennoch sagten ihm irgendwelche Stimmen in der Tiefe seines Herzens, wie die Eulen in der Unterwelt, daß er das Richtige tat. Denn kann etwa jemand, der das Böse nur vom Hörensagen kennt, auf ernstzunehmende Art und Weise dessen Geheimnisse ergründen?

Die seltsame Spaltung belebte ihn und machte ihn stärker, obwohl sie ihn – wie er früher gedacht hatte – eigentlich hätte schwächen müssen. Er verstand das nicht. Wie kam das? War das Bewußtsein, daß niemand von diesen Dingen wußte, so anregend für ihn? Hatte er endlich eine eigene, hundertprozentig sichere Sünde, die niemand ihm nehmen konnte? Konnte er jetzt die Essenz des Schattens, deren Rätsel die größten Philosophen vergeblich zu erforschen versuchten, nach Lust und Laune studieren? Wer weiß, vielleicht war es so. Manchmal glaubte er das.

Im übrigen war er unlängst in Rom gewesen.

Sonne! Pinien! Zypressen! Als er in einem luxuriösen Bus,

mit einer Pilgerreise für Lehrer, in der Hauptstadt des Christentums angekommen war, warnte man ihn sofort, er solle in den berühmten Devotionaliengeschäften an den Kolonnaden Berninis, von wo es nur noch ein Katzensprung zum Ort der päpstlichen Audienzen war, gut auf sich aufpassen. »Meine Lieben, gebt auf jeden Italiener acht!« rief der junge Pfarrer und Reiseführer den verschwitzten Ankömmlingen aus dem Norden auf dem Petersplatz scherzhaft zu. In seiner Stimme – Jakub spürte es sofort heraus – schwang jedesmal ein übermütiger Ton der Bewunderung mit für »diese italienischen Schlingel, für die nichts, meine Damen und Herren, unmöglich ist. Oh, die sind geschickt! Und wie geschickt die sind!« Die kleinen Betrügereien beim Herausgeben des Restgelds, die Anmut des dunkelhäutigen Verkäufers, der blitzartig, wie ein Magier im Zirkus, die Münzen wechselte, hatten den Zauber der Commedia dell'arte, auch Commedia all'improvviso genannt. Diebstahl? Wesentlich treffender klangen unter der goldenen Sonne des Südens so leichte, melodiöse, wie die Flügel des Kolibris vibrierende Ausdrücke wie »stibitzen«, »klauen«, »mitgehen lassen«, »verschwinden lassen«, Wörter wie Schaum, die den Charme des alten kaiserlichen Rom der übermütigen Bacchanalien atmeten.

Es war Nacht. Draußen wiegte der Wind die Kiefernzweige. Über die Kathedrale huschten schnell wie prähistorische Eidechsen schwarze, zerfetzte Wolken hinweg, die den Mond bald enthüllten, bald verbargen. Die Stadt vor dem Fenster sah aus wie ein gigantischer, in Tausenden von Schuppen schillernder Fisch, ans Ufer der Bucht geworfen. In den entfernten Vororten zitterten die Gaslichter der Raffinerien im kalten Wind wie Kerzen am Weihnachtsbaum. Das Kreuz aus Lampen am Turm der Marienkirche verschwand alle paar Sekunden im Nebel.

Janka schlief ruhig. Jakub wälzte sich im Bett, wickelte sich in die Decke, zog das Laken zurecht, schob die Hand unter den Kopf, aber die rätselhaften Stimmen aus dem Innern der Wohnung ließen ihm keine Ruhe. Da flog etwas in der Dunkelheit umher, raschelte, rief, pfiff ironisch, daß es ihn schüttelte. In wie vielen Büchern hatte er etwas über Gespräche mit dem Teufel gelesen? Sollte tatsächlich auch ihm so etwas passieren? Und das ausgerechnet jetzt? Mein Gott! Weg! *Apage Satanas!* Wieder wickelte er sich in die Decke, steckte den Kopf unter das Kissen, hielt sich die Ohren zu, aber durch das Pfeifen des Windes, das Klappern der Fenster, durch die Geräusche in der Küche, durch das Knarren des Bodens und das Quietschen der Schränke drang immer wieder diese leise, bald schwächere, bald stärkere Mäusestimme des unsichtbaren Alchimisten, die man nicht abstellen konnte.

»Diebstahl?« wunderte sich die Stimme. »Lieber Jakub, stehlen tut nur der, der einem Gleichgestellten oder einem Ärmeren etwas wegnimmt. Natürlich haben viele Erfolgsmenschen ihr Vermögen durch ehrliche Arbeit gemacht. Aber überleg mal, lieber Jakub, weshalb konnten diese herausragenden Menschen denn durch ehrliche Arbeit ein Vermögen machen? Das konnten sie deshalb«, antwortete die kluge Stimme, bevor Jakub reagieren konnte, »weil sie begabt waren. Ohne Begabung geht nichts auf dieser Welt.

Aber ist es vielleicht in Ordnung« – die kluge Stimme ging zu einem zischenden Flüstern über – »daß die einen begabt sind und die anderen nicht? Es sieht ja ein Blinder, daß die Begabungen, ähnlich wie Schönheit und Gesundheit, ungerecht verteilt sind, ja sogar auf ganz gemeine Art und Weise. So ist das eben, rufen die Erfolgsmenschen, die durch ehrliche Arbeit ein Vermögen gemacht haben und dieses Vermögen natürlich behalten wollen. Die Begabungen vergibt die Natur im Einklang mit dem Willen des Allmächtigen. Und daß sie sie in ungerechter, ja niederträchtiger Weise vergibt, was heißt das schon? Hat ein begabter Mensch nicht das

Recht, besser zu leben als ein unbegabter? Mit Sicherheit hat er das. Und warum? Weil die Natur ihm dieses Recht gegeben hat.

Aber sag mal, lieber Jakub«, verspottete die kluge Stimme ihn unverschämt, »warum sollen wir die Natur eigentlich achten, wenn sie so ungerecht, ja niederträchtig ist? Ist denn ein ehrlicher Erfolgsmensch, der sich auf etwas so schrecklich Ungerechtes, ja Niederträchtiges wie den Willen der Natur beruft, wirklich so rechtschaffen? Wie wäre es, wenn man ihm das ganze Geld wegnehmen würde – ja, alles bis auf den letzten Groschen – und unter die Armen verteilen, die seit Monaten keine Arbeit haben?«

Jakub steckte den Kopf unters Kissen und schloß die Augen: »Fort mit dir, du Verführer! Was sind das für höllische Dummheiten! Hör auf, mich zu quälen!«

Er dachte an das Leben seiner Mutter. Jakubs Mutter war während des Krieges Sanitäterin in der Widerstandsbewegung gewesen. Sie rettete Verwundete von beiden Seiten. Doch nach dem Krieg – so erinnerte er sich plötzlich erstaunt – wollte sie sich dazu nicht mehr bekennen. Sie sagte, sie würde nie in die Gesellschaft der Kombattanten eintreten, in der sich neben Mitgliedern des Widerstands auch Häftlinge aus Auschwitz befanden. »Weißt du«, sagte sie, während sie in der Küche beschäftigt war, »ich möchte nicht neben einem Typ stehen, der wegen Schwarzbrennerei von Wodka in Auschwitz gelandet ist und jetzt einen Widerstandsorden trägt. Wer kann denn die einen von den anderen unterscheiden, wenn alle eine Kombattantenrente bekommen?«

Zerfiel also alles, was der unsichtbare Alchimist berührte, zu Staub?

Sogar Auschwitz?

O heiliger Berg der Asche! O Berg von Schuhen, Brillen, Prothesen und Zöpfen! Und daneben? Fleißige, begabte Historiker, die sich um die prozentuale Beteiligung am verkauften Exemplar streiten. Holocausttanten, die vor jedem Fernsehauftritt ihr Make-up auffrischen. Lachen und Scherzen auf Autorenlesungen, um die offizielle Atmosphäre aufzulockern. »Wie schön und interessant Sie diese Geschichte von der Jüdin erzählt haben, die erschossen werden sollte und von dem guten Herrn Mueller gerettet wurde«, bekennt eine Leserin aus Hamburg gerührt. »Ich hatte wirklich Tränen in den Augen.«

Während Jakub sich auf die andere Seite drehte, erinnerte er sich an den berühmten Satz, nach Auschwitz sei keine Dichtung mehr möglich. Aber der Geist lächelte herablassend. »Lieber Jakub, gerade nach Auschwitz erlebte die Literatur eine Blüte. War Auschwitz eine moralische Katastrophe für Europa? Ja. Aber wie viele Talente sind auf den Wellen dieser Katastrophe mitgeschwommen. Da kam Bewegung in die Verlagshäuser. Farbige Schutzumschläge, sorgfältige Wahl des Schrifttyps, alles angenehm fürs Auge. »Holocaust? Aber klar, das machen wir. Nur interessant muß es sein! Am besten über wunderbare Rettungen. Wir sind nämlich schon etwas übersättigt.« O Tote, zu Asche Verbrannte, Zermalmte, Erfrorene, warum habt ihr nicht daran gedacht, auf interessante Weise zu leiden und zu sterben. Hier die Opfer mit Dreck im Mund, die Haut abgerieben bis auf die Knochen, in Exkrementen watend – und da die Meister der Stipendien, Projekte, Stiftungen, Konferenzen, die Meister von Frühstück, Mittag- und Abendessen, von Büffets und Banketten.

Und der Geist der Sprache, der im Dunkel der Nacht zu Jakub sprach und hartnäckig auf Wahrheitssuche war, breitete die geheimnisvollen Metamorphosen der Worte aus. Da verwandelte sich die »Gaskammer« in das »Stipendium in Höhe von dreitausend Euro«, der »Berg von Asche« in die »jährliche Stiftung«, die »Tiefen des Todes« in »Hochglanzpapier, von guter Qualität, mit gelungenen Illustrationen«, die »Vertreibung« in den »Literaturpreis«. Sogar der »Tod von Tausenden von Flüchtlingen« an Bord der berühmten »Gustloff« brachte es zu einer »hohen Auflage« und zu einem »ersten Platz auf der Bestsellerliste«, und der »Tod von Tausenden von Menschen in den brennenden Türmen des World Trade Centers« gab Anlaß zu einem Gedicht, das, abgedruckt im *New Yorker* »die Spannung der Trauer erhält«, wie es hieß, und als »internationaler Erfolg des Autors« das angeknackste Selbstbewußtsein des Volkes stärkte, dem dieser Autor entstammt.

Und was sollte man erst über die Überschriften auf den Titelseiten der Zeitungen sagen! Die »tschetschenischen Partisanen« verwandelten sich zuerst in »tschetschenische Kämpfer«, dann in »tschetschenische Rebellen«, danach in »tschetschenische islamische Fundamentalisten«, dann in »tschetschenische Terroristen«, und als sie schon gewöhnliche »Händler mit afghanischem Heroin« waren, schloß sich der Teufelskreis des Wortes, und die »tschetschenischen Banditen« wurden wieder zu »tschetschenischen Freiheitskämpfern«.

Ein herausragender Schriftsteller, Autor von Werken über die moralische Katastrophe, protestiert dagegen, daß man ihn nur in einem »Dreisternehotel« unterbringt. Das gedankenversunkene Publikum klatscht Beifall, nachdem es ein Kapitel über die »Vergasung von dreitausend Menschen« gehört hat und begibt sich in den Empfangssaal, wo im Rahmen der Buchpräsentation Lachs, Ananas und Kaviar serviert werden. »Aber so war es schon immer«, sagt ein hervorragender Kritiker. »Was war denn mit der *Ilias*? Wurde sie nicht auf einem Berg von gebrochenen Knochen errichtet? Aber kann man daraus den Schluß ziehen, daß jeder Künstler eine Hyäne ist, die immer dort herumschnüffelt, wo jemand abgeschlachtet wird oder moralische Katastrophen geschehen?«

Und Jakub, der sich noch vor kurzem über die Karriere der

Holocausttanten entrüstet hatte, mußte dem Kritiker jetzt recht geben. Lebt das Kunstwerk nicht im allgemeinen von Verbrechen, moralischem Verfall und menschlichen Niederlagen? Und war es irgendwann anders? Versüßt uns die Kunst nicht das Verbrechen, damit es zwischen einer Tasse Tee und einer Madelaine leichter zu schlucken ist? Das große Poem über Auschwitz lesen wir im Sessel bei einem guten Kaffee, mit Pausen für die Nachrichten von CNN und den Lunch, und mit Mühe verdrängen wir den Gedanken an den Apfelkuchen, den es als Nachtisch geben wird. O Berg von Asche, wer wird glauben, daß du wirklich himmelhoch warst? Ein berühmter Dichter empfindet moralische und künstlerische Genugtuung darüber, daß er ein hervorragendes Gedicht über ein Karussell an der Mauer des Ghettos geschrieben hat. Er ist ruhig: Er weiß, daß niemand ihm das Wasser reichen kann. Eine Lehrerin versucht im Schweiße ihres Angesichts ihre dösenden Schüler davon zu überzeugen, daß der Satz »Ich wurde vor der Schlachtbank gerettet« den Nobelpreis für Literatur verdient, der das Selbstbewußtsein des verdienten Autors entscheidend hebt. Der Schriftsteller des Gulags geht auf der Buchmesse in Frankfurt auf den Schriftsteller des Holocausts zu: »Ich gratuliere Ihnen zu Ihrem Erfolg.«

»Ein Leben ohne Gott ist unmöglich«, flüsterte Jakub verzweifelt, während er dem verrückten Geschwätz lauschte, das ihm den Schlaf raubte. »Übertreib nicht, Jakub«, erwiderte der Geist der Sprache gelassen. »Ein Leben ohne Gott ist durchaus möglich. Das sind nur zwei Sätze, sonst nichts. Einer soviel wert wie der andere.«

Die Dämmerung zog herauf. Der Fensterrahmen in der Küche klapperte. Die Scheiben klirrten. Der Sturm zerrte an den Kronen der Kiefern. Jakub tat kein Auge zu. Er wußte selbst nicht, was mit ihm geschah. Erhellte sich seine Seele im Feuer der Mystischen Nacht, indem sie mühsam, *per aspera ad astra*, über die Stufen einer schmerzlichen Läuterung ins Reich des Unendlichen Guten schritt, oder suchte sie eher in einem pathetischen Streit mit dem Dämon der Sprache Ausflüchte für die häßlichen Dinge, die er getan hatte und jetzt einfach vergessen wollte, wobei er sich gerne vom Geflüster des draußen tobenden Windes verführen ließ?

Die Hochzeitsschuhe

Was geschah eigentlich mit ihm?

Ach, nichts Besonderes. Wie vielen von uns passiert so etwas!

Da beginnt einer plötzlich, sich zu ändern. Würden wir ihn nicht länger kennen, bemerkten wir gar nichts. Die Zeitung fällt ihm aus der Hand, der Blick geht gedankenverloren zum Fenster hinaus. Der Zucker rieselt auf den Tisch, wenn er den Kaffee süßen will, und die Hand streift die weißen Krümel nicht mehr auf die Papierserviette. Wenn wir es bemerken, reagiert er mit einer müden Geste: »Was soll's!« Die Schuhe, bisher liebevoll mit einem weichen Lappen poliert (pechschwarze Schuhcreme der Marke Kiwi mit exotischem Geruch), haben nicht mehr den Glanz von früher. Der feine Staub an den Spitzen verrät, daß ihr Besitzer mit den Gedanken weit weg ist.

Doch noch wollen wir glauben, daß alles wieder ins Lot kommt. Also ziehen wir ihn am Ärmel, klopfen ihm auf den Rücken, schlagen ihm scherzhaft auf die Finger: »Na, was ist denn los? Reiß dich zusammen!« Aber derjenige, den wir an seine Pflichten gegenüber der Welt erinnern, hat sich aus der eisernen Umarmung der Scham schon befreit. Noch ist er, wie aus einem Traum erwacht, hin und wieder in der Lage, sich beim Anblick seines Spiegelbilds über die ungekämmten Haare zu streichen. Wir wissen das zu schätzen und hoffen darauf, daß die Sache nicht weiter fortschreitet, aber wir sind nicht mehr so sicher wie früher.

»Was läßt du dich denn so gehen?« mit dieser unsterblichen Phrase begrüßte Janka Jakub zum Frühstück und leerte ihm kalte Milch in seinen Müsliteller. Die ganze Welt sollte – ihrer Meinung nach – so eingerichtet sein, daß niemand sich auch nur einen Augenblick lang gehen lassen konnte. Hatte der liebe Gott nicht eben deswegen Nationen und Staaten geschaffen, Armeen und Kirchen, Finanzämter, Börsen, Multikinos und die Haute Couture?

Beim Anblick von jemandem, der sich gehen ließ, verfiel sie in Panik. Wenn sie auf der Straße an der Frau mit dem schmutzigen Kleid vorbeikam, die mit einem Pappschild in der Hand vor dem Kaufhaus Horten kniete, beschleunigte sie entsetzt ihre Schritte, als wollte sie allein durch die Energie des Marsches die Gefahr eines Blickkontaktes bannen, obwohl sie mit der Unglücklichen wirklich Mitleid hatte. Es ging einfach über ihre Kraft. Vor jedem Krankenhaus rückte sie instinktiv ihr Halstuch zurecht und strich sich mit drei Fingern über das Haar an der Schläfe, als wollte sie sich vergewissern, daß alles an seinem Platz war. Sobald ein rumänischer Bettler sich mit einer Ziehharmonika in die Straßenbahn drängte, starrte sie stur zum Fenster hinaus und wartete angespannt, daß dieses Sich-Gehenlassen – laut, fremd, balkanisch – wie ein Gespenst aus einem Alptraum verschwände.

Aber ließ er sich wirklich gehen?

Weil er sich manchmal nach ein paar Stunden Vorlesung müde und kaputt in Cordjacke und Jeans aufs Bett legte? Weil er, nachdem er die italienischen Halbschuhe in die Ecke gekickt hatte, ein Stündchen oder zwei in Socken dalag, die Hände unter dem Kopf verschränkt, und auf den Leuchter in Form eines gelb-braunen Pfauenauges starrte, den sie kurz nach der Hochzeit als Talisman ihres künftigen Glücks auf der Speicherinsel gekauft hatten? Sicher, er liebte es, dabei mit den Fingern über das frisch gestärkte Laken zu fahren. Doch mußte dieses feine Geräusch des grob gewebten Leinens, an dem er leicht mit den Fingernägeln kratzte, dieses Geräusch, das wie das Rascheln des Sandes auf den Dünen in

Jelitkowo klang, wo er manchmal mit Janka in der Sonne lag, sie wirklich zum Wahnsinn treiben?

Irgendwann kam er zu dem Schluß, er werde nicht geliebt. Eine seltsame Entdeckung, denn eigentlich wußte er das seit langem, er war nur nicht bereit gewesen – so dachte er –, diese Entdeckung anzunehmen. Wie hatte doch Pfarrer Józef bei ihrer Trauung gesagt? »Frag nie, ob du geliebt wirst. Frag immer, ob du liebst.« Wie wahr! Aber jetzt war ihm diese Wahrheit nicht mehr geläufig. Er spürte, daß Janka ihn anders anfaßte als früher. Aus dem Ehebett mit dem dunkelblauen Bettzeug voller gelber Sterne und Halbmonde war die Arglosigkeit der Studentenzeit verschwunden, der leichte Übergang vom Scherz zum Sex. Früher warfen sie mit Kissen und rollten über das Laken wie Leda mit dem Schwan in schneeweißer Federpracht. Und jetzt? Selbst wenn sie ihm übers Haar fuhr, spielte sie nicht mehr mit seinem widerspenstigen Schopf, sondern strich ärgerlich die abstehenden Strähnen glatt. Wenn sie zu einem Empfang von Doktor Jacek gingen und sie entdeckte einen Fussel auf dem Kragen des schwarzen Jacketts, fegte sie ihn mit einer strengen Handbewegung weg. Kalt glänzten die lackierten Fingernägel. Wenn sie früher sagte: »Ach, wie du aussiehst«, leuchteten ihre Augen. Jetzt piekste sie ihn mit Fragewörtern, scharf wie Nadeln: »Wie hast du denn die Krawatte gebunden«, »wie hast du denn das Hemd gebügelt«, »wie hängt denn die Jacke an dir ...« Sie verglich ihn gern mit Doktor Jacek, bei dem leider immer öfter die Krawatten besser saßen und die Hemden ordentlicher gebügelt waren als bei ihm.

Wenn sie beim Aufräumen etwas von seinen Sachen auf dem Fensterbrett fand, warf sie es in hohem Bogen auf den Boden. »Schon wieder dein Zeug«, sagte sie mit gequältem Gesichtsausdruck, »nie legst du die Sachen an ihren Platz! Ich werde noch verrückt!« Ihm war, als verliere er, wenn er durch die Wohnung ging, unsichtbare Hautpartikel, die sie wütend auf eine rosarote Plastikschaufel kehrte (ein Geschenk ihrer Mutter) und angewidert, als wären es Katzenhaare, in den Müll warf. Manchmal räumten sie zusammen die Wohnung auf, das brachte sie für kurze Zeit einander näher. Aber wenn sie mit dem Kehren fertig war, trat er durch einen seltsamen Zufall immer mit der Ferse in das Dreckhäufchen. Dann schlug sie – hoch aufgerichtet, knallrot im Gesicht, in der weißgerüschten blauen Schürze, die Haare zum Pferdeschwanz hochgebunden, vor Wut bebend, überzeugt, er habe es absichtlich getan – mit dem Besen auf den Boden: »Warum tust du das?« Ihr Mund war zu einer verzweifelten Grimasse verzerrt. »Ich möchte ein normales Leben haben wie andere Frauen auch! Kannst du das endlich begreifen?«

Morgens zog sie sich schnell an, knöpfte mit ein paar Handbewegungen geschickt alle Perlmuttknöpfe an ihrer Bluse zu, als wollte sie durch ihre energischen Gesten die Trägheit anprangern, mit der er sich rasierte. Heftig, wütend kämmte sie das Haar, zack, zack, daß die Funken sprühten. Wenn sie vor dem Spiegel der Puderdose die Lippen mit dem hellroten Stift nachzog, drehte sie sich so, daß er nicht sehen konnte, wie nervös sie die Augenbrauen hochzog – früher nannte er sie »Schwalbenflügel«. Früher mochte sie es, wenn er sie in der Badewanne beobachtete und bespritzte ihn lachend mit Schaum, jetzt schloß sie die Tür ab, denn sie mußte, wie sie sagte, »nach diesem verdammten Tag endlich die Füße in heißem Wasser ausstrecken«.

Immer häufiger ging sie abends zu Freundinnen. Sie kam spät nach Hause, die schmalen Absätze ihrer schwarz-weißen Pumps klopften lautstark auf der Treppe. Während sie sich auszog, sagte sie, sie müsse zu fremden Leuten gehen, weil sie zu Hause mit niemandem reden könne. Wenn er jedoch etwas darauf erwidern wollte, schrie sie zitternd, die Fäuste geballt, wie eine wütende Raubkatze, er höre ihr schon wieder nicht zu. Eines Sonntags kam sie gegen zwei Uhr nachts nach Hause, ging ins Schlafzimmer und zerrte das kleine dunkelblaue Kissen unter seinem Kopf hervor. Aus dem Schlaf gerissen, nur halb bei Bewußtsein, schlug er sie. Zerzaust, in der aufgeknöpften Bluse, den Lippenstift auf der Wange verschmiert, in Tränen aufgelöst, beklagte sie sich bis zum Morgen über seine »Gemeinheit« und »Brutalität«, obwohl sie genau wußte, daß dadurch die Nachtruhe vor einem wichtigen Treffen vertan war, das in ihrem Leben einiges hätte ändern können. Es ging um seine Stelle und um Geld. Am nächsten Morgen ging er hundemüde und geistesabwesend zu dem Treffen mit dem Rektor.

Es gab auch gute Tage – wenn sie zusammen einen Spaziergang auf die Wiesen hinter der Siedlung machten. Sie summte vor sich hin und pflückte Lupinen und Feldmohn, aber selbst dabei verschwand das Wort »wieder« nicht von ihren Lippen. »Du hast dich schon wieder beim Rasieren geschnitten ...«, »du hast den Mantel wieder nicht zugeknöpft ...«, »du wirst dich wieder erkälten ...«. Seine Schuld nahm einen neuen Charakter an. Sie wurde permanent.

Wenn er Grippe hatte, nahm sie sich nicht frei. Sie hatte ja auch recht, sie hätte ihre Arbeit verlieren können. Zerzaust lag er im durchgeschwitzten Bettzeug, mit hohem Fieber, und hustete, daß man es im ganzen Haus hörte, wie der biblische Lazarus in der stickigen Krypta. Wenn sie von der Schule zurückkam, begrüßte sie zärtlich den Hund, den schönen Dackel namens Happy. Sie küßte die feuchte Schnauze der dunkelbraunen »Kleinen«, schmiegte den Hundekopf an die Brust und fragte sachlich, über das Ohr von Happy hinweg: »Soll ich dir die Fleischbrühe warm machen? Hast du dein Tetrazyklin genommen? Möchtest du etwas trinken?« Die Tasse mit dem dampfenden Instant-Tee stellte sie so hart auf dem Tischchen am Bett ab, daß der Löffel darin klirrte. »Ist das stickig hier ...«, seufzte sie und sah sich im Zimmer um, und als er sagte, sie könne ruhig das Fenster aufmachen, lehnte sie das ab und verurteilte sich großherzig dazu, sich in dieser stickigen Luft zu quälen, als wollte sie damit sagen, daß es in dieser Wohnung wesentlich Schlimmeres gebe, an das sie sich gewöhnt habe. Wenn er nach einem Tag den durchgeschwitzten Schlafanzug wechselte, nahm sie ihn zwischen die Finger wie eine ertränkte Katze und warf ihn angeekelt in die Wäsche. Er hatte Fieber. Er roch aus dem Mund. Sie sagte, das sei normal, aber das Geschirr, aus dem er gegessen hatte, wollte sie kaum anfassen und trug es schnell in die Spüle.

Sie tat alles, damit niemand von ihren Bekannten auch nur ahnte, wie es wirklich zwischen ihnen aussah. Energisch und entschlossen führte sie das Kommando im Haus und säte mit abendlichen Gesprächen über die Kosten von Strom, Wohnung und Gas Unfrieden und Unmut. Jede ihrer Bewegungen war eine stumme Anklage gegen die Passivität, in die er versunken war. »Wenn ich nicht wäre«, sagte sie nebenbei, während sie die Teller abräumte, »das wäre vielleicht ein Sauladen.« Wenn er sich an den Computer setzte, um seine Vorträge vorzubereiten, machte sie sich lautstark daran, die Kleider in den Schränken umzuräumen, als könnte sie das nicht ein andermal tun. Wenn sie im Nebenzimmer die Hausarbeiten ihrer Schüler durchsah (ekelhafte, mit Filzstift beschmierte Hefte), fluchte sie laut, damit er endlich merkte, wie sie sich »in dieser verdammten Schule« plagte. Wenn er mehr verdienen würde, könnte sie ein wenig ausspannen. Sie verwaltete das ganze Geld. Er nahm es widerspruchslos hin, in dem Glauben, Klein-Beigeben könne ein Weg zur Versöhnung sein.

Wenn er die Stelle wechseln wollte, empörte sie sich, das sei Unfug. Wenn er an der Universität bleiben wollte, warf sie ihm mangelnden Ehrgeiz vor. Er machte sich nichts vor. Es war das Unglück, das aus ihr schrie, in verwirrter und leerer Rede. Eine dunkle Welle überschwemmte allmählich das Haus und benahm ihnen den Atem. Obwohl jeder für sich litt, war es ein gemeinsames Sterben. Sie ertränkten alles in sich, was noch lebendig war, weil sie dachten, sie könnten sich auf diese Weise vor der Sintflut retten.

Sie schliefen getrennt – sie auf der Matratze im Schlafzimmer, er im anderen Zimmer auf dem Holzbett, unter der Decke mit den gelben Sternen. Es kam noch zu Annäherungen, aber das waren kurze Entladungen, die ein ungutes Gefühl und Gereiztheit hinterließen. An Silvester, als er für den Abend Freunde eingeladen hatte, ließ sie ihn nicht in die Wohnung. Die Nacht auf Neujahr verbrachte er bei den Nachbarn gegenüber und schaute durch die Gardine zu ihrem Fenster hinüber. Drei Tage lang rief er an, aber sie nahm den Hörer nicht ab. Er hätte ihr alles verziehen, wenn sie nur wie früher gesagt hätte: »Jakub, komm wieder heim, das ist dumm und hat keinen Sinn. Was willst du dich bei den Leuten herumtreiben. Na, komm schon ...« Aber diese Worte bekam er nicht zu hören. Sie schwieg hartnäckig und gab nicht nach. Nach vier Tagen klopfte er an die Tür. Als er eintrat, drehte sie sich auf dem Absatz herum. Er sagte, es habe keinen Sinn mehr, daß sie zusammenwohnten und gab ihr eine Woche Zeit, sich ein Zimmer zu suchen.

Als er am nächsten Tag von seinen Vorlesungen kam, traf er auf der Treppe Arbeiter. Sie trugen den Schrank mit dem ovalen Spiegel hinunter. Sie hatte sogar die Glühbirnen aus den Lampen gedreht. In die Wand hatte sie Dutzende von Nägeln geschlagen und alle seine Schuhe und Pantoffeln daran aufgehängt. Er hätte nicht gedacht, daß ein solches Talent für Innenarchitektur in ihr schlummerte.

Er stand an der Tür zu einem leeren Zimmer.

Gleich am Rahmen begrüßte ihn ein sportlicher Schuh mit dicker Sohle, den er im Herbst in einem Geschäft von Silver in der Rajska gekauft hatte. Er baumelte an dem langen weißen Schnürsenkel wie das Pendel einer kaputten Uhr. Darunter der weiße, in Dresden bei Sandmann erstandene Schuh, in dem er bei der Hochzeit mit Janka getanzt hatte.

Wütend und trotzig näherte er sich einem Paar Turnschuhe, deren Schnürsenkel herunterhingen wie der Schnurrbart einer Languste. Die weiß umrandeten, luftigen mexikanischen Mokassins, mit denen er auf der Pilgerreise in Rom über den Petersplatz spaziert war, waren mühsam bis unter die Decke geklettert, das Firmenzeichen auf der Einlage schimmerte golden. Die Farben und Formen, die sich an der Wand begegneten, lagen in heftigem Streit miteinander. Die dunkelroten Schuhe mit der goldenen Spange, an deren Herkunft er sich nicht erinnern konnte und die Janka für eine besondere Rarität hielt, hingen herausfordernd an blutroten Damenschnürsenkeln wie die abgerissenen Ohren eines Jagdhundes. Neben einem verwaschenen blauen Turnschuh, der draufgängerisch den Sprung nach oben übte, erkannte man die helle Stelle, an der das Kreuz gehangen hatte; Janka hatte es mitgenommen, um den heiligen Ort nicht durch die Nachbarschaft der unwürdigen Zeugen ihrer ehelichen Tragödie zu entweihen.

Er stand an der Schwelle. Ein Schiffbrüchiger, ans Ufer einer Zauberinsel geworfen. O Prospero! Noch ein Augenblick, und die unsichtbaren Wanderer würden von den Wänden springen und ihn zu Tode trampeln. In jedem dieser Schuhe steckte eine giftige Erinnerung, die ihn jeden Moment mit dem harten Ende des Schnürsenkels stechen konnte.

Und erst die Socken! Die hatte sie an die Scheibe des auf den Balkon gehenden Fensters geklebt. Bunt wie sie waren, Goldfischen und Schleierschwänzen ähnlich, schwammen sie jetzt auf dem Glas in die traurige Unendlichkeit der Meereslandschaft. Einer von ihnen, hellrot mit einem silbernen Muster an der Ferse, schwebte über den von weitem sichtbaren Türmen der Kathedrale wie ein blasphemischer Stern von Bethlehem; an ihm hing ein orangeroter Faden herab, auf dem ein paar dumme Fliegen zu sitzen versuchten.

Ein wahres Fest der Verzweiflung! Auf den Kacheln im Bad hatte sie mit der zweifarbigen Colgate-Zahncreme in energischen Serpentinen rätselhafte, verschlungene Hieroglyphen hinterlassen. Von einem Pfeil durchstoßene Herzen? Sterne? Hakenkreuze? Auf den zerschlagenen Spiegel hatte sie mit grellem Lippenstift ein unheilverkündendes Menetekel geschrieben, dann aber mit einer kräftigen Handbewegung alles wieder von der Glasfläche abgewischt, wobei sie sich an dem scharfen Rand verletzt haben mußte. Das Blut war auf das Waschbecken heruntergeflossen und hatte auf dem Porzellanfuß eine erbärmliche Spur hinterlassen. Als feine Naht liefen die roten Tropfen über die Fußbodenkacheln zur Tür wie eine auf die spanische Terrakotta gemorste Anklageschrift. Zu etwas war ihre Lektüre des Magazins »Cinema« also doch gut gewesen! Die Lehre bei Steven Spielberg und George Lucas – er dachte an *Krieg der Sterne*, *Angriff der Klonkrieger* und *Jäger des verlorenen Schatzes* – war also nicht umsonst.

Das rätselhafteste Zeichen hatte sie auf dem leeren Fußboden hinterlassen. Als er eintrat, sah er in einem Lichtstreifen die zwei hochhackigen weißen Lackschuhe stehen, in denen sie damals mit ihm zur Trauung gegangen war. Er bückte sich, um sie aufzuheben, aber er konnte sie nicht vom Boden losreißen. Sie hatte die Sohlen mit dem hochwertigen Klebstoff »Glue« auf das Parkett geklebt. Nicht einmal die ausgedrückte Tube hatte sie weggeworfen. Der metallisch glänzende Regenwurm lag neben einem wie ein Schweineschwanz gedrehten rotbraunen Häufchen des Dackels Happy. Die mitfühlende »Kleine« hatte ihr Frauchen in dieser schweren Stunde unterstützt.

Unter den Küchentisch hatte sie das zusammengeknüllte Hochzeitskleid gestopft. Der zerschnittene Taft mit den kleinen silbernen Perlen und raffinierten Applikationen breitete sich auf dem mit Zucker bestreuten Boden vor ihm aus wie ein Fächer aus weißen Straußenfedern. Er hob das knochentrockene, braun gewordene Sträußchen Maiglöckchen auf, das von einem verblichenen Band zusammengehalten wurde. Daneben lag die Spüle aus Stahl mit dem Wasserhahn und dem Abflußrohr. Sie hatte sie aus dem Schränkchen gerissen und dieses mitgenommen.

Drei Monate später waren sie geschieden. Vor Gericht sagte sie, seine berufliche Karriere sei ihm wichtiger gewesen als sie. Sie habe nur eine normale Familie haben wollen, aber darum habe er sich nie bemüht. Vielleicht wiederholte sie die Worte ihrer Mutter, die immer schon der Meinung war, er sei keine gute Partie.

Jakub stellt das Telefon ab

Seither wohnte er allein.
Das Aufstehen war mühsam. Nach dem Erwachen lag er lange auf dem Rücken, den Kopf auf dem Kissen, und machte die Augen nicht auf, als könnte das Nicht-Sehen der Welt irgend etwas an ihr ändern. Ein fleißiger Schüler des Bischofs Berkeley! Wenn er die Augen öffnete, war es schlimmer. Hinter der Wand ratterte der Aufzug und transportierte weitere Unglückliche in den Strudel des grauen Tages – so dachte er über die drei Paare aus den Nachbarwohnungen, die zweifellos in der täglichen Angst lebten, krank zu werden, verlassen zu werden, ihre Arbeit zu verlieren; niedrige Gefühle zwar, aber Gefühle, die effektiv die Menschheit am Leben erhielten. Die Metalltür zum Zwischenstockwerk knallte, von einer wütenden Hand zugestoßen. Das Echo hallte durch das Treppenhaus. Auf dem Parkplatz unter der gelben Reklame von McDonald's starteten die blitzenden Hondas und Toyotas und verschwanden einer nach dem anderen im Schlund der Stadt, als sollten sie nie wiederkommen. Alarmanlagen spielten verrückt und verstummten dann plötzlich. Die Straßenbahnen, die von der Endstation heranfuhren, fraßen Stück für Stück die Menschenmenge an der Haltestelle bei der Konditorei. Die See, ein nebliger Streifen über den Hochhäusern von Zaspa, dunkel und fern, verschmolz mit dem Abgrund des Himmels. Tiefhängende Wolken rieben sich am spitzigen Turm der Zisterzienserkirche. Hin und wieder schwappte eine Woge von feinem Regen über die Blechdächer in der Nähe des Parks. Der Tag belebte sich von Minute zu Minute.

Am Samstagabend ergriff ihn eine seltsame Müdigkeit. Er saß am Fenster und blätterte zerstreut in den Hochglanzseiten eines Bildbands über Hieronymus Bosch. Ein Hochzeitsgeschenk von Freunden, das man ihm nach der Zeremonie in der Jakobskirche feierlich überreicht hatte. Gegen zehn kroch er halbtot ins Bett, in Jeans und weißen Wollsocken – ein Geschenk Jankas zum Namenstag; sie hatte sie selbst gestrickt. Unter den rosaroten Decken vergraben (die Leinenüberzüge hatte Janka mitgenommen), zusammengerollt, den Kopf zwischen die Schultern gezogen, schlief er schnell ein, wie ein Wolf in einer warmen Höhle. Er schlief gut bis zum Morgengrauen. Die erwärmten Schichten der Kleidung schmiegten sich weich an Arme und Rücken und schirmten ihn wie eine zweite, lose Haut wirksam gegen die Welt ab. Und was war die Welt? Nach dem Erwachen definierte er sie mühelos als das Dunkle, Kalte, Nasse.

Morgens, bevor er zur Arbeit ging (was für ein schreckliches Wort!), packte ihn Entsetzen, wenn er daran dachte, daß er beide Schuhe putzen, beide Schnürsenkel binden und beide Manschettenknöpfe zumachen mußte. Das Händewaschen, das ewige Einseifen und Abspülen des Schaums über dem Waschbecken. Was für ein Unsinn! Schließlich zerstörte die Seife – so rechtfertigte er sich – den wertvollen Säureschutzmantel der Haut, den notwendigen immunologischen Schutz des Körpers! Und dann der PH-Wert! Das war ja wissenschaftlich erwiesen!

Was er auch tat, er quälte sich, als würde er einen schweren Stein bergauf wälzen. Über die hochtrabende Legende von Sisyphus – diesen Helden hatte man ihm in der Kindheit als Beispiel für Ausdauer vorgehalten – konnte er nur lachen.

Und überhaupt, was für eine blöde Idee: daß wir auf der Straße anders aussehen sollen als zu Hause! Dieses ewige Wechseln der Kleider. Die Jacke aufknöpfen, die Jacke zuknöpfen, die Hose ausziehen, die Hose anziehen, die Socken ausziehen, die Socken anziehen. Es war leicht auszurechnen: Er hatte das seit seiner Kindheit bestimmt schon eine Million Mal gemacht. Schrecklich! Jeden Morgen mußte er sich ausziehen und den warmen Schlafanzug – den Flanellgeruch des Schlafes – gegen ein kaltes Hemd tauschen. Wieviel Wärme er dabei verlor! Im übrigen neigte er schon immer zum Frieren. Und zu allem Überfluß mußte er täglich an seinem frierenden Hals die unerbittliche Schlinge der Krawatte binden und den freien Fluß des Blutes blockieren! Die Kultur als Quelle des Leidens!

Ach, er wußte inzwischen genau, was mit ihm geschehen war. Am Sonntag nachmittag hatte er ins Gesundheitslexikon geschaut. *Der Ausfall im Netz von 100 Milliarden Nervenzellen beginnt mit einer Störung des chemischen Gleichgewichts. Durch die fehlerhafte Ausschüttung von Serotonin und Noradrenalin treten Veränderungen auf, die keinen unmittelbaren Einfluß auf die Stimmung haben: Verlangsamung der Bewegungen, Verminderung der intellektuellen Fähigkeiten, Schlaflosigkeit, Appetitlosigkeit, Abnahme des sexuellen Verlangens …*

Abnahme des sexuellen Verlangens! Er haßte jetzt diese Bande von Seelenspezialisten, die aus seinen Sorgen Geld schlagen wollten. Wenn er sich durch den Flur zum Badezimmer schleppte, hörte er die guten Ratschläge von Doktor Jacek, Pfarrer Józef, Doktor N., Janka, Professor Mulda, Doktor Kublik, Martin Luther King, Mahatma Gandhi, Mutter Teresa, Erich Fromm und Arnold Schwarzenegger: Jakub, reiß dich zusammen! Worauf wartest du, zum Teufel? Nimm Prozak und Magnesium! Morgens und abends trinkst du einen Extrakt aus Johanniskraut! (Egal, daß zwanzig Prozent der Patienten, die dieses Mittel anwenden, zunehmen.) Schluck regelmäßig Lithium! Fahr nach Ibiza! Schuld ist die Depression, nicht du! Erhöhe deinen Serotoninspiegel! Lies nicht *Das wüste Land* von Eliot und *Warten auf Godot*! Lies lieber *Harry Potter* als Schopenhauer! Vertrau auf Fukuyama, und fahr am Morgen Fahrrad! Oswald Spengler vergiß, lieber Müsli iß! Willst du glücklich sein, tritt ins Kino ein! Und mittags vor dem Essen, den Whisky nicht vergessen!

Und außerdem, lieber Jakub, hör endlich auf, daran zu denken, daß es auf der Erde bald zehn Milliarden Menschen geben wird. Versuch daran zu glauben, daß dein Körper keineswegs nur eine vorübergehende Verpackung für hunderttausend Gene ist, deren einziges Interesse darin besteht, ihre Kombination hemmungslos zu vermehren! Denk beim Einschlafen nicht darüber nach, daß dein ganzes, angeblich einzigartiges geistiges Leben vollkommen von etwas bestimmt wird, was nicht du bist, daß deine Gene nicht du sind, daß nicht einmal das Gewebe deines Gehirns, das du im Kopf trägst, du bist! Kauf dir einen schottischen Schäferhund, ein Pendel und indische Räucherstäbchen! Mach Yoga, Hippotherapie, schnellen Sex und Aerobic! Positives Denken kann sogar physischen Schmerz besiegen! In Heideggers berühmter *Seinsvergessenheit* und in Pascals *divertissement* wirst du Erleichterung finden!

Mein Gott, dachte Jakub, während er seine braunen Halbschuhe vor dem Weggehen mit der Luxus-Schuhcreme »Krösus« putzte, wie kann ich nur aus diesem verfluchten Käfig der eigenen Gedanken hinauskommen? Er wünschte sich eine plötzliche, unvorhersehbare Verwandlung der Seele. O ja! Endlich ein anderer werden! Aber restlos! Kein Mittelweg! Eines Tages vor den Spiegel treten und erfreut sein, sich nicht wiederzuerkennen. Sich über die eigene Fotografie im Paß wundern. Das ganze Leben ein gemäßigter Liberaler sein und plötzlich, von jetzt auf gleich, ein verbissener Faschist werden (oder auch umgekehrt). Philosemit sein und sich schlagartig in einen Antisemiten verwandeln (oder auch umgekehrt). Nicht an Gott glauben und plötzlich inbrünstig an ihn glauben wie Pater Pio mit den Stigmata (oder auch umgekehrt). Völlig egal was, nur endlich aus dem höllischen Käfig der eigenen Gedanken hinaus!

Der Mensch erschien ihm dünn wie ein ausgeblasenes Ei, in dem eine Seele wohnt, die unendlich viel größer ist als er selbst. Er versprach sich viel vom Leben nach dem Tod. War nicht die Persönlichkeit eines jeden von uns – wie die Philosophen lehrten – ebenso formbar wie der Lehm, aus dem Gott Adam formte? Schon der weise Darwin sagte, selbst unser Körper sei nicht die endgültige Form unserer Existenz auf Erden. Warten wir noch hunderttausend Jahre – eine Kleinigkeit! –, und wir werden völlig anders aussehen als heute!

Als er sich morgens aus dem Bett wälzte, hatte er einen Kopf wie aus Blei. Zerstreut, benommen, mit Fetzen von Träumen unter der Schädeldecke, fuhr er mit der roten Linie 6 auf die Speicherinsel. Erst der Anblick der Schülerinnen aus dem Pestalozzi-Gymnasium – frische junge Mädchen, die Wangen vom Wind gerötet, in Matrosenuniformen mit einem weißen Streifen am dunkelblauen Kragen, die an der Haltestelle beim Manhattan zuhauf einstiegen – weckte seine Lebensgeister. Zöpfe, Schleifen, Erdbeermünder. Das Leben war unbestreitbar schön. Er fühlte sich leicht und blühend. Aber was hatte das schon zu bedeuten? Ein paar Tage zuvor – welche Schmach! – hatten ihm zwei von ihnen in der Straßenbahn ihren Platz angeboten! Er glich einer Telefonkarte, aus der alle Impulse verschwunden sind. Im hellen Trenchcoat, am Kragen jugendlich aufgeknöpft, stand er auf der hinteren Plattform wie ein Kapitän, der einen letzten Blick von der Brücke auf sein sinkendes Schiff wirft, und heftete den Blick auf sein Spiegelbild in der Fensterscheibe. Das hinterlistige Blau unter den Augen – ein Nachhall der schlechten Träume – erschien ihm wie ein Menetekel. Die Illusionen waren schon wieder verflogen.

Am Freitag hielt er seinen Vortrag jedoch in bester Form. Die linke Hand in der Tasche des Jacketts (das mit dem feinen schottischen Karo), groß und gut gebaut, wie er war, mit einem Halstuch, sorgfältig rasiert, durch den angenehmen frühlingshaften Duft von Kenzo belebt, unterstrich er mit ausdrucksvollen Bewegungen der rechten Hand (am Mittelfinger ein solider Goldring) die verschlungene Linie seiner Sätze, die den Unterschied zwischen »moralischem Unrecht« und »metaphysischem Unrecht« erklärten. Aber er sprach anderthalb Stunden lang, als stünde er neben sich. Er hörte seine Stimme wie die Stimme eines anderen. Irgendwie war es sogar angenehm: diese plötzliche Abwesenheit, die ihn keineswegs davon abhielt, richtig zu funktionieren. Aber eigentlich konnte das nichts Gutes bedeuten. In der Pause eilte er ins Café. Er wollte seine Unruhe durch ein schnelles Geplauder mit Doktor N. bezwingen und ließ sich mit ungewöhnlichem Eifer auf eine leidenschaftliche Diskussion über die Zukunft der europäischen Demokratie ein. Uff, was für eine Erleichterung, im Meer intelligenter Wörter zu versinken, die über die Tiefen des Lebens hüpften wie Delphine über die südlichen Meere. Doktor N. unterbrach ihn nicht, er schaute ihn nur die ganze Zeit aufmerksam an und gab in allem bescheiden nach. Der gute Doktor N. hatte schon ganz anderes erlebt.

Einige Tage danach ging er wie immer kurz vor acht aus dem Haus. Er lief rasch und schwang energisch seine braune Aktentasche, doch aus irgendwelchen Gründen kam er nicht rechtzeitig an der Haltestelle bei der alten Schleife an, wo die rote Linie 6 bereits ratternd Richtung Innenstadt fuhr.

Irgend etwas zog ihn zum Park. Seltsame Lüfte wehten aus tiefer Vergangenheit. Er ging am Teich vorbei, bog in die große Birkenallee, setzte sich auf eine Bank am asphaltierten Weg in der Nähe des Wassers, wickelte sein Brötchen aus und begann, selbst nicht wissend, was er tat, kleine Stücke für die Tauben abzubrechen, die aus allen Richtungen herbeigeflogen kamen, wie – so dachte er einen Moment lang – auf dem berühmten Bild, auf dem der heilige Franziskus mit den Vögeln spricht. Die große Birkenallee kannte er von Kind auf. Sie wurde in der Stadt seit undenklichen Zeiten »der Weg zur Ewigkeit« genannt. Er mußte lächeln, so passend schien ihm der Name für den Ort, an dem er sich befand. Heilige Orte der Kindheit! Wie oft war er hier mit den Eltern spazierengegangen! Zuerst gingen sie von der Villa Tannenheim zu dem gotischen »Haus der Pest« am Alten Markt, mit der Sonnenuhr an der Wand, dann durch die Ulica Cystersów zur Kathedrale und nach der Messe in diese große, schöne Allee, die vor Jahrhunderten die Zisterzienser am Teich so angelegt hatten, daß man an ihrem Ende, in der Flucht zwischen den Baumreihen, einen blauen Streifen der See sehen konnte.

Irgendwo ganz hinten im leeren Tunnel der geschnittenen Bäume sah er einen Mann. Bucklig, in einem abgerissenen Mantel, trieb der verlorene Wanderer durch die schrägen Streifen des Sonnenlichts auf ihn zu und zog an einem über die Brust gespannten Leinenband einen Wagen mit klirrendem Alteisen. Als er näherkam, erblickte Jakub einen großen Bärenkopf mit verfilzten Zotteln, struppige braune Augenbrauen, kalte, konzentrierte Augen, schmale, zusammengekniffene Lippen, schaufelartige rote Hände, knorrige Finger – Zeichen von Armut und Nachlässigkeit; aber der Mensch, der das Alteisen über den Parkweg fuhr, bewegte sich sicher und zog mit verbissener Wut ein steifes Bein in einem orthopädischen Schuh hinter sich her. Für einen Moment trafen sich ihre Blicke. Dann holperte der Wagen mit blechernem Scheppern über die Unebenheiten des Asphalts vor dem gläsernen Palmenhaus in Richtung Schloß. Ein geheimnisvolles Gefährt mit den verkohlten Resten einer Welt nach der Katastrophe.

Der Park war wieder leer und still. Jakub warf Brotstückchen auf den Weg. Die Tauben fraßen ihm aus der Hand. Sie setzten sich auf seinen Kopf und auf die Schultern. Er blickte in die Sonne – sie warf blendende Strahlen hinter den Zweigen hervor – und plötzlich kam es ihm vor, als würde die ganze jüngste Vergangenheit, die ihm so viel Schmerz bereitet hatte, in der kühlen, hellen Luft vergehen, die ihn mit einem unsichtbaren Schleier umfing. Als hätte ihn jemand vorsichtig mit einem durchsichtigen Garn umsponnen. Die Zeit, bisher in unerbittlich gerader Linie nach vorne laufend, bog und wand sich wie eine Schlange, die ihren eigenen Schwanz auffrißt. Der Unterschied zwischen dem, was gewesen war, dem, was jetzt war, und dem, was sein würde, verschwand. In der Kathedrale schlugen die Glocken, aber er vermochte nicht, die Schläge zu zählen. Die Uhr am Turm der Zisterzienserkirche, deren Zeiger die goldene Materie des Tages sorgfältig in exakte Portionen von Stunden und Minuten schnitten, war im zitternden Nebelschleier über den Bäumen auf der anderen Seite des Parks verschwunden, und Stunden und Minuten existierten nicht mehr. Er wußte nicht, wie lange er dort saß. Die Vögel kamen mit weichem Flattern von allen Seiten. Sie setzten sich auf seine Schultern. Flogen über seinen Kopf. Auf Haaren und Wangen spürte er die leichte Berührung der Federn. Um seine Füße, auf dem Asphaltweg, hüpften die fransigen Schatten. Er betrachtete seine Hände. Die Papillarlinien auf den schmutzigen Fingerkuppen waren so deutlich, daß er stundenlang auf ihnen herumirren konnte wie in einem mikroskopischen Labyrinth.

»Mein Gott!« Er schüttelte sich wie ein Hund, der aus dem Wasser kommt. »Was für Hirngespinste!« Schließlich hatte er um zehn einen Vortrag! Er wollte von der Bank aufspringen, zur Straßenbahn laufen (sicher würde er es noch schaffen!), doch obwohl er das angebrochene Brötchen weglegte, rührte er sich nicht von der Stelle. Als wäre er in durchsichtigem Harz erstarrt. Eine Biene, die in goldenem Honig ertrinkt. Er kniff die Augen zusammen. Die Sonne kam hinter den Kastanien auf der Ostseite des Parks hervor und erfüllte die ganze Allee mit Licht. Ein Spinnennetz aus Schatten umspann mit dunklen Linien seine Hände. Eine süße Starre ergriff die Arme. Vom botanischen Garten zog feuchte Kälte herüber, der Geruch frischer, nasser, nach dem Regen aufgegrabener Erde, aber die Strahlen, die durch das Geflecht der Zweige auf sein Gesicht fielen, verbanden ihn mit dem Glanz, der über dem Kirchturm brannte. Umgeben vom Blätterrauschen der großen Allee, die die weisen Zisterzienser einst angelegt hatten, um das zwischen den Bäumen schimmernde Wasser der Bucht in das Wasser eines mystischen Meers zu verwandeln, wartete er, in Licht getaucht, angespannt auf etwas, was unvermeidlich eintreten würde. Er hörte das Rauschen der Bäume. Aber er hörte auch die Stummheit des reglosen Wassers in den kalten Teichen, in denen sich der hohe, helle Himmel spiegelte.

Dann waren die Glocken der Kathedrale verstummt. Der scheppernde Wagen mit dem verrosteten Eisen war zwischen den Bäumen tief im Park verschwunden. Als er auf die kleine Brücke über dem Wasserfall fuhr, entzündete sich in der Wolke aufstäubenden Wassers ein schwankender Regenbogen. Flecken von Sonnenlicht, durch die Zweige gesiebt, hüpften über den schwarzen Mantel des Wanderers mit dem Bärenkopf wie goldene Münzen, die vom Himmel rieseln. Auf dem Asphaltweg vor dem Palmenhaus standen Pfützen aus Licht, dicht wie flüssiges Quecksilber. Zum Teufel, was waren das für Anwandlungen! Die verschwindende Zeit! Die Schlange der Unendlichkeit! Der Glanz! Schöne Sachen! Wurde er vielleicht verrückt? Er dachte an das Mädchen, das er am ersten Juli in Jura geprüft hatte. Als ob das irgendeinen Sinn hätte! Er wollte sich ihre Gesichtszüge in Erinnerung rufen, aber alles verschwamm in dem sonnigen Nebel, der über der glatten Fläche des Teichs zitterte. Mein Gott! Was tat er hier, in diesem Park, um diese Zeit? Ohne jeglichen plausiblen Grund saß er zum ersten Mal in seinem Leben während der Arbeitszeit wie ein Idiot auf einer Parkbank. Energisch wollte er sich für die unverständliche Schwäche rügen, aber er rührte sich immer noch nicht von der Stelle. Als würde er auf eine Strafe warten. Als würde er sich auf die Probe stellen. Aber welche Strafe konnte ihn hier erreichen, in dieser Allee voller Sonnenlicht? Hinter den Bäumen klingelten die Straßenbahnen. Ein silbernes Düsenflugzeug setzte, einer lautlosen Traumerscheinung gleich, langsam zur Landung über dem Tal der Freude an, glitt hinter dem Geflecht der Äste Richtung Flugplatz.

Strafe? Als er um ein Uhr in der Juristischen Fakultät ankam, verzieh man ihm alles. »Aber Jakub, andere haben ganz andere Sünden! Sie holen das einfach nächste Woche nach.« Die nächste Vorlesung hielt er im Zustand echter Inspiration. Er hatte sich gelobt: nie wieder. Pünktlich wie der Orientexpreß zu Zeiten Kaiser Franz Josefs, erschien er in der Fakultät, und diese Rückkehr zur Normalität verlieh ihm viel Stärke. Endlich! Was für ein Zustrom von Kraft! Das brauchte er ganz dringend. Denn die Hochzeitsschuhe klebten immer noch am leeren Fußboden in dem großen Zimmer, und ihr makelloses Weiß war wie ein giftiges, schmerzhaftes Memento, die italienischen und spanischen Schuhe schritten immer noch über die Wand zum Fenster hin, und das in Fetzen geschnittene Hochzeitskleid quoll mit seinen aufgewühlten Rüschen unter dem Küchentisch hervor wie eine monströse weiße Rose mit angeschmutzten Blättern. Er war nicht in der Lage, es wegzuwerfen.

Am fünfzehnten hatte er eine Vorlesung in dem denkwürdigen Saal Nummer IX. Draußen, vor den Fenstern, sah er die Lange Brücke, das Haus der Freunde der Naturwissenschaften mit seinem Turm und das dunkle Gebäude der Marienkirche. Der Saal war voll. Er hatte beschlossen, über den kategorischen Imperativ von Kant, den Nürnberger Prozeß und den »Tod des Menschen« in der modernen Philosophie zu sprechen. Was für ein schöner Tag! Schwalben über dem Wasser! Licht! Leben! Die Gedanken begannen zu tanzen.

Die Worte ordneten sich wie von selbst. Er begann mit Heinrich von Kleist, dem romantischen Dichter, der nach der Lektüre von Kants Werken, völlig gebrochen, für immer an der Idee der Wahrheit zu zweifeln begann (was – so bemerkte er am Rande, während er die Kreide von den Fingern wischte – einer der Gründe für den berühmten Selbstmord am Wannsee sein mochte), dann kam er auf die Geheimnisse der romantischen Gnosis zu sprechen, die ohne Kant und den »Kulturrelativismus der Aufklärung« nicht möglich gewesen wäre, danach beschrieb er den Zusammenstoß der Tradition Platos (die Idee des Wahren und des Schönen) mit der neuzeitlichen Philosophie der Zeit, des Seins und des Nichts (die »Krise, die das geistige Fundament der modernen Welt erschüttert hat«), erläuterte kurz die beunruhigenden Fortschritte der Genetik in den dreißiger Jahren des 20. Jahrhunderts, stellte die »Idee der bewußten Steuerung des menschlichen Evolutionsprozesses« als Grundlage der Ideologie Nazi-Deutschlands vor (die »degenerierte Reaktion des europäischen Geistes auf den Schock des Verlusts religiöser Ziele«) und kam schließlich triumphierend, wobei er im Finale die – zugegeben – höchst riskante These von den zweifelhaften »ethischen Grundlagen des Nürnberger Prozesses« formulierte, zu der postmodernistischen Idee »der sprachlichen Vielheit der Wahrheiten«, die Platos Erbe endgültig negierte und dabei (»für immer?« – fragte er) die »Idee des Menschen und der Wahrheit« vernichtete.

Es lief hervorragend. Erhitzt kam er nach Hause, wie nach gutem Sex. War das, was er im Saal Nummer IX zu fünfzig jungen Frauen gesprochen hatte, nicht eigentlich eine Art Liebeshandlung, eine zärtliche Kopulation mit dem Harem weiblicher Seelen, deren Blicke auf ihn geheftet waren wie auf eine Kinoleinwand bei einem amerikanischen Thriller?

»Die Welt«, lächelte er vor sich hin, als er an der Haltestelle beim Hohen Tor in die Straßenbahn stieg, »ist ein großer Schleier der Maja, hinter dem – daran führt kein Weg vorbei – der Teufel sein Spiel treibt. Aber, meine Lieben, versuchen wir einmal ohne Illusionen zu leben! Wer kann das schon?«

Am nächsten Freitag erwachte er um sieben. Im Zimmer war es dunkel. Auf dem Fenstersims zerplatzten Regentropfen. Die Sonne war nicht zu sehen. Über dem Wald Nebel. Das Brummen von Autos. Das entfernte Klingeln der Straßenbahn. Ohne den Kopf zu heben, starrte er auf die phosphoreszierende Scheibe der Uhr. Er wollte allein durch die Kraft des Blicks die Zeiger aufhalten, die mit unerbittlichem Trotz in eine unbekannte Zukunft schritten. Wie oft hatte er das als Kind getan, bevor er in die Schule ging! Ach, die Stunden, Minuten und Sekunden töten, das ganze eklige Ungeziefer, das uns Haare, Haut und Fingernägel wegfrißt. Indessen schob die Sonne langsam ihre blasse Scheibe hinter der Weichselmündung hervor und trieb mit den Ruten ihrer goldenen Strahlen die Bewohner der Stadt zum ausdauernden Aufbau der Zivilisation. Im Gebäude der Juristischen Fakultät sammelten sich schon die ersten Gruppen von Studenten wie die Vögel des heiligen Franziskus, nach Brotkrumen verlangend. Aber Jakub? Seine Füße ruhten in der nächtlichen Wärme unter der Decke und wollten die unfreundliche Erde keineswegs berühren. Wenn er ein Antäus war, dann einer, der von der heimischen Scholle schon genug hatte. Die Uhr an der Zisterzienserkirche schlug sieben Uhr dreißig, die anderen Uhren der Stadt schlossen sich an, doch die Zeit, von den rügenden Schlägen zur Ordnung gerufen, verlor plötzlich – niemand weiß warum – ihre Macht über Jakub. Plötzlich wanderten die Minuten, Stunden, Jahre eilig hinter die Linie des Horizonts und versanken spurlos im mystischen Meer, weit weg, in der Flucht der unendlichen Birkenallee, die bergauf lief und in den weißen, über der Bucht getürmten Wolken verschwand. Ach Kindheit, Kindheit!

Hinter der Fensterscheibe flogen Tauben vorbei, aber sie trugen keine Olivenzweige in den Schnäbeln. Er wickelte sich in die Decke, schloß die Augen. Der Traum kam schnell, deutlich wie die Zeichnung des Frosts auf Glas.

Zwei Schritte vor sich sah er das Mädchen, das er im Juli geprüft hatte. Sie sagte etwas zu ihm, aber er konnte ihre Stimme nicht hören. Er ergriff ihren Arm: »Warte, sag mir, wie du heißt. Hörst du?« Plötzlich erstarrten die Zeiger auf der großen Scheibe der Universitätsuhr. Die Zeit im Gebäude der Juristischen Fakultät blieb stehen. Die Kommission hinter dem mit grünem Tuch bedeckten Tisch saß reglos da, wie sechs Wachsfiguren. Eine Fliege, die über den zotteligen Kopf von Professor Mulda flog, blieb stehen wie ein Kolibri über einem Blütenkelch.

»Sieh nur, die Zeit ist uns günstig«, sagte Jakub, doch das Mädchen drehte sich auf dem Absatz herum und lief weg, weiter in das Gebäude hinein. Sie trug ein weißes Batistkleid. Auf dem Kopf hatte sie einen grünen Myrtenkranz wie die Mädchen bei der Erstkommunion. Er lief ihr nach, durch den Korridor, vorbei an Professoren und Studenten, die mitten in der Bewegung erstarrt waren. Er lief ins Dachgeschoß. Dort war es dunkel. Er verlor sie aus den Augen. »Wo bist du?« rief er, als spielten sie Verstecken. »Komm raus, ich fang an zu zählen.« Er hörte das kalte Knistern von Batist und lief auf den großen geschnitzten Schrank zu, der aussah wie der, in dem er sich als Kind immer vor den Eltern versteckt hatte; vorsichtig öffnete er die knarrende Tür, da zog sie langsam, während sie ihm direkt in die Augen schaute, den bis zum Ellbogen entblößten linken Arm hervor und fuhr sich mit einem scharfen Stück Glas über das Handgelenk.

Erschrocken sprang er weg. Sie folgte ihm nicht. Doch als er sich im Weglaufen umsah, hob sie die verletzte Hand und rieb sich das ganze Gesicht mit Blut ein, wie kleine Mädchen sich nach dem Regen das Gesicht mit warmem Schlamm einschmieren.

Als er erwachte, war das Fenster voller Sonnenlicht. Die Uhr der Kathedrale schlug gerade Mittag. Er wollte aus dem Bett springen und sofort auf die Speicherinsel fahren, um zu erklären, warum er um zehn seine Vorlesung nicht gehalten hatte, aber er spürte eine solche Müdigkeit, daß er keinen Finger rührte. Unter der Decke zusammengerollt, zitterte er. Er hatte wohl Fieber. Auf dem Tischchen neben dem Bett glänzte der weiße Telefonhörer wie eine Perlmuschel, aber er griff nicht nach ihm. Mit einer raschen Bewegung riß er das weiße Kabel aus der Wand. Im ersten Moment erschrak er über das, was er getan hatte. Aber dann dachte er, eigentlich sei gar nichts geschehen, schließlich war die Zukunft, ebenso wie die Vergangenheit, nur eine traurige Illusion unseres armen Bewußtseins. Hatte der kluge Immanuel aus Königsberg – er mußte lächeln – nicht gesagt, die Zeit sei, ähnlich wie der Raum, nur eine Form unseres Geistes, mehr nicht?

Auch am folgenden Freitag fuhr er nicht auf die Speicherinsel. Er wußte nicht, wie das kam. Den ganzen Tag lag er mit den Händen unterm Kopf im Bett und verfolgte durch die halbgeschlossenen Lider die Bewegungen der über die Decke wandernden Lichter. Die Sonne glitt über die Stadt, von Süden nach Westen, tauchte zwischen den hohen Wolken auf und verschwand wieder. Dunkelblaue Schatten legten sich auf die See und vergingen. Der Stadtteil am Ufer, mit den gesträubten Spitzen der Kräne, schimmerte in bläulichem Nebel. Schiffe verließen den Hafen. Die roten, schwarzen und weißen Rümpfe glitten über das quecksilbern schillernde Wasser. Das alles sah aus, als würde jemand behutsam die Farben wählen, sich um die Formen kümmern, sich um das Gleichgewicht von Hell und Dunkel sorgen. Plötzlich dachte er, so könnte er sein ganzes Leben liegen. O ja, das wäre klug und schön! Als die Wolken auf die Kathedrale zuglitten, hüpften ihre beweglichen Schatten von Straße zu Straße, und das Blech der Dächer in der Nähe des Parks wurde dunkel. Ein kurzer Regen rann über den grünen Turm der Zisterzienserkirche wie Wein über den Fuß eines hohen Kelchs. Später trocknete die asphaltierte Fahrbahn dampfend in der Sonne. In den braunen Pfützen spielten Kinder.

Die erste Münze

Er wußte selbst nicht warum, aber er ging nicht mehr aus dem Haus. Irgendwie langweilte ihn das Treiben auf der Straße, dieses ewige Gerenne der Leute durch Geschäfte, Bahnhöfe, Kirchen, bei dem – wie er sich sagte – nichts herauskam außer nervlicher Anspannung, Neid und Scham. Die Wohnung machte er nicht sauber. Allmählich wurde alles von einer Staubschicht bedeckt. Grauer Reif auf den Möbeln, häusliches Sibirien. So war Janka – einen Augenblick empfand er so etwas wie ein schlechtes Gewissen – also doch im Recht, wenn sie mit der Plastikschaufel in der Hand durch die Wohnung lief? Ach, egal. In der Nacht glitten die Papiere, die er behutsam in die Regale gelegt hatte, raschelnd auf den Boden und suchten sich bequemere Plätze zum Schlafen.

Die Dinge, die ihn umgaben, bisher von Frauenhand beharrlich abgestaubt, poliert und geputzt, konnten jetzt aufatmen. Endlich! Jetzt mußten sie nicht mehr (ähnlich wie er) vor Sauberkeit blitzen und mit ihrem Glanz blenden. Schmerzlos verschmolzen sie mit der ursprünglichen Materie der Welt, aus der die Nachfahren von Edison, Einstein und Faust sie gerissen hatten. All diese Transformationen der Dinge, die ihren Anfang suchten, drangen in seine Träume ein. Was für eine Linderung und Unterstützung für eine Seele, die schwere Zeiten durchlebt! Das Holz des Küchentischs erinnerte sich daran, daß es einmal ein rauschender Baum gewesen war, auf dem Vögel saßen. Der Stahl der Messer rief sich ins Gedächtnis, daß er einst kristallines Erz war, über das unterirdische Flüsse flossen. Das Glas der Fensterscheiben dachte daran, daß es früher als Sand auf dem Meeresgrund lag, auf dem lebendige Fische schliefen. Im Traum spürten die Gegenstände, die er berührte, Schmerz und konnten sogar laut lachen oder weinen. Der Stuhl, auf dem er saß, paßte sich der Form von Schultern und Rücken an. Der Tisch, auf den er die Ellbogen stützte, bog sich unter seiner Hand, weich wie ein Katzenrücken. Die verchromte Mischbatterie über der Badewanne murmelte Schuberts *Forelle*, wenn er die Wasserhähne mit den blauen Buchstaben »Hot« oder »Cold« aufdrehte.

Alle paar Tage ging er zum Supermarkt, aber die Aktion mit den Gratisdingen ließ er. Sie hatte nicht mehr den Geschmack von früher. Jetzt trug er alles in einer Plastiktasche mit der Aufschrift »Astra« nach Hause, schüttete es auf den Tisch und schaute genüßlich zu, wie die Zwiebeln, Pflaumen, Orangen über die Eichenplatte rollten (Köpfe von Feinden, mit denen er einmal abrechnen würde). Die Äpfel, die er bei Real gekauft hatte, schälte er sorgfältig mit dem schmalen Messer seines Vaters (auf der hellen Klinge das vertraute Wort »Gerlach«). Es gefiel ihm, wenn die Schale einen Meter lang war (ein Beweis, daß die Geschicklichkeit der Hände ihn nicht verlassen hatte) und sich wand wie ein Band mit einer geheimnisvollen Inschrift. Solche Bänder hatte er früher auf gotischen Bildern gesehen. Engel hielten sie in den Händen. Auf feierlichen Werbeveranstaltungen reichten ihm Mädchen mit Hasenohren aus Plüsch chinesische Suppen, mexikanische Fertiggerichte in runden Bechern, holländische Joghurts und Ananasdosen aus Thailand. Bescheidene Gaben des Dionysos. Danach ging er zurück ins Bett, vergrub sich in den warmen Kissen und Decken, versuchte zu lesen, aber schon nach der ersten Seite fielen ihm die Augen zu. Das offene Buch rutschte ihm aus der Hand. Egal, ob er Marquez, Kundera, Hrabal oder *Jacques der Fatalist* las. Völlig benommen erwachte er plötzlich und wußte nicht, ob es sechs Uhr morgens oder sechs Uhr abends war. Er verwechselte die untergehende Sonne mit derjenigen, die frühmorgens über dem Wasser der Bucht in ein grandioses Feuerwerk ausbrach. Allmählich verwischte sich der Unterschied zwischen Tag und Nacht.

Ein paarmal, wenn er mittags einschlief, träumte er vom Bodensee mit den schneebedeckten Alpen am Horizont. Er kam im Traum mit jemandem zu dem kleinen Bahnhof in Friedrichshafen, kaufte Fahrkarten nach Luzern, stieg am Zeppelin-Hafen in ein weißes Ausflugsschiff und fuhr, als die Sonne schon über Lindau stand, Richtung Romanshorn auf der anderen Seite des Wassers. Es war ein schöner Traum, der widersprüchliche Gefühle hervorrief.

Denn das weiße Schiff, das trotzig das grüne Wasser des Sees peitschte, erreichte die nebelumhüllte Stadt nie. Je näher es ihr kam, desto höher erhob sich die Stadt über die weiße Nebelschicht. Er breitete die Arme aus, er stieß sich mit den Füßen vom eisernen Deck ab, er lief in Richtung des Ufers, über dem die verschneiten Gipfel leuchteten, aber nach Romanshorn war es immer gleich weit. Als er aufwachte, versuchte er sofort wieder einzuschlafen. Er wollte den Traum genau an der Stelle fortsetzen, wo er aufgehört hatte. Manchmal gelang das. Er schloß die Augen, und wieder flog er über den See auf die Alpen zu. Die weißen Gipfel stiegen immer höher aus dem milchigen Nebel empor in den hellen Himmel über der Schweiz.

Wenn die Nacht kühl war, schob er sich eine orangerote Mütze mit Bommel über die Ohren, zog Wollhandschuhe an und über die frierenden Füße Socken aus Schafswolle. So kauerte er unter den warmen Decken. In der Wärme des eigenen Atems gab er sich trägen Grübeleien über die Geheimnisse von Himmel und Erde hin. »Und überhaupt«, dachte er müde, während er mit den Fingern an den Fäden des Lakens zupfte, »wer von uns weiß schon, wo das wirkliche Leben ist. Zum Teufel, wir leben durchaus nicht, um Unglück und Verzweiflung zu vermeiden. Wie naiv! Im Grunde genommen warten wir geradezu auf die Niederlage. Denn eben in ihr fühlen wir uns zu Hause.« Aber kurz darauf warf er sich im Bett herum: »Mein Gott, was für ein Blödsinn!«

Es gab auch Nächte, da träumte er von dem Füllfederhalter der Marke Pelikan. Er nahm ihn in die Hand, schraubte die Kappe ab, hielt prüfend die goldene Feder gegen das Licht, begann zu schreiben, und plötzlich wanderte die Feder von selbst über das Papier. Er hatte sie nicht unter Kontrolle. Sie schrieb, was sie wollte. Irgendwelche Ziffern, Namen, komische Verse. Er stach mit ihr in den weißen Körper des Papiers, auf das sich Flecken roter Tinte ergossen. Sie funkelte wie die Lanzenspitze des heiligen Georg. Nasse Hieroglyphen auf der weißen Materie des Schlafs. Und dann begannen die Ziffern wie bluttrunkene Insekten das Papier aufzufressen.

Nach dem Erwachen griff er nach dem blauen Filzstift und schrieb mit ihm auf die Wand über dem Bett. Der weiße Putz war bald von verworrenen Mustern bedeckt. Eine asiatisch anmutende Tätowierung! Blätter, Buchstaben, Efeuranken, japanische Blüten, muschelartige Labyrinthe, die sich nach allen Seiten ausbreiteten. Manchmal schrieb er mit rotem Filzstift unverständliche Beleidigungen dazu, Vorwürfe, Anklagen, Flüche. Er vermischte Buchstaben mit Ziffern, religiöse Symbole mit geometrischen Figuren, Zeichnungen von Pflanzen mit Zeichnungen von Menschen. Das Leichentuch der Penelope, ein Kokon aus schlaffen Fasern. Er schrieb: »die einzelne Haut des Narziß«, »tungsind«, »nostos algos«, »balneum diaboli«, »rancor«, »torpor«, »serenite«, »evagio mentis«, »sal saturni«, aber in diesen Wörtern, die wie alchimistische Beschwörungen klangen, konnte er sich nicht wiederfinden, obwohl sie schön waren und von besänftigender Bitterkeit.

Der Gedanke, er könnte sich vielleicht schon bald unter der Erde befinden, schreckte ihn nicht. Ganz im Gegenteil:

Er war ihm in gewisser Weise sogar angenehm. Das warme Bett, in dem er rund um die Uhr schlief, gab ihm einen Vorgeschmack auf den ruhigen Schlaf unter den Wurzeln. Früher hatte er sich panisch vor der Gier der unterirdischen Wesen gefürchtet, die nach dem Tod seinen Körper verzehren würden. Jetzt wußte er, daß diese winzigen Kreaturen sich glücklich schätzen würden, wenn sie sich zart zupfend an das machten, was von ihm übrig bliebe. Mit diesem Bild unter den Lidern hörte er auf, sich vor der Welt zu fürchten, in der bekanntlich – wie er bei dem guten Hobbes gelesen hatte – ein wilder Krieg aller gegen alle herrschte. Das Rezept war einfach. Man mußte sich nur auf den Rücken legen, die Muskeln entspannen, tief einatmen. In der Phantasie fügte er sich ergeben den zarten Berührungen der haarigen Mahlwerkzeuge, die ihn – wenn die Zeit gekommen war – in Tausende von Fasern zerpflücken würden, so wie er selbst auf den Empfängen des Lions Clubs mit einer silbernen Gabel rosige Portionen von Räucherlachs in kleine Stücke zerteilte.

Er wußte, daß er mit diesen Phantasien das Reich der Vernunft verließ. Aber was sollte er machen – das Bild der unterirdischen Party, der erdigen Vernissage, der feierlichen Präsentation, auf der er der am heißesten erwartete Gast, der VIP schlechthin war, dem alle mit größtem Interesse begegneten, entlockte ihm nur ein müdes Lächeln. In den warmen Halluzinationen des Traums wurde sein Körper zu einer Speise – auserlesen wie ein Gericht im Ritz. Irgendwo unter der Erde erwartete ihn die glänzende Küche eines Luxushotels, in der Leckerbissen für den wählerischen Gaumen des Nichts zubereitet wurden. Guten Morgen! *Bon appétit!* »Furcht und Zittern«, die er – wie ein *savoir vivre* – in den berühmten Schriften des finsteren Dänen aus Kopenhagen früher ausgiebig studiert hatte, kamen ihm jetzt lächerlich vor. Der Tod? »Ach, halt die Klappe, Jones, Tschetschenien kann mich mal, reden wir lieber von deiner Unterhose.«

Und so lebte er relativ glücklich und ruhig bis zu dem Tag, an dem ihm das Geld ausging.

Er erschrak. Er hätte nicht gedacht, daß es so schnell gehen würde. Insgeheim hatte er gehofft, er würde irgendwann in seinem warmen Bett für immer einschlafen. Ach, im Schlaf sterben, um der peinlichen Notwendigkeit des täglichen Aufstehens endgültig enthoben zu sein. Wie in dem berühmten Gedicht aus dem Körper herausfliegen, ihn wie zerknüllte Kleidung auf dem Gras liegenlassen und weit wegfliegen, in die mystischen Alpen, über die glatte Fläche des Bodensees in den hellen Himmel über der Schweiz, der ebenso schön war wie das Meer am Ende der Allee, die die Zisterzienser durch das Dickicht des Parks geschlagen hatten. Von einem Tag auf den anderen lebend, hatte er jedes Gefühl für die Zeit verloren, aber jetzt, da das Geld weg war, rüttelte sie ihn mächtig auf. So, Jakub, es ist Zeit aufzustehen! Schluß mit dem schönen Leben! Hörst du? Tu was! Er schleppte sich aus dem Bett, strich die Haare vor dem Spiegel glatt, putzte die Schuhe und fuhr mit dem Bus der Linie 142 zur Bank, wo ihm nach freundlicher Begrüßung die Direktorin in einem verlockenden Pulli höflich mitteilte, das Konto sei leer.

Als er wieder zu Hause war, vergrub er sich in seinen Decken. Ach, sollte der ewige Schlaf, der liebevolle Arzt betrübter Seelen, ihn doch endlich aus dieser gemeinen Welt holen! Aber der Hunger, der erste Lehrer der menschlichen Gattung, zwang ihn zu handeln, also wurde er wieder zum flinken Hermes und schlauen Proteus. In den Pausen zwischen dem Tagesschlaf und dem Nachtschlaf ging er in den Astra Supermarkt, und wieder verschwanden allerlei bunte Dinge in seiner tiefen Manteltasche. Doch was war das für ein Mantel! Abgestoßene Manschetten, fleckige Ärmel, nur noch an einem Faden hängende Knöpfe, eingerissene Taschen, und die Schuhe löchrig, mit schiefen Absätzen. Wenn er bei McDonald's vorbeiging, erkannte er sein Spiegelbild kaum wieder. Das sollte er sein? Die Haare fielen ihm in die Stirn, die Wangen waren von dichtem Bartwuchs bedeckt. Von Friseur war schon lange keine Rede mehr! Er war um zehn Jahre gealtert. Worin unterschied er sich eigentlich von dem Wanderer mit dem Alteisenwagen, den er in der Birkenallee des Parks gesehen hatte? Ein richtiger Bärenkopf!

Also hatte ihm jemand, aus irgendeinem Grund, die Seele geraubt! Damals, als er auf der Parkbank saß und wie der heilige Franziskus die Vögel fütterte, hatte ganz einfach jemand die Seele aus seiner Brust genommen und an ihre Stelle die Seele dieses Bettlers gelegt! Wie in einem dummen Glücksspiel, bei dem ein schlauer Typ mit drei Bechern auf einem Pappkarton hantiert und die naiven Mitspieler fragt, unter welchem Becher die Münze liegt!

Es war genau in dem Moment passiert, als der Wagen mit dem Alteisen auf die Brücke über dem Wasserfall fuhr. Was für ein mystischer Augenblick! In einer Wolke aufstäubenden Wassers erblühte ein flüchtiger Regenbogen – das Zeichen, daß die Transformation vollendet war. Er konnte sich noch gut erinnern, wie seltsam er sich damals fühlte. Als wäre plötzlich alle Kraft aus ihm gewichen. Also ging jetzt dieser Bettler mit dem Bärenkopf, gewaschen, rasiert, die Haare geschnitten, nach Kenzo duftend, in einem Jackett von Armani jeden Freitag in die Juristische Fakultät und hielt, locker gestikulierend, die von ihm, Jakub, vorbereitete Vorlesung über den heiligen Augustinus? Und es kam niemandem in den Sinn, daß nicht er, Jakub, das war, sondern ein völlig anderer? Er mußte lachen, so verrückt und schrecklich war das.

Und dann das Geld, besser gesagt, dessen vollständiges Fehlen! Man hatte ihm ein Schreiben über die Ausweisung aus der Wohnung durch die Tür geschoben, denn auf die mit der Post gesandten Zahlungsaufforderungen hatte er nicht reagiert. Es machte ihm nicht viel aus. Die fließende Grenze zwischen Nacht und Tag versetzte ihn in einen Zustand prickelnder Betäubung. Von morgens bis abends schlief er in Kleidern, die seit langem nicht gewaschen waren. Der Körper hatte sich an die »zweite Haut« gewöhnt, einen warmen, von seinem Geruch durchdrungenen Kokon aus Baumwolle und Leinen. Endlich schirmte ihn etwas gegen die feindliche Welt ab. Eigentlich aß er fast nichts, und dennoch – merkwürdig – hatte er gar keinen Hunger. Ihm wurde nur manchmal, wenn er aufstand, schwindlig, fast wie wenn er Kokain genommen hätte. In seinen Adern schäumte ein bunter Traumcocktail, eine sprudelnde Geistesabwesenheit, ein Mix träger Phantasien.

Wenn er aus dem Fenster schaute, sah er Tauben auf dem blechernen Fenstersims spazieren. Jetzt blickten diese sonst so scheuen Vögel mit dem schmutzig gesträubten Gefieder aus ihren rubinroten Augen durch die trübe Scheibe in die Wohnung, als wäre in dem Schlafzimmer, wo er zusammengekauert unter der Decke lag, kein Mensch! Sie flogen nicht einmal weg, wenn er aufstand. In der Küche, wo er in einer grünen Tasse mit der Aufschrift »World Trade Center« seinen Tee aufbrühte, wuchs der Stapel von ungespültem Geschirr. Die Ruinen von Pompeji. Das zerschmetterte Manhattan. Das zerstörte Babylon. Kehrte er also, indem er sich aus den Verbindungen mit der Welt zurückzog, zu den heiligen Anfängen der Menschheit zurück, ohne den lebendigen Kontakt zur Gegenwart zu verlieren? Hatte er nicht edle Ahnherren? Die Väter der Wüste. Die Eremiten. Das Kloster auf dem Berg Athos. Das Kap Karmel. Die Lawra von Potschajow. Mosaikfenster des Geistes, die im heiligen Feuer der freiwilligen Erniedrigung erstrahlten. Wenn er ins Bad ging, flohen die Staubknäuel, aufgewirbelt vom Luftzug beim Öffnen der Tür, vor seinen Füßen wie aufgescheuchte Mäuse. Die Badewanne, in der Janka einst in üppigem Schaum geplanscht und *Stranger in the Night* gesummt hatte, war jetzt mit einem gräulichen Belag überzogen, wie ein verstaubter Alabastersarkophag, aus dem über Nacht der Körper einer toten Prinzessin gestohlen worden war.

Immer noch schritten die spanischen, italienischen und englischen Schuhe verbissen über die Wand auf das Balkonfenster zu. Eine Menge haariger Spinnen hatte sich darin eingenistet. Er schlug keine einzige tot. Sollten sie in Ruhe leben, wie er. Wenn er das Fenster öffnete, schaukelten die aus den kleinen, eingefaßten Löchern hängenden Schnürsenkel, von den Flügeln grauer Falter berührt, zwischen den Spinnweben. Haare der untergehenden Loreley. Die Wohnung, in Wolken von Staub versunken, erinnerte immer mehr an eine verlassene Grotte, in der der geduldige Dämon der Porosität zu herrschen begann, der Feind von Glas, Emaille und lackierten Oberflächen. Nur in dem großen Zimmer glänzten, in einem geheimnisvollen Lichtstrahl, der durch das angelehnte Fenster hereinfiel, in unverändertem Weiß immer noch die zwei hochhackigen Lackschuhe, mit Super Glue für alle Ewigkeit am Parkett befestigt.

Eines Tages klopfte jemand an die Tür. In dem klangvollen, unerbittlichen Rufen erkannte er die sokratische Stimme von Doktor N., aber er bewegte sich nicht aus dem Bett. Doktor N. klopfte laut, schlug mit der Faust, rüttelte an der Klinke, lockte, fluchte, drohte, rief, flehte, berief sich auf den heiligen Augustinus und den Arbeitskodex. Da all dies keinen Erfolg hatte, blieb er noch einen Moment an der Tür stehen und ging dann langsam nach unten. Als er, den Kopf hochgereckt, auf Jakubs Fenster starrte, trat Jakub vom Vorhang weg ins Zimmer. Doktor N. stand noch eine Weile auf dem Bürgersteig, die Hände in den Taschen des dunkelblauen Mantels, rückte den dunkelblauen Hut mit der weichen Krempe zurecht und entfernte sich dann mit hochgestelltem Kragen, da es zu regnen begann, langsam in Richtung Straßenbahnhaltestelle – ein geheimnisvoller Gesandter eines fernen Planeten, mit dessen Rückkehr man nicht rechnen mußte.

Danach klopfte niemand mehr an Jakubs Tür. Sicherlich dachte man, er wohne nicht mehr hier.

Erst am Mittwoch rissen ihn heftige Schläge an der Tür aus dem Nachmittagsschlaf. Geistesabwesend, unausgeschlafen, das Hemd auf der Brust zusammenhaltend, ließ er zwei Männer in Anzügen und einen in Polizeiuniform in die Diele. Hinter ihnen trat eine stark geschminkte, dicke blonde Frau in einem zu engen himbeerfarbenen Kostüm ein, unter dem Arm einen Plastikschnellhefter mit einer fünfstelligen Nummer. Ihre blutroten, spitzen Fingernägel, der orangefarbene Filzstift in der Hand und die schmale, dunkle Brille mit dem phosphoreszierenden Gestell verhießen nichts Gutes. »Wie sieht's denn hier aus!« sagte sie kopfschüttelnd, als sie die seit langem nicht mehr aufgeräumte Wohnung sah. »Wenn man nicht zahlt, muß man ausziehen.« Er bekam Zeit bis zum nächsten Tag. Er fragte nur, wo er die Schlüssel hinterlassen sollte.

Als er am Abend kurz in den Laden ging, um danach mit einer »heißen Tasse« von Knorr, dieser schnellen Speise der Einsamen, seine schmerzliche Enttäuschung zu lindern, fand er im Briefkasten eine schwarze Schachtel mit einer Kassette. Es kam vor, daß der Nachbar ihm eine alte Kassette mit einem Pornofilm hineinwarf, also dachte er, es sei vielleicht ein dummer Scherz. Er ging zurück in die Wohnung, machte sich die Suppe warm, legte die Videokassette ein, setzte sich in den Sessel, wickelte sich in die Decke und drückte auf die Fernbedienung, um sich den Film anzusehen.

Eine Zeitlang flimmerten nur schwarze und weiße Streifen über den Bildschirm. Dann, als das Bild sich beruhigte, erschienen in der rechten oberen Ecke, wie bei einer Überwachungskamera, die laufenden Ziffern von Daten, Stunden, Minuten und Sekunden. Er dachte, vielleicht habe Robert ihm die Kassette mit den Bildern der nackten Frauen in den Badewannen oder unter Duschen geschickt, die sie damals mit Jola zusammen bei ihm angeschaut hatten.

Aber nein, es war nicht diese Kassette. Die Bilder waren so unscharf, als wären sie in dem Stollen eines überfluteten Bergwerks oder in den überschwemmten Gängen des Forts auf dem Hagelsberg gedreht worden. Ein weiter, dunkler Innenraum, verschwommene Lichter, grüne Schatten, Säulen, undeutliche Lichtstreifen, lange Reihen von etwas, was aussah wie alte Sarkophage. Vielleicht hatte ihm jemand einen Amateurfilm über einen zerstörten Tempel im ägyptischen Tal der Könige geschickt, dachte er. Aber nach einiger Zeit tauchte aus diesen rätselhaften Unterwasserbildern der hell erleuchtete Raum des großen Supermarkts auf. Einen Ton gab es nicht zum Bild. Die Kamera glitt über die langen Regale mit den Dosen, Gläsern, Flaschen und Packungen, bis sie schließlich bei einer undeutlichen Gestalt anhielt, die an einem Regal entlangging.

Erst jetzt wurde das Bild scharf, und Jakub sah – sich selbst. Ja, er war es, rasiert, frisiert, im hellen Mantel, mit einem Halstuch, wie er an den Regalen des riesigen Supermarkts entlangging und einen Einkaufswagen vor sich herschob. Dann blieb er bei einer Pyramide von Ananasdosen stehen, nahm mit einer kurzen, geschickten Bewegung einen bunten Gegenstand aus dem Regal und steckte ihn schnell in die tiefe Manteltasche. Jetzt zoomte die Kamera heran. Im hellen Licht der Neonlampen steckte die große Hand in Zeitlupe etwas in die Tasche.

Das hatte noch gefehlt! Wie ein Zuschauer beim Fußballspiel schlug er sich mit den Händen auf die Schenkel, prustete und verschluckte sich fast vor Lachen. So war das also? Sie hatten gesehen, daß er in letzter Zeit recht elend aussah und drohten ihm jetzt in ihrer Ohnmacht mit dieser Kassette, als Zeichen, daß sie alles wußten? Aber was konnten sie ihm schon anhaben? Er war – wie sie das nannten – zahlungsunfähig! Dieses schöne Wort schloß ihn aus der Welt der gerechten Drohungen aus.

Aber gleich darauf spürte er eine eisige Angst. Rasch spulte er die Kassette zurück und ließ sie noch einmal von Anfang an laufen. Jetzt starrte er, die Fernbedienung in der Hand, angespannt auf den Bildschirm, bereit, den Fernseher jeden Augenblick auszuschalten. Moment mal ... Etwas stimmte hier nicht ... Wo konnte die Kamera stehen, mit der all das gedreht worden war? Sie glitt hinter ihm her, als würde sie an einem langen, beweglichen Arm in der Luft schweben, ein, zwei Meter über seinem Kopf. Aber es gab doch in keinem Geschäft der Welt bewegliche Kameras, die über dem Kopf jedes Kunden schwebten, der an den Regalen entlangging! Es gab nur auf Stativen installierte Objektive – gleich toten, gläsernen Augen!

Er wollte prüfen, ob er sich nicht getäuscht hatte, aber das Unterwasserbild des großen Supermarktes vom Anfang des Filmes verschwamm, bevor es richtig klar wurde, in einem schneeigen Nebel, der rauschend den Bildschirm erfüllte. Und dann war schlagartig alles verschwunden und der Bildschirm erloschen. Er stand vor ihm im Zimmer wie eine glatte, schwarze Marmorplatte, von der jemand die Inschrift weggewischt hat. Als er die Kassette herausnahm, ergossen sich aus der schwarzen Schachtel die zerrissenen hellroten Streifen des Magnetbands wie die Innereien aus einem aufgeschlitzten Bauch. Er wollte die Kassette in die Ecke werfen, aber das Band klebte ihm an den Fingern, und er bekam das Zeug nicht weg, es wand sich wie ein Knäuel lebendiger Aale. Anscheinend wurde er doch verrückt!

Am nächsten Tag, als die Turmuhr der Zisterzienserkirche in gleichgültiger Sorgfalt zwölf schlug, packte er in eine Leinentasche mit dem schwarzen Aufdruck »Tchibo« eine alte Thermoskanne, Messer, Gabel, Löffel, Schnur, einen Metallbecher, einen Tauchsieder, eine Pfanne, einen Topf, ein Knäuel dicker Socken sowie die orangerote Mütze mit dem Bommel. Er zog vier Lagen Unterwäsche, einen Pullover und einen

Mantel an. Die Skistiefel mit der kräftigen Sohle, die er aus dem Fach unter der Decke nahm, waren groß und bequem. Als würde er – er mußte lachen – in Amundsens Fußstapfen treten und zum Nordpol aufbrechen. Die kaputte Kassette warf er in einer Abschiedsgeste – »Adios! Friede dieser Hütte!« – auf den Tisch. Sie schlug auf der Platte auf, das hellrote, aus dem Behälter herausrieselnde Band fiel auf den Boden und ringelte sich in verschlungenen Linien neben den Hochzeitsschuhen aus weißem Lack, die unverändert an ihrem Platz standen wie das schmerzliche Totem eines unwiederbringlich vergangenen Glücks. Den Schlüssel gab er dem Hausmeister.

Er war bereit für eine lange Reise.

Ohne eine Fahrkarte zu lösen, fuhr er mit der Linie 6 in die Innenstadt. Er trat in einen neuen Lebensraum ein, die alten Gewohnheiten besaßen keine Gültigkeit mehr. Als er mit seinem scheppernden Sack über der Schulter in den Waggon stieg, wandten die Passagiere sich ab. Er konnte sein Gepäck auf der hinteren Plattform abstellen. Eine Weile genoß er sogar die Freiheit, die durch das Stigma des Ausgeschlossenseins entstand. Die Stadt, die am Fenster vorbeizog (die Straßenbahn fuhr ratternd durch die Große Allee in Richtung Irrgarten-Brücke), öffnete sich vor ihm wie die Arme einer Mutter, die nach langer, für beide Seiten schlimmer Trennung ihren verlorenen Sohn wiedersieht.

Die Begrüßungskulisse war im übrigen dazu angetan, auch den Anspruchsvollsten zufriedenzustellen. Türme, Attiken, Dächer, Lichter, Nebel, Wolken, das Rathaus, die Marienkirche, der Bahnhof, und über dem Bahnhof der Hagelsberg in jungfräulich goldenem Sonnenschein! An der Haltestelle beim Hohen Tor stieg er aus, ging durch den kühlen Gang des Goldenen Tors auf die Ulica Długa, betrachtete eine Weile die Schaufenster, verweilte etwas länger vor einem Antiquariat. Dann ging er auf das Postgebäude zu, von dem er seine Briefe an Janka abgeschickt hatte, wenn sie in den Ferien bei ihrer Mutter war. Wollte er einen Brief schreiben? Aber an wen hätte er schreiben können? Eine kühle Brise wehte vom Hafen her. Die Sonne, die den Hagelsberg so schön erleuchtet hatte, versteckte sich hinter einer blaugrauen Wolke. Er betrat den großen Saal mit den Kassenschaltern. Dort hingen unter der gläsernen Decke mit Jugendstilornamenten Tauben und Möwen aus Gips, die Illusion eines ewigen Badesommers erweckend. Der Anblick erfüllte seine Seele mit Melancholie und rief Bilder sonniger Tage ins Gedächtnis, die er mit Janka am Strand verbracht hatte.

Kaum hatte er sich auf die grün bezogene Eichenbank gesetzt, kam ein athletischer Glatzkopf in einem schwarzen Overall mit Metallabzeichen hinter dem verzierten Gitter hervor und kickte seine Leinentasche weg, daß es schepperte. Sie verstanden sich wortlos. Jakub stand auf, der Typ packte ihn am Arm, führte ihn zur Tür und stieß ihn vor aller Augen auf die Straße hinaus.

So etwas passierte ihm zum ersten Mal im Leben. Das Blut pulsierte ihm in den Schläfen. Seine Wangen glühten. Die Passanten taten so, als hätten sie nichts gesehen. Ein Jugendlicher lachte laut und frech. Was für eine Schande! Erst jetzt wurde er sich darüber klar, daß er wirklich ein neues Leben begonnen hatte. Er war einer von denen, mit denen man alles machen kann. Zitternd ging er in Richtung Goldenes Tor und sah den Leuten nicht mehr ins Gesicht. Er versuchte nur an seinen Hunger zu denken. Das war eine Erleichterung. Mit Mühe schleppte er sich zu dem Hotel beim Bahnhof. Auf dem kleinen Platz unter den Arkaden wurde vor einem gelben Bus, auf dessen Karosserie eine rote Sonne gemalt war, heiße Suppe ausgeteilt. Früher hatte er um diesen Ort einen weiten Bogen gemacht. Jetzt bekam er einen Plastikteller und ein Stück Schwarzbrot. Die Menschen, die für das Essen Schlange standen, hatte er früher auf den Straßen gesehen, wenn er in seinem hellen Trenchcoat, ordentlich gekämmt, munter, festen Schritts zum Gebäude der Juristischen Fakultät ging und seine italienische Aktentasche mit den Notizen zu Hegel und Kierkegaard schwang.

Mit wirrem Haar, unrasiert, schmutzig, lebten diese Gestalten in der Stadt verstreut, auf verschiedenen Stationen ihres Leidensweges, bettelten in Tunnels, Hauseingängen und Unterführungen. Aber hier vor dem Hotel, um das gelbe Auto mit der roten Sonne gedrängt, aus dem warmer Essensduft wehte, kamen sie ihm vor wie die ewig Ausgestoßenen, Flüchtlinge, Emigranten, als würde jeder von ihnen der menschlichen Gesellschaft nur bedingt angehören. Ihre Gesichter waren verunstaltet, verroht, sie trugen Zeichen von Erfrierungen und Verbrennungen, waren violett von Narben, dunkel von Schmutz, mit grauen Borsten bedeckt, geschwollen, zerfurcht, vertrocknet. Bucklig, auf Stöcke und Krücken gestützt, sahen sie aus, als wären sie einem Album gotischer Malerei entsprungen und wüßten hier, auf diesem Platz vor dem Hotel, im realen Raum der modernen Stadt, in die das Schicksal sie aus irgendeinem Grund verschlagen hatte, nichts mit sich anzufangen.

»Was für Kreaturen«, dachte er, während er sie über den Teller hinweg betrachtete. Wollmützen in die Stirn gezogen, geschwollene Lider, eingefallene Wangen, bläuliche Nasen, schmale Lippen, die Hälse mit schmutzigen Schals umwickelt, Kappen mit kaputten Schildern, schmuddelige Hosen, schwarz von Ruß, dicke Socken, aufgeplatzte Halbschuhe mit abgewetzten Spitzen, gerissene Schnürsenkel. Auf dem Rücken Bündel, zusammengenäht aus Krankenhausdecken, alte Militärtornister, Säcke aus grobem Leinen. In den geröteten, aufgesprungenen, mit Pflastern verklebten Händen, rotbraune Tabakflecken auf der rissigen Haut, hatten sie alte, mit haariger Schnur umwickelte Pappkoffer, schmutzige Plastiktaschen, Kartons weiß Gott welchen Inhalts. Jeder dieser

Menschen, die hier – dieses Eindrucks konnte er sich nicht erwehren – nur für eine Weile Halt machten, um für die weitere Wanderung Kraft zu sammeln, machte allein durch seine Existenz die von Menschen gesteckte Grenze zwischen frostigem Winter und heißem Sommer, zwischen der gesegneten Zeit der Sattheit und der verfluchten Zeit des Hungers, zwischen dem Leben in der Stadt und dem Leben in wilden, unfruchtbaren Wüsten zunichte. In ihren billigen, zu weiten oder zu engen Klamotten vom Basar oder Flohmarkt, obdachlos, verlassen, jeden Moment zum Abmarsch bereit, zu Aussiedelung, Deportation, Verladung auf Viehwaggons, Vertreibung übers Meer, Deportation in die Steppe oder ins Bergwerk, wirkten sie wie das lebendige Gedächtnis der Stadt, die während verschiedener Phasen der Zerstörung, als ganze Viertel im Feuer untergingen, schon des öfteren solche Wanderer gesehen hatte.

Jeder von ihnen – so dachte Jakub jetzt – war eine Mahnung an alle gut Situierten, an all diejenigen, die glauben wollten, die Familie sei das Fundament der Gesellschaft und das Bankkonto garantiere – wie eine Arche Noah – das Überleben in den schlimmsten Situationen. Über diesem Sammelsurium von Marschbereiten hing der ewige Geruch von Ruinen, von Massenabfütterung, Desinfektionsmitteln, Krankenhaussälen, Bahnhofshallen, von träger Armut, lauten Befehlen, die Häuser zu verlassen, von schwarzen Schlachtfeldern und Bränden, der säuerliche Mief von Schlafsälen, der Gestank von Hundescheiße und der Fuselgeruch von billigem Wein. Alte Fotografien, die seine Mutter ihm einmal gezeigt hatte, kamen ihm in den Sinn: die zerlumpte Menschenmenge auf dem Bahnsteig des Bahnhofs Langfuhr, die im Regen stundenlang auf den letzten Zug wartete, der in der Nacht in die »östliche Besatzungszone« fuhr.

War er jetzt also einer von denen? Welcher Wind hatte ihn in diesen Hafen des Hungers, der Erstarrung und des

Schmutzes geweht? Aber obwohl er schon nach seiner Leinentasche greifen wollte, rührte er sich nicht von der Stelle. »Ich werde verrückt«, sagte er, während er mit dem Löffel die Reste der Suppe aus dem Teller kratzte, »ich werde verrückt, so sicher wie zwei und zwei vier ist!« Doch dieser Gedanke erschreckte ihn durchaus nicht. Es gefiel ihm sogar, daß er plötzlich ins Parterre umgezogen, daß er hinausgeworfen, von der Liste der anständigen Bürger gestrichen war. Recht so!

Während er aß, dachte er an seine Studentenzeit. Die unvergessenen Tage, als er zusammen mit Janka in der Mensa Suppe und ein Stück Schwarzbrot geklaut hatte. Frauen in weißen Schürzen reichten ihnen von der dampfenden Theke einen groben Steingutteller mit der dicken heißen Flüssigkeit, als fütterten sie halb erfrorene Schiffbrüchige der untergehenden »Gustloff«. Jetzt wischte er den Teller mit Brotrinde aus und setzte sich auf die Treppe.

Aber die Polizei jagte ihn fort. Und so ging er wieder in die Altstadt, durch die Ulica Korzenna am Altstädtischen Rathaus vorbei, über die Brücke bei der Großen Mühle, an der Markthalle und der St.-Nikolaus-Kirche vorüber. Geführt wurde er – das fand er sogar lustig – von dem über die Platten des Bürgersteigs gespreizten geflügelten Schatten seines im Wind flatternden Mantels, der – lautlos über die Erde gleitend – dem wachsamen Adler Merlins glich. Das Glockenspiel auf dem Turm der Katharinenkirche stimmte die *Ode an die Freude* an. Und so pfiff er auf alles, summte die berühmte Europa-Hymne mit und übte sich in Gleichgültigkeit – sie hatte er jetzt, das begriff er schnell, nötiger als je zuvor. Scham empfand er nicht. Bestimmt, weil er noch keinem Bekannten begegnet war.

Als er auf dem kleinen Platz vor dem Denkmal des Königs Platz nahm, war es schon später Nachmittag. Den Rücken an die Bank gelehnt, betrachtete er den blasser werdenden Himmel, auf den ein unsichtbares Düsenflugzeug einen dünnen, gefiederten Strich zeichnete. Der Körper, vom Hauptstrom des Lebens abgetrennt, befreit von der trivialen Pflicht der Arbeit, gewann langsam seine kindliche Aufnahmefähigkeit und Sensibilität wieder.

Erleichtert blickte er in alle Himmelsrichtungen. Rechts von ihm, im Osten, hinter den Straßen der Niederstadt und der steinernen Schleuse, befand sich die Weichsel-Nogat-Niederung, die mit ihren Überschwemmungen bläulich glänzte, am Horizont von der kalten Linie der Weichsel abgeschlossen, dahinter das Schloß der Deutschordensritter in Marienburg, weiter entfernt der alte Hafen von Königsberg und noch weiter die Türme von Wilna, Petersburg, Moskau und die waldigen Höhen des Urals.

Vor sich, hinter den Häusern der Heiliggeistgasse, sah er den schweren Backsteinturm der Marienkirche, hinter dem sich die alten Gebäude der Speicherinsel erhoben, dahinter das Hafengebiet, voll von verrottendem Eisen, saurem Rost und braunrotem Backstein, und hinter dem Hafen wiederum erstreckte sich die dunkle Fläche der Ostsee, nach der nur noch Schweden und Norwegen kamen, und der Nordpol, in der weißen Mütze des ewigen Schnees.

Zur Linken, hinter dem steilen Dach der Großen Mühle, hatte er den Turm der Katharinenkirche, die Werft, die Stadtteile mit den alten deutschen Villen, die Kathedrale, die Villa Tannenheim, dahinter lagen Sopot, die Dünen von Łeba, die grünen Ebenen Mecklenburgs, die grauen Viertel von Berlin, und noch weiter im Westen, hinter den Türmen von Straßburg, hinter Paris, lag die Bretagne, der scharfe Rand des Kontinents: die zerklüftete Küste Frankreichs, die senkrecht zum aufgewühlten Atlantik abfiel.

Und die Welt schloß sich um ihn wie Kreise auf dem Wasser. Der Turm der Marienkirche warf in den orangeroten Sonnenstrahlen wie immer um diese Zeit seinen Schatten auf die Dächer der Ulica Piwna und stützte mit seinem Satteldach zuverlässig das dunkelnde Himmelblau. Er hörte den Schrei der über die Kuppel des Theaters fliegenden Möwen und den Lärm der Menschenstimmen. In den Fenstern des Theaters spiegelte sich der kupferne Schein des Sonnenuntergangs. An die Bank gelehnt, döste er in der Wärme, lauschte dem Rattern der Straßenbahnen, dem wasserfallartigen Dröhnen der Lastwagen, die über die Kreuzung in Hucisko fuhren, den Rufen der ukrainischen, litauischen und armenischen Händler, die ihre Stände um das Denkmal des Königs aufgestellt hatten, dem Lachen der deutschen Touristen, die zum Schießplatz gingen.

Und während er so dasaß und entspannt im vorabendlichen Gewirr der Stimmen und Lichter zu versinken begann, spürte er plötzlich etwas Kaltes in der Hand. Er machte die Augen auf. Eine ältere Dame in einem Hut mit Schleier hatte ihm eine Münze zugesteckt. Er murmelte etwas wie: das sei nicht nötig, wieso, wozu; aber sie ging schnell weiter und verschwand hinter der Statue des Königs. In seiner Hand lag die kalte Münze. Es war die erste Münze in seinem Leben, die er von einer fremden Person erhalten hatte, noch dazu, ohne daß er irgend etwas getan hätte. O Gott! Sah er wirklich so herunterkommen aus?

Er stand auf, strich die Haare glatt, warf sich die Tchibo-Tasche über die Schulter und ging Richtung Fluß; der fürsorgliche Turm der Marienkirche wies ihm mit seinem rotbraunen Schatten auf dem Straßenpflaster wie ein vermummter Reisegefährte den Weg. Auf dem Rathausturm blitzte der Zeiger der grünen Uhr wie eine goldene Lanze. Vom Bankenviertel auf der Speicherinsel, wo in den von der Sonne beleuchteten Wolkenkratzern aus Aluminium und Glas die Filialen von Rockefeller, Microsoft, Dresdner Bank, Credit Lyonnais, der Bank von Florida und von Gazprom residierten, gingen junge Männer in englischen Anzügen, mit Aktentaschen unterm Arm zur U-Bahn-Station in der Berliner Straße, gedankenversunken über die Steinplatten schreitend, als hätten sie Schwärme von Geheimnissen im Kopf. Manche davon kannte er, aber sie erkannten ihn nicht. Er ging incognito durch die Stadt, mit dem Stigma der Fremdheit, von einer Glaskugel umschlossen, die ihn unsichtbar machte. Die Zeit verzerrt, wenn wir zu wenig haben, die Sicht auf die Dinge, doch jetzt, da er aus ihrem Gefängnis befreit war, konnte er alles richtig sehen. Er hatte keinen Hunger, er fror nicht, er empfand keinen Schmerz. Was wollte er mehr?

Er erreichte den Fluß, setzte sich auf eine Steinbank am Kai in der Nähe des Krantors und erfreute sich am Blick auf die Speicherinsel wie an einem guten Stück Brot. Er betrachtete das Gebäude der Juristischen Fakultät auf der anderen Seite des Kanals. Die mächtige Glaskuppel auf dem steinernen Gebäude schimmerte bläulich von der Spiegelung des Himmels. Die roten Granitmauern, zwischen denen er so viele gute und schlechte Stunden verbracht hatte, waren als rosaroter Reflex auf dem schwarzen Wasser zu sehen, auf den Kopf gestellt, verwaschen, auf den runzligen Wellen erzitternd. Er fand das Fenster des Zimmers, in dem er gerne abends gesessen hatte, dann die Fenster des Saales, in dem er am ersten Juli die Prüfungen abgenommen hatte, doch all das schien ihm jetzt so fern, als betreffe es einen Fremden. Das Krantor warf einen scharfen Schatten auf das tiefe Wasser des Kanals, über dem die Möwen kreischten. Im Fenster eines Hauses auf der Stągiewna spiegelte sich die Sonne. Er kniff die Augen zusammen, so hell blitzte es. Die Flügel der Grünen Brücke wurden langsam an Ketten hochgezogen. Eine rote Schute fuhr auf die Speicher in Orunia zu. Vom Wasser her wehte ein leichter Wind. Die weiß-blauen Markisen über den Cafés an der Langen Brücke flatterten auf. Vom Fischmarkt drangen die Stimmen der Frauen zu ihm, die direkt aus den am Kai festgemachten gelben Fischkuttern geräucherte Flundern, Lachs, in zerstückeltem Eis liegenden Hering und silbergrauen Dorsch verkauften. Die lauten Schreie, Vogelrufen ähnlich, lockten Kunden aus der Straganiarska, der Czopowa und den Podwale an. Der frische Fisch, in gelbliches Pergament gewickelt, lag auf Blechtischen.

In der Ferne erklang ein Glockenschlag, er hörte das Klirren von zerschlagenem Glas, den Gesang einer Frau durch ein offenes Fenster, den Schrei eines Kindes, das Hupen eines Autos, Blätterrauschen im Schatten eines gotischen Tors. Waren das nicht Zeichen, die ihm galten? Sollte er vielleicht nur seinem Körper trauen, der – in den empfindlichen Organismus der Stadt eingebettet – heimliche Impulse von Gerüchen, von Wärme und Kälte auffing, die von allen Seiten kamen, als würden die geschärften, wachsamen Sinne unbewußt eine Spur aufnehmen, die ihn zu unbekannten Ufern führte? Ach, wenn es uns gelänge, den Hochmut abzulegen, der uns glauben machen will, man könne sich das Leben zurechtlegen, es planen und an der Hand nehmen wie ein dummes, unartiges Kind! Ja, er sollte sich lieber in die stummen Suggestionen, zarten Anspielungen und Mahnungen vertiefen. War da nicht etwas Großes, Unsichtbares, das lautlos um ihn kreiste und ihm den Weg wies, den er unbewußt ging, in der Überzeugung, er habe ihn gewählt?

Der Abend rückte näher. Der Tag war warm gewesen, aber wie würde die Nacht werden? Und wo würde er sie verbringen? Zu der Wohnung im zehnten Stock gab es kein Zurück. An der Tür hing ein Papier mit einem amtlichen Siegel. Jemand, der Geld hatte, würde sie kaufen, möge es ihm gut darin ergehen. Aber wohin sollte er jetzt seine Schritte lenken, damit er den Kopf nicht auf Stein betten mußte? Doktor N.? Pfarrer Józef? Tante Zofia in dem Haus bei der Dreifaltigkeitskirche? Doktor Jacek? Das Obdachlosenheim beim Lazarus-Kloster in der Ulica Klasztorna? Er schüttelte sich.

Die Kirchen entfielen in Anbetracht der Kälte, die Brücken in der Stadt waren niedrig und unbequem.

Er stand auf, warf die Tasche über die Schulter. Er ging die Podwale entlang und summte zu den Glocken der Katharinenkirche, passierte die Markthalle und die Barockhäuser, die nach dem großen Krieg aus den Ruinen wiedererstanden waren, und als er an dem grauen Gebäude des Theaters und der Reiterstatue des Königs vorbei war, sah er in der Ferne den Bahnhofsturm und die elegante niederländische Fassade, die sich vor dem Abendrot und den grasbewachsenen Forts auf dem Hagelsberg scharf abzeichneten.

Das schöne Gebäude, Ort der Ankunft und Abreise, in Kriegs- und Friedenszeiten fest in der Erde verankert, sah aus wie ein altes Segelschiff, bereit, einen neuen Wanderer an Bord aufzunehmen, der auf diesem kleinen Planeten sein Glück suchte.

Das Goldene Tor

Über der Radaune gingen die Laternen an. Aus den erleuchteten Läden, an denen er vorbeiging, schauten herausgeputzte Schaufensterpuppen, als könnten sie nicht glauben, daß wirklich er es war. Mit Sicherheit sah er nicht aus wie jemand, der festen Schritts jeden Freitag auf die Speicherinsel ging, um im neugotischen Saal im ersten Stock des Juristischen Gebäudes über den Begriff des Guten beim heiligen Augustinus zu sprechen. Das Abendrot, das immer noch die Straße erhellte, glitt wie ein Stück vom Himmel gerissene Rohseide hinter den Hagelsberg. Kalte, gefiederte Streifen fielen rasch über den Bahnhofsturm. Hinter den Scheiben der Parfümerie, in denen er sein Spiegelbild sah, durch die Reflexe der Neonlampen seltsam entstellt, wollten ihn Frauen auf der Reklame von Guerlain, schwarzhaarig und schön, anregen, einen bernsteinfarbenen Flakon mit Goldplättchen zu kaufen, denn – das verstand sich von selbst – wer nicht gut roch, hatte keine Chance. Er überquerte die Straße. Im Inneren von Silvers Geschäft, wo er mit Janka so gerne vorbeigeschaut hatte, schmiegte sich auf einer vom azurblauen Meer umgebenen Insel unter Palmen die halbnackte, schokoladenfarbige Naomi Campbell mit einer Rose zwischen den Zähnen und einem Deodorant in der Hand an einen gutaussehenden Latino in schneeweißem Frack.

Um neun war er auf dem Bahnhof. Bei den Spielautomaten rissen junge Männer mit wilder Entschlossenheit an den Hebeln der rasselnden Maschinerie, um den aufmüpfigen Mechanismus zum Ausspucken einiger Münzen zu bewegen. Auf den violetten Bildschirmen brannten feuerrote Buchstaben. Lämpchen flimmerten, Klingeln schnarrten. Durch die lärmende Passage liefen späte Reisende mit Koffern auf quietschenden Rädern. Unter der Last großer Rucksäcke mit Aluminiumgestellen gebeugt, ihre Frauen und Kinder anschreiend, drängten sie sich an den Türen von McDonald's, als wären sie – erschrocken über die nahende Nacht – auf der Flucht vor der Sintflut. Die Menschheit gab sich nicht geschlagen. Sie jagte einer besseren Zukunft entgegen. Er bog zur Seite ab, weg vom Hauptstrom. Aus einem irgendwo unter der Decke versteckten Lautsprecher rezitierte eine warme Frauenstimme, wie das Echo in einem Alpental, die Namen der ankommenden und abfahrenden Schnellzüge. Königsberg, Berlin, Krakau, Wien. Es klang wie die Werbung für eine weite Reise, die den einen Rettung und Glück, den anderen Sorgen und Tod bringen sollte.

In den Spiegeln des Blumenladens sah er zwischen Rosensträußen seine Gestalt. Was tat er eigentlich hier? Er lehnte sich mit dem Rücken an den Kasten mit dem gelben Fahrplan – alle Plastikstühle gegenüber der Parfümerie Rossmann waren besetzt – und ergab sich mit halb geschlossenen Augen, müde, hungrig, dem Schauspiel der Bilder, die durch seinen Kopf wirbelten. Mit Mühe erinnerte er sich, daß er etwas Wichtiges zu erledigen hatte, daß er etwas wiedergutmachen wollte, einen Strafantrag stellte (Weltbank? Tschetschenien? Saddam Hussein?), daß er etwas unterschreiben wollte, Briefe an Amnesty International schicken, daß er von den Präsidenten Amerikas und Rußlands forderte, sie möchten endlich den Frieden in der Welt sichern, er hörte, wie Janka schrie, er solle die Gabel nicht mit den Zinken nach oben legen, er hatte Mitleid mit den Gefangenen in Guantanamo und den Opfern des Angriffs auf das World Trade Center, er schwor sich, er werde die weißen Lackschuhe vom Boden abreißen und das Hochzeitskleid endlich verbrennen ... Erst als die Schläfrigkeit diese Gedankenjagd etwas dämpfte, ging er auf die Kassen zu und setzte sich um die Ecke auf den Fußboden.

Auch das tat er zum ersten Mal im Leben.

Die Menschen an den Kassen, die er von hier aus beobachtete, bewegten sich zielstrebig, jeder mit seinen Angelegenheiten beschäftigt. Wie Insekten, die gierig einen Knochen abnagen, dachte er gleichgültig. In der Schlange für die Liegewagen wollte keiner den anderen vorlassen. Sorgfältig zählte man das Restgeld nach. Man verlangte Informationen. Mit dem Fuß bewachte man das Gepäck, das jeden Moment verschwinden konnte. Auf der anderen Seite der Bahnhofshalle gingen Leute zu Rossmann hinein und kamen mit Plastiktüten wieder heraus. In der Snack-Bar lachten drei junge Russinnen mit grünen, roten und blauen Strähnen im Haar laut über die Bilder in einer Illustrierten.

Er döste. Das Echo der weiblichen Stimmen lockte ihn mit den Namen der Schnellzüge wie der Gesang der Sirenen. Karneval des Lebens, Konfetti. Von den Bahnsteigen hörte er das Rattern der Räder, das Zuschlagen der Waggontüren. Aus dem Tunnel der Unterführung ergossen sich – wie aus einem großen, cremefarben glasierten Füllhorn – immer neue Wellen von Gesichtern, Armen, Beinen, Rucksäcken, Koffern, Laptops und Aktentaschen. Ein junger, braungebrannter Pfarrer in einer Sportjacke, mit einem Lächeln wie auf der Colgate-Reklame, die Gitarre über die Schulter gehängt, führte eine Gruppe von Pfadfindern in grünen Uniformen an, über denen eine mit Efeu und Bändern umwickelte trockene Wurzel wie ein gehörntes Totem schaukelte. Der Thyrsosstab des Dionysos. Pfarrer Jan? Nein, es war nicht Pfarrer Jan. An der Treppe warteten ein paar grauhaarige Deutsche in hellen Leinenjacken und bequemen, luftigen Schuhen auf den Zug von Königsberg nach Lichtenberg.

Er bedeckte die Beine mit den Schößen des Mantels. Die Menschenmenge schwamm durch die Bahnhofshalle wie ein unruhiger Fischschwarm. Die Leute gingen schnell. Sie trugen Kleider in hunderterlei Farben. Was für ein Appetit auf Grün, Gelb, Rot, Silber und Gold! Aber auch der farbigste Fuß hatte in den glatten Fußbodenplatten sein trübes Spiegelbild, das lautlos die Wade nachäffte. Er sah es als gutes Zeichen.

Er erwachte, als er einen leichten Stoß spürte. Ein Mann in der Uniform eines Ordnungspolizisten stieß ihn mit dem Fuß an: »Steh auf.« Sie waren zu zweit. Jakub hatte sich fast unsichtbar im Schatten zusammengekauert, in den Mantel gewickelt, dem Verlauf der Mauer angepaßt wie ein Nachtfalter, der in der Rinde eines großen Baums döst. Er hatte nicht die Absicht wegzugehen. »Steh auf«, wiederholte der Mann in der schwarzen Uniform. Er war groß, hager, dunkelhäutig, auf der schmalen Nase blitzte eine Brille mit Metallgestell. Der zweite, klein, mit übermäßig dickem Hals, rot im Gesicht, mit hellem Schnurrbart, beugte sich herunter: »Hast du einen Ausweis?« Jakub blinzelte nur. Wenn sie ihn mitnehmen wollten, sollten sie ihn eben mitnehmen. Sie halfen ihm auf. Unsicher stand er da. »Wo wohnst du?«

Da tauchte eine junge, zerzauste Frau mit einer schweren Plastiktasche über der Schulter aus der Menge auf. Schwankend kam sie näher: »Was wollt ihr von ihm? Laßt ihn in Ruhe! Er wohnt bei mir!« – »Mach, daß du wegkommst!« Der Ordnungshüter stieß sie mit dem Arm weg, aber sie äffte nur seine Gesten nach. »Ich kann hier stehen wie jeder andere! Was fällt euch ein!« Dann zerrte sie Jakub am Ärmel: »Na, was stehst du denn so blöd da? Komm! Wir gehen!« Ihr Gesicht sah er nicht. Sie trug eine orangefarbene Jacke mit hochgestelltem Kragen. Verfilzte rotgefärbte Haare, die schon lange schwarz nachwuchsen, verdeckten die Stirn. Der große Polizist sagte zu dem kleinen: »Schon wieder die«, worauf er unwillig abwinkte. Jakub sah die beiden nicht mehr an. Er hielt seinen Mantel am Hals zusammen und folgte der Frau. Auf der Jacke leuchtete rot das Wort »Auchan«, eine geheime Inschrift, deren Sinn er sicher gleich herausfinden würde. Aber im Moment dachte er nur an eines: nicht hinzufallen.

Als sie vor den Bahnhof traten, war der Himmel mit Sternen besät. Er reckte das Gesicht empor und begann zu lachen. »Mein Gott ...« Er schüttelte den Kopf. Eine Frau hatte ihn aus den Händen zweier Polizisten befreit und führte ihn jetzt wer weiß wohin. Aber ihm war alles egal. Mit der schweren Tasche über der Schulter ging sie schwankend vor ihm her. Ihr Gesicht hatte er immer noch nicht gesehen. Nur diese wie Federn nach allen Seiten abstehenden roten Haare. Mit gesenktem Kopf brummte sie: »Schneller! Sonst überlegen sie sich's noch anders und nehmen uns mit ins Obdachlosenheim.« Das Wort »Obdachlosenheim« klang, als würde sie etwas Ekliges ausspucken. Durch den Tunnel kamen sie zu einer Rolltreppe, fuhren nach oben, gingen an Backsteinhäusern vorbei und bogen ab, auf eine Gruppe von Bäumen zu. Hier war es dunkel. Ein betonierter Weg führte eine Böschung hinauf. Die Stadt flimmerte im Nebel. Die Ameisenhaufen der Lichter, von den Schlangen der Neonlampen durchschnitten. Die Uhr am Bahnhofsturm leuchtete grün. Als sie noch einmal sagte: »Sie könnten uns ins Obdachlosenheim bringen«, kam ihm die Stimme irgendwie bekannt vor. War es die Frau aus der Ulica Orzeszkowa? Wie hieß sie noch gleich? Hilda?

Über den Betonweg kamen sie auf die Kuppe des Hügels, der sich hinter dem Bahnhof erhob. Der Hagelsberg war leer, nur der Wind rauschte in Gräsern und Sträuchern. Er erinnerte sich, hier irgendwo an den Hängen, im wilden Gestrüpp von Weißdorn, Disteln, Holunder und Schlehbüschen befanden sich mit Geröll verschüttete Eingänge zu preußischen Kasematten, zugemauerte Türen zu Backsteinkellern, Blechtafeln, die vor Einsturz warnten, aber er folgte der orangeroten Jacke mit der Aufschrift »Auchan« wie einer Fackel, die den Weg zu einer unterirdischen Welt beleuchtet. Über eine steile Böschung gelangten sie in ein Weißdorn- und Schlehendickicht. Hilda hob Zweige hoch und entfernte von einer Mauer eine Sperrholzplatte. Durch die angelehnte Eisentür schlüpften sie in eine Backsteingrotte.

Sie zündete eine in einer Büchse steckende Kerze an. Das halbrunde Gewölbe war von den Rostspuren fließenden Wassers und einem Netz verstaubter Spinnweben bedeckt. Auf den Putz hatte jemand mit Kerzenruß plumpe Zeichnungen nackter Frauen gemalt. Unter der geborstenen Kalkschicht schimmerten gotische Buchstaben, Eichenkränze, schwarze Adler, Hakenkreuze, undeutliche Ziffern – vermutlich, so dachte er – von den Einheiten, die früher in den Forts stationiert waren. Weiter innen, auf dem Betonboden, lagen Lumpenknäuel und Krankenhausdecken, leere Flaschen, Büchsen, verrostete Eisenteile, schmutzige, mit Fliegendreck verschmierte, vergilbte Seiten der »Trybuna Ludu«, Fetzen der sowjetischen »Prawda«, des »Völkischen Beobachters«, Teile des »Neuen Deutschlands« und der »Rude Prawo«.

Auf dem Hagelsberg war er als Kind einige Male gewesen, aber nie nachts. Jetzt stand er an der angelehnten Eisentür und betrachtete die flimmernden Lichter im Tal. Der Ort war zu irreal, als daß er hätte glauben können, er sei wirklich hier. Die heraufdringenden Geräusche des einfahrenden Zuges erschienen ihm wie Traumgeräusche. Als schwebte er ein paar Zentimeter über der Erde. Im Osten, hinter dem Schwemmland des Weichseldeltas, ging der runde Mond auf. Dunkle Wolken zogen über den Turm der Marienkirche und entblößten über der Raffinerie das vom Regen frisch gewaschene Schwarz des Küstenhimmels, über den einige kalte Sterne verstreut waren. Das konnte doch gar nicht sein. Hilda hatte ihn nicht einmal angesehen. Sie hatte sich in der Ecke auf einem Stück Wellpappe zusammengekauert, einen Packen in ein Handtuch gewickelte Zeitungen unter den

Kopf gelegt und sich unter den Decken verkrochen. Kurz darauf tat er dasselbe. Die unterirdische Stille roch nach nassem Kalkputz. Unter seiner Decke hervor betrachtete er die Flamme der Kerze. Ein paar Nachtfalter flogen vom Gewölbe auf und tanzten über dem wogenden Streifen heißer Luft. Er blies das Licht aus.

Am Morgen weckte ihn das Kreischen der Spatzen im Weißdorn. Der Tag war heiter und windig. Er ging zum Abhang. Von den russischen Friedhöfen her zogen weiße Wolken über die Stadt. Die Türme von St. Katharinen und St. Brigitten ragten aus einem wogenden blauen Schleier. Der Streifen der See hinter den Werftkränen schimmerte violett. Sie machten sich auf den Weg zum Bahnhof. Hilda ging mit der alten Geschichte von der kranken Mutter und dem fehlenden Geld für die Fahrkarte vor den Kassen hausieren. Er lief zum Tunnel bei der Straßenbahnlinie und setzte sich irgendwann, er wußte selbst nicht, warum, auf den Boden an die Wand.

Und dabei blieb es. Sie standen gegen Mittag auf, aßen etwas, dann gingen sie zum Bahnhof hinunter. Am Abend kehrten sie in ihre Backsteingrotte zurück. Wenn er im Tunnel saß, stellte er einen leeren Coca-Cola-Becher vor sich hin. Manchmal warf jemand eine oder zwei Münzen hinein. Manchmal kickte ein Typ mit Trainingsanzug den Becher weg und lief lachend weiter. Dann sammelte er sorgfältig die verstreuten Münzen ein und stellte den Becher bedächtig wieder an seinen Platz, als würde er ein geheimes Ritual abhalten. Er sah, wie die vorbeigehenden Leute ihn anschauten. Ein bißchen amüsierte er sich über ihre gleichgültigen oder bösen Blicke. Die meisten taten, als würden sie ihn gar nicht sehen. So war es leichter für sie. Tauchte er nicht in eine klare Anonymität ein, die er sich – so wurde ihm plötzlich bewußt – insgeheim vielleicht immer gewünscht hatte?

Und das Ansehen seines Namens? Mein Gott! Bei all dem, was auf der Erde los war! Wie viele Menschen, dachte er träge, während er mit dem leeren Becher auf den Boden klopfte, befestigten hartnäckig an ihrer Tür eine Messingtafel mit dem eingravierten Namen. Millionen von Visitenkarten auf edlem Papier. Millionen Hochzeitsfotos. Millionen Urlaubsbilder. Millionen Unterschriften in Pässen. Und dann? Schornstein und Wind. Sogar die Granitgrabmäler der Deutschen auf den evangelischen Friedhöfen, die Jahrhunderte überdauern sollten, wurden schließlich zum Bau von Spielplätzen verwendet. Er saß an der Wand, die Mütze über die Ohren gezogen, den Kragen hochgestellt, in den Mantel gehüllt, schläfrig, gleichgültig. Wem wäre es in den Sinn gekommen, ihn hier zu suchen, in diesem lärmenden Tunnel, wo man gestohlene Rosen verkaufte, alte Pornohefte, billige Strumpfhosen und Horoskope, zwischen Zeugen Jehovas, die den »Wachturm« anpriesen und Akkordeonspielern aus Aserbeidschan, die stundenlang Schuberts *Forelle* oder die Schlager von Jennifer Lopez spielten?

Eines Abends lief jemand auf ihn zu, drückte ihn an die Wand und schlug ihm ins Gesicht. Er war erschrocken über den Schlag, nahm ihn aber ohne große Verwunderung hin. Als hätte man nicht ihn geschlagen, sondern nur seinen Schatten an der Wand. Dabei schoß es ihm durch den Kopf: »Mein Gott, diese geschickte Handbewegung, diese blitzenden Fingernägel – Janka?« Sein Herz heulte auf wie ein verwundeter Hirsch, denn auf dem hellen Mantel schimmerten die bekannten rosaroten Knöpfe. Er hörte Schreie, jemand rief nach der Polizei, jemand fluchte, aber die Frau im hellen Mantel lief rasch weg und verschwand in der Menge. Ihr Gesicht hatte er nicht erkennen können. Einen Moment lang wollte er fliehen, aber er faßte nur an die schmerzende Stelle, als wollte er prüfen, ob es tatsächlich geschehen war. Der Schlag war stark gewesen, es brannte, ihre Fingernägel hatten seinen Mund getroffen, die Unterlippe begann anzuschwellen. Tja, sagte er sich, er war selbst schuld. Schließlich hatte er sich hierher gesetzt, in die Bahnhofsunterführung, allen Blicken ausgesetzt, also mußte er mit unangenehmen Zwischenfällen rechnen. Ein wahrer Prinz und Betteljunge, wie aus dem berühmten Märchen von Twain! Hatte er darauf gehofft, daß die Welt ihn in Ruhe lassen würde?

Schließlich konnte ja allein sein Anblick Janka zur Weißglut bringen! In einer Unterführung, zwischen den ärmlichen Ständen von Russen, Litauern und Ukrainern den früheren Ehemann zu treffen, den Kenner Nietzsches und des heiligen Augustinus, Liebhaber edler Wolle und seidener Krawatten, mit dessen frisch gebadetem Körper sie in so vielen heißen Nächten zusammengewesen war! Mit Sicherheit konnte solch eine Begegnung in ihrem geordneten Herzen ein geradezu tropisches Gewitter auslösen. Was Wunder! Wenn er jetzt morgens in der Unterführung Platz nahm, fürchtete er, sie könnte jeden Moment auftauchen. Doch der Gedanke, daß sie es gewesen sein konnte, bereitete ihm auch eine bittere, perfide Genugtuung. Hatte sie es nicht verdient, seinen Untergang mit anzusehen?

Das waren unsinnige Gedanken, aber – so nahm er sich selbst in Schutz – gab es denn wirklich Menschen, die ihre Gefühle völlig unter Kontrolle hatten? Auf der anderen Seite des Tunnels wiegte sich ein zwergwüchsiger Dreißigjähriger in einer Jeansjacke auf einem zerrissenen Teppich wie ein gottesfürchtiger Jude vor der Klagemauer. Früher hatte Jakub ihm auf dem Weg zur Speicherinsel oft ein großes Geldstück in die Schüssel geworfen, denn der Zwerg war ein wahrhafter Meister des Wartens, ein lebendes Pendel, das in langen Schwüngen die Zeit der menschlichen Unempfindlichkeit maß. Jetzt schaute ihn dieser Meister des Wartens – wie ihm schien – mit großem Verständnis an. Hatte also auch er das schmerzliche Geheimnis berührt? Zum Zeichen der Dankbarkeit für die stumme Solidarität in diesem schweren Moment winkte er ihm zu.

Bisweilen sah er in der Unterführung einen Schriftsteller, von dem er einmal ein Buch gelesen hatte. Es war eine nostalgische Erzählung. Sie handelte von einem deutschen Anatomieprofessor, der bei einem Unglück des Ausflugsschiffes »Stern« seine Geliebte verloren hatte und nach diesem Verlust lange nicht zu sich selbst finden konnte. Der Schriftsteller mit dem gepflegten grauen Bart näherte sich Jakub mit dem sicheren Schritt eines pünktlich seine Steuern zahlenden Bürgers, warf mit wohlwollendem Lächeln eine Münze in den Becher und ging dann, heiter, befriedigt, weiter in Richtung Stadt oder zu den Bahnsteigen. Meistens war er in Begleitung seiner Frau, die große helle Hüte in phantasievollen Formen trug und sehr schön aussah. Jakub schaute die beiden an, ohne wirklich zu wissen, wen er da sah. Er merkte aber, daß der Schriftsteller, wenn er ihm eine Münze gab, sich wesentlich besser fühlte als diejenigen, die ihm nichts gaben. Jakub dankte mit einem Nicken für die großzügige Geste, die er gleich darauf wieder vergaß. Den Rücken an die Wand gelehnt, in den Lärm tausender Schritte versunken, gab er sich dem trägen Wogen der Zeit hin, die ihn in unbekannte Richtung trug. Er spürte, daß er dieser Bewegung vertrauen konnte. Während er so an der Mauer döste, löschte er mit einem unsichtbaren Radiergummi alle schmerzlichen Erinnerungen aus seinem Gedächtnis.

Er war sich nur nicht sicher, ob er auf diese Art auch die Schuld ausradierte, die immer noch irgendwo in seinem Herzen eiterte. Denn dieses Leben, so widerlich und peinlich es war, hatte auch etwas seltsam Süßes, an dem er sich jetzt berauschte wie ein Drogensüchtiger. Er mußte nicht fürchten, die Arbeit zu verlieren. Er mußte nicht fürchten, daß die Schuldner nicht zahlen. Er mußte nicht fürchten, daß der Euro fällt. Er mußte nicht fürchten, daß der Dollar nach oben geht. Er mußte nicht laufen. Er mußte nicht anwesend sein. Er mußte nichts erledigen. Er mußte nicht so tun als ob.

Er mußte nichts beweisen. Er mußte kein Auto kaufen, das besser ist als das des Nachbarn. Die eisernen Klauen der Pflicht hatten sich gelockert. Mit einem Becher in der Hand an der Wand der Bahnhofsunterführung sitzend, verließ er sich auf das rätselhafte Walten der Vorsehung, wie wir uns auf gute Freunde verlassen, die uns in der Not bestimmt nicht im Stich lassen, obwohl er durchaus wußte, daß er mit seinem Verhalten nicht nur sich selbst, seiner früheren Frau, seinen toten Eltern und allen näheren und entfernteren Bekannten Schande machte, sondern auch der tausendjährigen Stadt, die doch wohl ein Recht hatte, mehr von ihm zu erwarten.

Er begann den Aufenthaltsort zu wechseln. Nachmittags ging er in die Altstadt, setzte sich unter das Goldene Tor, bedeckte die Beine mit dem Mantel und wartete auf das Geräusch einer in den Plastikbecher fallenden Münze wie Danae auf den goldenen Regen. Wenn er in der Fensterscheibe der Buchhandlung beim Theater sein Spiegelbild sah, war er entsetzt. War das wirklich er, der hellhaarige Junge, dem die Zigeunerin vor undenklichen Zeiten im Garten der Villa Tannenheim ein schönes, bedeutendes Schicksal, vielleicht sogar großes Glück verheißen hatte? Die Haare verfilzt, auf den Wangen dichter Bartwuchs, gerötete, blau unterlaufene Augen. Aber vielleicht war es sogar besser so. Wer würde ihn in dieser Gestalt noch erkennen? Natürlich hätte er Doktor Jacek oder Doktor N. um Hilfe bitten können, und sicher hätte er diese Hilfe auch erhalten, aber allein der Gedanke daran war ihm zuwider. Hatte er also den Hochmut, von dem Pfarrer Józef gesprochen hatte, immer noch nicht abgelegt? O heiliger Alexius!

Unter den Arkaden des Goldenen Tors strömten die Menschen vorbei. Sie bewegten sich ganz natürlich, stützten sich nicht verzweifelt an die Wand, hielten sich nicht den Magen, spuckten keine Galle, heulten nicht vor Schmerz, bettelten nicht um Geld. Im Gegenteil: Sie gestikulierten lebhaft, aßen gebratenen Mais aus einem Papiertütchen, trugen das Haar geschickt mit einer goldenen Spange hochgesteckt und hüpften elastisch mit einem Stereoradio auf der Schulter. Dieser Anblick irdischen Glücks hätte ihn beleben sollen wie ein elektrischer Funke Galvanis toten Frosch. Die Musik, die an den Ständen vor dem Schießplatz aus Lautsprecherboxen dröhnte, trieb mit starken elektronischen Schlagzeugrhythmen das Herz an, damit es der Pflicht des Lebens nachkommen konnte. Doch mit seiner Lust aufs Leben war irgend etwas nicht in Ordnung, und er konnte die Reize des Daseins nicht mehr wie früher genießen.

Wie die Gefährten des Odysseus im Land der Sirenen hatte er die Ohren mit Wachs verstopft. Früher hatte er sofort angefangen, mit dem Fuß den Takt zu klopfen, wenn er ein Schlagzeug hörte. Mit Leichtigkeit hatte er in das heilige Pulsieren der Welt eingestimmt. Die Rolling Stones, die Beatles. Der göttliche Rhythmus von *Satisfaction! It's been a hard day's night! All you need is love*! Jetzt schlummerte der Fuß außerhalb jeglicher Versuchung. Er war *unpluged*. Aus dem Verkehr gezogen wie ein deutscher Zehnmarkschein. Nicht mehr am Netz. Die Wellen der freudigen Klänge berührten sein Inneres nicht mehr. In dem Schatten unter den Arkaden des königlichen Tors betrachtete er völlig ungerührt die angespannten Körper, die im Rhythmus von Punk und Techno zuckten, auch wenn in den Ohren Perlenklipse blitzten, die Achseln nach Deo rochen und die Wimpern getuscht waren. »O Dionysos, was für Hochzeitsgaben!« hätte er früher geseufzt. Aber jetzt hatte sich die Welt von ihm entfernt wie eine davonschwimmende Arche Noah. Manchmal nur trat ein Kind, von der Mutter ermuntert – »Gib dem Herrn ein Geldstück« – wie der Bote einer besseren Welt aus dem Sonnenlicht über der Straße heraus und warf ihm eine Münze in den Becher, worauf es schnell beschämt weglief und in einer Wolke fröhlicher Farben verschwand. Ein süßer Engel. Die

Hoffnung der Welt. Das Salz der Erde. Er fürchtete sich nur vor den Jungen mit den nach hinten gedrehten Baseballkappen, die heulend und pfeifend durch das Tor liefen, Passanten anrempelten und alten Frauen die Handtaschen wegrissen.

Wenn Jurastudentinnen durch das Tor gingen, betrachtete er sie wie hinter einer Scheibe hervor. Schwarze Jeans, schwarze Röcke, schwarze Strumpfhosen, schwarze T-Shirts, schwarze Rucksäcke – die Pompe funèbre der sexuellen Blüte. Bekannte Münder, Lippenstift, Rouge, Lidschatten. Justyna, Barbara, Hanka, Anastazja. Aber welcher von ihnen wäre es in den Sinn gekommen, ihn hier zu suchen, im Schatten der steinernen Arkaden? Er hörte ihr Lachen, sie sprachen laut, fuchtelten mit den Händen und parodierten die Gesten der Dozenten (auch die von Doktor N.), aber nicht einmal das konnte ihn aus dem trägen Schlummer über seinem Plastikbecher reißen. Im Grunde genommen war er unsichtbar.

Erst als eines Nachmittags, es war wohl ein Freitag, in der Tiefe der Straße die Gestalt von Professor C. auftauchte, brachte ein kurzes Aufblitzen von Angst die kunstvolle Konstruktion seiner Gleichgültigkeit ins Schwanken, die allen tektonischen Erschütterungen des Geistes Widerstand zu leisten schien.

Professor C. war nicht allein. Mitten durch die Ulica Długa schritten mit ihm die Mitglieder der Prüfungskommission auf das Goldene Tor zu, jene Kollegen, mit denen Jakub am ersten Juli das Jura-Examen abgenommen hatte. Die schlanke, blonde Frau Doktor Kublik. Der das linke Bein nachziehende Doktor Pawelski. Doktor Koterwa, der immer aussah wie ein verschlafener Koalabär. Der zottelige, unordentliche Professor Mulda in seiner ewigen Cordjacke. Und schließlich mit glatt gekämmtem Haar und Scheitel, alle Knöpfe und Reißverschlüsse ordentlich geschlossen – Magister Malecki. Langsam kamen sie vom Rathaus her und führten eine Gruppe Gäste an: schlitzäugige Männer in weinroten Pullovern mit dem Aufdruck eines asiatischen Drachens, die ununterbrochen Fotos machten und sich unersättlich, wie erfahrene Globetrotter, nach allen Seiten umsahen. Doktor Mulda schmeichelte sich beim Ältesten von ihnen ein, einem spantrockenen, steifen Typ mit runder Brille, sicher ein VIP von der Universität Tokio.

Im ersten Moment verdeckte Jakub instinktiv das Gesicht. Er wollte von seinem Pappkarton aufspringen und verschwinden. Doch dann zuckte durch seinen Kopf ein kalter Blitz des Triumphs. Mitten auf der Straße näherten sie sich ihm, gestikulierend, scherzend, plaudernd, erfreut über die Anwesenheit der »japanischen Fachkollegen«, heiter, entspannt, gut gekleidet, korrekt, sauber, in gehobener Stellung, mit ordentlichem Gehalt, Auto, gefülltem Geldbeutel, Datscha am See. In diesem Moment dachte er, nicht er müsse vor ihnen eine Prüfung bestehen, sondern sie vor ihm.

Er wußte, es würde genügen, wenn er von seinem Pappkarton aufstehen und vor aller Augen – abgerissen, schmutzig und bärtig wie er war – auf Professor Mulda zugehen, ihn umarmen, ihm – wie Breschnew Erich Honecker – einen Bruderkuß verabreichen würde, und schon würde in diesen sorglos lachenden Augen, in denen genauso viel Durchtriebenheit lag wie Hoffnung auf die Position eines *visiting professor* in Nagasaki, das Entsetzen aufflammen! Ja, es genügte, wenn er mit dem schwankendem Schritt eines wundersam aus der »Titanic« geretteten Schiffbrüchigen auf sie zugehen und den Japanern höflich erklären würde, er sei ein vertrauter Mitarbeiter von Professor Mulda, ein Verehrer seines pädagogischen Talents, ein Reisegefährte durch das Reich des Wissens, und ihn in sein rosiges Ohr zwicken würde, ja, das würde genügen. O unsterbliche *Commedia dell'arte*!

Er schaute ihnen zu. Im Hintergrund das Rathaus, der Dunst eines heißen Tages, der Klang der Glocken, der Lärmpegel der Menschenmenge. Sie kamen im Straßengewühl angeschwommen wie ein Schwarm weinroter Enten, sie blitzten mit ihren silbernen Apparaten und ihren Videokameras, schnatternd und satt: Lachs, Besuch auf der Westerplatte, Artischocken, *Das jüngste Gericht* von Memling, Bechamel-Sauce, das Krantor. Professor Mulda krähte vor Begeisterung über das »Golden Gate«, vor dem sie gerade standen, ließ einen Hagel von Fachwörtern auf ihre kurz geschnittenen japanischen Köpfe prasseln, Barock, *concordia, discordia*, *seventeenth century*, der Königsweg, Tradition, Toleranz, und ihre Schatten tanzten auf den Platten des Bürgersteigs wie Spatzen, die Hafer picken.

Jakub stützte sich auf den Ellbogen, richtete sich auf und wollte schon aufstehen – da greift Professor Mulda plötzlich in seine Hosentasche, nimmt ein elegantes Portemonnaie mit Messingverschluß heraus, öffnet es lachend mit seinen weißen Fingern, kramt darin herum, geht wie beiläufig auf Jakub zu, ohne das Gespräch mit dem spantrockenen japanischen Brillenträger zu unterbrechen, und wirft eine dicke, solide Münze in den Plastikbecher. Klick! Jakub blieb fast das Herz stehen. Aber Professor Mulda sah ihn gar nicht an, er kam einfach her und warf, wie ein anständiger Katholik, eine Münze in den Becher – sollen die Japaner ruhig wissen, daß er seinen Glauben nicht verleugnet, die Armen unterstützt, wie das bei uns Brauch ist, aber wer wird sich schon so einen Bettler näher anschauen. Er steht also gleichgültig da, macht sorgfältig das Portemonnaie wieder zu, will schon weggehen, als er mit einem Mal sein zottelbärtiges Gesicht Jakub zuwendet, die Stirn runzelt, die Augen zusammenkneift, genauer hinschaut – und plötzlich zieht er sich zurück, als hätte die dicke Münze, die er gerade in den Becher geworfen hat, ihm die Hände verbrannt.

Jakub verbarg das Gesicht im Schatten, aber Professor Mulda entfernte sich eilig, als habe er den Teufel gesehen. Schnell ging er weg, nur so weit wie möglich weg von diesem verdammten Goldenen Tor, nur weg von diesen Arkaden, von diesem steinernen Schatten. Und mit lebhaften Gesten seiner großen Hände trieb er die Mitglieder der hohen Kommission an und zog die Japaner hinter sich her Richtung Gefängnisturm, und die begriffen gar nicht, was los war, und lachten über seine plumpen, unruhigen Bewegungen.

Und Jakub mußte gar nicht mehr aufstehen. Er schaute Professor Mulda nach, der sich in panischer Eile entfernte, er schaute der zum Gefängnisturm hastenden Kommission nach, er betrachtete die weinroten Pullover der Japaner mit dem goldenen Drachen und lachte ein leises, böses Lachen. Plötzlich fühlte er sich leicht, gleichgültig, leer. Ein Geschenk Gottes – solch ein Augenblick! Mit Sicherheit war das ein Sieg. Nur wessen Sieg über wen?

Eine solche Kleinigkeit, und schon kam die Lust auf das Leben zurück?

Jakub tanzt

Am Abend schüttete er die Münzen vom Becher in die Tasche und ging wieder auf den Hagelsberg. Wenn ihn nachts der Hunger überfiel, kaufte er sich auf dem Bahnhof, in den Läden zwischen der Drogerie Rossmann und McDonald's, etwas zu essen. Hilda tauchte auf und verschwand wieder. Sie kommunizierten nicht viel, wie Tiere, die in der gleichen Höhle wohnen. Ein paar Worte vor dem Einschlafen, ein paar Worte nach dem Aufwachen. Manchmal kam sie mit Männern. Ein »Morawiński« oder »Kotabiński«, kahlköpfig, massig, in einer mit künstlichem Pelz gefütterten Wollmütze, mit einem Grübchen am Kinn und hartem, vorgeschobenem Kiefer, als würde er mit den gelben Zähnen Steine zermahlen. Ein »Marianek«, pockennarbig, bläulich, mit Fischaugen und rötlichem Tabakspeichel in den Mundwinkeln. Ein »Olo«, hager, violett unter den Augen, der beim Lachen krähte wie ein Hahn, mit rotem, von Narben bedecktem Hals. Ein »Stallone«, untersetzt, sehnig, rot im Gesicht, mit grauem Schopf, steif wie eine Distel, geschwätzig, der mit seinen großen, an den Knöcheln aufgeschürften Fäusten jeden attackierte. Der Geruch der Armut ging von ihnen aus, der Gestank von alten Kleidern, ranzigem Öl, Arzneimitteln, saurem Quark, der Bettlergeruch der Selbstgenügsamkeit, des Schmutzes und der Niederlage. Streitsüchtig, giftig, lagen sie sich wegen jeder Kleinigkeit in den Haaren, und doch war jeder für sich, verschlossen in der gläsernen Kugel des eigenen Gestanks, gleichgültig gegenüber den anderen, obwohl sie alle menschliche Wärme brauchten, das Sprechen, das Lachen. Er trank mit ihnen aus grünen Flaschen eine süßliche, nach Schwefel riechende Flüssigkeit. Danach spürte er einen Schmerz im Innern der Augen.

Wenn die Flaschen leer waren, holte Hilda einen alten Spiegel aus der Plastiktasche, zog sich die Lippen mit einem karminroten Lippenstift nach, kämmte sich die Haare mit einem gelben Kamm, band sich schmutzige rosa Bänder ins Haar, rieb sich mit dem Finger die Wangen rot und begann zu tanzen. Schuhe ohne Schnürsenkel, die orangerote Jacke, ausgeblichene Jeans mit aufgenähten Flicken. Ihre Zähne mit den Lippenstiftspuren blitzten animalisch in der Dämmerung. Sie schlug mit den Fersen auf den Beton. Unsichere, ungeschickte Sprünge. Unter ihren Absätzen wirbelten die auf dem Boden verstreuten alten Zeitungsreste auf. »Der erste Mensch auf dem Mond«, »Provozierende Aussagen des Präsidenten der USA«, »Die Regierung der Tschechoslowakei bittet um Bruderhilfe«, »Stillstand der Arbeit in Häfen und Werften«, »Ein Militärrat zur Nationalen Rettung hat sich konstituiert«, »Die Berliner Mauer ist gefallen!«, »Angriff auf das World Trade Center«. Er konnte sich das Lachen nicht verkneifen. Ein verrücktes Wirbeln von Buchstaben über der Erde. Das war ihre Bibliothek des Weltgeschehens, die sie an Regentagen studierte.

Manchmal riß sie ihn hoch und zerrte ihn hinter sich her: »Na komm, worauf wartest du?« Wenn sie mit halb geschlossenen Lidern einen schleifenden, verrückten Tango zu tanzen begannen, der mehr Gewalt als Vergnügen enthielt, und er dann, über verrostete Eisenstücke stolpernd, schrie, er wolle nicht mehr, blies sie ihm nur ins Gesicht und sagte: »Wenn man sterben muß, dann mit Pauken und Trompeten! Der Schlag soll sie treffen! Verrecken sollen sie alle!« Und sie brach in Gelächter aus.

Er setzte ihre diabolische Aufzählung fort: »Soll Wermut-Stern sie holen! Ihre Häuser dann verkohlen! Soll der Teufel sie verführen! Ihre Seelen ausradieren!« Mit den Absätzen

Staubwolken aufwirbelnd, schwirrten sie in der Grotte herum wie zwei kämpfende bunte Vögel. Jakubs Mantel flatterte. Die rosaroten Bänder wehten. Das Weiße in ihren Augen blitzte. Aber kurz darauf stieß sie ihn gereizt und böse von sich, wie ein Spielzeug zum Aufziehen, das man wegwirft, weil es langweilig geworden ist. Sollte er doch gehen! Weg mit ihm! Was suchte er noch hier? Er war fremd! Verschwinden sollte er! Mit der wirbelnden Welt im Kopf torkelte er zwischen die an der Wand stehenden Männer, die ihn mit den Fäusten bearbeiteten, auf den Rücken schlugen oder mit dem Knie wegstießen. Beschwipst, wie er war, mit dem billigen Wein im Blut, machte er sich nichts daraus.

Und sie hörte nicht auf, ihre Litanei an die unsichtbaren Feinde herauszuschreien: »Alles soll man ihnen klauen! Ihre Frauen sollen abhauen! Pisse soll es auf sie regnen! Scheiße ihnen nur begegnen!« Völlig fertig von dem Tanz und dem Geschrei, wälzte er sich erschöpft auf dem staubigen Boden. Über sich sah er ihre hüpfenden Beine in den dicken, gelb gestreiften Socken, und er greinte wie ein kleiner Junge.

Hätten ihn jetzt – in dieser Erniedrigung, in dieser Erhöhung – seine Jurastudenten gesehen, denen er jeden Freitag von dem »Bösen als der Abwesenheit des Guten« geschwafelt hatte! Ein echter tanzender Sokrates!

Manchmal konnte sie lange nicht einschlafen. »Hör mal«, sagte sie und zerrte ihn am Ärmel, wenn er seine Ruhe haben wollte, »die da unten, in der Klasztorna« – sie wies mit dem Finger auf die unsichtbaren Feinde, die sich in der Dunkelheit verbargen –, »die da unten behaupten, ich würde nach dem Tod sofort in den Himmel kommen. Hörst du? Aber die können mich mal, verstehst du!? Weißt du« – sie rückte näher zu ihm –, »ich bin hundertmal besser als denen ihr Gott. Denn – das sollen sie sich endlich hinter die Ohren schreiben – nicht ich habe so etwas Ekelhaftes wie diese beschissene Welt geschaffen! Ich bin nichts, Abfall, Dreck, Scheiße bin ich, aber« – ihre Augen blitzten vor wütendem, unbändigem Stolz – »nicht ich, verdammt noch mal, hab das alles hier gemacht! Hörst du? Ich stehle, ich spritze, ich trinke, aber nicht ich hab das auf dem Gewissen! Die sagen mir, ich werde gerettet, ich werde nach dem Tod im Himmel sitzen wie bei der Geburtstagsfeier der Tante. Fräulein Hilda, äffte sie eine Stimme nach, Sie sind so arm, so krank! Sie haben soviel gelitten auf der Erde! Dort oben wartet das ewige Glück auf Sie! Und ich frage sie dann: Das heißt, damit ich gemütlich beim lieben Gott am Ofen sitzen kann, mußte der arme Jesus zu Tode gequält werden? Ja? Wenn das so ist, dann pfeife ich auf eure Erlösung! Um so einen gräßlichen Preis will ich nicht in den Himmel kommen! Verstehst du? Das sage ich ihnen. Fort mit euch! Verpißt euch mit eurer Erlösung, die auf den Tod eines Unschuldigen gebaut ist! So eine Erlösung will ich nicht! Und du schlaf nicht!« Sie rüttelte ihn auf, als er sich wieder zur Wand drehte. »Was ist? Du sollst mir zuhören, wenn ich mit dir rede! Schlaf nicht! Herrgott, was bist du für ein Blödmann!«

Er strich ihr über die Hände wie einem weinenden, zitternden Kind. »Schlaf jetzt, das ganze Reden hat überhaupt keinen Sinn.« Ihre Lippen bebten: »Was hat keinen Sinn? Was hat keinen Sinn? Meine Mutter will mich nicht, mein Vater will mich nicht! Und das ist gut so« – sie verzog verächtlich das Gesicht –, »sollen sie nur! Die werden schon noch sehen! Denen wird's noch leid tun um das geliebte Töchterchen! Und du?« Plötzlich beugte sie sich zu ihm. Er sah ihre trockenen, funkelnden Augen über sich. »Und du, was machst du hier, du Arsch? Wie kommst du überhaupt hierher? Was hast du hier zu suchen? Hast wohl Lust auf Abwechslung? Mit der Alten klappt's nicht, da treibst du dich rum? Brauchst du 'ne Frau?« Sie entblößte kokett ihre schmale, sommersprossige Schulter wie eine Schauspielerin.

Er warf die Decke von sich, denn er hatte erst mal genug von diesem Blödsinn, und verließ das Schlupfloch. In der Dunkelheit schleppte er sich über die grasigen Hänge des Hagelsbergs, stolperte über Steine, fiel in die Dornen von Weißdorn und Disteln. Über der Stadt blitzte es. In der Ferne, über der Weichselniederung, rollte das Grummeln eines nach Osten ziehenden Gewitters. Ein kalter Wind wehte. Der Mond tauchte auf und verschwand wieder. Die Wolken kamen von der See her – groß, übereinandergetürmt, bleiern. Ihre gelenkigen Schatten hüpften von den Dächern des Bahnhofs auf die des Multikinos wie nächtliche Raubtiere. Dann verschwanden sie in den schwarzen Schluchten der Innenstadt. Im Obdachlosenheim in der Ulica Klasztorna brannte in einigen Fenstern noch Licht. Über den Hagelsberg trieben vom Wind aufgewirbelte Staubwolken.

Als er schließlich zurückkam, sprang sie von ihren Decken auf: »Der dummen Kuh will man nicht zuhören, was? Da geht man lieber spazieren? Den Mond anstarren? Sag mir du bloß auch noch, so wie die da unten – sie ballte die Fäuste –, daß Gott mich liebt, daß er auf mich wartet, daß er mich ans Herz drücken wird. Ja, ja, ich weiß, er liebt mich sehr! Er kann es kaum aushalten vor lauter Liebe zu mir. Aber ich will nicht, daß mich so einer liebt, verstehst du! Ein schöner Liebhaber! Er könnte wenigstens fragen, ob ich Lust auf seine Liebe habe. Wie soll ich denn – ihre Augen füllten sich mit Tränen – jemanden lieben, der den eigenen Sohn so hat leiden lassen? Und der von oben noch zuschaut, wie sein Sohn am Kreuz stirbt? Von so einem will ich keine Liebe! Fort mit ihm! Er soll zum Teufel gehen! Er soll mich in Ruhe lassen!« Er deckte sie zu, aber sie warf sich hin und her wie ein verwundetes Tier. In den Mundwinkeln dicker, gelblicher Speichel. »Alle sind sie gut. Liebe, Liebe, nur über Liebe quatschen sie. Aber wenn sie meinen Vater kennenlernen würden, wenn sie erfahren würden, was er mit mir gemacht hat, da würden sie ganz anders reden. Dieser Schuft! Verrecken soll er! Den Hals soll er sich brechen!«

»Aber das ist alles nicht wahr« – sie strich sich über das wirre Haar –, »das stimmt alles nicht, das sag ich nur so, weil ich nicht schlafen kann. Er ist gut zu mir und zu meiner Mutter. Aber er hat große Sorgen, da schlägt er auch manchmal zu, aber nicht stark, nur so, weil ihm die Nerven durchgehen. Und er gibt uns sogar ein bißchen Geld. Ich bin es, ich, hörst du« – sie raufte sich die Haare und brach in ein heulendes Gejammer aus, wie eine Bäuerin auf dem Begräbnis –, »ich bin gemein, dumm, widerlich, ich bin ein Stück Dreck, ein Stück Scheiße. Er gibt uns manchmal sogar was zum Anziehen, er ist in Ordnung. Aber er ist verbittert, weil er keine Arbeit hat. Ich bin eine Niete, ich, nicht er ...«

Dann zog sie ein Messer mit abgebrochener Klinge unter den Decken hervor, krempelte den Ärmel hoch, legte die Klinge an die hervortretende Ader am Handgelenk. »Ich werde ihnen allen entkommen, du wirst sehen. So, hier werd ich es anlegen. Hier, ganz dicht. Siehst du? Hier!« Sie drückte das Messer an die Haut. »Und dann ritsch – und alles ist vorbei!«

Er versuchte die Nerven zu bewahren. »Na«, ermunterte er sie leise, »worauf wartest du? Na, schneid dir doch die Pulsadern durch! Ja«, er rang die Hände, »die ganze Welt wird in Verzweiflung versinken, daß die schmutzige, dämliche Hilda sich die Pulsadern durchschneidet. Ja, die ganze Welt wird weinen, der Erzbischof persönlich wird in der Marienkirche eine feierliche Beisetzung mit Orchestermusik abhalten, einen Katafalk mit silberner Decke und sechs schwarze Pferde wird er organisieren. Na, worauf wartest du? Na los, schneid dir die Pulsadern auf!«

Langsam zog sie die Klinge von der Hand weg. »Du Dummkopf«, schüttelte sie mitleidig den Kopf, »hast du gedacht, ich würde mich umbringen? Das fehlte gerade noch!

Ich soll mich selber umbringen? Nein!« Sie hielt die Faust an den angewinkelten Arm. Die Klinge blitzte im Feuer der Kerze. »Den Gefallen tu ich ihnen nicht! Ich werde hundert Jahre oder länger leben. Und dieser Dummkopf hat gedacht, ich will mich umbringen. Und das vor seinen Augen! Ein Feinschmecker!« Sie drohte ihm mit dem Finger. »Wolltest wohl sehen, wie mein Blut an die Wand spritzt, was? Du verdammtes Schwein! Geh zum Teufel! Hast gedacht, du hast ein Multikino gefunden!« Von dem mit alten Zeitungen bedeckten Boden schauten sie vergilbte Bilder an: Stalin auf dem Roten Platz, der Papst auf dem Petersplatz, Marylin Monroe in dem bekannten, durch einen Luftstoß hochgewehten Kleid, Saddam Hussein mit Pistole in der erhobenen Hand, Mutter Teresa zwischen indischen Bettlern.

Um Mitternacht schlüpfte sie zu ihm unter die Decke. Sie hatte den Geruch von billigem Wein an sich, von trockenem Gras, Holzasche, Rauch, von ungewaschener Haut. Sie war ungeduldig, ungestüm. Sie steckte die Hände unter seinen Pullover, unter das Hemd, sie riß die Knöpfe ab, fuhr ihm mit der Hand über die Brust und den Bauch. »Na, wehr dich nicht! Na, zeig deinen Stab, mein König, mein Prinz. Frag nicht, was Amerika für dich tun kann, frag, was du für Amerika tun kannst. Gib deinem Volk Kraft« – sie legte die Hand auf das warme Haarbüschel unter seinem Bauch –, »gib deinem Volk den Segen des Friedens. Frag nicht, wem die Stunde schlägt. Diese Stunde schlägt dir. Na, worauf wartest du, mein Prinz!«

Er wehrte sich nicht. Der Wein rauschte in seinem Kopf, das Bild verschwamm. Bereitwillig gab er sich diesem stammelnden Geschöpf hin, das sich verhielt, als existierte er gar nicht. Sie schob ihm die heiße Zunge ins Ohr, zwickte ihn mit den Zähnen in die Wangen, biß ihn in den Hals. »Ich freß dich mit Haut und Haaren auf! Wie die Cremetörtchen, die der Papst in Wadowice verspeist hat!« Sie fuhr mit der Hand über seine Schenkel. »Was für ein Traum!« krähte sie vor Begeisterung. »Was sehe ich hier? Proletarier aller Betriebe, vereinigt euch! Hier ist mein Leib und mein Blut! Ich bin ein Berliner!« Sie griff ihm in die Hose. »Nieder mit dem eisernen Vorhang! Ich bin ein Berliner! Nieder mit der verdammten Mauer! Churchill, Churchill, wirf das Bömbchen, das hält man im Kopf nicht aus!« Er drang heftig in sie ein, blind, sie gab einen lauten, theatralischen Schrei von sich und verdrehte die Augen wie eine Barbie-Puppe. »Endlich! Ein kleiner Schritt eines Menschen, ein großer Schritt für die Menschheit! Ich bin ein Berliner! Gott mit uns! Stärker, na, los! Vorwärts! Für die Heimat, für Stalin! Ich bin ein Berliner!« Sie brach in ein wildes Gelächter aus. Er spürte das Beben des zarten Körpers unter sich, den kurzen Krampf, hörte ein abgehacktes Wimmern.

Der Wind fuhr in die Eisentür der Grotte. Über die grasigen Hänge des Hagelsbergs rollten Staubwolken. Kalte Luftströme zogen über die Erde entlang, drückten das Gras nieder, zerrten an den Zweigen des wilden Flieders. Der Sturm zog von Norden her, kam in Schwung, heulte in den Schlehbüschen, wirbelte die Luft auf, verdeckte und enthüllte die Sterne. Weit weg, in den dröhnenden Tiefen der unsichtbaren Ostsee, bewegten sich unter den Schlägen des aufgewühlten Wassers die Wracks der untergegangenen Schiffe auf dem sandigen Grund. Aus dem verrosteten Rumpf der »Gustloff« rieselten Haufen zerbröselter Knochen. Die im Sand feststeckende Fähre »Estonia« drehte sich, von der Meeresströmung gestoßen, auf die rechte Bordseite. Aus der offenen Bugklappe rollten die vom Rost zerfressenen Autos mit den Leichen schwedischer, russischer und estnischer Touristen in die Tiefe. In den ausgebrannten Schuten an der Weichselmündung drehten sich die Skelette der ostpreußischen Flüchtlinge von einer Seite auf die andere und suchten eine bequemere Lage auf dem Eisenboden des Laderaums, um endlich für immer zu schlafen. Die sowjetischen Unterseeboote, schwarz von Rost, die von allen vergessen in den Schlammschichten auf dem Grunde der Bucht ruhten, glitten von ihren Lagern, krochen durch das Dickicht der Wasserpflanzen auf die Lichter der Stadt zu, aber in der starken Gegenströmung erstarrten sie auf halbem Weg und schafften es nicht bis zum Ufer. Kapitän Marinescu kreiste mit seiner S-13 wieder auf der Ostsee und hielt in der Dunkelheit Ausschau nach dem Lazarettschiff mit Tausenden von Frauen, Kindern und SS-Männern an Bord.

Später, als der Wind nachließ und die Kerze in der Büchse an der Tür zu flackern aufhörte, verschlangen sie die Schokolade, die sie im Laden geklaut hatten. Er wußte nichts von Hilda. Sie lagen nebeneinander. Ganz nah bei sich sah er ihr kleines Gesicht, die braunen Augen mit der etwas dunkleren Iris, den rissigen, an der Unterlippe aufgeplatzten Mund, die federnartigen roten Haare, die schmalen Hände, die abgebrochenen, schmutzigen Fingernägel. Er fuhr mit dem Zeigefinger über ihre Augenbrauen, spielte mit dem geröteten Ohrläppchen, berührte sanft das Schlüsselbein mit der sommersprossigen Haut. Sie tat so, als schliefe sie, dann biß sie ihn plötzlich in den Finger, leicht, zum Spaß, wie eine Katze. Die Zähne scharf, mit Tabakspuren. An der Tür brannte mit schwacher Flamme die Kerze.

Er schloß die Augen. Kindheit, Urzeit, die Vertreibung, die auch die Berührung der Mutter nicht heilt, all das fügte sich in ihm wie ein guter, kräftigender Traum. Aus der Zeit genommen, von der Angst befreit, ohne Pläne und Hoffnungen, entdeckte er mit trockener Kehle, daß das Menschsein nur die quälende Erfahrung des Verlustes ist, mehr nicht.

Neben ihr liegend, fühlte er sich wie ein kleiner Junge, der von zu Hause weggelaufen ist.

Einmal – es war im Juni gewesen, in einer wolkenlosen,

stillen Nacht – war er aus der Villa Tannenheim weggelaufen und durch die leeren Straßen zum Bahnhof gefahren. Die Unbehaustheit, die er spürte, als er die große Halle betrat, empfand er als Glück. Die Aufhebung der Zeit – ein Geschenk, das die Menschheit seit Jahrhunderten vergeblich sucht – versetzte ihn in einen Zustand göttlichen Zitterns. Er war zum ersten Mal im Leben völlig allein, saß mitten in der Nacht auf einer Holzbank unter fremden Menschen, in der Tasche ein in Pergamentpapier eingewickeltes Käsebrötchen, das ihm fürs ganze Leben reichen sollte. Dieser Bahnhof – mit der verglasten Halle und dem Jugendstilmosaik, mit dem Eisengewölbe, den Signallichtern hinter der trüben Scheibe – war für ihn ein Ort der Rettung. Doch hätte ihn jemand gefragt, um was für eine Rettung es sich handle, hätte er sicher keine Antwort gewußt.

Von seiner Holzbank aus betrachtete er die Menschen, die über die Steintreppe in den unterirdischen Tunnel zu den Bahnsteigen gingen. Mit dem ganzen Leib spürte er das feine Vibrieren der Menge. Er wollte von diesem lebendigen Strom der Gesichter, Arme und Beine mitgetragen werden, der unter der Erde verschwand, auch wenn er nicht wußte, wohin dieser floß. Plötzlich wurde er von einem Gefühl der Verbrüderung durchdrungen – einem Gefühl zwischenmenschlicher Nähe auf der geheimnisvollen Reise ins Nichts –, und Tränen schossen ihm in die Augen. Ja, die wunderbaren Momente der Kindheit! Wie wenig brauchte es, um so gerührt zu sein von sich selbst, den Menschen und der armen Welt! Sofort dachte er an Vater und Mutter. Mußten sie doch denken – so wurde ihm voll Entsetzen bewußt –, er sei mitten in der Nacht weggelaufen, um sie für immer zu verlassen! Wie konnte er ihnen so etwas antun!

Gegen Morgen kam er nach Hause. Die See schimmerte schon hell. Über den dunklen Streifen der Halbinsel ergoß sich das Morgenrot, nur über der Villa Tannenheim leuchteten noch ein paar verblassende Sterne. Auf Zehenspitzen ging er in die Diele, zog Schuhe und Jacke aus, schüttelte die Tautropfen vom Ärmel. Er dachte, die Eltern würden seine Schritte bestimmt hören und nur so tun, als schliefen sie. Dann ging er auf Zehenspitzen in die Küche. Auf dem Tisch lag – ausgewickelt, auf Stanniolpapier – eine Tafel Schokolade, die sicher für ihn bestimmt war. Dieser Augenblick würde ihm für immer in Erinnerung bleiben: der blasse Himmel über der Villa Tannenheim und dieser wunderbare, süße Duft. Schokolade und Sterne! In seinem Gedächtnis mischte sich das nächtliche Licht mit der Freude, nach Hause zu kommen. Aber schön war auch die Zeit auf dem Bahnhof gewesen, als er ganz allein, wie ein Wanderer auf alten deutschen Bildern, die verglaste Arche mit dem geflügelten Rad betreten und auf der Holzbank zusammen mit all den unbekannten Menschen auf die Sintflut gewartet hatte, in deren Strömen – so wünschte er es sich – die böse Stadt untergehen sollte.

Jetzt kreisten die Bildern jenes kühlen Morgens in seinem Kopf wie Falter um eine Kerzenflamme. Die kindliche Empfindsamkeit, hinter einer Feindseligkeit gegen die Welt verborgen, überflutete sein Herz jäh mit schmerzlicher Rührung. Während er Hildas rote, flammenartige Haare berührte, spürte er liebevolles Mitleid mit ihr, mit der ganzen Menschheit und natürlich mit sich selbst. Zum Glück stupste Hilda ihn mit ihrer kleinen Faust fest in den Arm.

Als die trockenen, windlosen Tage kamen, gingen sie zusammen auf die russischen Friedhöfe.

Sie lief zwischen die Reihen der aus Beton gegossenen roten Sterne und schnitt sich Johanniskraut, Schafgarbe, Feldmohn, Löwenzahn, Kornblumen und Wermut ab, die auf den Wegen wild wucherten. Später trocknete sie die Pflanzen in der Sonne. Sie sagte, aus Gräbern gerissene Wurzeln hätten einen verbissenen Lebenswillen; deshalb würden sie so schreien, gäben dieses klitschige, piepsende Geräusch von sich, wenn man sie aus der Erde zieht.

Sie kannte auf dem Hagelsberg Plätze, wo flach unter dem Rasen, wie Briefe in dünnen Kuverts, die Skelette von russischen, deutschen, polnischen, französischen, hussitischen, schwedischen und Gott weiß welchen Soldaten lagen. Wer wollte sie zählen! Am östlichen Hang zeigte sie ihm einige Vertiefungen im Gras. »Hier ist es.« Sie legte den Finger auf den Mund. »Hier liegen sie. Wenn du das Ohr an die Erde hältst, hörst du, wie sie schnarchen. Es sind viele. Und in der Nacht drehen sie sich von einer Seite auf die andere. Und furzen!« Sie brach in Gelächter aus. »Hör doch selbst!« Manchmal sah er, wie sie hinuntergebeugt, dicht über der Erde, flüsternd mit jemandem sprach. »Na, Iwan, wie geht's da unten. Kalt? Wart noch ein bißchen, dann wird der Sommer dich wärmen. Und du, Adolf, was zitterst du? Ich deck dich gleich zu.« Und sie scharrte mit den Händen die von der Sonne erwärmte Erde von trockenen Maulwurfshügeln auf die ausgewaschenen Stellen, aus denen Knochenreste herausragten. Abends, bei Neumond, leerte sie aus einer grünen Flasche ein wenig billigen Wein auf diese seltsamen Gräber, die von der Welt vergessen waren, und mahnte die Toten, mäßig zu trinken. »Auf der anderen Seite ist Gesundheit noch wichtiger als hier!«

Wenn sie diese Wege gingen, machte sie immer einen Bogen um gelbliche Steine, die aus der festgetretenen Erde ragten – vielleicht waren es Köpfe, die der Regen einer stürmischen Nacht ausgespült hatte. »Hier«, sagte sie und schob die Zweige des wilden Flieders auseinander, »hier vergraben böse Menschen Welpen und Kätzchen, die sie ertränkt haben. Und dort, in der Spalte da hinten, unter den Weißdornbüschen, begraben arme Mütter in Plastiktüten ihre gleich nach der Geburt erstickten Säuglinge. Aber das geht dich nichts an, das dürfen nur Frauen wissen. Und diese Kinder werden im Frühjahr wieder lebendig, kommen aus der Erde hervor wie Schneeglöckchen, man muß sie sammeln und zum heiligen Lazarus bringen, damit sie nicht ein zweites Mal vergeudet werden. Und sie werden noch schöner als im Leben!«

Er wußte nicht, ob sie Unsinn redete, oder ob sie das alles glaubte. Einmal sah er, wie sie in der Senke unter dem verbrannten Ahorn eine Tüte frische Milch auf die Erde goß, die sie im Laden gestohlen hatte. »Na, trinkt, trinkt«, flüsterte sie vor sich hin. »Wenn es nicht für alle reicht, bringe ich euch noch was.« Wenn sie mit ihrem Sack voll Blättern und Gräsern über die Böschungen kletterte, bewegte sie sich – nach billigem Wein riechend, die Augen vor dem Sonnenlicht zusammengekniffen – wie im Traum, aber immer fand sie den Platz, den sie suchte.

Morgens kletterte sie auf die Kuppe des Hagelsbergs und scheuchte, indem sie mit der Faust an den Rand des Felsens schlug, mit den Händen fuchtelte und durch die Finger pfiff, die Schwalben auf. »Na, zeigt schon, was ihr könnt!« Mit hellem Zwitschern flogen sie unter den sandigen Felsvorsprüngen hervor. Ihre getüpfelten, in den Sand gefallenen Eier legte sie behutsam in die Felslöcher zurück. Die Vögel, erschrocken vom Anblick der im Wind flatternden orangeroten Jacke, wirbelten mit ihren glänzenden schwarzen Flügeln um ihren Kopf. Er ging ihr nach, zog sie vom Felsen herunter, aber sie befreite sich aus seinem Griff. Was sollte das? Was wollte er von ihr? Was für ein Recht hatte er? Er war der Fremde, der sich hierher verirrt hatte, und jetzt wollte er den Ton angeben? Schließlich konnte sie ihn von hier vertreiben. Sie brauchte nur nach den Männern zu rufen, die würden schon wissen, was sie mit ihm zu tun hatten.

Hier auf der Kuppe des Hügels herrschte sie mit einer unverschämten Macht, aufrecht, haßerfüllten Blicks, über das Stückchen Erde zwischen dem Gerichtsgebäude und den russischen Friedhöfen. Die verwaiste Königin des Hagelsbergs, erniedrigt, getreten, ihrer Insignien beraubt. Noch kurze Zeit, und sie würde sich über diese verfluchte Stadt stellen, Panzer auf die Straßen schicken, jeden Streik brechen und einen solchen Kriegszustand ausrufen, daß ihnen Hören und Sehen verginge! Und Wałęsa würde sie zusammen mit Jaruzelski in den Knast stecken! Da könnten sie fünfzig Jahre lang Mühle spielen!

»Ist ja schon gut« – er streichelte ihren Arm –, »aber komm hier runter, sonst fällst du noch.« Über den Felsvorsprung gebeugt, stieß sie ihn weg und rief den Vögeln etwas zu. Der Wind wehte über den Hagelsberg und verstreute die Samen von Quecken und Pusteblumen. Am Horizont hinter der Werft stand der dunkelblaue Streifen der See. Und die Wolken, weiße, aufgeblähte Kumuluswolken, die vom Atlantik, von der Nordsee, von Dänemark heranzogen, wälzten sich in einer Kavalkade über die russischen Friedhöfe und jagten über den Himmel Richtung Bahnhof, Marienkirche, Speicherinsel, Insel Holm, über die Westerplatte, die Weichselmündung, über die Aluminiumtürme der Raffinerie mit der ewigen Gasflamme, und dann weiter, über die Weichsel-Nogat-Niederung, über das glänzende Wasser des Frischen Haffs, über Königsberg, Rußland, den Ural.

Als die Sonne unterging, sah er sie vor dem Hintergrund des erlöschenden Himmels aus der Stadt zurückkehren. Zwischen Schlehen und Weißdorn den Hang hinaufkletternd, pflückte sie eilig Lupinen, Löwenmäulchen, Kamille, um noch vor der Dunkelheit, die von der Niederung heraufzog, da zu sein. Sie glaubte, daß das Ende des Tages, der Augenblick zwischen Licht und Dunkel, der Moment des Bruchs, da die Welt noch zögert, was sie wählen soll: Leben oder Tod – die Erhaltung der in den Pflanzen verborgenen Kraft begünstigt. Er ging ihr entgegen, damit sie im Grau der Dämmerung nicht abrutschte. Als sie über den steilen Weg neben dem zerstörten Fort zu ihrem Schlupfloch gingen, kaute sie frische Stengel von wildem Mohn und lachte leise, das sei besser als Amphetamin.

Ihre Zähne nahmen eine grünliche Färbung an, und der Speichel in den Mundwinkeln wurde braun, als hätte sie nasse Erde, gemischt mit rotbraunen Kiefernnadeln gegessen.

Jakub steigt in die Dunkelheit hinab

Eines Abends entdeckte er an der Wand der Backsteingrotte den undeutlichen Umriß einer Tür zu weiteren Räumen des Forts. Sie war mit hellerem Backstein zugemauert. Aus den Ritzen quoll erstarrter Zement, der aussah wie schmutzige Eiszapfen. Wie oft hatte er als Kind Erzählungen über Soldaten gehört, die vor der von Osten heranrückenden Armee nicht rechtzeitig nach Westen fliehen konnten und sich – so munkelte man – immer noch im Innern des Hagelsbergs versteckt hielten. Er erinnerte sich, daß es sogar Leute gab, die schworen, daß sie selbst schwarze Gestalten mit vor Hunger leuchtendem Blick gesehen hatten, die in zerrissenen SS-Uniformen, mit Bajonetten in der Hand, nachts aus der Erde hervorkrochen und auf dem grasigen Gelände etwas zu essen suchten. Ach, die süßen Schauer der Kindheit. In den alten Häusern um den Bahnhof – hatte Tante Zofia mit gesenkter Stimme erzählt – berichtete man von nie aufgeklärten Fällen junger Frauen, die in der Siedlung hinter den russischen Friedhöfen verschwunden waren. Von Zeit zu Zeit entdeckte jemand auf den Wegen entlang der Forts Spuren eisenbeschlagener Stiefel, die von den verrosteten Türen der Kasematten durch das Dickicht des wilden Flieders zum Teich führten und im Gestrüpp beim Gerichtsgebäude verschwanden. Kein Wunder, daß sich nach Sonnenuntergang kaum jemand auf die verfallenen Bastionen getraute.

Wenn die Nacht kam, legte er sich an die Wand und fuhr mit den Fingern über den Putz. Hilda schlief unter einem Wust von Decken. Im gelben Licht der Kerze erschien alles wie abgestorben. Das Blut wollte das Herz nicht antreiben, das Herz wollte das Blut nicht antreiben. Über der Flamme wehten verstaubte Spinnweben. Die Falter, vom abendlichen Schwirren ermüdet, klebten am Putz wie verbrannte Blätter. Wie Asche rieselte der trockene Kalk unter den Fingernägeln. Wenn er zur Decke schaute, spürte er die schweren Erdmassen über sich, in die man den Backsteintunnel gemauert hatte. Drückende Finsternis. Verschlungene Wurzeln. Granitblöcke. Schotter.

Am Donnerstag gegen zehn, er schlief noch, kamen ein paar Männer in Lederjacken und Trainingsanzügen in die Grotte. Sie stießen ihn in den Rücken, drückten ihn mit dem Knie an die Wand, zogen ihm alle Münzen, die er besaß, aus der Tasche. Aus dem Schlaf gerissen, kaum bei Bewußtsein, mit schmerzenden, verdrehten Armen, sah er entsetzt zu, was sie mit Hilda machten. Sie schrie nicht einmal. Die Augen geschlossen, die Lippen vor Schmerz zerbissen, rote Abschürfungen am nackten Ellbogen. Und danach lachte sie ein ungutes Lachen, rachsüchtig, voller Verachtung. Zusammengekauert, die Knie unter dem Kinn, zur Wand gedreht, spuckte sie Galle wie ein krankes Tier und wollte ihm nicht in die Augen sehen. Das war schlimmer als alles andere. Er wollte sie zudecken, aber sie stieß ihn weg. Was wollte er von ihr? Abhauen sollte er! Er war auch nicht besser als die anderen! Sie sagte etwas über ihre Mutter, heftig, wütend. Sie verfluchte den Vater. Sie schwor, sie werde diese beschissene Stadt anzünden, die schon lange im Erdboden hätte versinken sollen. Mit der Faust schlug sie gegen die Wand. Ja, das würde sie tun! Ihre Finger zitterten, als sie aus der Plastikflasche Wasser in ihren Becher goß. Sie hatte wohl Fieber. Gegen drei regnete es. In den Weißdornsträuchern rauschten die Tropfen. Auf den Boden am Eingang der Grotte rann Wasser.

Als es zu regnen aufhörte, ging er zum Abhang. Die Bäume auf dem Hagelsberg dampften. Der Turm der Marienkirche ragte aus einem Nebelsee. Die Stadt wirkte wie ein von einem durchsichtigen Vorhang verdecktes Schachbrett. Das nasse Bahnhofsdach glänzte. Gegen Abend begann Hilda zu husten. Er hätte sie zum Krankenhaus in Nowe Ogrody schleppen sollen, aber er war zu müde, sich zu rühren. Im übrigen wollte sie davon nichts wissen. Sie verkroch sich in ihre Ecke. Wieder rauschte der Regen im Weißdorn. Sie atmete schwer. Er wollte ihr Wasser geben, aber sie stieß den Becher weg. Er setzte sich an die Wand und betrachtete durch einen Spalt in der Eisentür die von den Zweigen fallenden Tropfen. Er konnte sich nicht erinnern, wie er hierher gekommen war und was er hier wollte.

»Ja«, dachte er, »es war diese verfluchte Fotografiererei mit der Minolta auf der Schneekoppe. Diese gräßliche Leidenschaft, bei jeder Gelegenheit mexikanische Salate zu machen. Es waren diese gläsernen Augen in Momenten erotischer Erregung. Die Kosakenschreie, wenn sie auf dem roten Fahrrad fuhr (Doktor Schiwago mit Julie Christie auf Video). Diese Deos, Wimperntuschen, Puder, Parfüms, Kölnisch Wasser, diese gläserne Batterie auf der Ablage unter dem Spiegel, die nur darauf wartete, ihm ihre stechenden Düfte direkt in die Augen zu sprühen. Wäre all das nicht gewesen, säße er nicht hier. Goldene Flakons, Fläschchen, Döschen! Sein kleiner Rasierapparat aus brüniertem Metall wirkte neben dieser raffinierten Glasparade wie eine armselige, ausgebrannte Limousine am Rande von Manhattan. All das sollte ihn erniedrigen, ins Parterre verfrachten. Der rosa Schwamm – als Zeichen, daß das Bad für eine Stunde besetzt war. Der rauhe blaue Waschlappen zum Straffen der Haut – ein Sieg des Geistes über die Materie. Der Bimsstein zum Abreiben der Fersen – ein Vorwurf an die Füße, sie seien zu wenig ehrgeizig. Ja, wäre all das nicht gewesen, wäre es anders gekommen – grübelte er im Halbschlaf und wußte doch, daß es Unsinn war.

Denn kurz darauf schnürte ihm ein fürchterliches Schluchzen die Kehle zu. Guter Gott, wie konnte er sie auch noch anklagen! Er sollte sich lieber überlegen, wie sie es überhaupt so viele Jahre mit ihm ausgehalten hatte! Liebevoll, zärtlich, geduldig, klug. Er sollte sie um Vergebung bitten und nicht an diesem idiotischen Ort sitzen. Denn was war er denn selbst wert? Offenbar gar nichts.

Erst als er einschlief, verspürte er ein wenig Linderung. Doch diese Frau war sogar imstande, in den sicheren Hafen der Träume einzudringen. Während er unter den Decken schlummerte, sah er, wie sie in ihrem rosaroten Mantel mit den Perlmuttknöpfen, schlank, schwarzhaarig, in hochhackigen Schuhen, die Backsteingrotte betrat (also hatte sie seine Einöde doch ausfindig gemacht!), beim Anblick der unter der Decke hängenden Spinnweben das Gesicht verzog und sich gleich darauf – ja! – ans Aufräumen machte! Sie fegte die überall herumfliegenden durchsichtigen Partikel seiner Haut auf die rosa Kehrschaufel, sammelte die zerknitterten Reste von »Trybuna Ludu«, »Neues Deutschland« und »Prawda« ein. Und dann – als wäre das noch nicht genug – nagelte sie in aller Ruhe Schuhe mit langen Schnürsenkeln sowie eigenhändig geschossene, in silberne Rahmen gefaßte Hochglanzfotos des Riesengebirges an die Backsteinwand! Die italienischen, spanischen und englischen Halbschuhe begannen über den Kalkputz zu schreiten wie fette, glänzende Schaben. Die Schnürsenkel sträubten sich wie giftige Insektenstachel. Die blütenweißen Hochzeitsschuhe rissen sich vom Betonboden los, und mit einem Sprung hingen sie an seiner Kehle …

Am Morgen fuhr er unausgeschlafen und benebelt mit der Rolltreppe zum Bahnhof hinunter, setzte sich in die Unterführung, den Mantel um die Beine gewickelt. Als ihn die städtischen Ordnungshüter vertrieben, kehrte er wenig später wieder auf seinen Platz zurück. Der Verkäufer von Horoskopen, ein dunkelhäutiger, fröhlicher, ewig angetrunkener Ukrainer, der mit sowjetischen Armeefernrohren handelte, begrüßte ihn mit einem Winken. An den Fingern goldene Siegelringe. Der Akkordeonspieler aus Georgien, ein dicklicher Braunhaariger, der auf einer deutschen Ziehharmonika Volkslieder spielte (mit dem Adidas-beschuhten Fuß den Takt schlagend), schenkte ihm ein breites Lachen aus seinem Mund voll schneeweißer Zähne. Die Massen strömten durch den Tunnel wie ein Fluß nach langem Regen. Tausende von Augen inbrünstig auf die Zukunft geheftet. Als es dämmerte, ging er schnell zurück zum Hagelsberg, in seine Backsteingrotte. Sollte die Welt doch diejenigen vergessen, die die Welt vergessen konnten!

Einige Tage später kamen die Typen wieder. Zuerst hörte er nur ihre Stimmen. Sie gaben sich keine Mühe, leise zu sein. Sie rüttelten an der Tür, die er in der Nacht mit einer Eisenstange gesichert hatte. Hilda hob den Kopf. Völlig benommen, mit einem Blick, der nichts sah. Er stand auf, ging zur Tür, aber als er sagte, sie sollten Ruhe geben, warfen sie sich mit voller Kraft dagegen. Am Arm getroffen, fiel er auf den Rücken. Sie standen vor ihm in der Sonne. Vier Typen. Jacken, Trainingsanzüge, bedruckte Sweatshirts. In den Händen trugen sie Stöcke. Sie zündeten einen mit einer brennbaren Flüssigkeit getränkten Lappen an, schwangen ihn in der Luft, warfen ihn in die Grotte: »Hier ist dein Platz, du dreckiger Penner!« Funken sprühten. Hilda schrie. Er trat das Feuer mit den Schuhen nieder, aber sie warfen noch einen brennenden Fetzen hinterher und knallten die Eisentür zu. Schwaden von gelbem Qualm erfüllten die Grotte.

Er wich zurück und zog Hilda mit sich. In dem gelben Nebel sah er nichts. Er streckte die Hand aus, aber er traf nur auf den vermauerten Eingang in den Untergrund. Er sprang wieder vorwärts Richtung Eisentür, versuchte sie aufzustoßen, aber die Typen drückten fest zu. Er hörte ihre Schreie: »Drecksack, ins Gas!« Er warf sich mit der Schulter gegen die Tür und drückte noch stärker. Die anderen wichen zurück, denn der Rauch drang allmählich durch den Spalt nach draußen. Die Tür gab nach. Er wehrte sie ab und rannte mit Hilda den Berg hinunter, durchs Gebüsch, Richtung Bahnhof. Sie schlugen ihn mit dem Stock in die Beine. Einer, besoffen, mit rotem Gesicht und weißen Wimpern, trat ihn in den Mund. Er schmeckte Blut, fiel hin, rollte sich zusammen, verdeckte das Gesicht, wurde trotzdem an der Schläfe erwischt. Betäubt blieb er auf einem Schutthaufen liegen. Sie zogen Hilda über die Erde bis zur Backsteinmauer des Forts, und der mit dem roten Gesicht goß ihr eine grüne Flüssigkeit aus einer Plastikflasche über Kopf, Hals und Gesicht. Sie schrie, die Flüssigkeit lief ihr in den Mund, sie würgte. Der mit dem roten Gesicht nahm ein Streichholz, zündete es an, warf es auf ihren gekrümmten Rücken, das Feuer schoß mit blauen Flammen in die Höhe, verbreitete sich über die Jacke mit der Aufschrift »Auchan«, erfaßte das Haar; sie wand sich vor Schmerz, schrie entsetzlich, das Gesicht mit den Händen schützend, aber auch ihre Hände brannten. Es stank nach verbranntem Fleisch. Die Haare ringelten sich in den Flammen. Der Rotgesichtige hielt sich die Nase zu und warf die leere Flasche nach ihr. Sie explodierte im Feuer, Teilchen von brennendem Plastik spritzten hervor.

Erst jetzt sahen sie, daß Jakub sie beobachtete. Mit letzter Kraft riß er sich von dem Schutthaufen los und rannte durch das Dickicht bergauf zu der Backsteingrotte. Sie umringten ihn und trieben ihn zu der halboffenen Eisentür, aus der Schwaden von gelbem Rauch strömten. Die Panik verlieh ihm zusätzliche Kräfte. Er lief hinein, schluckte Qualm, traf auf den vermauerten Eingang, griff blindlings nach einer Eisenstange auf dem Boden, schlug einmal, zweimal gegen die Mauer, die hellen Backsteine gaben knirschend nach. Kühle, unterirdische Luft strömte aus dem Loch in der Wand. Auf Knien rutschte er nach innen. Er stieß auf einen Haufen Schutt und sah sich um. Unter Rufen und Schreien wollten sie ihm durch die frischgeschlagene Öffnung folgen, aber von der Decke lösten sich morsche Backsteine und verschütteten den Eingang.

Alles verschwand. Er sah nichts mehr. Die Angst trieb ihn vorwärts. Langsam, immer noch auf Knien, mit den Händen tastend, kroch er abwärts. Unter den Fingern Papier, Lumpen, Eisenstücke, Glas. In seinem Kopf rauschte es. Ihm war übel. Er sah immer noch die brennenden Haare, hörte den durchdringenden Schrei, roch den furchtbaren Gestank verbrannter Haut.

Hinter sich hörte er das Knirschen von Backstein. Sie folgten ihm nicht mehr. Sie verschütteten den Eingang, damit er hier unten umkam.

Er tastete in der Tasche nach einem Stück abgebrochener Kerze, nach dem Pappschächtelchen. Mit zitternden Händen zündete er ein Streichholz an. Die Kerze erhellte einen hohen Raum mit den Rippen eines Gewölbes, das auf Pfeiler gestützt war. Der Atem stockte ihm. Sein Herz schlug wie verrückt. An der Backsteinwand sah er die undeutliche Zeichnung des preußischen Adlers, einen Kranz Eichenblätter, die verblaßte deutsche Inschrift WASSER, dann einen langen, mit weißer Farbe gemalten Pfeil. Zitternd erinnerte er sich daran, daß während des Krieges in den Forts auf dem Hagelsberg Batterien der Luftabwehr-Artillerie stationiert gewesen waren, die die Werft vor den Angriffen der Alliierten schützen sollten. Er klopfte den Ziegelstaub von den Händen und begann vorsichtig, bei jedem Schritt auf seine Füße schauend, mit der Kerze in der Hand eine Treppe hinunterzugehen und weiter durch einen schmalen Stollen. Dann kam er an einen Ort, wo lange Seile eines Aufzugs und verrostete Ketten hingen. Er fand den Eingang zu einem abschüssigen Tunnel. Verrostete Schienen, in den Betonboden eingelassen, verloren sich in der Dunkelheit. Er ging eine Weile unter dem niedrigen, rissigen Gewölbe und tastete mit der Stange nach Löchern im Boden, die jedoch mit Backsteinstückchen zugeschüttet waren. Die Luft roch nach feuchtem Kalk und Schimmel.

Auf einmal hörte er das gedämpfte Rattern eines Zuges über sich. Der Boden bebte. Teilchen von abgesplittertem Putz rieselten ihm aufs Haar. Er hob den Kopf. Der Tunnel verlief mit Sicherheit unter den Bahngleisen. Er hatte jetzt bald die Bahnsteige und das Bahnhofsgebäude über sich erreicht. Einen Moment blieb er stehen und wartete, bis das Dröhnen nachließ. Dann ging er weiter. In Gedanken schätzte er die Entfernung ab. Das milderte die Angst ein wenig. Aus der Neigung des Fußbodens und den Biegungen der Mauer schloß er, daß der Tunnel unter dem Bahnhof mit großer Wahrscheinlichkeit nach Osten, Richtung Innenstadt abbog. Einen Moment lang dachte er, man habe ihn gebaut, um die Forts auf dem Hagelsberg mit den preußischen Kasernen in der Łąkowa zu verbinden.

Wenn der Tunnel nach rechts biegen würde, wäre er in ein paar Minuten in der Nähe des kleinen Rathauses. Er ging jetzt in vollkommener Stille. Unter der Fahrbahn der Podwale wurde das Gewölbe niedriger. Er zog den Kopf ein. Ein feuchter, kühler Luftzug. Die Flamme der Kerze flackerte. Der Tunnel, in den er nun eintrat, hatte konkave Wände, ausgelegt mit glänzenden Klinkersteinen, und den ovalen Grundriß eines Überlaufkanals. Die in den Fußboden eingelassenen Schienen verschwanden in dem schwarzen Wasser, das jetzt seine Schuhe durchnäßte. Er watete bis zu den Knöcheln in der dünnen Brühe. Um nicht an die Eisenklammern der Decke zu stoßen, ging er mit eingezogenem Kopf. Die Wände des Tunnels waren kalt und glitschig. Zwischen den Ziegelsteinen flossen kleine, gewundene Rinnsale herab.

Dann begann es aus dem Gewölbe zu tropfen. Er legte das Ohr an die Wand. Eine Zeitlang hörte er nichts. Erst als er den Atem anhielt, nahm er ein gedämpftes Gesäusel wahr. Da oben, über seinem Kopf, rauschte das vom Regen angeschwollene Wasser der Radaune donnernd in die Schleuse bei der Großen Mühle. Im Tunnel war ein langgezogenes unterirdisches Grollen zu hören. Er ging noch ein paar Meter weiter. Führte der Tunnel wirklich Richtung Innenstadt, befände sich irgendwo hier, auf der rechten Seite, der Jacek-Turm und die Markthalle bei der St.-Nikolaus-Kirche. Erst jetzt bekam er Angst. Vielleicht würde er nie wieder hinausfinden! Bestimmt waren alle Ausgänge nach den russischen Bombardierungen verschüttet. Und selbst wenn das nicht der Fall wäre, hatte man sie beim Wiederaufbau der Stadt sicher zugemauert.

Vorsichtig, mit eingezogenem Kopf, ging er durch den schmalen Korridor und erreichte einen langen unterirdischen Saal mit einem Gewölbe. Er hob die Kerze hoch. Der Backsteinraum war mit schwarzem Wasser gefüllt. Träge Rinnsale flossen aus glitschigen Öffnungen in der Wand. Um auf die andere Seite zu gelangen, wo schwach das Ufer schimmerte, mußte er die Überschwemmung durchqueren.

Ihm war schwindlig im Kopf. Vorsichtig trat er ins Wasser, mit der Stange die Tiefe prüfend. Vor ihm schwammen bedruckte Papierchen, leere Shampooflaschen, Ansichtskarten, Stoffetzen. Bei jedem Schritt schob er mit den Knien nasse Seiten alter Zeitungen auseinander, wie Blätter von Seelilien. Die Kerzenflamme spiegelte sich als zitternde Zickzacklinie in der trüben Oberfläche. Die Stange, mit der er die Wasser des Styx teilte, stakte durch zerrissene Plakate der städtischen Oper, verfaulte Formulare des Finanzamts, kaiserliche Diplome mit dem deutschen Aufdruck »Technische Hochschule«, vergilbte Flugblätter vom Dezember 1970, die zum Streik in der Werft aufriefen, von Albert Forster unterschriebene Bekanntmachungen, Formulare eines Geschäftsplans für das Jahr 2000. Unter einer angesengten Reklame für die Rolling Stones fischte er mit der Spitze der Stange das Plakat einer Wagneroper in Zoppot und eine verblaßte Fotografie von Marlene Dietrich aus dem »Blauen Engel« hervor.

Als er an seine Stirn faßte, spürte er frisches Blut. Die Stelle, wo er getroffen worden war, schwoll an. Er ging durch das Wasser und stützte sich auf den Stab wie der heilige Christophorus, nur daß er niemanden auf der Schulter trug. Er sah einen Kinderwagen aus lackierter Pappe – ähnlich dem, in dem seine Mutter ihn durch den Park bei der Kathedrale geschoben hatte. Mit dem Boden nach oben ragte er aus dem reglosen Wasser. Er schob Zelluloidpuppen ohne Arme weg, die auf dem Rücken schwammen, die Glasaugen auf die Backsteindecke geheftet, als würden sie jemanden erwarten.

Der Geruch des lebenden Körpers lockte Falter an. Mit silbernem Geflatter sammelten sie sich unter dem Gewölbe wie die Seelen Verstorbener. Er jagte sie nicht einmal davon, als sie sich auf seine Haare setzten.

Er hatte Angst, er könnte jeden Moment fallen. Durch seinen Kopf wirbelten wie in einem kaputten Kaleidoskop Szenen aus der Erinnerung, aus Filmen, Gesprächen, Reisen, Büchern. Roberts Zimmer, Jola im Lederrock auf dem weinroten Sofa mit dem Paradiesvogelmuster, das Polizeipräsidium, die schrecklichen Bilder von den nackten Frauen auf den Metalltischen in der Anatomie, Nickolson in *Einer flog übers Kuckucksnest,* Hildas orangerote Jacke, ihr hell auflodierndes Haar, der kleine, sich vor Schmerz windende Körper, Doktor Jaceks Gesicht, Janka mit der Kamera auf der Schneekoppe, Wałęsa am blumengeschmückten Tor der Werft, der Papst, der die Krakauer Erde küßt, die von einem deutschen Professor präparierten Leichen in Glasvitrinen, Raumschiffe aus *Krieg der Sterne*, computeranimierte Saurier aus *Jurassic Park*, Juden aus *Schindlers Liste*, gefesselte Taliban in Guantanamo. Er faßte sich an die Stirn. Sie war heiß. Er wollte sein Gesicht abwaschen, wollte mit der Hand Wasser schöpfen, aber es war schwarz und undurchsichtig wie Blut.

Er fühlte sich, als würde er ein Land betreten, in dem niemand mehr einen Sonnenaufgang erwartete. Das schwarze Wasser, das den Raum ausfüllte, glänzte wie Blei. Mit der Stange schob er von Schimmel zerfressene protestantische Gebetbücher vor sich her, Lehrbücher der russischen Sprache, agitatorische Parteibroschüren. Sie zerfielen wie Moder. Leere Parfümfläschchen von Coco Chanel, Estée Lauder, Lancôme, Givenchy schaukelten noch an der Oberfläche und gaben einen gläsernen Klang von sich. Aus kaputten Kisten und Koffern hingen zerrissene, wie von Würmern zerfressene Stoffe. Der bleierne Spiegel – unbewegt, mit regenbogenfarbenen Benzinstreifen – nahm sein Bild ungern auf. Kein Geist schwebte über den Wassern.

An der Backsteinwand sah er senkrecht angeordnete weiße Zahlen – Meldungen des Wasserstands in dem unterirdischen Raum. Die Daten konnte er zuordnen. Französisch-preußischer Krieg, Attentat auf Erzherzog Ferdinand in Sarajevo, Versailler Vertrag, Anschluß Österreichs, deutscher Angriff auf Rußland. Und darüber die große deutsche Inschrift: »Achtung! Luftschutzraum!«.

Der Raum wurde breiter, er trat über eine steinerne Schwelle und hob die Kerze hoch.

Vor ihm erstreckte sich ein langer Saal mit Dutzenden von Betonpfeilern. Es sah aus wie die große Wartehalle eines unterirdischen Bahnhofs. Auf Bänken, die Füße im Wasser, saßen Männer in Militärmützen und verfaulten Uniformen ohne Knöpfe. Frauen in altmodischen Pelzmänteln und mit weißem Schimmel bedeckten Hüten hielten zerfledderte Federboas, Handtaschen aus Krokodilleder und verblichene, mit Kleidern vollgestopfte Bettbezüge in den Händen. Die Koffer schwammen, anstatt zu stehen, neben den Bänken auf dem schwarzen Wasser.

Seiner Einschätzung nach mußte er jetzt in einem unterirdischen Raum unter der Markthalle bei der St.-Nikolaus-

Kirche sein. Um nicht zu fallen, stützte er sich auf die Stange. Wieder war ihm schwindlig. Die schweigenden Menschen, die den Saal erfüllten, bewachten in absoluter Stille das schwarze Wasser, das jetzt, als er zwischen die Bänke trat, eine träge Welle schlug. Unter ihrer Berührung erbebten die auf den Bänken sitzenden Reisenden, als wollten sie gleich aufstehen und in einen unsichtbaren Zug steigen, aber der Zug kam nicht, und so sanken sie mit der Bewegung wogender Wasserpflanzen auf die Lehnen der Bänke zurück und verharrten in stummer Reglosigkeit, während die Koffer in ihren Händen sacht schaukelten.

Vorsichtig – um niemanden anzurempeln – ging er zwischen ihnen durch. Sie waren zu einer langen Reise bereit, schienen nur auf ein Zeichen zu warten. Manche hatten Katzen und Hunde im Arm, einen Käfig mit einem schmutziggelben toten Kanarienvogel oder leere Panzer von Hausschildkröten. Andere hielten ein Päckchen Briefe, mit einem Band zusammengehalten, vermoderte Ausweise, alte Schreibmaschinen, silbernes Besteck, Medizinköfferchen. Das Wasser kam bei jedem seiner Schritte in Bewegung und schlug an ihre Knie. Wenn er sich näherte, ließen ihn alte Frauen mit auf der Stirn gebundenen Kopftüchern passieren und nickten schwerfällig mit dem Kopf, als ob sie ihr Einverständnis gäben. Kleine Mädchen in zerfallenden Pullovern aus faulender Wolle, mit leinenen Hampelmännern, Rasseln oder Holzpferdchen in den schlammverschmierten Fingern, schmiegten sich an ihre Mütter, das Gesicht bis zur Hälfte im Wasser.

Die auf den Bänken sitzenden Menschen betrachteten ihn aufmerksam aus ihren schwarzen Augenhöhlen. Er störte ihre Ruhe. Er war zu lebendig für diesen Ort. Sicher saßen sie seit jener denkwürdigen Januarnacht des Jahres 1945 hier, als die Explosion einer russischen Bombe die Tür zu dem Versteck unter der Markthalle verschüttet und die Aggregate zertrümmert hatte, die die Höhe des Wasserspiegels regulierten. Sie hatten genug von der Welt, und er brachte die Welt herein. Unwillig wandten sie den Kopf ab, wenn er zu nahe kam. Er befleckte die kühle Luft mit seinem zu warmen Atem. Er hatte einen Körper und Blut – unnötiges Gepäck auf der weiten Reise. Hier, in diesem dunklen Saal, in diesem Backsteingewölbe, konnten sie endlich tot sein, so lange sie wollten. Niemand zwang sie zu leben. Nach vielen aufreibenden Übergängen ruhten sie sich in dieser Stille aus, befreit von der beschwerlichen Pflicht des Atmens, Weinens, Liebens, Hassens, Fürchtens, Lachens, des Schmerzes und der Lust. Was eine Zeitlang lebendig gewesen war, kehrte erleichtert zu seinem Anfang zurück.

Als er am Ende der Bankreihen angekommen war, schien es ihm, als sehe er eine Person jenseits des Wasserspiegels. Da stand jemand auf einem Vorsprung der Backsteinmauer. Die Kerze in seiner Hand zitterte. Eigentlich war er ja hierher gekommen, um einen Menschen wieder ins Leben zurückzuholen, aber jetzt konnte er sich nicht mehr erinnern, wer dies gewesen sein konnte. Wieder spürte er einen stechenden Schmerz an der linken Schläfe. Er zwang sich, nicht nach hinten zu sehen, sondern heftete die zusammengekniffenen Augen auf die andere Seite des Wassers. Das Kleid? Die glatten aschblonden Haare? Die schmalen Hände? Er stolperte, das Wasser plätscherte, die Kerzenflamme schoß in die Höhe, auf dem Gewölbe bewegten sich Schatten, er schaute noch einmal auf die andere Seite, aber jetzt sah er niemanden mehr auf dem Mauervorsprung. Die durchsichtige Gestalt hatte sich in eine Reihe von Lichtreflexen auf dem wogenden Wasser verwandelt.

Er bedauerte, daß er nicht festhalten konnte, was er gesehen hatte. Durch die schwimmenden Koffer, Schachteln und Kisten watete er schnell ans andere Ufer. Doch als er an dem Mauervorsprung ankam, sah er nur eine nasse Spur, die von zwei nackten Füßen stammen konnte, und als er die glatte, dunkle Stelle anfaßte, verschwand die Spur unter seinen warmen Fingern.

Fäden von Spinnweben, die über dem Wasser schwebten, wiesen ihm den Weg. Er kletterte auf den Mauervorsprung, erreichte erneut einen Korridor mit Schienen im Boden, bückte sich und lief, über Schutt stolpernd, weiter durch das niedrige Gewölbe. Die Kerze fiel ihm aus der Hand. Er spürte den warmen Hauch frischer Luft. In den Ritzen unter der Decke schimmerte schwaches Licht. Er kletterte über einen Backsteinhaufen, schob mit der Stange den Schutt beiseite und kroch durch ein kleines Kellerfenster langsam nach draußen.

Vor sich hatte er die dunklen Mauern der St.-Johannis-Kirche und den engen Hof eines alten, zerfallenen Hauses, das neben der Kirche stand und von einem Gerüst grober Balken gestützt wurde. Der Himmel war so hell, daß er vor dem Licht die Augen zukniff. Er hörte den Schrei von Schwalben. Sie huschten über den Kirchturm, hoch oben, unter den Federwolken. Die Dämmerung war nicht mehr fern. Hinter den Mauern vernahm man die gedämpften Stimmen der Stadt. Über dem Hagelsberg ging die rote Sonne unter. Mit letzter Kraft schleppte er sich über die morsche Treppe in den ersten Stock des alten Hauses, legte sich auf den mit abgefallenem Putz bedeckten Boden, hüllte sich in seinen Mantel und schlief ein, die Faust unter dem Kopf.

Ausgezogen

Gegen elf wachte er auf. Der Himmel über der Kirche war schwarz. Gereizt, hungrig, mit dem Bild des Feuers vor dem inneren Auge, schleppte er sich durch die Straganiarska Richtung Innenstadt. Die schummrigen Räume der Bierstuben und Pubs, an denen er vorbeikam, waren voll von lachenden Menschen.

Er liebte diesen Teil der Stadt – hier war immer Betrieb, die Menschen schienen keinen Schlaf zu kennen. Da waren die überfüllten chinesischen Restaurants auf der Grobla, die Lawendowa, die bayerischen Gasthäuser beim Jansen-Haus, der Jacek-Turm, die Szeroka, die Berliner Straße ... Das würzige Aroma in den griechischen Kneipen, die schmalen Durchgänge zwischen den Häusern, die kühle Luft um den Faust-Brunnen, die roten Paprikaschoten an den Türrahmen, der Geruch von gebratenem Fisch, glühende Kohle auf dem Rost, weißer Rauch, Zimt, Vanille. In den irischen Pubs wimmelte es von Studenten, die um diese Zeit von der Speicherinsel kamen. Auf dem nassen Pflaster bei der Markthalle Weidenkörbe voller Obst, Knoblauch, Orangen, die grünen Zöpfe aus Gemüse, der Duft von Äpfeln. Niedergetretene Blumen, bunte Papierchen von Schokoriegeln, heruntergefallene Pommes Frites. In der Lawendowa, im Restaurant »Zum Schwan«, hantierten Kellner in kaschubischer Tracht an den runden Tischen, auf denen in Glasschüsseln der berühmte Albertus-Punsch brodelte. Vor dem Eingang zum »Astoria« schaukelten japanische Lampions aus gelbem Seidenpapier.

In der Szeroka, an der Rezeption eines französischen Hotels, entdeckte er unter den Gästen Doktor Jacek und Pfarrer

Jan. Sie gestikulierten lebhaft, fröhlich. Er entfernte sich von der Fensterscheibe. Vor dem Hotel aßen ein paar deutsche Touristen Hot Dogs mit Ketchup und englische Donuts. Ein mageres, schlitzäugiges Mädchen in schwarzem Leder, mit einem rosaroten Igelschnitt und stark phosphoreszierendem Lippenstift, hüpfte mit einem Stereoradio auf der Schulter im Rhythmus einer verrückten Pop-Musik auf der Fahrbahn. Lackierte Fingernägel. Ein Piercing in der Nase. Silberne Ringe in den Ohren. Aus einer Portion Schaschlik lief gelber Senf auf ihre Finger. Er bog um die Ecke. Jemand warf den Rest eines Brötchens nach ihm, aber er drehte sich nicht um. In seinen vom Schlamm steifen Kleidern schlich er an den Hauswänden entlang. Der Mantel zerrissen, auf dem Ärmel Wachsspuren, an den Haaren getrocknetes Blut. Ein Wanderer aus einem Bild von Hieronymus Bosch, der mit seinem bloßen Aussehen die fröhliche Atmosphäre störte.

Aus den Kneipen, an denen er vorbeiging, strömte warmer Essensgeruch. Ihm wurde schwindlig. Immer wieder mußte er daran denken, was mit Hilda geschehen war. Haß, Angst. Hätte er jetzt die Typen vom Hagelsberg zu fassen bekommen, hätte er keinerlei Skrupel gehabt. Er hob einen angebissenen Apfel mit Lippenstiftspuren auf dem gelben Fleisch von der Erde auf, aber als er an den giftigen Apfel von Schneewittchen dachte, verging ihm die Lust. Sein Weg führte ihn in die Rajska, an dem Geschäft mit neuen Kreationen von Arkadius vorbei, an der Weinstube in der schmalen Gasse beim Theater. Auf den Billboards auf dem Kohlenmarkt animierten ihn halbnackte, vor Sauberkeit strahlende Frauen dazu, endlich eine Tafel Dove-Schokolade zu essen. Ach, Jakub, laß doch die Sorgen um Lady Macbeth. Im Schießhaus des heiligen Georg, hinter den hellen Fensterscheiben im ersten Stock, war eine laute Fete im Gang.

Er überquerte den gepflasterten Platz vor dem Theater, und als er sich dem Hohen Tor näherte – kalter Stein im Licht grüner Scheinwerfer – kam ihm plötzlich jener Januartag in den Sinn, an dem durch die verschneiten Straßen Panzer von den Kasernen zur Werft gefahren waren. Aus der Tiefe des angestoßenen Gedächtnisses floß ein schreckliches, schwarzweißes Bild: Auf der vereisten Fahrbahn, von Panzerraupen überrollt, lagen reglose, gekrümmte Körper. Und er bekam Angst, sie lägen noch immer da. Hier, auf diesem gepflasterten Platz.

Er hatte Hunger, besaß kein Geld, wußte nicht, wohin. Bald war Mitternacht. Zurück auf den Hagelsberg? Der Hagelsberg löste Entsetzen aus. Durch eine niedrige Unterführung, in der düster die Neonlampen summten, gelangte er auf den Platz vor der Bibliothek. Es war leer hier, nur ein autistisches Kind auf einem Plakat an der Glaswand der Bushaltestelle streckte die Hand nach ihm aus. Die Straßenbahnschienen vor dem Gebäude der Fluggesellschaften glänzten auf dem Asphalt.

Da sah er mitten auf dem Platz zwei Leute. Ein Mann mit grauem, kurz gestutztem Bart, in einem weißen Leinenanzug, ging Arm in Arm mit einer Frau in einem phantasievollen Hut aus cremefarbenem Bast. Es war der Schriftsteller, der ihm ab und zu eine Münze in den Plastikbecher warf, mit seiner Frau.

Er folgte ihnen unauffällig. Hörte ihre Stimmen. Sie scherzten, lachten. Der Himmel über der Bibliothek war schwarz, sternlos. Zur Rechten lag der Park an der Radaune. Das Dickicht regloser Jasminsträucher. Platanen. Ein Stück weiter der Taxistandplatz und die Bushaltestelle. Vom Viadukt her war das Dröhnen eines Zuges zu hören. Hinter den Gleisen sah man das Gefängnis in der Kurkowa, die Lichter gelöscht, Mauern, Wachtürme.

Schnell holte er die beiden ein und versetzte dem Mann einen Schlag auf den Rücken. Dieser fiel aufs Pflaster. Er versuchte der Frau die Handtasche wegzureißen, aber sie hielt sie fest und schlug ihn mit der Faust ins Gesicht. Er schmeckte auf den Lippen Blut. Der Mann sprang auf, schrie, Jakub fiel ins Gestrüpp, jagte durch die Jasminsträucher Richtung Kreuzung. Hinter sich hörte er das Rascheln auseinandergerissener Zweige, Rufe, Schreie, dann einen Schuß, einen zweiten, aber das Entsetzen trug ihn wie auf Flügeln, und er rannte weiter, rutschte auf dem nassen Asphalt der Fahrbahn aus, sprang über die Straßenbahnschienen, lief ins Gebüsch beim ehemaligen Gebäude des Völkerbundes und fiel ins hohe Gras.

Er drückte sich an die Erde. Hatte er sie abgehängt? Er kroch unter einen Strauch, zitterte. Schüsse? Wenn wirklich jemand geschossen hätte, säße ihm schon eine Kugel im Rücken. Wieder dachte er an Hilda. Das schreckliche Bild der brennenden Haare kreiste unter seinen Lidern. Er horchte. Aber auf dem Platz vor der Bibliothek war niemand. Steif vor Kälte, naß vom Tau, wickelte er sich in seinen Mantel. Er wollte diese verfluchte Nacht hier im Gebüsch verbringen. Er lehnte sich mit dem Rücken an einen Baum. Als sein Kopf vor Müdigkeit auf die Brust sank, krallte er sich die Fingernägel in die Hand, um nicht einzuschlafen. Aber die Augen fielen ihm trotzdem zu.

Als er erwachte, war der Himmel über den Bäumen bereits hell. Das Rauschen von Autos drang an sein Ohr. Die Glocken auf dem Turm der Katharinenkirche. Das Scheppern der Straßenbahn. Das Dröhnen eines Zuges unter dem Viadukt. Er kroch durch das Dickicht auf die Straße zu, aber er war so schwach, daß er dabei umfiel. Er versuchte ein paar Blätter zu essen, sie waren bitter, brannten wie Jod in der Kehle, er spuckte sie mit grünem Speichel aus. Wieder kroch er unter die Zweige, schmiegte die Knie ans Kinn. Er wollte am liebsten sterben. Aber im Moment war anscheinend niemand an seiner Seele interessiert.

Er verbrachte den ganzen Tag im Gebüsch und wußte bald

gar nicht mehr, ob er träumte oder ob das alles Wirklichkeit war. Ihm war übel. Unter der Schläfe pochte der Schmerz. Er schlummerte unter den Zweigen ein und erwachte plötzlich mit einem Schrei. Immer noch hatte er Hildas brennendes Haar vor Augen. Verzweiflung packte ihn. Er schloß die Augen, um die Welt nicht zu sehen, aber die Welt machte sich nichts daraus. Die Sonne erfüllte ihre Pflicht vorbildlich und stieg zwischen den Wolken wie immer zum Turm des Rathauses empor. Auf Cap Canaveral schossen die Amerikaner einen weiteren Satelliten ab. Die Sonde Galileo erreichte den Mars.

Erst gegen Abend ging er auf die Straße. Er schwankte Richtung Bahnhof. In der Kurve gaben seine Beine nach, und er fiel auf den Bürgersteig. Eine Frau in rotem Pullover wollte mit dem Handy einen Krankenwagen rufen. Er schüttelte den Kopf. Sie fragte ihn, wie er heiße. Er wollte sagen, er heiße Jakub, aber das Wort »Jakub« war nur ein Gestammel. Ausweis? Er hatte keinerlei Papiere. Er stand auf, klopfte die steifen Kleider ab. Er machte einen Bogen um die Polizeistreife, die vor dem Haupteingang patrouillierte, und kam von den Bahnsteigen aus in den Bahnhof. Ihm war, als ob sein Schädel vor Schmerz gleich platzen müßte. Er setzte sich auf den Boden gegenüber der Drogerie Rossmann, in die dunkle Ecke bei den Kassen, wo Hilda immer gesessen hatte. Erst jetzt kam ihm zu Bewußtsein, daß es sie nicht mehr gab, daß eine schreckliche Strafe sie getroffen hatte. Aber er wußte nicht, warum sie bestraft worden war, nicht er.

Blau geschlagen, wund, schmutzig, saß er an der Wand. Bei seinem Anblick beschleunigten die Leute den Schritt. Er schien wieder Fieber zu haben. Er schlug mit einem Coca-Cola-Becher gegen den Boden und wartete auf das Scheppern einer Münze. Vor ihm verschwamm alles in einem trüben, grauen Nebel. Er nahm nur die Bewegung der Vorbeigehenden wahr.

So wartete er bis Mitternacht.

Gegen Mitternacht blieb jemand vor ihm stehen. Irgendwo aus dem Nebel, aus einer kosmischen Entfernung, erreichten ihn die Worte: »Sind Sie das wirklich? Mein Gott, was haben Sie aus sich gemacht?!« In diesen Worten war solch ein Erstaunen, daß er sich auf den Ellbogen stützen wollte, um die Frau vor ihm näher zu betrachten. Aber er hatte keine Kraft, sich zu bewegen.

»Was machen Sie hier?!« In der Stimme der Frau zitterte unterdrückte Wut. »Machen Sie, daß Sie hier wegkommen, hören Sie?« Sie streckte den Arm aus. Als er diese Geste sah, verdeckte er instinktiv das Gesicht mit der Hand. Sie packte ihn an der Schulter und schüttelte ihn. »Was machen Sie hier? Schämen Sie sich nicht? Stehen Sie auf!« Aber er schämte sich nicht. Er rührte sich nicht von der Stelle. Er sah, wie ein Mann in Polizeiuniform an die Frau herantrat und fragte, was los sei. Die Frau antwortete, sie unterstütze solche Menschen wie ihn und ob man ihr helfen könne, ihn ins Auto zu schaffen.

Sie setzten ihn in einen weißen Volkswagen. Sein Kopf kippte nach unten und schlug gegen die Scheibe. Der Mann in Uniform fragte, ob er mit ihr fahren solle, aber die Frau sagte, sie komme schon allein zurecht. Sie fuhren zum Obdachlosenheim, in die Klasztorna, aber da war alles voll. Die Frau setzte sich hinter das Steuer und rauchte schweigend eine Marlboro. Dann drehte sie den Schlüssel herum, fuhr auf die Irrgarten-Brücke und dann auf der Straße am Wald entlang in den Stadtteil bei der Kathedrale.

Vor einer alten Villa hielt sie an. In den Fenstern brannte kein Licht. Mit Mühe zog sie ihn über die Eingangstreppe, schob ihn in den dunklen Flur, legte ihn in einem Zimmer im Erdgeschoß auf eine Matratze und deckte ihn zu. Dann ging sie nach oben ins Schlafzimmer. Sie legte sich in Kleidern aufs Bett und starrte lange, die Hände unter dem Kopf verschränkt, gegen das Fenster, in dem ein paar kalte Sterne leuchteten. Gegen eins schlief sie ein.

Am Morgen half sie ihm von der Matratze und führte ihn ins Bad. Sie streifte ihm die schlammbeschmierten Schuhe ab. Als er barfuß auf dem kalten Fußboden neben der Badewanne stand, begann sie ihn auszuziehen. Behutsam, um die Haut an Armen und Rücken nicht zu verletzen, schnitt sie mit einer Schneiderschere die steifen Schichten der schmutzigen Kleidung ab, als würde sie ein Gipskorsett entfernen. Er bemühte sich, gerade zu stehen, aber sein Kopf streikte. Hinter den Augen Schmerz. Das Bild verschwommen. Schüttelfrost. Die kalte Schere klapperte. Die Frau zerschnitt den Mantel auf seinem Rücken, zerriß den Pullover, das Hemd. Der Stoff barst mit einem knirschenden Geräusch. Die Fetzen warf sie unters Waschbecken. Er stützte sich mit der Hand gegen die gekachelte Wand. Aus einer großen Entfernung hörte er ihre Stimme: »Bleib ganz ruhig stehen. Beweg dich nicht, sonst tu ich dir weh.«

Sie gab ihm einen Löffel mit einer bitteren Flüssigkeit. Nur mit Mühe schluckte er die wie Wermut brennende Mixtur. Es schüttelte ihn. Über die Badewanne gebeugt, mußte er erbrechen. Sie hielt ihm den Kopf. Die gelben Speichelfäden rannen über das weiße Email und verschwanden in dem verchromten Abflußsieb. Sie sagte noch einmal: »Steh ganz ruhig, versuch es noch mal, das muß alles aus dir raus.« Er wurde von Magenkrämpfen geschüttelt, aber es war, als stecke etwas Scharfes, Gefiedertes in seiner Speiseröhre und könne nicht heraus. Sie spülte die Wanne mit der großen Brause aus. Er machte die Augen nicht auf. Über die gekachelten Wände liefen Rinnsale von kondensiertem Dampf. Sein Körper war naß von Schweiß.

Dann sagte sie, er solle in die Badewanne steigen. Die verchromte Brause mit dem Porzellangriff fest in der Hand – kalter Glanz eines chirurgischen Werkzeugs – begann sie ihm

Arme, Hüften und Brust abzuspülen. Behutsam berührte sie die blauen Flecken auf der Haut. Die Arme sollte er nach oben strecken. Er stand da wie gekreuzigt. Das Wasser, das von den Schultern floß, war lauwarm. Zeitweise konnte er es nicht von der Luft unterscheiden. Unter der Dusche stehend, kaum bei Bewußtsein, wund, betrachtete er den eigenen Körper wie einen fremden. Von Armen, Schultern und Händen flossen Partikel von Ruß, Schlick, Schlamm, Sandkörner, roter Ziegelstaub, Asche, Wachsteilchen, Grashalme, Rost – Schmutz, den die Erde auf uns hinterläßt, wenn wir ihr zu nahe kommen.

Die Tropfen, die auf sein Gesicht fielen, rauschten wie der Regen in den Weißdornzweigen auf dem Hagelsberg. Sie nahm einen Schwamm und seifte ihn mit Lavendelseife ein. Sie wusch ihm einen Finger nach dem anderen. Unter der verletzten Haut steckten winzige Eisensplitter, Dornen, Holzspreißel. Die Ellbogen waren abgeschürft. An den Handgelenken rosarote Kratzspuren. Sie berührte mit dem Schwamm sein Geschlechtsteil, schlaff und tot. Graurosa Schaum lief von den Füßen auf den Boden der Wanne. Sie krempelte die Ärmel der weißen Bluse hoch, streifte die feuchten Haare von der Stirn, ließ ihn auf den emaillierten Boden knien. Er zog den Kopf ein. Vorsichtig wusch sie ihm den Rücken voller Hämatome. Immer wieder sagte sie: »Mein Gott, was hast du nur aus dir gemacht …« Der ovale Spiegel weiter hinten im Badezimmer bedeckte sich mit weißem Dunst. Über die kalte Glasoberfläche rannen winzige Tropfen. Irgendwo draußen schlug eine Glocke, aber in seinem Ohr tönte sie so laut, als hätte jemand mit einem Stein die Scheibe eingeschlagen.

Sie trocknete ihn mit einem weichen Handtuch ab, schmierte die schmerzenden Stellen mit Öl ein. In das weiße Tuch des Lakens gewickelt, wurde er von ihr langsam zum Bett geführt. Er fiel auf das Bettzeug, das Gesicht ins Kissen gedrückt, kraftlos, schwer. Als sie ihn auf den Rücken drehte, war das Kissen naß von Schweiß oder auch von Tränen. »Und jetzt schlaf«, hörte er von weitem die entschiedene Stimme. »Laß die Augen zu.« Seine Haut war am ganzen Leib so empfindlich, daß er jede Faser des gestärkten Bettzeugs spürte. Einen Augenblick lang sehnte er sich nach seinen schmutzigen, steifen Kleidern zurück, die ihn – wie die allen Verletzungen trotzende zweite Haut des Narziß – so lange von der Welt ferngehalten hatten. Nach ein paar Minuten schlief er ein.

Als er erwachte, sah er undeutlich, wie durch einen Nebel, ihr Gesicht über sich. Das grelle Make-up, das aschblonde, in der Mitte exakt gescheitelte Haar mit dem schönen Glanz, die vorstehenden Backenknochen, die weißen Wangen, den roten Fleck des Mundes. Er erschrak, aber er wußte gar nicht wovor. Sein Kopf schien jeden Moment vor Schmerz zu zerspringen. Er wollte sich auf den Ellbogen aufrichten, aber sie murmelte: »Bleib liegen.« Er öffnete die Lippen, um etwas zu fragen, aber aus seinem Mund kam nur ein dumpfer Laut, mit Speichel gemischt. Er sah ihren beunruhigten Blick. Auf dem Laken waren an einigen Stellen frische Blutflecken von den nicht verheilten Verletzungen auf dem Rücken und an den Hüften. Dann schlief er wieder ein. Im Traum floh er vor einer wirbelnden Feuerwolke durch lange Backsteintunnel, die nicht enden wollten. Als er die Augen öffnete, flößte sie ihm Tee ein, vorsichtig auf den Löffel blasend.

Das Make-up

Nach zwei Tagen stand er langsam vom Bett auf. Der anstrengende Übergang vom Wachzustand in den Schlaf, die dem Tag ähnliche Nacht – er hatte genug davon. Als sie gegen zehn das Zimmer betrat, stand er am Fenster, ins Laken gehüllt. Sie holte Kleider aus dem Schrank. Einen weißen Pullover mit hübschem Norwegermuster, auf der Brust türkisfarbene Rentiere, eine Drillichhose, ein Flanellhemd mit rotem, schottischem Karo. Vorsichtig zog sie ihn an. Dann setzte sie ihn auf das Sofa. Sie selbst setzte sich gegenüber. Enge schwarze Hose, die Füße nackt, die Fersen rosig. Die graue Seidenbluse am Hals aufgeknöpft.

Er sah sie an. Ihr Gesicht war sorgfältig mit weißem Puder bedeckt, auf den Wangen Rouge, schwarze Wimperntusche, dunkelgrüner Lidschatten. Die Augen feucht, glänzend, durch einen schwarzen Strich verlängert. Sie sah aus wie eine Schauspielerin des Kabuki-Theaters, übertrieben geschminkt, er wußte nicht recht, ob er das abstoßend oder anziehend fand. Einen Moment lang dachte er, sie habe etwas von einem Clown. Der Mund, mit karminrotem Lippenstift nachgezogen, von einer harten Kontur eingerahmt, stach von den gepuderten Wangen ab wie ein schmerzhafter roter Fleck. Dieses übertriebene asiatische Make-up, noch dazu um diese Zeit, schüchterte ihn ein. Wozu sollte das gut sein? Sie strich sich mit den Fingern über die Seidenbluse – ein zartes Zupfen, eine weiche Geste, die ihm an Frauen immer gefallen hatte. Schmale, geschickte Hände. Sie begann zu sprechen, er sah, wie sich der rote Fleck bewegte, aber als sie ihn bat, ihre Worte zu wiederholen, konnte er es nicht.

Diese verdammte Müdigkeit! Die Worte, die er hörte, lösten sich von ihren Bedeutungen. Es war, als kämen sie durch eine dicke Scheibe. Leere Laute. Verstreute Steinchen. Briefmarken, vom Umschlag abgelöst. Er wollte sie wieder an die Bilder der Dinge kleben, aber zwischen die Sprache und die Welt hatte sich etwas Drittes geschoben, und es summte im Kopf wie eine lästige Wespe an einer winterlichen Fensterscheibe.

Sie wollte ihm also das Sprechen beibringen? Was für eine Dummheit! Schließlich konnte sie ja sehen, daß er ganz normal sprach! Sie zeigte mit dem Finger auf die hohe Fichte vor dem Fenster und sagte: »Baum.« Aber das Wort, das er hörte, ließ sich nicht zu einem Sinn fügen. Im Kopf wirbelten Sprachfetzen. Moment! Wie war das möglich? Er bewegte den Mund, versuchte zu wiederholen, was sie gesagt hatte, aber es ging nicht. Er konnte nicht begreifen, was eigentlich geschehen war.

Sie strich ihm beruhigend über den Arm. Eine Handbewegung, mit der man eine aufgeschreckte Taube berührt. Plötzlich durchdrang ihn ein Gefühl von Rührung, unverständlich, denn das grelle Make-up irritierte ihn immer noch. Sie gab ihm eine rote, runde Frucht mit glänzender Schale. Ganz ruhig sagte sie: »Apfel.« Er nahm den von der Sonne erwärmten Apfel in die Hand und betrachtete ihn von allen Seiten. Was für komische, affenartige Gesten! Als wüßte er nicht, was das war! Sanft streichelte er die duftende Schale mit den Fingerspitzen. Prüfte er etwas? Die ungreifbare Farbe auf der Oberfläche, den Glanz, die gläserne Konsistenz? Aber das war doch ein ganz normaler Apfel! Und obwohl er wußte, daß er einen Apfel in der Hand hielt, war er nicht imstande, den Unterschied zwischen dem Rot der Frucht und dem – ebenfalls warmen – Rot der Sonne zu fassen!

Als sie ihm etwas Rundes mit knuspriger, brauner Rinde gab, brach er ein Stück ab, nahm es zwischen die Finger, roch daran. »Brot«, sagte sie. Aber er hörte »Blut«, und das erschreckte ihn. Durch seinen Kopf schossen unscharfe, ferne Bilder: ein goldener Kelch auf einer weißen Tischdecke, eine grüne Stola, bestickt mit Weinrebenmuster, eine runde Oblate auf der Zunge, ein Priester in schwarzer Soutane. Sie nahm ihn bei der Hand. Aus einem Glas leerte sie ihm ein paar kalte Tropfen über die Finger. »Wasser«, sagte sie. Aber etwas furchtbar Bösartiges, das im Kopf summte wie eine Fliege im Spinnennetz, bewirkte, daß er, als er das Wasser von den Fingern leckte, Wein auf der Zunge spürte. Panisch suchte er in seinem Gedächtnis nach dem richtigen Wort, aber das Wort »Wasser« zerfiel wie die Perlen einer zerrissenen Kette. Im Mund spürte er – er hätte schwören können – die herbe Süße gepreßter Trauben, die Bitterkeit des gebrochenen Stengels, den wilden Geruch nasser Blätter. Das Wasser im Glas – das wußte er – war normales Wasser, sonst nichts, aber die Verwirrung von Geschmäcken und Gerüchen bewirkte, daß die Worte nichts mit seiner Empfindung zu tun hatten. Sie kreisten über den Dingen wie Insekten, die nicht wissen, ob sie sich auf die Rose, die Dahlie oder die Päonie setzen sollen.

Irgendwie war das ermüdend. Zornig über das dumme Hindernis, wollte er schreien, sie solle ihn damit in Ruhe lassen, aber seine Zunge gehorchte ihm nicht. Er spürte, daß die Frau in dem grellen Make-up, die vor ihm auf dem Sofa saß, sich bemühte, die Wörter und Dinge einander anzunähern, als wollte sie mit einer unsichtbaren Naht den Vorhang zusammennähen, den er – man wußte nicht wann – unvorsichtigerweise zerrissen hatte. »Na«, sagte sie, »versuch es noch einmal. Wiederhole.«

Sie zog eine Iris aus der Vase. Er nahm den glitschigen Stengel zwischen die Finger, roch an den blauen, dunkel geäderten Blütenblättern. Sie sagte: »Iris.« Er schüttelte den Kopf. Dieses harte, spitze Wort hatte doch nichts mit diesem duftenden blauen Ding zu tun! Das Wort »Iris« hatte etwas Hartes. Es klang wie ein Stich mit einem Messer. Und dieses blaue Ding mit dem grünen Stiel, weißlich und glatt an der Wurzel, war weich, duftend, blättrig, kelchartig gewunden. Sein feuchtes Ende, mit einem Tropfen hellen Saftes, roch nach Erde, verfaulten Blättern, Fichtennadeln.

Sie brachte ihn in die Akademie. In der Neurologie röntgte man seinen Kopf, untersuchte den Kehlkopf und den Augenhintergrund. Professor Mildner, angeblich ein großer Spezialist der »Physiologie des Sprechens«, konnte auf den Bildern jedoch nichts Gefährliches erkennen. Das Computertomogramm war normal. »Machen Sie sich keine Sorgen! Sicher sind hier« – Professor Mildner wusch sich die Hände – »psychosomatische Dinge im Spiel, Folgen von extremem Streß, nervliche Anspannung, Erschöpfung. So etwas kommt vor.« Nachlassen der Aufmerksamkeit, innere Zerstreuung führe oft zu Problemen mit der Verbalisierung von Gedanken und Gefühlen. Da brauche es geduldiges Üben mit dem Artikulationsapparat, Entspannung, Psychotherapie. Jakub ließ alles mit sich machen. Ihm war, als würde ihn eine unsichtbare Scheibe von seinem Körper trennen.

Die Villa, in der er jetzt wohnte, stand an einem Teich, am Rande einer Siedlung von Häusern im finnischen Stil, aus altem, braunem Holz. Seit einigen Tagen war der Himmel fast wolkenlos, ein Glanz auf den Dachrinnen, dunkelblaue Schatten, funkelnder Sand. Im klaren Wasser des Teichs spiegelten sich die grünen Türme der Kathedrale. Zwei Bäume, eine hohe silberne Fichte und ein weißstämmiger Vogelbeerbaum mit fast runder Krone, warfen lange Schatten auf den Weg. Das feuchte Rauschen der gefiederten Blätter. Über den Dahlien braune Schmetterlinge. Die Gartenwege führten zu einer Steinbank direkt am Wasser. Der Geruch von Kletten und Kalmus. Wenn er zum Teich ging, knirschte feiner Kies unter den Sohlen. Auf der anderen Seite des Teichs, hinter der Landstraße, erhob sich ein von Kiefern bewachsener Hügel. Der gelbe Aussichtsturm auf der Kuppe erinnerte an einen Turm der Kreuzritter. An der Straße stand eine alte Mühle mit weiß gekalkten Wänden und schwarzem Fachwerk. Hinter der Schleuse bei der Mühle bog die Landstraße in Richtung des alten Marktplatzes ab. Hier fuhren Busse und große Lastwagen. Der Anblick des Teichs mit dem Blick auf die Kathedrale erinnerte ihn an seine Kindheit. Wie oft war er mit seinen Eltern hier gewesen! Er wußte genau, daß der Hügel auf der anderen Seite Pachołek hieß, aber er konnte den Namen nicht mehr aussprechen, obwohl er ihn auf der Zunge hatte. Die Laute zerflossen ihm im Mund wie Stückchen von schmelzendem Schnee.

Wenn sie nach dem Frühstück in das Zimmer im Parterre ging, trug sie immer ihr sorgfältiges weißes Make-up. Sie setzte sich auf das Sofa und sprach jedes Wort so deutlich aus wie eine Fernsehsprecherin für Fremdsprachenkurse.

»Hand«, sagte sie und hob die Rechte. Er betrachtete die helle Hand. Fünf Gabelungen. Ein lebendiges Ahornblatt. Aber in seinem Kopf ging alles durcheinander: das Rauschen der Bäume im Garten, das ferne Pfeifen des Zuges auf dem Viadukt bei der Villa Tannenheim, die Schatten der Zweige auf dem Sand, die Bewegung der Wellen auf dem Teich, ein Schmerzensschrei, Bilder von Feuer, von brennendem Haar, unterirdische Tunnel, leere vereiste Straßen, über die grün angestrichene Panzerwagen fuhren. Er hörte das Wort »Hand« und erinnerte sich an die Berührung ihrer Hand. An den Moment in der Badewanne, als sie die glitschige Schmutzschicht von seiner Haut abgewaschen hatte. Als hätte sie ihn aus einem falschen Mutterleib geschält. Schon wollte er den Mund zu einem »H« formen, um das Wort »Hand« auszusprechen, aber die Laute entglitten ihm.

Es dauerte eine Woche, bis sich etwas tat. Dabei fühlte er sich immer besser, saß im Garten in der Sonne, atmete die frische Luft ein. Die Kräfte schienen zurückzukehren. Der verfluchte Schmerz unter der Schläfe ließ nach.

Am Mittwoch berührte sie mit den Fingern ihre Lider. Sie saßen einander gegenüber. »Augen«, sagte sie. Er sah sie hilflos an. Dann legte sie seine Finger an ihre Lider. Er spürte etwas unendlich Zartes, Lebendiges unter den Fingerspitzen. Wieder durchströmte ihn eine plötzliche Rührung. Er tastete nach seinen eigenen Lidern. Als würde er die warme Berührung von ihren auf seine Augen übertragen. Der Laut, den er aussprach, war undeutlich, aber sein Mund wiederholte korrekt die Bewegung ihrer Lippen.

»Gut«, nickte sie. »Noch ein bißchen, und es wird sehr gut sein.«

Jetzt führte sie ihn zum Spiegel. Sie standen nebeneinander. »Mund«, sagte sie. Er sah vor sich neben seinem Spiegelbild das gepuderte Gesicht mit dem roten Fleck. Der Spiegel war groß, er reichte vom Boden bis zur Decke und hatte einen dunklen Eichenrahmen mit einem geschnitzten Muster. Er bewegte den Mund und versuchte den kurzen Laut zu wiederholen, den sie geformt hatte. »Na siehst du, es wird immer besser«, sagte sie. Dann legte sie ihre Hand an seine. Sie paßten aufeinander wie zwei zusammengeklebte Blätter. Fünf gleiche Gabelungen. Es gelang ihm zum ersten Mal, das Wort »Hand« auszusprechen.

Sie lobte ihn, aber ohne zu lächeln. Aufmerksam und geduldig war sie. Wenn er ein Wort undeutlich aussprach, legte sie ihm die Finger in den Mund und drückte die Zunge so, wie sie liegen mußte. Wenn er den Mund zu weit öffnete, stupste sie mit dem Handrücken sein Kinn hoch. Als würde sie ihn mit sanften Berührungen aus Lehm formen.

Dann berührte sie mit dem Zeigefinger ihre Brust und sagte langsam, jeden Laut sorgfältig aussprechend: »Natalia«. Er brachte alle Kräfte auf, um zu verstehen, was dieses Wort bezeichnete. Aber es bedeutete weder ihre Augen noch ihre

Hände, noch den Mund, sondern etwas, was er nicht sehen konnte. Er schien zu wissen, daß es ihr Name war, aber der Klang verfehlte das Bild ihres Gesichts. Sie nahm seine Hand und legte sie unter ihre linke Brust. Die Stelle, die er berührte, war warm wie Blätter in der Sonne. »Spürst du, wie es schlägt?« Er begriff nicht, was sie von ihm wollte. »Und jetzt?« Jetzt neigte er den Kopf und legte die Wange an die warme Seide der Bluse, wie er das Ohr an die Backsteinwand in dem Tunnel unter der Radaune gelegt hatte, um das unterirdische Rauschen des Wassers zu hören. Irgendwo in der Tiefe hörte er langsame, ruhige Schritte, die gingen und gingen, man wußte nicht wohin. Er nickte. Sie atmete auf: »Na siehst du, es ist gar nicht so schwer.«

Wenn sie morgens das Haus verließ, ging er überall herum und suchte nach ihren Spuren. Er schaute in das Badezimmer mit der großen Wanne, in der sie ihn am ersten Tag gewaschen hatte. Er griff nach den Handtüchern, roch an dem weichen, nach Lavendelseife duftenden Frottee. Er malte mit dem Finger geschwungene Linien auf den beschlagenen Spiegel, als zeichnete er ihr Profil. Aus dem halboffenen Fenster betrachtete er die silberne Fichte und den Vogelbeerbaum. Das Haus war alt, in der Nacht knarrte es mit seinen Böden aus Lärchenholz, leuchtete mit dem dunklen Glas des Mosaikfensters in der Badezimmertür. An der Backsteinfassade gähnten schwarze Löcher von Maschinengewehreinschüssen aus der Zeit des großen Krieges. Darin wohnten Spinnen und Schwalben. Hinter dem Garten glänzte der Teich. Im Teich spiegelten sich die zwei Türme der Kathedrale. An heiteren Tagen konnte man hinter der Kathedrale in der Ferne den blauen Streifen der See erkennen.

Allmählich lernte er die Namen aller Dinge. Er stellte das Glas unter den Wasserhahn, aus dem Hahn floß das, was sie »Wasser« nannte. Auf dem Brett schnitt er etwas, von dem sie sagte, es sei »Brot«. Das Chaos Tausender Kleinigkeiten, die ihn umgaben, wuchs allmählich zu einem geordneten Ganzen zusammen. Was benannt war, wurde zu etwas Getrenntem, Besonderem, Nahem. Wenn er jetzt den Kiesweg zum Teich hinunterging, schreckte ihn der Anblick des geflügelten Schattens, der auf dem Hintergrund der Wolken schaukelte, nicht mehr – sie hatte ihm gesagt, es sei der Zweig eines Baumes. Die Fichtennadeln, die er anfaßte, stachen sanft in die Finger und hinterließen den klebrigen Duft von gelbem Harz auf der Haut. Nur die scharfen Gräser, die an der Mauer wuchsen, fürchtete er. Sie konnte er immer noch nicht benennen. Seine Augen irrten hilflos über das Dickicht, das Gewirr von Dornen und welken Blättern, das sich um den Zaun aus Eisenstangen rankte. Dort ging er lieber nicht hin. Aber an dem hellen Platz um die Fichte herum fühlte er sich wohl, auf dem Kiesweg, unter dem Vogelbeerbaum, der laut rauschte, wenn gegen Abend der Himmel dunkler wurde und ein kalter Wind von der See die feinen, gefächerten Blätter mit kalten Regentropfen bedeckte.

Täglich brachte sie ihm neue Wörter bei. Immer nach dem Frühstück erschien sie mit diesem starken Make-up. Er fand es ein wenig lächerlich. Diese grelle Farbe, diese billige Schärfe der Konturen, die milchweiße Maske. Aber dann begriff er, daß dieses übertriebene Gesicht, die schrägen, durch den Lidstrich betonten Augen, der dunkelrote Mund, der weiße Puder auf den Wangen – daß ihm all das half, von ihren Lippen abzulesen. Doch die Bedeutungen der Wörter wollten sich noch nicht auf Dauer mit den Bildern der Dinge verbinden. Sie waren unstet. Er konnte sie an verschiedene Fragmente der Welt heften. Er wußte, was die Wörter »hell« und »dunkel« bedeuteten, zumal sie mit den Begriffen »warm« und »kalt« einhergingen. Aber er konnte nicht »Tag« von »Nacht« unterscheiden, denn er schlief oft erst gegen Morgen ein. Also konnte die Helle der Sonne ebensogut »Nacht« bedeuten, weil die Nacht die Zeit des Schlafes war. Er hatte kein Gefühl dafür, was wichtiger war für das Wort – der Schlaf oder das Fehlen des Lichts?

Natalia ging früh aus dem Haus und kam spät zurück. Sie arbeitete im Obdachlosenheim in der Klasztorna. Er fragte sie nicht, was sie dort machte. Wenn sie wollte, würde sie es ihm selbst sagen. Abends erwartete er ihre Schritte auf der Treppe und das Geräusch des Schlüssels im Schloß. Wenn sie bis sieben nicht da war, wurde er unruhig. An warmen Tagen saß er auf der Bank unter dem Vogelbeerbaum. Er fühlte sich jetzt immer besser. Aber wenn er in den Garten hinunterging, hielt er sich noch bei jedem Schritt am Eisengeländer fest, weil er auf der Treppe ein paarmal das Gleichgewicht verloren hatte. Sonntags half er ihr ein wenig in der Küche. Er sah gerne zu, wie sie den Salat putzte, unter den Wasserhahn hielt und ihn ihm dann gab, sauber und duftend. Mit einem breiten Messer schnitt er die grünen Blätter auf einem Brettchen, schüttete sie in eine Porzellanschüssel und machte sie, nach ihren Anweisungen, mit Öl an. Er wußte, was die Wörter »mehr«, »weniger« und »genug« bedeuteten. Sie sprachen in kurzen Sätzen miteinander. Er verstand fast alles.

Allmählich fand er die alten Wörter in seinem Gedächtnis wieder. Als würde er von einer langen Reise zurückkehren. Er wußte wieder, daß der Himmel »Himmel« hieß, der Wind »Wind«, das Blatt »Blatt«, der Schatten »Schatten«. Er erinnerte sich kaum noch, wie es ist, wenn man das alles nicht weiß. Aber es gab Momente, da flog wieder ein Wort aus seinem Gedächtnis davon. Sie streichelte seine Hand: »Du wirst sehen, mach dir keine Sorgen, noch ein bißchen, und du wirst sprechen wie früher.«

Abends spazierten sie durch den Garten. Sie führte ihn die Wege entlang und benannte nacheinander die Bäume, Kräuter, Sträucher, Blumen, als würde sie jedes Ding mit einer leichten Berührung des Zeigefingers stempeln – eine unsichtbare Spur ihrer Papillarlinien auf den Blättern, lautlose Unterschrift, zartes Zeugnis der Anwesenheit. Wieder lernte er die Namen der Lilien, Tulpen, Dahlien, Margariten, Ringelblumen. Er liebte dieses abendliche Spiel des Benennens und Ratens. Eine süße Wanderung durch Linnés Reich. Als der Juli zu Ende ging, konnte er sich mit ihr schon über schwierigere Dinge unterhalten, aber oft schwieg er auch, weil er das richtige Wort nicht finden konnte.

Es genügte, daß aus der Tiefe seines Gedächtnisses plötzlich das Bild der brennenden Frau vor der Backsteingrotte auftauchte, und alles zerfiel. Jene Flamme, die Schrift des Feuers auf ihrer Haut, ließ seine Wörter und Sätze zu Asche werden. Atemnot, Druck auf der Brust, Schmerz in den Bronchien, Verlust der Stimme. Wie ein asthmatischer Anfall.

Warmer Sex am kalten Meer

Eines Nachts erwachte er plötzlich und spürte einen warmen Körper neben sich, den Duft von Haar und Reispuder. Sie sagte nichts. Sie hatte sich einfach in der Dunkelheit neben ihn gelegt, auf den Rücken, den Kopf auf dem Kissen, ganz nah. Er hörte nur ihren Atem. Er wußte, daß sie die Augen offen hatte. Am Fenster flatterten Falter und schlugen gegen die Scheibe. In der Zickzackbrechung des Glases brach sich das Licht einiger Sterne. Dann erschrak er plötzlich, als er ihren Arm berührte, denn sie schien zu weinen. Er fuhr ihr mit den Fingerspitzen über die heiße Wange, wie man einem weinenden Kind die Tränen wegwischt. Sie hielt seine Hand fest, dann führte sie sie zu ihrer Brust. Behutsam strich er mit den Fingern über ihren Bauch, die Hüften, die Knie, als streichelte er eine scheue Taube. Mit ein paar Bewegungen half sie ihm aus dem Leinenhemd und zog ihn an sich. Nackt, ihrem beschleunigten Herzschlag lauschend, klebten sie aneinander wie zwei Blätter. Etwas Lebendiges, Zartes floß zwischen ihnen wie ein warmer Luftstrom. Er küßte ihre Lider, ihre Wangen, den Mund. Sie antwortete mit ungeduldigen Küssen, als wollte sie durch Heftigkeit die verlorene Zeit aufholen.

Danach atmeten sie schnell und warteten, daß ihre Herzen sich wieder beruhigten.

Er streichelte ihr Haar. Dann wollte er sie betrachten, sich an ihrem Anblick freuen, er machte das Licht an, und da, in dem Augenblick, als die Glühbirne mit hartem Licht das Zimmer erleuchtete, sah er an ihrem linken Handgelenk eine quer zur Pulsader verlaufende Narbe. Sie war weißlich, erhaben, ungleichmäßig, sie mußte sich mit einem Messer oder einem Stück Glas geschnitten haben – eine Rasierklinge, dachte er, hinterläßt nicht solche Spuren. Als sie sah, daß er die Narbe anschaute, zog sie die Hand weg, ruhig, ohne Angst oder Scham. Er war entsetzt: »Was ist das?« Sie antwortete mit einem Blinzeln: »Nichts.«

Er stützte sich auf den Ellbogen. Sein Herz schlug heftig. Erst jetzt bemerkte er, daß der Puder an einigen Stellen auf der Stirn und am Mund verwischt war. Unter dem Make-up schimmerte rissig die Haut durch. Das machte den Eindruck von etwas Zerbrochenem, von verletzter Zartheit, von einer fortschreitenden Zerstörung, die kaschiert wurde. Über sie gebeugt, betrachtete er ihr Gesicht, wie ein Archäologe einen aus der Erde geborgenen Marmorkopf betrachtet. Die Augenfarbe. Die schmalen Brauen. Der Mund. »Wovor hast du Angst?« fragte sie. »Hast du etwas Böses getan?«

Er faßte sie am Arm. Träge befreite sie sich aus seinem Griff. Dann rieb sie Speichel auf die geröteten Stellen, die seine Finger hinterlassen hatten. Er wandte die Augen nicht von ihr. Für einen Augenblick blitzte auf dem Grund seines Gedächtnisses das Bild der Riemchen auf, die den Fuß oberhalb des Knöchels umspannten, der Handbewegung, mit der sie das Haar hinters Ohr strich. Sie drehte sich zur Wand. Als sie den Kopf wieder hob, sah er auf den von weißem Puder bedeckten Wangen feuchte Tränenspuren. Sie sah aus wie ein bemitleidenswerter Clown, aber die Augen blitzten böse: »Laß mich in Ruhe.« Es klang, als wollte sie sagen: »Das hat doch sowieso alles keinen Sinn.« Erschrocken rückte er von ihr ab wie von einem verwundeten Tier.

Sie stand auf, ging durch das Zimmer, blieb vor dem Spiegel stehen. Berührte mit den Fingern die gepuderten Wangen. Aus einem Glasgefäß nahm sie einen Wattebausch, tröpfelte aus einem blauen Fläschchen eine Flüssigkeit darauf, begann den Puder abzuwischen. Gespannt verfolgte er jede ihrer Bewegungen. Sie wischte den Lippenstift vom Mund, den grünen Schatten von den Lidern, die Tusche von den Wimpern. Als sie sich vom Spiegel abwandte, sah er ein klares, reines Gesicht. Nur an den Schläfen und in der weichen Vertiefung am Hals war noch etwas Puder.

Er ging auf sie zu, berührte ihre Lider, strich mit dem Finger um Mund, Nase, Ohren, als wollte er prüfen, ob das, was er berührte, echt sei. Der Gedanke daran, daß sie wirklich das Mädchen von damals war, versetzte ihn gleichzeitig in Panik und Entzücken. Plötzlich hatte er die Szenen jenes Juraexamens im Juli wieder vor Augen. Das weiße Blatt mit der Spalte der Namen. Die goldene Feder des Pelikans, die das Protokoll schrieb.

Er küßte ihre Hände, Schultern, berührte das Haar. Im Rechteck des Fensters waren keine Sterne mehr zu sehen. Hinter der Scheibe leuchteten die Lichter eines fernen Gewitters auf und erloschen wieder. Reglos standen die Bäume im Garten. Auf dem Gras glitzerte Tau. Die Luft war feucht und kühl. Sie roch nach Harz und nassen Fichtennadeln. Lautlose Blitze, fern am schwarzen Himmel, zuckten hinter der Halbinsel am Horizont.

Dann legte sie sich wieder neben ihn. Einander umarmend, im Dunkeln, versuchten sie langsam zu verstehen, wer sie füreinander waren. Das meiste Unrecht, dachte er, das wir anderen zufügen, bleibt für immer ungesühnt, denn wir haben nur selten Gelegenheit, unsere Schuld bei denen zu begleichen, die wir einmal verletzt haben. Das Leben ist nicht zu korrigieren, wie eine mit Tusche auf Seide geschriebene chinesische Erzählung. Doch jetzt, da er sie vorsichtig ausfragte, kam es ihm vor, als ließe sich vielleicht doch etwas reparieren. Sie sprach leise, ohne Eile, als erzählte sie nicht von sich selbst, sondern von einer fremden Frau, die sie nur vom Hörensagen kannte.

Als Natalia an jenem Julitag zu ihm getreten war, um ihm beim Einsammeln der Sachen behilflich zu sein, die aus seiner braunen Tasche gefallen waren, als sie ihren hilflosen Satz wiederholte, sie habe doch gesehen, wie er die Note »gut« eingetragen habe, da wurde ihr plötzlich klar, daß sie auf eine unüberwindliche Mauer stieß. Der Mann in dem weißen Leinenjackett, den jemand, wie sie gehört hatte, »Jakub« genannt hatte, konnte sich an ihr Gesicht überhaupt nicht erinnern. Einen Moment lang, in einem Anflug von Verzweiflung, wollte sie ihn am Arm packen und schütteln. Es war doch ein ganz normales Versehen! Eine Handbewegung genügte, um die Sache zu korrigieren! Aber ihm zitterten – das sah sie, als er die verstreuten Dinge einsammelte – vor Empörung die Hände. Er hörte ihr gar nicht zu.

Er schob sie weg wie einen Gegenstand, der den Durchgang versperrt, und ging hinaus auf den Korridor.

Die Arme gesenkt, mit den Sandalen an den nackten Füßen, stand sie in ihrem langen Kleid aus indischer Baumwolle zunächst mehr verblüfft als niedergeschmettert im Korridor.

Wieder überkam sie der alte, ungute Verdacht, sie habe kein Glück, das Schicksal sei ihr nicht gewogen. Ein Jahr zuvor hatte sie die Prüfung für Kunstgeschichte gemacht. Es hatte ihr ein dämlicher halber Punkt gefehlt. Und jetzt dieses lächerliche Versehen, das dieser Mann – da war sie sich sicher – bestimmt nicht korrigieren würde. Die Leute gingen gleichgültig an ihr vorbei, mit ihren eigenen Dingen beschäftigt.

Als sie das Gebäude verließ, flirrte die Luft vor Hitze. Sie ging durch die lärmende Menschenmenge Richtung Grüne Brücke. Gott hatte die Erde wohl in einem Augenblick der Unaufmerksamkeit geschaffen, als er eigentlich mit etwas wesentlich Wichtigerem beschäftigt war, dachte sie. Deshalb ging hier wohl alles daneben.

In der überfüllten Straßenbahn stand sie am Fenster. Der heiße Innenraum des Waggons roch nach erhitztem Lack, nach Kunstleder, Deodorants und verschwitzter Kunstfaser. Die Stadt spuckte Tausende müder Menschen aus. Willenlos ergab sie sich dem Gedränge, mit rachsüchtiger Genugtuung, als wollte sie sich selbst Schmerz zufügen. Sie wußte, daß sie jetzt schnell eine Arbeit finden mußte. Ganz egal, was für eine. Ihr Vater war arbeitslos. Abends, in seinem Zimmer, verfluchte er diejenigen, die ihn aus der Werft entlassen hatten, obwohl er im August 1980 Mitglied des berühmten Streikkomitees gewesen war und mit Wałęsa zusammen am Zweiten Tor gestanden hatte.

Als die Straßenbahn an Hucisko vorbei war, sah sie hinter der Scheibe den Bahnhof mit dem geflügelten Rad an der Fassade, dann glitt der Viadukt am Fenster vorbei, die Kräne der Werft, die gelbe Brücke über den Bahngleisen, die Bäume der großen Allee, das graue Gebäude der Anatomie, in dem die Deutschen aus Menschen Seife gemacht hatten, die Oper, die ursprünglich eine Pferdemanege gewesen war. Als sie an der Haltestelle bei der Straßenbahnschleife ausstieg, schlug die Sonne ihr wie eine heiße, gelbe Welle entgegen. Kein Windhauch bewegte die Blätter an den Bäumen des Parks. Sie überquerte den alten Marktplatz. Bei der Mühle bog sie ab. Als sie nach Hause kam, war ihr Vater nicht da. An den Fenstern blähten sich die Vorhänge wie Fischblasen. Mit den Fingern gegen die Schläfen drückend, begann sie von der Tür zum Fenster und wieder zurück zu wandern. Sie schwor sich, sie würde nicht weinen, obwohl ihre Mutter ihr immer gesagt hatte, in solchen Momenten solle man »sich ausweinen wie ein Kind«. »Zum Teufel!« Sie zuckte die Achseln. »Wegen so einem Scheiß wie diesem Examen?« Das wäre doch idiotisch. Während sie die Riemchen der Sandalen löste, brach sie in ein böses Lachen aus. Wie viele Menschen in der ganzen Welt hatten heute ein Examen nicht bestanden? »Das ist vielleicht ein Ereignis!« rief sie laut, während sie das von der Sonne erwärmte Kleid über den Kopf zog. In Büstenhalter und Slip ging sie ins Bad. Sie wollte diese elende Mischung aus Staub, Schweiß und schlechten Gerüchen der Stadt von sich abwaschen. Sie hatte genug von dem aschblonden Mädchen, das sie aus dem Spiegel über dem Waschbecken rachsüchtig anschaute.

Sie füllte die Wanne, stieg ins Wasser. In den weißen Kacheln spiegelte sich das verzerrte Badezimmer, das Kreuz des Fensterrahmens, ein regenbogenfarbener Reflex der Sonnenstrahlen. Sie legte sich auf den Rücken. Schloß die Augen. Ihr Körper schien in der Wärme zu schmelzen. Die Dinge, die sie unter den Lidern hervor betrachtete, schienen ihr Gewicht zu verlieren. In dem verchromten Wasserhahn der Mischbatterie glänzte ein Funken Sonne. Der runde Spiegel unter der Porzellanlampe in Form einer umgedrehten Lilie war beschlagen. Über die kalte Oberfläche floß schlangenförmig das Kondenswasser. In der Ecke hing an einem emaillierten Haken ein rosarotes Frotteehandtuch. Der im Wasser schwimmende ovale Naturschwamm berührte rauh ihre Brust.

Auf dem Waschbecken lag eine verrostete Rasierklinge ihres Vaters. Sie nahm sie zwischen die Finger und fuhr sich plötzlich – kaum wissend, was sie tat – über das linke Handgelenk, da, wo die Haut am hellsten war. Sie spürte einen brennenden Schmerz, also tauchte sie rasch, ohne die Augen zu öffnen, die Hand ein. Das Blut rann schnell aus der schrägen Schnittstelle und floß in weichen Fäden ins Wasser. Das Herz schlug heftig, also mußte sie nicht fürchten, daß es zum Stillstand käme. »Gut so!« flüsterte sie. Sie zog das linke Bein aus dem Wasser, stellte die Ferse auf den Wannenrand, massierte die Stelle über dem Knöchel, wo sich bläulich erhaben die Pulsader zeigte, dann stieß sie mit einer kurzen Bewegung die Rasierklinge hinein. Blut spritzte auf die Kacheln über der Wanne wie Saft aus einer angebissenen Kirsche. Böse lachend, verschmierte sie mit dem Finger die roten Tropfen auf der glänzenden Glasur. Übelkeit stieg in ihr auf, und instinktiv griff sie nach dem Wasserhahn. Sie versuchte sich auf den Ellbogen zu stützen, aber ihr wurde schwarz vor den Augen. Sie fiel auf den Rücken und schlug mit dem Kopf gegen den Rand der Wanne. Vor Schmerz schrie sie auf. Sie schluckte Wasser und schlug blind mit den Händen um sich. Es spritzte auf den Boden.

Natalia hatte Glück. In der Tür knarrte der Schlüssel. Ihr Vater kam aus der Stadt zurück. Er schaffte es kaum, sie aus dem Wasser zu ziehen. In der roten Wanne der Schwamm, dunkel von Blut. Ohnmächtig, schwer, rutschte sie ihm aus den Armen. Er legte sie auf den Boden. Er umwickelte die Stelle am Knöchel fest mit einem Tuch, verklebte das Handgelenk mit Pflaster. Unter den Verbänden sickerte immer noch Blut heraus. Sie begann undeutlich zu sprechen, was sie sagte, war nicht zu verstehen. Sie hatte Schüttelfrost, obwohl es im Badezimmer heiß war. Er legte sie auf die Couch, wickelte sie in eine Decke. Er machte sich Vorwürfe. Alles war seine Schuld. Er war ihr nach dem Tod der Mutter keine Hilfe. Hatte nicht genug Zeit für sie. Als er den Krankenwagen rufen wollte, zitterten ihm die Hände. Er konnte kaum die Nummer wählen. Der Arzt kam um sechs. Er nähte die Wunden, doch sobald sie das Bewußtsein wiedererlangt hatte, wollte sie mit den Fingernägeln die Fäden aufreißen. Sie mußten den Verband am Handgelenk zukleben. Sie hängten sie an den Tropf, gaben ihr eine Infusion. Erst da weinte sie wie ein Kind, mehr aus Wut als aus Verzweiflung. Sie wollten sie ins Krankenhaus bringen, aber sie schrie, sie sollten sich zum Teufel scheren. Der Vater drängte im übrigen nicht darauf. Zu Hause würde sie es besser haben. Er würde sich eine Krankenschwester zu Hilfe nehmen. Vielleicht wollte er vor den Leuten verbergen, was geschehen war, aber die Nachbarn hatten ohnehin in die Wohnung geschaut, als der Arzt zum Krankenwagen ging.

In den folgenden Tagen wollte sie nicht mit ihm reden. Eine Schwester aus der neurologischen Klinik setzte sich zu ihr ans Bett, aber sie schlug nicht einmal die Augen auf. Verbissen, wütend schwieg sie. Sie fühlte sich schwach, hatte viel Blut verloren. Am Mittwoch vertrieb sie schreiend die Schwester. Sie wollte nicht essen. Allein der Gedanke, Fleisch in den Mund zu nehmen, erregte ihr Übelkeit. Sie hatte alles satt. Wenn ihr Vater ans Bett trat, beschimpfte sie ihn aufs gröbste. Sie drohte mit der Faust, sie würde sich dafür rächen, daß er sie »zu früh« aus der Wanne gezogen hatte. Der alte Idiot! Was mußte er sich einmischen?! Schweigend nahm er die Beleidigungen hin. Die Krankenschwestern schüttelten den Kopf und behandelten sie unsanft. Am Samstagabend hörte sie ihn im Nebenzimmer weinen. Da schrie sie wütend, er solle endlich aufhören. Nichts würde er verstehen! Das sei doch alles wegen diesem Schurken, der sie bei dem verdammten Examen wie einen Hund behandelt hatte!

Sie wachte auf und schlief wieder ein. Zum Teufel mit dem ganzen Examen! Aber das Bild der goldenen Feder, die das Urteil vollstreckt hatte, verfolgte sie. Ja – sie biß die Zähne zusammen – mit solch einer goldenen Feder hatte bestimmt Ribbentrop feierlich den Pakt mit Molotow, diesem Banditen, unterzeichnet, Berija seine Häkchen auf die Liste der Volksfeinde gesetzt (Towarischtschi, wer geht zuerst an die Wand?), Stalin lässig den Entwurf der Grenzen »für die armen Polen« unterschrieben, Eichmann die Endlösung und der fette Churchill mit Roosevelt zusammen dieses niederträchtige Abkommen von Jalta. Ein Federstrich, und Tausende von Menschen gehen in die Öfen. Eine Bewegung, und sie finden sich am Polarkreis wieder. Ein kleiner Fehler auf Schindlers Liste: einer kommt in die Gaskammer, ein anderer geht glücklich nach Hause. Volkslisten. Formulare.

Protokolle. Punktsysteme. Tests. Ranglisten. Computerdatenbanken. Ein Kosmos der Registrierung. Handel mit Studentenlisten, Kunden von Versicherungsgesellschaften, Flugpassagieren. Und über all dem die Hand mit einem goldenen Füllfederhalter. Die ruhig die Ziffern, Kreuzchen und Häkchen in die entsprechenden Rubriken schreibt. Die die Punkte zusammenzählt. Die einen ins Verderben schickt.

In ihren Gedanken zählte sie ihn zu dieser gemeinen Bande von Federfuchsern, die ohne mit der Wimper zu zukken, mit einem »Häkchen« über Leben und Tod Tausender von Menschen entschieden. Sie schäumte jetzt vor Wut: Sollte er doch verrecken! Sollte er sich den Hals brechen! Sie verfluchte ihn mit Zitaten aus den Klassikern. Endlich waren die Meister des Wortes, mit denen man sie vor dem Abitur getriezt hatte, zu etwas gut. Ich habe wenig Zeit, ich muß Zeugnis ablegen. Noch einen Moment, Professor Spanner. Fühl dich nicht sicher, der Dichter erinnert sich.

Später schüttelte sie den Kopf über sich selbst. Was für ein Blödsinn! Plötzlich hatte sie nicht mehr die Sicherheit, an der sie so lange festgehalten hatte – die Sicherheit, daß sie alle Fragen richtig beantwortet hatte, daß er die Punkte falsch eingetragen hatte und, stur wie er war, den Fehler nicht korrigieren wollte. Den Kopf auf dem erhöhten Kissen, erschöpft, schläfrig, bemühte sie sich, in ihrem Gedächtnis jeden Augenblick dieses verfluchten Tages zu rekonstruieren. Nein. Sie schloß die Augen. Sie selbst war schuld. Sie allein. Niemand sonst. Sie hatte einfach damals beim Examen aus Nervosität etwas durcheinandergebracht, hatte Unsinn geredet, in der Überzeugung, sie sage alles richtig. Sie hatte über Lady Macbeth geredet, über Schuld, über den Schuldkomplex in Shakespeares Dramen, über die enge Beziehung zwischen Schuldgefühl und Weltverachtung. Sie hatte sich auf C. G. Jung, auf Freud, auf Fromm berufen. War das nicht unerträglich anmaßend für ein Mädchen, das mit einem billigen blauen Baumwollkleid und Sandalen an den nackten Füßen zur Prüfung erschien? Sicher hatte er recht gehabt, als er sie mit ein paar Worten abgefertigt hatte. Sie hatte es nicht anders verdient.

Wenn sie jetzt das ganze Examen auf Video hätte sehen können! Minute für Minute. Sekunde für Sekunde. In jeden Augenblick würde sie sich vertiefen. Aber diese Augenblicke waren für immer vergangen. Die Erinnerung bewahrte ein paar trügerische Bilder, mehr nicht. Nie würde sie erfahren, was an jenem Tag wirklich geschehen war. Ob sie in der Prüfung gut oder schlecht gewesen war. Klug oder dumm. Im übrigen war es egal. An das Kissen gelehnt, wund, böse, irrte sie mit dem Finger über die Flecken an der Wand, ein echter Rorschach-Test. Dann schaute sie auf den Hügel auf der anderen Seite des Teichs und die beiden grünen Türme der Kathedrale. Das beruhigte ihre zerrütteten Nerven.

Als sie sich etwas besser fühlte, stand sie vom Bett auf. Langeweile, Schläfrigkeit, Abscheu. Tagelang saß sie am Fenster und betrachtete unwillig die Bäume im Garten. Sie waren tief in der Erde verwachsen. Sie blieben gleichgültig gegenüber ihren Sorgen. Hinter dem Vorhang beobachtete sie die Nachbarn. Sie hatte vergessen, wie sie hießen. Sie waren doch alle gleich. Widerwärtig und dumm. Mit dem Vater sprach sie fast nichts. Daß er darunter litt, ließ sie gleichgültig. Sie war barsch. Hatte eine seltsame Macht über ihn gewonnen, mit der er rechnen mußte.

Zerstreut strich sie durch die Zimmer. Die Welt, die sie umgab, war wie ein kaltes Meer. In unguten Momenten kam ihr wieder der Gedanke an die Rasierklinge in den Sinn. Aber jetzt kämpfte sie ihn nieder. Jetzt wäre sie gerne Gott begegnet, von Angesicht zu Angesicht. Wie es wohl wäre, ihn auf einem langen Spaziergang am Strand zu treffen, vor dem graubärtigen, eisigen Greis im langen Gewand stehen zu bleiben und ihm die Meinung zu sagen. »Hör mal«, würde sie fragen, »worum geht's dir eigentlich? Was willst du damit erreichen, daß du uns in so gräßliche Situationen bringst? Warum hast du das nötig? Wenn du willst, daß ich besser, vollendeter, reiner werde – hast du dafür wirklich keine bessere Methode?« Doch dann schüttelte sie die Vorstellung ab. Diese heftigen Vorwürfe, diese Rachegedanken brachten ja nichts.

Manchmal träumte sie auch von einem ganz anderen Gott. Er war der schlanke Mann von den Bildern, die sie in der Kathedrale gesehen hatte. Groß, dunkelhäutig, schön, geht er auf sie zu, als würde er sie seit langem kennen, umarmt sie, legt sie auf den von der Sonne erwärmten Sand und streicht ihr übers Haar wie einem Kind. Dann würde sie das kalte Meer vergessen.

Wie oft hatte man ihr als Kind von Gottes Liebe erzählt. Aber Gottes Liebe, von der so viel geredet wurde, war vollkommen anders als die Liebe, die sie kannte. Die menschliche Liebe, sagte man ihr, sei schmutzig. Darin sei zu viel Körper. Solch eine Liebe wolle Gott nicht. Aber diese andere Liebe konnte sie sich nie richtig vorstellen. Und sie hatte auch kein Verlangen danach. Sie hatte Körper und Blut, und sie wollte, daß Gott auch Körper und Blut hatte. Sie wollte nicht in einen Himmel kommen, in dem alle körperlos waren.

Schon immer faszinierten sie die Geschichten von griechischen Göttern, die vom Himmel stiegen und an den Stränden des Ägäischen Meeres irdische Frauen liebten. Ein lebendiger Gott in einer Flammenwolke erschien am Meeresufer und nahm ein irdisches Mädchen in den Arm, das ihm ein Kind gebar. Göttlicher Regen fiel auf Danaes empfindlichen Leib. Er erhellte die Finsternis der Welt. Was für verrückte Gedanken gingen ihr durch den Kopf! Manchmal wollte sie den nackten Jesus lieben, am leeren Strand, in der prallen Sonne. Was für ein Unsinn! Warmer Sex am kalten Meer! Aber sie konnte sich von diesen Gedanken nicht befreien. Sie kamen ganz von selbst. So sang sie ihr eigenes Hohelied.

Aber der Gott, den sie seit ihrer Kindheit kannte, steckte nur eine Zeitlang in einem menschlichen Körper. Gleich nach der Kreuzigung hatte er diesen Körper abgeworfen wie einen alten, abgetragenen Mantel, hatte sich in einen wesentlich besseren, himmlischen Körper gekleidet und war in seinen Himmel geflüchtet. Selbst als er in Emmaus erschien, besaß er einen Körper, wie ihn ein Mensch nie besessen hatte. Was ist das für ein Vater, der seine Kinder nicht auf den Schoß nimmt? Ihnen nicht über den Kopf streicht? Sie nicht küßt? Was ist das für ein Bräutigam, der einen nicht in den Arm nimmt, Hüften und Brust nicht berührt?

Sie versank in diesen Gedanken wie in einem trüben Fluß.

Nach ein paar Wochen schickte man ihr eine Krankenpflege-Praktikantin. Sie war Anfang zwanzig, hatte ein junges Gesicht und braune Augen, die Augen einer alten Frau. Mit einer Ledertasche über der Schulter, in weichen Wildlederschuhen, einem mexikanischen Poncho mit Fransen, sah sie aus wie jemand, der von einer langen Reise zurückkehrt. Kastanienbraunes Haar, über der Stirn zusammengehalten von einem Riemchen mit Mandala. Tiefliegende Augen unter dichten Brauen. Die Haut einer Zigeunerin. Sie war nüchtern, ironisch, aber ihre Worte verletzten nicht, sondern waren im Gegenteil sehr anziehend. Sie lebte schon lange allein, hatte keine Angehörigen mehr, aber sie hielt das nicht für eine Katastrophe. Geschickt wechselte sie den Verband am Handgelenk. Wusch die Wunde am Knöchel. Eines Tages, als sie die Binde herumwickelte, murmelte sie: »Hilfst du anderen, hilfst du dir selbst, wie Tarama Savanaya sagt.« Es klang wie ein Scherz, aber die Worte des nüchternen, ironischen Mädchens, das die Gesellschaft »Licht des Lebens« ihr geschickt hatte, rissen sie aus ihrer Lethargie. Plötzlich erinnerte sie sich wieder an ein skandinavisches Märchen, das sie als Kind von ihrer Mutter gehört hatte.

Es war das Märchen von dem Brot, das immer hungrig war, weil die Bäcker ihm keinen Mund gemacht hatten. Rund, einem Kopf ohne Augen ähnlich, lag es auf dem Tisch und konnte an nichts anderes als ans Essen denken. Stundenlang dachte es an leckeres Brot und knusprige, mit Mohn bestreute Kruste, was seinen Hunger noch vergrößerte. Außerdem hatte es Angst vor dem Messer, das – kalt, gut geschliffen – neben ihm auf dem Tisch lag, hin und wieder klirrte und drohte, es würde sich bald in seinen weißen Körper versenken. Und eines Tages, es war beim Abendessen, drang das Messer in seinen weißen Körper ein und schnitt es entzwei. Und eben da, als die Menschen es – weiß und verletzlich, wie es war – zu brechen begannen, hörte das Brot auf sich zu fürchten. Es begriff, daß es vom Hunger befreit wäre, wenn es so viel von sich gäbe, daß kein einziger Krümel von ihm übrigblieb. Und so geschah es. Je mehr es abnahm, desto weniger fürchtete es sich. Und als es völlig verschwunden war, war auf dem dunklen Eichentisch eine schöne Spur von ihm zu sehen – ein Kreis aus Mehlstaub, ähnlich einer warmen Sonne.

Sie mochte dieses Märchen nicht, aber sie mochte die Stimme ihrer Mutter, die ihr das Märchen erzählt hatte.

Die Praktikantin führte sie Ende des Monats im Obdachlosenheim in der Klasztorna ein. Sollte sie ruhig etwas arbeiten, das würde ihr helfen. Sie nahm den Vorschlag an. Etwas anderes hatte sie nicht, und die Ersparnisse des Vaters gingen zur Neige. Zuerst machte sie die Küche sauber, wusch die Teller, schnitt Brot. Nach ein paar Wochen gab man ihr eine andere Arbeit, bei der sie mit den Insassen in Berührung kam. Deren Anblick erschreckte sie. Sie kam in der Dämmerung in den Gemeinschaftssaal. Dort lagen sie auf eisernen Etagenbetten unter der niedrigen Decke, schmutzig, in billigen Decken, mit blauen Flecken, resigniert, schläfrig, manchmal gewalttätig, streitsüchtig. Sie stanken nach Alkohol, bestahlen sich gegenseitig und tranken in der dunklen Kammer unter der Treppe Salicyl-Spiritus. Man mußte ihnen lange zureden, bis sie unter die Dusche gingen. Ihre Körper waren angeschlagen, zerkratzt, mit Narben und stümperhaften Tätowierungen bedeckt. Dennoch empfand sie Erleichterung. Es gab also auf der Welt – so dachte sie – viel schlimmere Orte als ihr Zuhause? Ihre eigenen Sorgen begannen daneben zu verblassen.

In regelmäßigen Abständen brachte die Polizei dieselbe junge Frau in die Klasztorna. Rotgefärbte Haare, zerrissene Jeans, alte Adidas, stark geschminkt. Jedesmal, wenn man sie ins Heim brachte, machte sie an der Tür Szenen, verfluchte alle, schmuggelte unter der Kleidung billigen Wein herein, die Flaschen in Zeitungspapier gewickelt. Man nannte sie Auchan, nach der Aufschrift auf ihrer orangeroten Jacke. Alles, was sie besaß, trug sie in einer Plastiktüte bei sich. Abends setzte Natalia sich an ihr Bett. »Hör mal«, sagte sie zu Auchan, »was machst du dich denn so fertig? Das ist sinnlos. Du wirst sehen, Gott nimmt uns alle zu sich. Auch dich. Bei ihm ruhen wir uns von dieser ganzen Scheiße aus, für alle Zeiten. Er liebt uns. Wir müssen nur daran glauben. Verstehst du?«

Von dem, was sie da sagte, glaubte sie selbst kein einziges Wort. Aber was sollte sie tun? Schweigen? Oder vielleicht dieser armen Frau mit den roten Haaren ohne Skrupel sagen, daß das einzige, was sie wirklich erwartete, der Untergang war – schreckliche Krankheiten, der Tod, ein vergessenes Grab auf dem Łostowicki-Friedhof? Also schöpfte sie diese Worte aus der reinsten Quelle ihrer Kindheitserinnerung. Sie hielt Auchan bei der Hand und erzählte ihr von Gott, der im Himmel auf alle wartete.

Aber Auchan lag zusammengekauert da, den Kopf unter

der Decke, mit dem Rücken zu ihr, als würde sie sie nicht hören. Dann riß sie plötzlich die Decke weg. »Verpißt euch doch alle, verdammte Scheiße!« schrie sie. »Weißt du, was mich eure Liebe kann? Eure Erlösung?« Sie war außer sich, ihre Augen blitzten. »Er liebt mich, sagst du? Ja, ja. Er liebt mich so, daß ich mich eines Tages unter den Zug werfe, um so schnell wie möglich zu ihm zu kommen! Und du« – sie griff sie plötzlich am Arm – »was hast du hier? Na zeig schon!« Sie zerrte an ihrem Ärmel. »Was versteckst du da? Woher hast du diesen Schnitt? Na sag schon! Du hast dir die Pulsader aufgeschnitten, was? Sicher, weil er dich so liebt. Eine echte love story, schaut nur! Romeo und Julia! Ja, er liebt dich genauso wie mich. Weißt du, wo mich diese Liebe kann?«

Natalia beruhigte sie: »Schrei nicht. Das hat keinen Sinn. Denk lieber: Wer weiß, vielleicht ist es wirklich wahr. Vielleicht liegt wirklich jemandem was an uns und an dieser beschissenen Welt. Und vielleicht wartet er wirklich jahrelang, sogar auf solche Nieten wie uns. Und vielleicht ist gerade dieses Warten wirklich Liebe. Vielleicht gibt es keine andere und wird nie eine andere geben.« Die Flüche, mit denen Auchan sie überschüttete, nahm sie entgegen wie häßliche Wörter, die ein verletztes Kind herausschreit, das der Mutter wehtun will. Und wenn sie nach Hause kam, wo im anderen Zimmer schweigend ihr Vater lag, fluchte sie genauso wie Auchan.

Eines Freitags kam der Vater ganz aufgelöst nach Hause. Sie stand von ihrem Platz am Fenster auf, und als er schnell und undeutlich murmelte, er habe »mit diesem Schurken abrechnen wollen«, schüttelte sie ihn und rief: »Was hast du getan?! Sag es mir!« Aber er schwieg. Offenbar hatte er etwas Schlimmes getan, denn seither zog er sich anders an und ging kaum mehr aus dem Haus, als fürchte er, erkannt zu werden. Er schlief schlecht. Bis spät in die Nacht schimpfte er über diejenigen, die ihn aus der Werft entlassen hatten. In kürzester Zeit alterte er um Jahre. Wenn er ein Klopfen an der Tür hörte, zitterten ihm die Hände. Sie hatte nun ein altes Kind im Haus. Mit kühler Sorge nahm sie sich seiner an, wie sie sich der Insassen des Heims annahm. Sie wußte, daß keiner außer ihr ihm helfen würde. Sie war stark wie nie zuvor.

Als sie an einem Dienstagabend auf dem Heimweg von der Klasztorna war, ging sie am Bahnhof vorbei. Sie fuhr mit der Rolltreppe nach unten, bog bei den Kassen ab, ging am Blumengeschäft vorbei. In der Unterführung sah sie einen schmutzigen, bärtigen Mann sitzen. Er kauerte an der Wand und klopfte mit einem Plastikbecher auf den Boden. Sie bewegte sich schnell in der Menschenmenge, gedankenleer nach einem schweren Tag im Heim, doch als sie ihn sah, lief sie, von einem plötzlichen Impuls getrieben, auf ihn zu und schlug ihn – die Kehle wurde ihr trocken – mit der Hand ins Gesicht. Er sah nicht einmal auf, schützte sich nur mit dem Ellbogen ungeschickt vor dem nächsten Schlag. Sie wurde am Arm gepackt, jemand rief die Polizei, ein anderer schrie, sie habe recht, die Junkies solle man platt machen, aber sie riß sich los und lief weg. Ihr Herz, entsetzt von dem, was sie getan hatte, konnte sich lange Zeit nicht beruhigen. Erst als sie in die Straßenbahn stieg, spürte sie eine wütende, böse Freude darüber, daß sie es ihm endlich heimgezahlt hatte, obwohl sie zugleich wußte, wie dumm das war. Und wenn der Mann, den sie geschlagen hatte (sie erschrak), jemand ganz anderes war, als sie dachte? Das quälte sie viele Tage lang.

Im Mai starb ihr Vater. Jetzt war sie allein. Sie ging regelmäßig in das Obdachlosenheim in der Klasztorna, um nicht in dem leeren Haus zu sitzen. Sie übernahm die unangenehmen Arbeiten, die keiner machen wollte, als wolle sie sich selbst bestrafen. Sie schrubbte die Böden und die Badewanne, putzte Fenster, wusch das Bettzeug. Wenn sie abends todmüde aus der Klasztorna nach Hause ging, dachte sie mit ironischem Lächeln an das skandinavische Märchen vom Brot.

Es erschien ihr jetzt ganz lächerlich. Ende Mai trug sie sich in einen logopädischen Kurs ein, denn für diese Qualifikation bekam man einen Gehaltszuschlag.

An den Vorfall in der Unterführung wollte sie nicht mehr denken. Im übrigen gab es viel Wichtigeres. Erst eines Nachts im Juli, als sie auf dem Weg vom Obdachlosenheim nach Hause wieder am Bahnhof vorbeiging, fiel es ihr wieder ein. Sie sah sich unruhig in der Bahnhofshalle um. Da sah sie in der Ecke bei den Kassen einen verwahrlosten Mann auf dem Boden sitzen. Zorn stieg in ihr auf. Ja, das war der Mann, den sie in der Unterführung geschlagen hatte. Drängte er sich schon wieder in ihr Leben? Diese Sache war doch abgeschlossen. Die Rechnung war beglichen. Sie betrachtete ihn aufmerksam. Er saß auf ausgelegten Zeitungen, zerschunden, schmutzig. Auf Wangen und Hals hatte er Kratzspuren. Sie schwelgte in einer tiefen, brennenden Freude über die gelungene Rache. Es gab also noch eine Gerechtigkeit auf dieser verdammten Welt! Ein starkes, böses Glück! Wie viele Menschen träumen davon zu sehen, wie ihre Verfolger in den Staub getreten werden?

Doch plötzlich bemerkte sie, daß der heruntergekommene Mann sie nicht sah, obwohl er ihr das Gesicht zuwandte.

Da schwankte etwas in ihr. Ja, seine Augen irrten hilflos unter den halb geschlossenen Lidern. Hatte er Fieber? Plötzlich begann der Haß von ihrem Herzen abzufließen, der starke, reine, gute Haß, der sie so lange am Leben erhalten hatte. Über diesen plötzlichen Verlust der lebensspendenden Kraft erschrocken, fühlte sie sich fast ebenso tief hinabgestoßen wie er. Ohne recht zu wissen, was sie tat, trat sie an ihn heran, beugte sich zu ihm und sagte mit unterdrückter Wut in der zitternden Stimme: »Was machen Sie hier, verdammt? Mein Gott, was haben Sie aus sich gemacht ...?«

Als sie geendet hatte, schwiegen sie lange und betrachteten den aufklarenden Himmel vor dem Fenster. Es war nicht mehr lange bis zur Dämmerung. Die rosaroten Fetzen von Morgenrot, die über den Türmen der Kathedrale erschienen, spiegelten sich in der Oberfläche des Teichs. Der Schatten der Mühle legte sich als roter Fleck aufs Wasser. Im Wald erwachten die Vögel. Eine dunkelblaue Wolke über dem Meer schwamm nach Osten. Im bläulichen Nebel flimmerten die Lichter der Schiffe auf der Reede.

Jemand schaut zu

In der folgenden Nacht fuhren sie an die See. Das Auto ließen sie auf den Dünen stehen. Leise atmeten im Dunkeln die Wellen. Der runde Mond ging zwischen den Wolken über der Halbinsel auf. Sein flüssiges Spiegelbild schaukelte am Hafeneingang auf dem Wasser. Die Luft war rein wie die mit einem Wildlederlappen polierte Linse eines Objektivs. Am Ende des Schutzdamms pulsierte das Licht des Leuchtturms. Das rote, schlaflose Auge des ewig wachenden Argus.

Auf dem kieferüberstandenen Weg liefen sie, Hemd, Hose und Socken abwerfend, lachend zu dem schwarzen Wasser. Nackt, außer Atem fielen sie auf den kühlen Sand. Der Strand war breit, leer, in einem langen Bogen zog er sich von den Lichtern des Hafens zu denen des Seestegs. Sie umarmten sich fest. Sie wollten die Geister nicht wecken, die gewiß irgendwo hinter ihnen in den scharfen Dünengräsern saßen und geduldig auf die Dämmerung warteten, die noch weit entfernt war.

Der Mond beleuchtete sie wie ein Filmscheinwerfer zwischen dem aufgezogenen Wolkenvorhang. Sie lagen in seinem kalten Licht. Wie auf dem Präsentierteller. Mit Sandkörnern auf der Haut. Das ferne Wetterleuchten eines Augustgewitters jagte durch die niedrigen Wolken über der Halbinsel. Mit geschlossenen Augen lauschten sie dem Echo des Donners.

Ein plötzliches Verlangen befreite sie von ihrer Angst. Sie vereinigten sich heftig, ausgehungert, gierig. Sie umflocht ihn mit den Knien, berührte seine Lippen. Er küßte die salzige Vertiefung unter ihrem Schlüsselbein, den Hals, die Brust, die Hüften. Ineinander verschlungen, wiegten sie sich auf dem Sand, ihrem immer schnelleren Atem hingegeben. Über sich hatten sie den leeren Himmel, unter sich die kühle Erde. Und die Empfindung, daß sie von einem unermeßlichen Raum, größer als die Welt, umgeben waren, entfachte in ihnen eine böse, zornige, empörende Lust.

Die banale Metapher »die Augen der Sterne« erschien ihnen auf einmal nicht mehr banal. Sie spürten einen Blick auf sich. Das Bewußtsein, daß sie gesehen wurden, suggerierte ihner Phantasie Berührungen und Bewegungen, deren sie sich am Tage geschämt hätten. In den Strahlen des Mondlichts vereinigten sie sich, als wollten sie durch die wehrlose Gewaltsamkeit der enthüllten Körper jemanden verletzen, der sich das Vergnügen des Zusehens nicht verkneifen konnte.

Vom Wasser trennten sie nur ein paar Schritte. Die Wellen umspülten das Ufer fast lautlos. Das Meer roch nach Salz, Wasserpflanzen, feuchtem Sand. Die Grenze zwischen Licht und Schatten vibrierte wie eine angestoßene Saite. Die Lichter der auf der Reede stehenden Schiffe zitterten in der durchsichtigen Luft. Es war windstill. Die scharfen Gräser auf den Dünen waren weiß von Tau.

Der Krampf, der ihre Körper schüttelte, war kurz und heftig. Langsam ließen sie von einander ab. Auf der Haut glänzten Schweißtropfen. Allmählich beruhigte sich das Blut in den Adern. Aber die Erde, auf der sie lagen, begann bereits, die Wärme aus ihren Muskeln zu saugen.

Sie legte ihren Kopf auf seine Brust. »Weißt du«, sagte er und berührte ihre Hand, auf der ein paar Sandkörner schimmerten, »dieses Jura-Examen, meine Wanderung durch die Stadt, dein Selbstmordversuch, unsere Begegnung auf dem Bahnhof ...« – »Sei still.« Sie legte ihm den Finger auf den Mund. »Besser nichts wissen. Wichtig ist, daß wir zusammen sind, alles andere ist jetzt gleichgültig. Du solltest dankbar sein.« – »Dankbar? Wem?« – »Ganz egal, wem. Wichtig ist die Dankbarkeit als solche.« Er spielte mit ihren Haaren. »Denkst Du, er sieht uns jetzt?« – »Wer?« – »Ich antworte wie du: Egal wer. Wichtig ist das Sehen.« – »Ob er uns sieht? Wer weiß, vielleicht sieht er uns. Hallo, hallo!« Sie streckte die Hand zu den Wolken aus. »Na, sehen Sie uns? Geben Sie uns bitte Antwort. Ich möchte Ihnen sehr für Jakub danken. Du auch« – sie nahm Jakubs Hand – »dank du ihm auch für mich.« Jakub lächelte. »Er gibt sowieso keine Antwort.«

Sie lagen im Sand, die Hände unter dem Kopf. Der Himmel war von blassem, kaltem Licht erfüllt. Die Wolken enthüllten den Mond und verdeckten ihn wieder. Sie nahmen einander an den Händen.

Der Wald hinter den Dünen war schwarz. Kein Vogel flog in der Dunkelheit. Es war, als gäbe es im ganzen Weltall niemanden außer ihnen. Nur das Meer atmete zwischen dem Hafeneingang und den Klippen von Orłowo. Der ferne Hafen von Gdynia sah aus wie eine ans Ufer geworfene phosphoreszierende Qualle. In dem dunklen, ruhigen Wasser, das lautlos den feuchten Sand umspülte, wimmelte es von verborgenem Leben. Doch irgendwo im Westen, hinter der Halbinsel, auf dem kalten Meeresgrund in der Nähe von Ustka, lag immer noch das in den Sand gebohrte, verrostete Schiff mit den Skeletten von Kindern, Kadetten, SS-Männern und Funktelegrafistinnen, deren Knochen von Fischen und Schnecken blankgenagt waren.

Wieder umarmten sie sich – zärtlich, behutsam, als umarmten sie Gefäße aus Glas, die bei jeder Berührung zerbrechen können. Sie waren jetzt ruhig, zu allem bereit, gefügig. In ihnen brannte immer noch das innere Licht, das sie vor kurzem entfacht hatten. In den sanften Berührungen der Haut an Armen und Brust fanden sie eine Nähe, die sie bisher nie gekannt hatten. Nackt, mit Schweißtropfen bedeckt, spürten sie, wie ihre von der Liebe erhitzten Körper in der immer frischeren Luft allmählich abkühlten. Und über sie hinweg glitten Schwärme schwarzer Wolken, die von der Nordsee her kamen und über die Bucht nach Osten zogen. Der Mond erhellte die Kronen der Kiefern hinter den Dünen.

Sie summte etwas, ein unanständiges Liedchen, das aus ihrem Mund schön klang. Sie wollte nicht weg von hier. Bestimmt kreisten die guten Geister, die von den Dünen hergeflogen waren, jetzt lautlos über ihr.

Die Dämmerung nahte. Von Osten zog langsam das Morgenrot herauf, wie der rote Lichtschein über einem brennenden Unterseeboot. Rasch zogen sie sich an, leise lachend. Sie wollten die guten Geister nicht verscheuchen.

Als sie bei der Villa am Teich ankamen, bei der Kathedrale, dort, von wo man an heiteren Tagen die See sehen konnte, erschien ein hellgrüner Streifen der Morgendämmerung. Jenseits des Teichs begannen die Vögel zu singen. In dem ruhigen Wasser spiegelte sich der immer heller werdende Himmel.

Ungreifbar

Als er am nächsten Tag vom Bett aufstand, stolperte er und fiel auf den Teppich. Natalia erschrak und half ihm mit Mühe auf. Der Schmerz an der linken Schläfe war wieder da. Sie sagte, man müsse einen Arzt holen, aber er brummte nur: »Ich habe nichts. Mir ist nur ein bißchen schwindlig.« Doch sie brachte ihn wieder in die Akademie. Man wollte ihn über Nacht dort behalten, aber er sagte den Ärzten, er fühle sich gut und wolle nach Hause. Am Abend holte sie ihn ab. »Warte nur«, lachte er, als sie am Wald entlang in den nördlichen Stadtteil fuhren, »bald werde ich dir im Garten helfen.«

Morgens ging sie regelmäßig in die Klasztorna. Dann war er für viele Stunden allein. Er fühlte sich wohl in diesem alten Haus, wo in der Stille die Lärchenholzböden knarrten und durch das angelehnte Fenster das Rauschen des Vogelbeerbaums zu hören war. Mit einem schottischen Plaid bedeckt, lag er auf dem Sofa. Er blickte auf den Garten, den Teich, dahinter der Hügel mit dem Aussichtsturm, die alte Mühle und die beiden grünen Türme der Kathedrale. Gegen Mittag brach sich in den Scheiben der Kredenz die Sonne, dann traten die Kristallgläser, die Karaffe und das alte japanischen Service aus dem Schatten. Wenn sie aus dem Heim zurückkam, setzte sie sich zu ihm, schüttelte ihm das Kissen auf und erzählte ihm bei einer Tasse Tee, was sie den Tag über gemacht hatte. Im Scherz ahmte sie die Gesten besonders schwieriger Insassen nach. Das amüsierte ihn sehr. Er betrachtete gerne ihre Hände, das glänzende aschblonde Haar, die hochgezogenen Augenbrauen. Das asiatische Make-up trug sie zum

Glück nicht mehr. Sie verlängerte nur die Augen mit einem grünen Strich.

Sie standen früh auf. Im Halbschlaf, mit gerötetem Gesicht, noch gar nicht ganz bei sich, ging sie ins Bad. Sie stellte sich in die Wanne. Er wusch ihr den Rücken mit einem Schwamm, brauste sie ab. Lachend, unter dem strömenden Wasser, erzählte sie ihm ihre Träume. Dann setzten sie sich an den Tisch. Sie goß Milch über das Müsli, biß in die Orange, die er ihr geschält hatte. Während sie ihren Toast mit Honig bestrich, fönte er ihre nassen Haare, Strähne für Strähne mit einem gelben Kamm abteilend. Sie nahm das Puderdöschen aus der Tasche: »Was starrst du so mich so an«, lachte sie über dem Spiegelchen, »als wolltest du mich fressen?« Er setzte sich auf die andere Seite des Tisches, stützte die Ellbogen auf und schaute sie an. Sorgfältig zog sie den Mund mit Lippenstift nach, zuerst die Ober-, dann die Unterlippe, und als er sagte, die Ecken würden noch fehlen, zwinkerte sie schelmisch: »Kannst du das?« Lachend nahm er den Lippenstift zwischen zwei Finger und malte ihr die Mundwinkel an. Ganz zart, wie ein japanischer Kalligraph, der auf Seide schreibt, tuschte er ihr mit einem Bürstchen die Wimpern. Mit dem Zeigefinger verteilte er das Rouge auf den Wangen.

Was für eine Verwandlung! In einem hellen, cremefarbenen Kleid, die Leinentasche über die Schulter geworfen, in weißen Schuhen mit flachem Absatz, warf sie ihm zum Abschied einen schelmischen Blick zu. Sie zauste ihm mit den Fingern das Haar: »Oh, mit dir hab ich mir aber was eingehandelt ...« An der Tür stehend, sah er ihr nach, wie sie zum alten Marktplatz ging. Der schnelle, leichte Schritt, das Kleid im Wind wehend. Das Leben brannte wie eine helle Flamme in ihr. In solchen Momenten fühlte er sich, als hätte er aus dem aufgewühlten Meer wie durch ein Wunder eine Ertrinkende gerettet. Dabei war es umgekehrt: Sie hatte ihn – er genoß den banalen Ausdruck – aus der Gosse gezogen.

Sobald sie von der Arbeit zurückkam, überprüfte sie, ob er die von der Akademie verschriebenen Tabletten genommen hatte, denn gewöhnlich vergaß er, welche er nehmen sollte. Wenn sie sich abends auf die steinerne Bank am Teich setzten und lange auf das Wasser schauten, in dem sich die Wolken und der Hügel mit dem Aussichtsturm spiegelten, kam er zur Ruhe. Als würde ihm jemand schmerzfrei Stück für Stück die schlechten Seiten seiner Seele abschneiden und das Lebendige vom Toten trennen. Sie redete ihm gut zu: »Du wirst sehen, noch ein paar Tage, und wir machen zusammen einen Spaziergang in den Wald hinter der Kathedrale.« Wenn er sie ansah, schwor er sich, er würde nie mehr das Verbot brechen, aber hätte ihn jemand gefragt, welches Verbot er eigentlich nicht eingehalten hatte, hätte er keine Antwort gewußt.

Doch am Donnerstag, als sie aus der Klasztorna zurückkam, schloß sie sich in ihrem Zimmer im ersten Stock ein und wollte ihn nicht sehen. Als er klopfte und hereinwollte, drückte sie von innen gegen die Tür. »Was willst du!?« Er erstarrte. Durch den Türspalt sah er den blanken Haß in ihren Augen. Plötzlich – was für dumme Gedanken! – kam ihm in den Sinn, daß sie vielleicht gar nichts vergessen, daß sie nicht verziehen, daß sie nur gelauert hatte, um ihm einen Schlag zu versetzen, wenn er ganz hilflos wäre.

Ein paar Minuten später kam sie herunter. Ihre Augen waren von Tränen gerötet. Sie ging zum Tisch, begann Brot zu schneiden. Er wartete, bis sie sich beruhigen würde. »Entschuldigung«, sagte sie leise. Er strich ihr das Haar aus der Stirn: »Ist dir in der Klasztorna etwas passiert?« Sie nickte. »Weißt du«, flüsterte sie, »manchmal kann ich nicht mehr.« Er fragte nicht weiter, wiegte sie nur in den Armen, wie eine Mutter ihr Kind wiegt, das schlecht geträumt hat.

Sie war einfach müde, hatte einen schweren Tag im Obdachlosenheim hinter sich, daher ihr Ausbruch. Er mußte besser mit ihr umgehen, zärtlicher sein. Er war ihr keine Stütze, dachte nur an sich selbst.

Damit beruhigte er sich. Aber er hatte die Sicherheit verloren, daß er sie kannte. Als hätte er einen unbekannten Wald betreten.

Er erinnerte sich an einen Vorfall in seiner Kindheit.

Eines Abends im August ging er mit seinem Vater in den Garten vor der Villa Tannenheim. Sie wollten die Sterne betrachten. An jenem Abend blinkten sie in der kühlen Luft wie Glassplitter auf schwarzem Papier. Sein Vater sagte: »Siehst du den Großen Wagen?« Dieser Name regte seine Phantasie an. Wenn er in den Himmel schaute, sah er immer einen Feuerwagen mit gebrochener Deichsel. Am schönsten leuchtete der geheimnisvolle Polarstern.

Aber damals, als sie zusammen im Garten standen und die Sterne betrachteten, wurde ihm plötzlich klar, daß es in Wirklichkeit – und das versetzte ihn in Panik – gar keinen Großen Wagen gab und nie einen gegeben hatte. Daß er aus den gleichen Sternen, aus denen die Astronomen den Großen Wagen gebildet hatten, auch ein ganz anderes Sternbild machen konnte, das dann – das war offensichtlich – ganz anders heißen müßte. Er stand neben seinem Vater im Garten, mit ausgestreckter Hand, und wußte nicht, wie er den Finger weiter über den schwarzen Bogen des Himmels führen sollte. Die leuchtenden Punkte warteten auf seine Entscheidung. Er konnte sie mit unsichtbaren Linien verbinden, wie es die Astronomen getan hatten, als sie einigen Sternen den Namen »Großer Wagen« gegeben hatten. Aber er konnte sie auch völlig anders verbinden.

Aus den leuchtenden Punkten am Himmel über der Villa Tannenheim konnte er das Kreuz Jesu, den Davidstern, das Hakenkreuz, das Dollarzeichen, das orthodoxe Kreuz, den Roten Stern, Dreieck, Rechteck, Fisch, Krebs, Jungfrau machen – und selbst die Waage, die auf dem Hof vor dem Juristischen Gebäude auf der Speicherinsel in der Hand der Themis ruhte. Er konnte jedes beliebige Bild aus ihnen zusammensetzen.

Und ebenso ratlos schaute er jetzt in ihr Gesicht. Die Blicke, die Worte, die Bewegungen der Finger, das Blinzeln, wie sie die Haare zurückstrich, mit der Hand winkte, die Ärmel hochkrempelte, den Kopf neigte – er war nicht sicher, wie er diese Gesten deuten sollte. Durch die Küche gehend, rieb sie mit einem Leinentuch Gläser ab. Er betrachtete sie aufmerksam, als würde er die Schärfe im Objektiv seiner Minolta einstellen. Sie runzelte die Stirn: »Was schaust du mich so an? Hab ich die Wimperntusche verschmiert?«

»Ach nein.« Er zuckte die Schultern. »Du siehst nur so schön aus.«

Sie lachte und strich sich mit den Fingern übers Haar.

Es war wohl alles Einbildung, sagte er sich.

Am Samstag, in der Abenddämmerung, machten sie einen Spaziergang in den Wald hinter der Kathedrale.

Als sie zwischen die Bäume traten, spürte er, daß sie jetzt nur das Leben umgab. Er wollte es berühren, sehen, aber das Leben war so ungreifbar wie der Schatten, das Licht, die Farbe oder der Tod. Gefiedert, flatternd, schreiend, zwitschernd, flog es von der Spitze der Fichte, setzte sich auf einen schaukelnden Zweig und schüttelte den Tau von den Federn. Manchmal sah er, wie es mit einem anderen Leben ums Leben kämpfte, aber noch nie hatte er einen Augenblick gesehen, wo es zu Ende ging. Denn das Leben nahm nie ab, selbst wenn der Tod kam. Es war immer genügend davon da. Als würde jemand an die Stelle dessen, was gestorben war, sofort etwas anderes setzen, das lebendig war. Vögel kamen um, Blumen gingen auf. Der Wald rauschte, roch nach Torf und Harz. Als sie auf den Hügel mit dem Aussichtsturm stiegen, sahen sie hinter den Bäumen die See mit der Halbinsel am Horizont und den farbigen Umriß der Stadt. Das Buchenlaub auf dem Waldweg hatte eine rötliche Färbung. Das Leben, das sie umgab, war ungreifbar und allgegenwärtig.

Er streckte die Hand aus. Bog Zweige herunter. Berührte Blätter. Überall, wohin er schaute, schillerte das Leben wie die mit Tausenden grüner Schuppen bedeckte Haut einer Schlange. Dieses verrückte, herrliche Schillern des Lebens, das dem Schillern der Lichtreflexe auf dem Teich ähnelte, begeisterte ihn. Der Tod war nur ein Augenblick zwischen dem einen und dem anderen Lichtreflex. Vielleicht gab es ihn gar nicht. Aber als er davon sprach, nahm Natalia ihn nur an der Hand, küßte einen Finger nach dem anderen und zählte dabei laut von eins bis fünf.

Die Diskretion der sterbenden Tiere faszinierte ihn. Füchse, Rehe, Hirsche, Maulwürfe und Krähen konnten spurlos verschwinden. Wenn er zwischen den Bäumen durchging, sah er nirgendwo Tierkadaver, obwohl sie doch auch ihre Gräber haben mußten. Die von Habichten getöteten Vögel hinterließen auf dem roten Waldboden nur ein paar weiße Knochen, als hätten sie auf der Flucht in den Himmel, im Flug, nur diesen zarten, unnötigen Teil ihrer selbst verloren.

Die Menschen waren anders. Der Hochmut ihrer Bräuche. Der Lärm ihrer Trompeten. Goldene Buchstaben auf Marmortafeln graviert. Auf den Friedhöfen in der Nähe der Kathedrale, an denen er vorbeikam, wenn er in Richtung Aussichtsturm ging, verkündete die hohe Stimme des Kaplans hinter den Fichten und Birken einen weiteren traurigen Verlust im Gesamtverzeichnis. Zwischen den Bäumen schaukelten schwarze Fahnen mit silberner Stickerei wie die Segel eines untergehenden Schiffes.

Als sie nach Hause zurückkehrten, wischte ein Fichtenzweig unter einem leichten Windhauch sanft den weißen Staub vom erlöschenden Himmel. Über dem Teich schwammen Wolken. Der hohe Baum kam wunderbar mit dem Leben zurecht. Er irrte sich nie, wie viele Zweige er haben sollte, wie viele Äste, Risse in der silbernen Rinde und grüne Nadeln an den Zweigen.

Mitten in der Nacht erwachte Jakub. Er ging ins Parterre, trank ein paar Schlucke Orangensaft, schaltete den Fernseher ein. Er war müde und hörte nicht genau zu. Auf dem Bildschirm das Gesicht des jungen Sprechers. Ein Bahnunglück in Marseille, Streik der Docker in Rotterdam, der Premierminister Frankreichs sprach mit dem Präsidenten der USA, in Stockholm ein weiterer terroristischer Anschlag, im Kreml eine Vorführung spanischer Mode, die Geburt eines Elefanten im Kopenhagener Zoo, eine Bischofssynode, in der Schweiz Proteste gegen ein Steuergesetz, dann die Chronik der Kriminalfälle. »Heute stand vor dem Amtsgericht der Polizeibeamte ..., angeklagt laut Paragraph ...«

»Am dritten Juli«, sagte der junge Sprecher, »kehrte der Polizeibeamte Robert S. in Zivilkleidung vom Dienst im Danziger Kommissariat zurück. Als er sich gegen Mitternacht auf dem Platz vor der Bibliothek befand, wurde er Zeuge eines Überfalls auf Passanten. Er intervenierte und gab einen Schuß in Richtung des fliehenden Täters ab. In der Dunkelheit hielten ihn einige Taxifahrer, die sich ein Stück weiter am Standplatz aufhielten, für einen Komplizen des Banditen. Von allen Seiten umringt und überzeugt, sie wollten ihn lynchen, schoß Robert S. aus der Nähe auf einen der Fahrer. Marian K. starb kurz nach der Einlieferung ins Krankenhaus ... Der Staatsanwalt forderte für den Angeklagten eine Strafe von fünf Jahren Gefängnis, da er die Grenze der notwendigen Selbstverteidigung überschritten habe ... Das Urteil ist noch nicht rechtskräftig. Die Verteidigung hat Revision angekündigt ...«

Der Platz vor der Bibliothek? Robert S.? Jakub faßte an den kalten Bildschirm, als wollte er sich vergewissern, daß all das wirklich geschehen war. Man zeigte den Tatort: die Bushaltestelle, Jasminsträucher, den Bahnviadukt, die Mauern des Gefängnisses in der Kurkowa. Danach die Rekonstruktion der Ereignisse, nachgestellt von Amateurschauspielern. Die Szene des Überfalls auf die Passanten. Der Täter, der der Frau die Tasche zu entreißen versucht. Der Schuß. Die Flucht durch das Gebüsch.

Mechanisch drückte er den Ausknopf, als hätte er sich die Finger verbrannt. Der Bildschirm erlosch. Es wurde still. Er setzte sich in den Sessel, stellte das Glas mit dem Saft auf den Tisch und starrte mit beschleunigtem Herzschlag lange in die Dunkelheit. Der Himmel, den er vor dem Fenster sah, war schwarz, feucht, sternlos. Wie in jener Nacht. Er versuchte in seinem Gedächtnis die Bilder zu rekonstruieren, die aus der Vergangenheit heraufkamen. Aber sie wollten sich nicht zu einem Ganzen fügen.

Spiele

Wenn die Sonne den Himmel über dem Garten erhellte, setzte er sich an den Computer und begann – eine Kleinigkeit! – die Welt zu verbessern. Als ob die Welt sich verbessern ließe!

O nein, das war nicht nur ein Spiel. Es war eher ein lächerlicher, listiger Kampf mit einem unsichtbaren Gegner, ein entfernter Reflex einer unguten Erinnerung, der Wille, alte Rechnungen zu begleichen, die man – das wußte er – nicht begleichen kann. Eine unbekannte Macht drängte ihn zu Verbesserungen, Korrekturen, Streichungen, Änderungen, ein hartnäckiger, mißtrauischer Anspruch, eine nicht verheilte Verletzung, eine böse Auflehnung gegen etwas, was er einmal berührt und was ihn umgeworfen hatte wie der Blitz vom Himmel, der Saulus auf dem Weg nach Damaskus getroffen hatte. Die virtuelle Wirklichkeit, wirklicher als die reale, ermunterte ihn zu einem dreisten Mangel an Demut, zog ihn in ein Spiel, dessen Sinn verlockend und unklar zugleich war. Sollte er also zögern? Aber eigentlich – und das wußte er genau – tat er das alles für sie, für Natalia. Wollte er die Welt verändern, damit sie sich darin wohler fühlte?

Das erste Computerspiel, das er sich selbst ausdachte, nannte er *Hades oder der Magnetismus des Herzens.*

Es war die Geschichte von Orpheus. Die schöne Eurydike starb an einem Schlangenbiß. Die Götter erlaubten Orpheus jedoch, sie aus dem Hades zurückzuholen. Es gab nur eine Bedingung. Während er die Geliebte aus der Unterwelt herausführte, durfte er sich nicht umsehen, sonst würde Eurydike für immer im dunklen Reich des Todes bleiben.

Der Spieler hatte dafür zu sorgen, daß Orpheus den Kopf nicht nach hinten drehte. Doch der Kopf des berühmten Sängers wandte sich, wie von einem Magneten angezogen, immer wieder zu der schönen, mit einem Schleier verhüllten Gestalt um, die ihm durch die unterirdischen Gänge folgte. Nur wenn der Spieler das erlösende Wort fand (das er aus einzelnen goldenen Buchstaben, die auf dem Boden des unterirdischen Gangs verstreut lagen, zusammenfügen mußte), kehrte der Kopf des antiken Sängers wieder an seinen Platz zurück, und Orpheus schritt weiter dem Licht entgegen.

Als er Natalia die Szene zeigte, in der die Geliebten aus der Unterwelt an die Sonne traten, begann sie Beifall zu klatschen wie die Operatoren im Weltraumzentrum in Houston bei der gelungenen Landung einer Sonde auf dem Mars. Auf dem Bildschirm kamen Orpheus und Eurydike aus dem Dunkel und gingen über eine Marmortreppe auf ein grünes Tal zu, hinter dem das südliche Meer und ein rotes Segel am Horizont schimmerten. Orpheus blieb stehen und nahm behutsam den Schleier von Eurydikes Gesicht.

Das Spiel, an dem Jakub am längsten arbeitete, hieß *Rettung*. Es war so merkwürdig, daß er es nicht einmal Natalia zeigte, sondern es auf eine Diskette kopierte und in einem Buch versteckte.

Die Handlung spielte in Palästina.

Ein junger Mann, klug und edelmütig, wartete, von römischen Soldaten gefangen, in einer Zelle in Jerusalem auf das Urteil des Prokurators von Judäa. Zuerst mußte der Spieler mit dem Prokurator Gnade für den Inhaftierten aushandeln. Dann erwarteten ihn schwierigere Verhandlungen mit der auf dem großen Platz vor dem Gerichtsgebäude versammelten Menschenmenge, die – taub für alle Argumente – immer wieder rief: »Gib uns Barabas!« Wenn die Verhandlungen mit der Menge erfolglos blieben, hatte der Spieler noch Gold zur Verfügung. Er konnte den Prokurator von Judäa bestechen.

Wenn auch das nicht gelang, blieb nur noch eine Möglichkeit: Mit dem Schwert in der Hand durch zahllose Gefängniskorridore zu gehen, bis zu der dunklen Zelle, wo auf einer steinernen Bank der gefesselte, auf den Tod wartende junge Mann döste, und diesen in die Freiheit zu führen.

Eile war geboten. Auf dem Bildschirm tauchten hin und wieder Tischler auf, die aus zwei Kiefernbalken ein großes Kreuz zimmerten. Der Prokurator von Judäa erwies sich als unbestechlich, die Menschen blieben ihrer Überzeugung bezüglich Barabas treu, und der Gefangene lehnte es, als die Rettung nahte, ab, die Zelle zu verlassen.

Jakub arbeitete deshalb einen Anhang zum eigentlichen Spiel aus. Darin endete die Befreiung des Verurteilten durch elf maskierte Männer erfolgreich. Die Truppe führte den Jüngling durch einen unterirdischen Gang aus dem Gefängnis heraus und verschwand im Labyrinth der Straßen von Jerusalem. Die glückliche Mutter begrüßte ihren Sohn in dem kleinen Haus eines Vororts. Seine Freunde gaben ein freudiges Festmahl zu Ehren des Geretteten.

Dann erfand Jakub noch eine Fortsetzung der Ereignisse.

Nach Jahren wurde der vor dem schändlichen Tod am Kreuz bewahrte edelmütige Gefangene Zimmermann in der Werkstatt seines Vaters in der Stadt Nazareth. Er war ein guter Ehemann und Vater. Er hatte zwei Töchter, Rachel und Salome. Dann gebar ihm Miriam, seine schöne Frau mit dem aschblonden Haar, noch einen Sohn, Isaak. Er erlebte auch noch die Geburt einiger Enkel. Abends, wenn die Stadt in warmen Schatten versank, nahm er die lachenden Kinder auf den Schoß, gab ihnen Weintrauben und erzählte von den aufregenden Ereignissen von damals, als er dem Tod so nahe gewesen war. Diese Abendszene, die Jakub bis in alle Einzelheiten ausmalte, strahlte südliche Ruhe und Glück aus. In der Ferne, hinter einem azurblauen Meer, ging die Sonne unter.

Er spürte, daß die Veränderungen der berühmten Geschichte den Bedürfnissen der Seele entsprachen. Sie erhellten die blutige Szenerie mit dem sanften Licht der irdischen Liebe. Und dennoch hatte die neue Erzählung nicht die Schönheit der Originalgeschichte. Wer würde sie denn noch hören wollen, wenn der schöne Jüngling nicht gekreuzigt würde und nicht nach drei Tagen, in ein weißes Gewand gehüllt, aus dem offenen Grab in den Himmel flöge, für immer von den verfluchten Gesetzen der Schwerkraft befreit?

Als Natalia zufällig die Diskette fand und das Spiel ausprobierte, schüttelte sie nur den Kopf. Als der Abend dämmerte, gingen sie zusammen an den Teich. Sie machten ein Feuer und warfen die Diskette hinein. Als das Feuer erlosch, kam plötzlich ein Wind von der See und wischte mit durchsichtigem Flügel den aufsteigenden schwarzen Rauch wie eine überflüssige Inschrift vom Himmel.

Der Vogelbeerbaum

Am Morgen spürte er einen leichten Schmerz an der Schläfe. Ach nein, es war nichts Ernstes, nur ein paar leichte Stiche wie von unsichtbaren Nadeln, die sich einstellten, wenn er den Kopf nach unten neigte, und nach ein paar Sekunden wieder verschwanden. Es genügte, die Augen zu schließen, tief durchzuatmen, ein Anflug von Migräne, mehr war es nicht. Aber als er am Sonntagnachmittag in den Garten ging, um ein paar Dahlien zu holen und in gebeugter Stellung begann, die nassen Stengel der dunkelroten Blumen abzuschneiden, wurden die Schmerzen stärker, und man mußte ihn in die Akademie bringen.

Nach drei Tagen durfte er wieder nach Hause. Er hatte genug von dem Krankenhaussaal. Der unerträgliche Gestank der Desinfektionsmittel, der bittere Geschmack der Arzneien, der Geruch der gestärkten weißen Kittel. Im übrigen war das Wetter besser geworden, der monotone Regen, der ihn so deprimiert hatte, war vorüber. Im ersten Stock konnte er vom Fenster, das er weit öffnete, wieder auf das sonnige Meer und den weißen Wolkenstreifen am Horizont schauen. Eigentlich fehlte ihm gar nichts, nur manchmal, wenn er vom Bett aufstand, schien der Boden sich leicht nach links zu neigen wie auf einer unsichtbaren Welle.

Am Mittwoch ging Natalia gegen zwölf aus dem Haus. Er stand auf, um das Fenster zu schließen, machte ein paar Schritte, schwankte und fiel mitten im Zimmer hin, wobei er sich den rechten Ellbogen anstieß, daß es schmerzte. Zum Teufel! Was war das schon wieder? Er griff nach dem Tisch, riß die Tischdecke herunter, die Porzellanvase fiel auf den

Boden. Die Scherben und die abgeknickten Dahlien lagen im verschütteten Wasser. Er stützte sich auf die linke Hand und kroch mit Mühe in Richtung der offenen Gartentür. Ihm war schwindlig. Er legte sich auf den Rücken und wartete, langsam atmend, darauf, daß seine Kräfte zurückkehren würden. Doch die Kräfte kamen nicht zurück. Er richtete sich auf, wollte rufen, schreien, aber sie war sicher schon bei der Haltestelle am Park, also half es nichts mehr.

Draußen rauschte die Stadt. Von ferne, aus der Richtung des Viadukts bei der Villa Tannenheim, hörte er das Pfeifen eines an der Ampel stehenden Zuges. An der alten Schleife klingelten die Straßenbahnen, die in die Innenstadt abbogen. Er vermochte sich nicht zu rühren. Minuten vergingen. Ganz langsam wanderte die Nachmittagssonne vorüber. Die verschleierte Scheibe berührte die Zweige der Fichte und des Vogelbeerbaums, dann sank sie über den Hügel mit dem Aussichtsturm. Auf dem nassen Boden liegend, wartete er geduldig auf das Geräusch des Schlüssels. Er begann zu frieren. Vom Fenster her zog es.

Ein kleiner, unruhiger Schmetterling, einem Nachtfalter ähnlich, flog vom Fensterbrett auf seinen Handrücken, aber er spürte die Berührung nicht. Seine rechte Hand war taub. Die haarigen braunen Flügel mit dem blauen Punkt wippten lautlos auf der Haut. Er blies. Der Schmetterling flog auf, wirbelte über dem Tisch und schlug mit Schwung gegen die Fensterscheibe. Normalerweise half er in solchen Momenten Schmetterlingen und Bienen mit einer Bewegung der Zeitung durch das Fenster in den Garten hinaus, so, wie es sein Vater immer getan hatte. Aber jetzt konnte er die Hand nicht bewegen. Die Finger waren steif. Im Ellbogen ein schmerzliches Kribbeln. Es war die Hand, in der er früher den goldenen Pelikan gehalten hatte.

Gegen drei hörte er Schritte auf der Treppe. Die Tür schlug. Rasch kam Natalia ins Haus, mit Einkäufen beladen.

Noch draußen im Flur, während sie den Mantel auszog, erzählte sie lachend von einer Frau auf dem Markt, die ihr einen Papagei hatte verkaufen wollen. »So einen großen grünen Ara! Und gar nicht teuer! Sie versicherte, daß er sprechen kann! Vielleicht hätte ich ihn kaufen sollen?« Als sie das Zimmer betrat, entfuhr ihr ein entsetzter Schrei. Er lag in dem ausgelaufenen Wasser. Scherben von der Vase hatten sich in seine Hand gebohrt. Er blutete, aber er spürte keinen Schmerz. Sie zog ihn aufs Sofa, deckte ihn zu, dann verband sie die verletzte Hand. Aber das Blut schlug durch den Verband. Sie rief den Krankenwagen. Als sie sich zu ihm setzte, waren ihre Wangen naß von Tränen. »Du wirst sehen, es ist nichts Schlimmes, es war nur ein Schwindelanfall.« Sie erstickte die wachsende Unruhe mit Worten. »Gleich kommt der Arzt.« Sie legte seinen Kopf in ihren Schoß und küßte ihn auf das Haar.

»Sei nicht böse«, sagte er mühsam. Ich glaube, ich bin über etwas gestolpert ... deshalb ...« – »Du Dummkopf«, sie strich ihm übers Haar, »sag nichts, versuch lieber zu schlafen.« Er drückte mit den Fingern gegen die Schläfe. »O Gott, wie weh das tut.«

Sie deckte ihn mit der Decke zu. Als sie sich entfernte, bekam er panische Angst. »Geh nicht weg!« schrie er wie ein erschrockener kleiner Junge, als sie hinter der Küchentür verschwand. »Setz dich zu mir.« Sie brachte heißes Wasser aus der Küche, machte ein Stück weißes Leinen naß und legte es ihm an die Schläfe. »Besser?« Der Schmerz ließ etwas nach. Er wollte ihr sagen, wie sehr er sie liebe, aber plötzlich befiel ihn eine solche Schwäche, daß er nicht einmal den Mund öffnen konnte. Wieder war ihm schwindlig. Das Zimmer schaukelte wie auf hoher See.

Sie brachten ihn in die Akademie. Er bekam ein Einzelzimmer. Sie schlossen ihn an unzählige Schläuche an. Am Bett wurden Monitore aufgestellt. Auf dem Bildschirm wogte die grüne, leuchtende Pulslinie, die er verschwommen wahrnahm. Die Schmerzen ließen allmählich nach. Er war müde, schwankte an der Grenze zwischen Wachen und Schlaf. Aus dem Gedächtnis tauchten alte Bilder auf. Der breite Strand in Jelitkowo. Der feuchte, von den Wellen umspülte Sand. Gelbe Fischerboote mit roten Fähnchen, die im Wind flatterten. Auf Sand gelaufene Wracks deutscher Schuten. Rosarote Quallen, die beim abgebrannten Seesteg auf dem tiefen Wasser schaukelten. Dann das weiße Schiff der Kathedrale. Die Eltern in der ersten Bank vor dem Altar. Ihre Gesichter ernst, feierlich. Über der schweren vergoldeten Barockkanzel leuchtete das von einem Strahlenkranz umgebene kupferne Auge im Dreieck. Sobald es ihm gelang, für einen Moment einzuschlafen, sah er im Traum den glänzenden See mit der Kette der verschneiten Alpen am anderen Ufer. Im ruhigen Wasser spiegelten sich die roten Streifen der über den Gletschern der Jungfrau untergehenden Sonne.

Er lag zwischen Monitoren, Tastaturen und Lampen. Die Geräte blinkten mit ihren roten Dioden, sandten Botschaften, nahmen Nachrichten entgegen, druckten unzählige Zeichen auf lange Streifen von perforiertem Papier. Die Mühle des mechanischen Lebens – immer wachsam, keine Müdigkeit kennend – arbeitete mit der Gelassenheit und Regelmäßigkeit von Ebbe und Flut. Die Ziffern rieselten zuverlässig über die gläsernen Bildschirme wie die Stunden und Minuten auf dem Bahnhofsfahrplan. In der Stille, die nur manchmal vom Rauschen der Bäume im Garten unterbrochen wurde, schienen die elektronischen Signale hin und wieder ein paar Takte von Schuberts *Forelle* zu spielen. Die kindlichen Laute, ähnlich den Signalen in einem Computerspiel, bewirkten, daß er in einen tiefen Dämmerzustand versank. Nur im linken Ohr nahm das Rauschen beständig zu, wie bei stürmischem Meer. Er dachte an die Parkallee, die die Zisterzienser vor Jahrhunderten den Weg zur Ewigkeit nannten. Er lächelte wie zum Zeichen, daß er eine Botschaft erhalten hatte, deren Inhalt er erst später lesen würde.

Obwohl es ihm besser ging, wollten sie ihn nicht nach Hause lassen. Er sagte nur, er wolle nicht in einem Krankenhausbett sterben. Sie hielt ihm mit der Hand den Mund zu: »Das darfst du nicht einmal denken!«

Sie holte ihn aus der Akademie und brachte ihn in die Villa am Teich.

Er lag in dem Zimmer im ersten Stock am Fenster.

Der Sommer ging zu Ende. Die Tage waren noch warm. Ohne Eile wanderten die Wolken von Westen nach Osten und hinterließen keine beweglichen Spiegelbilder auf dem Wasser des Teichs. Ihre Schatten kletterten auf die roten Dächer, flossen weich über die weißen Mauern der alten Mühle, hielten einen Augenblick bei den Türmen der Kathedrale inne, worauf sie über die Kronen der Buchen und Kiefern, die auf dem Hügel hinter der Zisterzienserkirche wuchsen, zur Innenstadt und zu den gläsernen Überschwemmungen der Weichselniederung weiterzogen. In den Gärten der Ulica Kwietnia war es rot von Äpfeln, die mit leichtem Aufprall – er hörte es, wenn er ganz still war – ins Gras fielen. An den Stränden von Jelitkowo, Brzeźno und Orłowo verwehte der Wind die öden Dünen. Eine Schar Möwen strich durch das Schilf auf der anderen Seite des Teichs. Über der Weichselmündung stand Septembernebel.

Aus dem Hafen fuhren jeden Morgen Schiffe nach Königsberg, Petersburg, Stockholm. Er konnte sie vom Fenster aus sehen. Die grauen, schweren Rümpfe bogen hinter dem Leuchtturm langsam gen Norden ab. Die See war dunkel, unbewegt. Die Wälder auf der Klippe von Orłowo, eine dichte Masse zusammengedrängten Grüns, wurden allmählich gelb und waren immer öfter in bläulichen Nebel gehüllt. In der klaren Luft alterten die kupfernen Türme der Kathedrale mit einem schönen, giftigen grünen Belag. Auf den Ellbogen gestützt, den Kopf auf dem hochgestellten Kissen, blickte er auf den Garten und das glatte Wasser des Teichs. An der Hauswand verblühten die Dahlien und Sonnenblumen. Zwischen den welkenden Malven schlüpften wilde Katzen mit gestreiftem Fell lautlos hindurch. Unter der Fichten wucherten die letzten gelben und roten Blüten der Kapuzinerkresse. Nur der Efeu kletterte wie immer über die steinerne Mauer der Einzäunung, immergrün, verschlungen, steif, die Blätter von weißlichem Staub bedeckt.

Über den Kletten, die am Ufer des Teichs wuchsen, wirbelten späte blaue Schmetterlinge, wie Silberpapierchen, die in der Sonne blitzen. Man begann, die trockenen Blätter zu verbrennen, und unter den Apfelbäumen hing bläulicher Rauch. Auf dem Weißdornstrauch wogten Fäden des Altweibersommers. Die Sonne – hell, fast farblos – wich von morgens bis abends nicht vom Himmel. Die Tage waren still, beinahe frühlingshaft.

Die Ärzte fanden, er hätte im Krankenhaus bleiben sollen. Sie versuchte ihn davon zu überzeugen, daß es gut für ihn wäre, aber er wollte nichts davon hören.

Am Freitag sagte er, er wolle ein wenig im Garten liegen. Man stellte das Bett auf den Weg, unter den Vogelbeerbaum. Er lag auf dem Rücken unter den Zweigen und betrachtete durch die schaukelnden gelben Blätter den Himmel. Sie kauerte sich auf die Bettkante und nahm seine Hand. Der Abend war warm. Von der verschleierten See rollte der hohe Mond wie eine verlorene Münze Richtung Stadt. Arm in Arm schliefen sie ein. Als sie vor Mitternacht wieder aufwachten, redeten sie bis zum Morgen.

Wenn sie ihn ansah, dachte sie, sie würde gerne ihr Leben für seines geben. Aber eine Änderung des Vertrags war nicht vorgesehen. In der Kartei des Himmels gab es keinen freien Platz. Milliarden von Ziffern erfüllten die unsichtbaren Rubriken in den Protokollen der Nacht, aber die Menschen, die in den schwarzen Abgrund blickten, sahen nur die Sterne schimmern.

In der Dämmerung zogen Vogelschwärme auf dem Weg nach Süden über den Teich. Am Morgen fand sie auf den verstaubten Kletten zerzauste braune Federn, die nach Sümpfen, Torf, Riedgras und Meersalz rochen. Von seinem Bett unter dem Vogelbeerbaum sah er, wie schwarze Dohlen sich auf den gelb gefärbten Kronen der Linden im Park niederließen. In den hohen, kahlen Birken hinter der Kapelle des heiligen Georg hingen Mistelnester. Die Krone des Vogelbeerbaums, unter dem er lag, brannte in dem kalten Rot der reifenden Beeren. In der Ecke des Gartens fielen die schwarz gewordenen Köpfe der Sonnenblumen einer nach dem anderen auf die Erde, als hätte jemand ihre dünnen, behaarten Stengel mit dem Messer gekappt. Über dem Teich schwebten keine Libellen mehr. Nur der Efeu machte sich nichts aus Temperaturunterschieden, Farbe des Himmels und Windrichtung.

»Ist dir nicht kalt?« fragte sie und zog ihm die Decke zurecht. Er streichelte ihre Hand: »Nein, es ist gut so, aber deck mir die Füße zu.« Das Bett stand so, daß er unter dem Vogelbeerbaum, von seinem Platz aus, die langsame Bewegung der Wolken verfolgen konnte, die morgens – blaugrau, von einer leuchtenden Linie aus Sonnenlicht umrandet – von der See kamen und sich abends – von westlicher Seite gerötet – gehorsam über der Bucht verzogen. Wenn es dämmerte, enthüllte ein ruhiger Wind über der Kathedrale ein reines, dunkelndes Himmelsblau, auf dem sich ungestört die ersten Sterne ausbreiten konnten. Sie wickelte seine Beine in das schottische Plaid. »Brauchst du etwas?« Er lächelte: »Nein. Aber bleib bei mir.«

Immer häufiger fiel er in einen tiefen Schlaf, aus dem sie ihn nicht zu wecken vermochte.

Am Sonntag färbten sich die Fingerspitzen blau. Doktor Malewski, der gegen elf kam, wollte ihn sofort in die Akademie bringen, aber Jakub schüttelte den Kopf: »Wozu?«

Mittags schlief er ein. Eine leichte Helligkeit umgab ihn, voller Licht und Glanz. Er verstand das Zeichen, das man ihm von weitem gab. Sanft befreite er sich aus ihren Armen, küßte ihr Haar, erhob sich mit ein paar Handbewegungen wie ein Schwimmer über den Garten und beschrieb einen Bogen über dem von Kalmus eingerahmten Wasser des Teichs. Er blickte nach unten. Dort sah er das Dach der alten Villa, den von einem Eisenzaun eingefaßten Garten und die Frau, die unter dem Vogelbeerbaum auf dem Bett saß und jemanden umarmte. Ein leichter Windhauch trug ihn nach oben. In der durchsichtigen herbstlichen Luft glitt er direkt auf die See zu und stieß beinahe an den rechten Turm der Kathedrale, dann flog er weiter über das Schloß, über den gläsernen Palmengarten und über die Bäume des alten Wegs zur Ewigkeit. Als er sich über der Straßenbahnschleife befand, wurde ihm ein wenig schwindlig von der Höhe. Auf glänzenden Schienen standen winzige rote Straßenbahnen, bereit, die Fahrt anzutreten.

Unten sah er die Villa Tannenheim. Plötzlich tauchte sie aus einer Gruppe gelb gefärbter Bäume hinter dem Park auf. Langsam flog er über das steile rote Dach mit dem spitzen Türmchen. Aus dem Backsteinkamin sickerte eine warme Rauchfahne. In der Luft roch es nach Zimt, Vanille, Rosinen, erwärmtem Mehl und süßer Orangenschale. Dann wirbelte ihn der Wind fort wie ein trockenes Blatt, trug ihn über die Bäume Richtung Viadukt, hob ihn hoch über die neuen Viertel und warf ihn mit einem nachlässigen Stoß bei den gelben Steilhängen von Orłowo ans Ufer.

Vor sich sah er das Gericht.

An der Klippe erblickte er eine Gestalt in silberner Rüstung. Große weiße Wolken schwebten über der ruhigen See.

Auf dem leeren Strand stand eine eiserne Waage. Die Wellen schlugen träge an das steinige Ufer.

Er griff in die Tasche. Mit den Fingern ertastete er eine kalte Münze von ziemlich hohem Wert. Als er sie herausnahm, glänzte sie wie eine Hostie.

Das war das letzte Bild, das er vom Leben in Erinnerung behielt.

Inhalt

Jakub kommt auf die Welt 5
Jakub lernt Hilda kennen 15
Das Gebäude der Juristischen Fakultät 24
Der goldene Pelikan 29
Das Terminal 46
Jemand kehrt im Traum zu Jakub zurück 59
Der Perlensucher 65
Zärtlichkeit und Liebe 84
Don't worry 97
Zu zweit 105
Das Messer 114
Jakub tut es zum ersten Mal 128
Erosion 139
Die Hochzeitsschuhe 147
Jakub stellt das Telefon ab 157
Die erste Münze 172
Das Goldene Tor 194
Jakub tanzt 210
Jakub steigt in die Dunkelheit hinab 225
Ausgezogen 239
Das Make-up 248
Warmer Sex am kalten Meer 258
Jemand schaut zu 276
Ungreifbar 280
Spiele 288
Der Vogelbeerbaum 292